Excalibur

Herausgegeben von
Melissa Andersson
und
Gerd Rottenecker

Die Bücher der Fey bei Excalibur:

1. Die Felsenwächter (70168)
2. Das Schattenportal (70169)
3. Der Thron der Seherin (70170)
4. Die Nebelfestung (70171)
5. Der Schattenprinz (70172)
6. Die Erben der Macht (70173)
7. Die Augen des Roca (70199)
8. Im Zeichen der Schwerter (70200)

Weitere Bände in Vorbereitung.

Kristine Kathryn Rusch

DAS ACHTE BUCH DER FEY

Im Zeichen der Schwerter

Ins Deutsche übertragen von
Gerald Jung und Sabine Reinhardus

Knaur

Die amerikanische Originalausgabe erschien 1998
unter dem Titel »The Fourth Book of the Fey: The Resistance/Teil 2«
bei Bantam Spectra, New York

Besuchen Sie uns im Internet:
www.droemer-weltbild.de

Deutsche Erstveröffentlichung 2001

Umschlagkonzept: Melissa Andersson
Umschlaggestaltung: ZERO Werbeagentur, München
Umschlagillustration: Mark Harrison, »The Last Enchantment«
Lektorat: Ralf Reiter
Satz: Ventura Publisher im Verlag
Druck und Bindung: Clausen & Bosse, Leck
Printed in Germany
ISBN 3-426-70200-2

2 4 5 3 1

1

Rugad konnte nicht schlafen. Er saß auf seinem Balkon und starrte über die dunkle Stadt hinüber zum Fluß. Die Nacht war pechschwarz. Es gab keinen Mond, und die Sterne funkelten nur schwach am Himmel. Rugad konnte den Cardidas nur erkennen, weil er sich wie ein schwarzes Band durch die Ruinen der Stadt wand. Er konnte ihn auch hören. Gurgelnd suchte er sich seinen Weg zum Infrin-Meer.

Rugad hatte nicht einmal sein Nachtgewand angelegt. Er trug seine gewöhnlichen Kleider, und an seiner Hüfte baumelte das Gefäß mit seiner Stimme. Beim Schlafen band Rugad das Gefäß los, weil er Angst hatte, es könne sich während seines Schlafs öffnen, aber sobald er wach war, trug er es wieder bei sich.

Rugad hatte aufgehört, die Tage zu zählen, aber er wußte, daß es noch nicht besonders lange her war, seit Feder ihm die Nachricht überbracht hatte, daß der Golem gefangen war. Allerdings hatte der Irrlichtfänger angenommen, daß es sich dabei um Rugads Urenkel handelte. Wie auch immer, Rugad wollte nicht, daß die Soldaten davon erfuhren. Er hatte Feder zu absoluter Geheimhaltung verpflichtet, ihm die Beförderung auf einen verantwortungsvolleren Posten versprochen und ihn wieder weggeschickt.

Rugad wollte dem Golem allein gegenübertreten. Einen Golem, besonders einen, der über zwei Jahre alt geworden war, gab es nicht oft. Dieser hier war schon achtzehn Jahre alt und bereits einmal zersprungen. Er besaß eigene Kräfte, die es ihm erlaubten, so lange am Leben zu bleiben.

Eigene Kräfte.

Rugad würde herausfinden, was das für Kräfte waren. Mit

etwas Glück wußte der Golem selbst nicht darüber Bescheid. Das verschaffte Rugad einen zusätzlichen Vorteil.

Aber Rugad war ungeduldig. Er hatte den Golem erst einmal gesehen, als dieser König Nicholas das Leben gerettet und ihm in der auf seine Explosion folgenden Verwirrung die Flucht ermöglicht hatte. Dahinter steckte eine Geschichte. Eine Geschichte, die Rugad bald erfahren würde.

In den Wochen seiner Genesung hatte Rugad schon ganz andere Dinge herausgefunden. Er hatte sich über die Stellung des Golems in der Gesellschaft der Inselbewohner informiert. Die Inselbewohner hielten den Golem tatsächlich für den echten Sohn des Königs.

Wie viele Kulturen, die Rugad sich während seiner Regierungszeit als Schwarzer König unterworfen hatte, lebten die Inselbewohner im Patriarchat. Zu keinem Zeitpunkt ihrer Geschichte waren sie klug genug gewesen, einer Frau das Herrscheramt zu übertragen. Das königliche Geschlecht pflanzte sich ausschließlich durch männliche Nachkommen fort. Nur Männer hatten das Recht, königliche Erlasse zu erteilen.

Selbst wenn Rugads Urenkelin, jenes Mädchen mit den klaren Augen und der unglaublichen Willenskraft, zum Regieren bereit wäre, konnte sie es nicht.

Man würde sie nicht lassen.

Nicholas würde eher den Golem an ihrer Stelle auf den Thron setzen als seinen von Fey erzogenen Sohn.

Das war genauso aufschlußreich.

Während er ans Bett gefesselt war, hatte Rugad sich gefragt, wie Nicholas mit einem Golem als Sohn die königliche Erbfolge fortsetzen wollte. Ein Golem bestand buchstäblich aus Stein. Falls er eigene Zauberkraft besaß, wie es bei diesem hier der Fall zu sein schien, konnte er ein beträchtliches Alter erreichen, aber das machte seinen Mangel an Intelligenz nicht wett.

Hatte Nicholas etwa vor, die Kinder seiner Tochter als die des Golems auszugeben? War so etwas angesichts der Schar der Dienstboten im Palast überhaupt möglich?

Nicht, daß das noch eine Rolle spielte.

Jetzt gehörte die Blaue Insel Rugad, und Nicholas' verwickelte Pläne bezüglich seiner Kinder kamen Rugad zugute. Er hatte das Geschöpf gefangen, das die Inselbewohner für ihren Thronerben hielten.

Den Erben.

Je nachdem, wieviel von seiner Magie er den Mysterien und den Mächten verdankte, war ein Golem nicht viel mehr als eine blankgeputzte Schiefertafel. Rugad wußte zwar, daß dieser Golem anders war, aber trotzdem hatte Nicholas ihn im Stich gelassen. So behandelte man keinen aktiven Golem, der über eine eigene Persönlichkeit verfügte.

Der Golem war zusammen mit einem Schwarzkittel in der Nähe des niedergebrannten Tabernakels angetroffen worden. Seine »Familie« war nirgends zu sehen. Es war der Schwarzkittel gewesen, der den Golem gerettet und weggebracht hatte.

Vielleicht war dieser Golem gar keine Schöpfung der Fey. Vielleicht war er es zwar ursprünglich gewesen, verdankte aber einen Großteil seiner Macht den Schwarzkitteln.

Das mußte Rugad als erstes feststellen.

Wenn es so war, konnte ihm selbst das zum Vorteil gereichen. Fast alle Schwarzkittel waren inzwischen tot. Erst heute morgen hatte Rugad eine weitere Horde von ihnen abschlachten lassen. Nachdem er festgestellt hatte, daß sich der Golem nicht länger unter ihnen befand, hatte er seinen blutrünstigen Truppen freie Hand gelassen. Das Gemetzel war kurz, aber gnadenlos gewesen.

Rugad vermutete, daß es sich um das letzte Nest der Schwarzkittel in Jahn gehandelt hatte.

Falls es doch noch überlebende Schwarzkittel gab, würde

man sie töten, sobald sie in der Umgebung der Stadt auftauchten oder versuchten, ihre Religion wiederaufleben zu lassen, wie es typisch für solche Fanatiker war.

Rugad würde sie daran hindern, sie unschädlich machen und ihre Pläne für seine eigenen Zwecke ausnutzen.

Lächelnd lehnte er sich in seinem Stuhl zurück.

Fast wünschte er, er hätte der Infanterie befohlen, den Golem durch die Straßen von Jahn zu ihm zu führen, damit dieser die Zerstörung mit eigenen Augen sah. Statt dessen zogen die Soldaten jetzt mit dem Gefangenen durch das unterirdische Tunnelnetz unter der Stadt.

Diese Tunnel hatten sich als durchaus nützlich erwiesen und würden im Lauf der Zeit sogar noch nützlicher werden.

Den Rückschlag, Nicholas und seine Urenkel aus dem Blick verloren zu haben, gestand sich Rugad allerdings nur ungern ein. Aber er ließ sich davon nicht entmutigen. Ein Rückschlag war ein Rückschlag, mehr nicht.

Als es klopfte, wurde Rugads Lächeln noch breiter. Er konnte noch immer nicht laut genug sprechen, um jemanden vom Balkon aus hereinzubitten. Langsam erhob er sich und trat ins Zimmer. Von dort aus rief er, so laut er konnte: »Herein!«

Die Tür öffnete sich. Im Korridor wimmelte es von Wachen. Vor ihnen stand Weißhaar.

»Wir haben deinen Gefangenen«, verkündete Weißhaar.

»Bringt ihn herein«, befahl Rugad. Langsam gewöhnte er sich wieder an die Anstrengung des Sprechens. Der Schmerz überraschte ihn nicht mehr, und deshalb dachte er auch nicht mehr die ganze Zeit daran. Er wußte, welchen Preis er jedesmal zahlen mußte, wenn er den Mund öffnete.

Weißhaar griff hinter sich und zerrte hinter seinem Rücken den Golem hervor. Dieser sah genauso aus, wie ihn Rugad in Erinnerung hatte: groß, schlank und den Fey ähnlich, aber mit den Gesichtszügen seines Vaters. Seine Augen allerdings verrieten seine wahre Natur. Wie die Augen aller Golems waren sie steingrau. Und hätten die Augen ihn nicht verraten, hätten es die Risse in seiner Haut getan. Jeder, der schon einmal einen Golem gesehen hatte, erkannte auf den ersten Blick, was das hier für ein Geschöpf war: ein Golem, der mindestens einmal zersprungen war, obwohl Rugad darauf tippte, daß es noch ein zweites Mal passiert war.

Der Golem starrte Rugad mit ausdruckslosem Gesicht an. Er zeigte keine Ehrfurcht gegenüber Überlegenen, aber das überraschte Rugad nicht. Der Golem war unter Inselbewohnern aufgewachsen und hatte wahrscheinlich keine Ahnung, was er in den ersten Jahren seiner Existenz gewesen war. Vielleicht wußte er nicht einmal, daß Rugad ihm überlegen war.

Weißhaar schob den Gefangenen in die Mitte des Zimmers, bis er neben einem Paar verzierter Stühle hinter dem bestickten Sofa stand. Die Wachen wollten ihm folgen, aber Rugad hob die Hand.

»Fünf Wachen an die Tür«, ordnete er an, »zwei weitere Fünfergruppen ans Ende des Korridors und eine auf den Balkon. Dann brauche ich noch fünf Wachen am Hauptportal und ein paar an den Tunneleingängen.«

Die Anführerin der Wachen, eine Frau namens Klinge, nickte Rugad zu. Leise bestimmte sie, welche Wachen sich auf dem Balkon postieren sollten. Die Soldaten gehorchten mit einem kurzen Nicken in Rugads Richtung, während sie um ihn herumgingen und sich auf dem Balkon aufstellten. Die übrigen Wachen teilten sich auf, ein perfekt eingespieltes Team, bei dessen Anblick Rugad der Anführerin anerkennend zulächelte.

Klinge erwiderte das Lächeln nicht, was Rugad noch mehr befriedigte, sondern blieb mit verschränkten Armen vor der Zimmertür stehen.

»Schließ die Balkontüren, Weißhaar«, befahl Rugad.

Weißhaar ließ den Arm des Golems los und gehorchte. Rugad nutzte diesen Augenblick, um einmal um den Golem herumzugehen und ihn von allen Seiten zu betrachten.

Der Golem war gesprungen und sehr schmutzig. Er stank nach Verwesung. Wäre die Zeit nicht so knapp gewesen, hätte Rugad ihn erst einmal säubern lassen.

Aber Rugad war auf den Gestank vorbereitet. Feder hatte ihm die Umstände der Gefangennahme erklärt. Rugad war entsetzt gewesen. Bei den Fey berührten nur jene, die keine Magie besaßen, Leichen. Diese Magielosen, Rotkappen genannt, stanken genauso widerlich.

Weißhaar kam zurück. Auch er verschränkte die Arme und baute sich wachsam neben dem Golem auf.

»Danke, Weißhaar«, krächzte Rugad. »Du darfst dich empfehlen.«

»Ich glaube nicht, daß du mit ihm allein bleiben solltest, Herr«, wandte Weißhaar ein.

»Ich bin nicht allein«, gab Rugad zurück. »Wenn ich in Schwierigkeiten gerate, rufe ich die Wachen.«

»Herr ...«

»Du scheinst dir angewöhnt zu haben, mir zu widersprechen, Weißhaar«, sagte Rugad scharf. »Liegt das an meiner Verletzung, oder verbirgt sich dahinter das Verlangen nach dem Schwarzen Thron?«

Angst flackerte in Weißhaars Augen, und Rugad wußte, daß er an dem Mann ein Exempel statuieren mußte.

»Es ist nur eine dumme Angewohnheit aus der Zeit, als du nicht sprechen konntest, Herr«, verteidigte sich Weißhaar.

Rugad lächelte. »Ich konnte zwar nicht sprechen, aber ich konnte mich jederzeit verständlich machen. Offensichtlich hast du auch das vergessen.«

»Ich habe mir nur Sorgen um dich gemacht«, beteuerte Weißhaar.

»Das weiß ich wohl zu schätzen«, log Rugad. »Genau wie jetzt. Aber es ist nicht nötig. Ich komme schon zurecht.«

»Wie du wünschst«, stimmte Weißhaar eilig zu und neigte den Kopf. Das war wirklich ein Alarmzeichen. Sonst vermied er jede Verbeugung.

Nach einem letzten warnenden Blick auf den Golem verließ Weißhaar das Zimmer. Als hätte der Golem Angst vor ihm. Vom Schwarzen König hatte er weit mehr zu befürchten. Und nach dem Funkeln in seinen schiefergrauen Augen zu schließen, wußte er das auch.

»Wie heißt du?« begann Rugad. Er hätte es vielleicht gewußt, aber er hatte es vergessen. Normalerweise standen Golems in der Rangfolge ganz unten.

»Se-ba-sti-an«, stammelte der Golem. Er sprach langsam, und seine Stimme klang wie das Rumpeln von Steinen. Wie konnte ihn irgend jemand für einen Fey halten? Wie konnte jemand glauben, daß dieses Zaubergebilde lebendig war? Vielleicht ließen sich die Inselbewohner leicht hinters Licht führen, Rugads Urenkelin hätte jedoch klüger sein müssen. Auch Jewel war für gewöhnlich nicht dumm. Oder hatte sie von vornherein erwartet, daß ihr edelmütiges Experiment derartig schlecht ausgehen würde?

»Sebastian. Das ist ein Inselname.«

»Mein ... Vater ... ist ... ein ... In-sel-be-woh-ner«, erwiderte der Golem.

Aha. Vielleicht war diese Antwort schon ein Beweis. Der Golem besaß ein Gehirn. Das hatte Rugad bereits vermutet, nachdem das Geschöpf Nicholas das Leben gerettet hatte, aber jetzt wurde sein Verdacht bestätigt. Der Golem war mit Nicholas nicht durch Blut, sondern durch Zuneigung verbunden.

»Wo ist dein Vater jetzt?«

»Ich ... weiß ... nicht«, entgegnete der Golem.

Rugad lächelte. »Würdest du es mir erzählen, wenn du es wüßtest?«

»Das ... weiß ... ich ... auch ... nicht.«

Daran erkannte Rugad die echte Golemnatur des Geschöpfs. Er nahm das Problem einfach nicht zur Kenntnis, und daher bedurfte es auch keiner Lösung.

»Wohin wolltest du, als wir dich gefunden haben?«

»Vor ... den ... Fey ... fliehen«, stotterte der Golem.

»Vor den Fey kann man nicht fliehen«, gab Rugad zurück. »Wir haben die Insel besetzt.«

»Die ... Tunnel ... waren ... ein ... Ver-steck.«

»Für gewisse Zeit«, spottete Rugad. »Aber gefunden haben wir dich doch.«

»Habt ... ihr ... alle ... diese ... Leute ... wegen ... mir ... getötet?« Die Stimme des Wesens schwankte. Mitleid bei einem Golem. Welche Seltenheit. Ein Schlüssel zum Geheimnis seines langen Lebens, vermutete Rugad. Entweder hatte sein Schöpfer Mitgefühl besessen, oder es diente einem anderen Zweck.

Oder beides.

»Ich habe sie entdeckt, während ich dich suchte«, erklärte Rugad. »Du magst selbst entscheiden, ob das dasselbe ist.«

Der Golem wandte sich ab. Rugad trat einen Schritt näher. Er mußte sich diesem Ding mit Vorsicht nähern. Angesichts all der Magie auf der Blauen Insel hütete er sich, den Golem zu unterschätzen.

»Ihr ... habt ... eine ... Menge ... Leute ... ge-tö-tet.«

»Mehr, als du ahnst«, konterte Rugad.

»Warum?«

»Man nennt es Krieg, mein Junge«, erwiderte Rugad und unterdrückte ein Lächeln.

»Nein ...« Der Golem hob den Kopf. Seine grauen Augen begegneten Rugads, und Rugad hatte das deutliche Gefühl, durchschaut zu werden. »Es ... ist ... ein ... Überfall.«

»Ja«, stimmte Rugad zu. »Das ist es.«

»Aber ... Leute ... sterben ... Es ... ist ... nicht ... das ... Leben ... meines ... Vaters ... oder ... meiner ... Freunde ... wert ... oder ... das ... Leben ... anderer ... Leute ... die ... ich ... gar ... nicht ... kenne.«

Rugad schüttelte den Kopf. Wahrhaftig ein faszinierendes Geschöpf. Derartige Spitzfindigkeiten hatte er noch nie aus dem Mund eines Golems gehört. Das Wesen versuchte tatsächlich, Rugad in eine philosophische Diskussion zu verwickeln.

Natürlich lautete die Frage: warum? Versuchte er, Rugad abzulenken? Oder interessierte ihn die Antwort wirklich?

Vielleicht wollte er auch nur seinen bevorstehenden Tod hinauszögern.

Aber Golems waren erstaunlich schwer umzubringen. Das wußte dieser hier wahrscheinlich nur zu gut.

»Wir bemühen uns, sowenig Leute wie möglich zu töten«, versicherte Rugad. »Wir brauchen Arbeitskräfte für das Imperium.«

»Aber ... sie ... sind ... nicht ... bloß ... Ar-beits-kräf-te. Sie ... haben ...«

»Ein Leben, Menschen, die sie lieben, und so weiter. Ich weiß.« Rugad machte eine abfällige Handbewegung. Diese Vorwürfe hatte er schon von anderen gehört, und er war von diesem außergewöhnlichen Golem so fasziniert, daß er keine Lust hatte, das Unerklärbare zu erklären. Für das, was er tat, gab es so viele verschiedene Beweggründe. Die Expansion des Fey-Imperiums diente weder der bloßen Eroberungslust noch dem reinen Nervenkitzel. Die Fey waren zwar ausersehen, die ganze Welt zu beherrschen, aber sie mußten sie erst Stück für Stück erobern.

Und so wie die Fey ausersehen waren, die Welt zu beherrschen, war Rugads Familie ausersehen, über die Fey zu herrschen. Wenn der Golem wirklich ein Fey war, mußte er das verstehen. Das war so einfach wie die Einteilung der Fey nach ihren Fähigkeiten. Besaß ein Fey keine Magie, wurde er eine Rotkappe. Konnte er dagegen seine Gestalt Wandeln, stand er in der Rangfolge ziemlich oben.

Aber das war noch nicht alles. Es gab Dinge, über die Rugad aus Angst, daß sein eigenes Volk ihn nicht verstehen würde, lieber schwieg. Er wurde älter, und den Rausch, jemanden gewaltsam zu töten, hatte er nicht mehr verspürt, seit er ein junger Mann gewesen war. Wenn es nach ihm ging, würde er sich auf eine seiner großen Ländereien in Nye zurückziehen oder die Eccrasischen Berge aufsuchen, bevor er starb. Aber vielleicht hatte er keine Wahl. Er hatte die Fey auf die Blaue Insel gebracht. Er mußte das Imperium so weit ausdehnen, wie er konnte, während er seinen Nachfolger ausbildete. Jewels Bruder Bridge war kein würdiger Nachfolger. Rugad hatte vor allem deswegen so viele vertrauenswürdige Berater bei Bridge in Nye zurückgelassen, weil er befürchtete, daß Bridge einen ernsten – und folgenschweren – Fehler beging.

»Du ... weißt ... nicht ... warum ... du ... das ... alles ... tust«, stellte der Golem stockend fest.

Diesmal gestattete Rugad sich zu lächeln. »Natürlich weiß ich das«, erwiderte er. »Ich habe nur keine Lust, mich vor einer Kreatur wie dir dafür zu rechtfertigen.«

Er streckte den Arm aus und packte den Golem am Handgelenk. Seine Haut war kalt und hart. Eine grobe Nachahmung von Haut. Rugad fühlte die Risse unter seinen Fingern.

Der Golem senkte den Blick. Dann versuchte er, sich loszureißen. Rugad schnappte sich seine andere Hand. Er blinzelte. Durch die Risse im Gesicht des Golems nahm er die Verbindungen ganz schwach wahr.

»Laß mal sehen, woraus du wirklich gemacht bist«, sagte Rugad und steckte dem Golem einen Finger ins Ohr. Im Inneren des Kopfes flackerten vier starke Verbindungen. Zwei von ihnen waren durchtrennt, eine davon schon vor langer Zeit. Sie war schwarz, plattgedrückt und zerfallen. Die zweite besaß die Schwingungen von Rugads Urenkel; sie leuchtete noch gelb, obwohl die Farbe langsam verblaßte. Diese Verbindung war nicht endgültig durchtrennt. Es sah aus, als sei die Tür nur zugeschlagen.

Rugad erinnerte sich ...

... an die Macht, die plötzlich in Gabes Innerem aufgetaucht war, die wirbelnde Kraft, die ihn gepackt und aus Gabes Körper hinausgeworfen hatte, als sei er nicht stärker als eine winzige Seele in einer Feylampe.

Das hatte er also getan, dieser Zaubermeister. Er hatte Gabes gesamte Verbindungen gekappt und ihn absolut unzugänglich gemacht.

Aber dieses Geschöpf hier hatte in der königlichen Familie gelebt und besaß immer noch zwei funktionierende Verbindungen.

Rugad konnte den Körper des Golems nicht betreten, dafür hätte er eine eigene Verbindung benötigt, aber er konnte in eine bereits bestehende Verbindung eindringen. Das hatte er sich schon vor Jahren beigebracht und es auch mehrere Male angewendet, zuletzt, als er Gabes Verbindung zum Schattenland benutzte, um zu seinem Urenkel zu gelangen.

Und hinausgeworfen zu werden.

Rugad fühlte, wie der Golem an seiner Hand zerrte und kraftlos nach ihm schlug. Offensichtlich verstand das Geschöpf nicht, was Rugad vorhatte. Die einzige Verbindung, die benutzt aussah, war die zu Gabe. Die anderen existierten zwar, waren aber lange nicht mehr genutzt worden.

Doch dieser Golem war schlau, und Rugad hatte sich geschworen, ihn nicht zu unterschätzen. Er bohrte seinen Finger in die erste noch intakte Verbindung, die er finden konnte. Es war die größte, ein weißer Strang mit einer Spur Purpurrot in der Mitte.

Dann glitt Rugad in die Verbindung hinein, jedenfalls der Teil von ihm, der nicht fest mit seinem Körper verbunden war. Sein innerstes Wesen. Das, was so viele Kulturen die Seele nannten.

Die Verbindung war breit, von großer Zuneigung geprägt und leicht zu bereisen, sogar durch den neuen Pfad, den Rugad sich erschlossen hatte.

Während er an der Verbindung entlangglitt, merkte er, zu wem sie führte.

Zu Arianna.

Seiner Urenkelin.

Er konnte herausfinden, wohin Nicholas das Mädchen gebracht hatte.

Rugad hatte nicht erwartet, daß es so leicht sein würde.

Gleich der erste Versuch war ein Volltreffer.

2

Es war schon viele Jahre her, seit Boteen zuletzt in einer Kutsche gesessen hatte. Noch weiter lag es zurück, daß er in einer gefahren war, die von Pferdereitern gezogen wurde. Ein majestätisches Ehepaar, Mann und Frau, hatten sich in die gebräuchlichen Deichseln spannen lassen. Dann waren sie losgetrabt, als seien sie gewöhnliche, dumme Zugtiere statt Anführer ihrer Einheit, angesehene Fey mit eigener Machtbefugnis.

Zu so etwas konnte nur Rugad seine Leute überreden.

Boteen streckte behaglich die Beine aus. Er war nicht allein, denn die Truppe bestand aus mehreren anderen Fey, aber er war der einzige Insasse dieses Gefährts. Über seinem Kopf flogen ein paar Irrlichtfänger und Vogelreiter, und ein ganzes Infanterieregiment marschierte mit einigem Abstand hinterher. Wie bei allen derartigen Unternehmungen diente die Infanterie als Nachhut. Blieb Diplomatie wirkungslos – und die Diplomatie in diesem Fall sah recht einfach aus: Rugad nannte sie die »Ergib-dich-oder-stirb-Taktik« –, würde sich die Infanterie mit dem Gegner beschäftigen, während die Irrlichtfänger die Fußsoldaten holten.

Eine weitere, ebenfalls von Pferdereitern gezogene Kutsche folgte Boteens Kutsche. Sie beförderte eine von Rugad bevorzugte Hexerin, einen Domestiken (den Grund dafür konnte Boteen nur raten) und einen Schreiber. Letzteres war ungewöhnlich. Rugad hatte drei Schreiber auf diesen Feldzug mitgenommen, die die meiste Zeit arbeitslos waren. Aber Rugad wollte unbedingt auf dem laufenden gehalten werden und außerdem Botschaften zurück ins Imperium schicken. Dafür brauchte er die Schreiber.

Boteen fand das überflüssig. Schreiber verfügten nur über geringe Magie und fast ebensowenig Hirn. Rugad behauptete, gerade das mache sie zu so ausgezeichneten Berichterstattern. Manchmal faßten die Schreiber ihre Berichte auf kostbarem Papier ab, aber meistens gaben sie Unterredungen Wort für Wort mündlich wieder, ein ermüdender Vorgang, der Stunden dauern konnte, in Fällen wie diesem sogar Tage. Boteen hatte mehreren Berichterstattungen der Schreiber beiwohnen müssen, und am Ende jeder Sitzung hatte er den dringenden Wunsch verspürt, diesen dürren Geschöpfen die Stimmbänder aus der Kehle zu reißen.

Natürlich hatte er es nicht getan. Zaubermeister galten schon als gefährlich genug. Gingen sie mit ihrer Magie nicht sorgsam um, verloren sie endgültig ihren strapazierten Verstand. Boteen pflegte sich selbst sorgfältig auf eventuelle Anzeichen zu beobachten. Zu viele magische Systeme verliefen durch sein Inneres, zu viele, um sie alle unter Kontrolle zu halten, und der Druck, unter dem er stand, hatte ihn schon oft zur Unvernunft verleitet. Wenn Unvernunft das Schlimmste war, was ihm passierte, konnte er sich noch glücklich schätzen.

Ihn schauderte. Die Nachtluft war kühl und die Kutschenfenster geöffnet. Sie fuhren auf einer mit Katzenkopfsteinen gepflasterten Straße, die am Ufer des Flusses namens Cardidas entlangführte. Jahn hatten sie schon vor Stunden verlassen und waren jetzt auf dem Weg nach Nordwesten. Boteen hatte die Karten gesehen. Ihre Route führte sie über Hauptstraßen bis zu den Ausläufern der Augen des Roca. Dort waren die Straßen nur schwer passierbar, im Winter manchmal gar nicht, und die wenigen Städte lagen weit voneinander entfernt. Der Gedanke, sich mit nur einer Handvoll Fey und nur einem Infanterieregiment mitten in das Reich des Inselkönigs zu begeben, behagte Boteen gar nicht. Die meisten Infanteristen würden noch nicht einmal merken, wenn Boteen in Schwierigkeiten geriet. Zaubermeister hatten Methoden, einander Schaden zuzufügen, die man gewöhnlichen Fey nicht verständlich machen konnte.

Aber dieser Zaubermeister war kein richtiger Fey. Er war ein Inselbewohner. Wahrscheinlich hatte er noch nicht einmal dieselbe Ausbildung wie Boteen. Bis jetzt hatte Boteen den Eindruck gewonnen, daß der Mann überhaupt keine Ausbildung hatte. Das machte es einerseits schwieriger, andererseits leichter.

Boteen hoffte bloß, daß der Zaubermeister ihn tatsächlich zum Urenkel des Schwarzen Königs führen würde. Es wäre sein bislang größter Coup, wenn Rugad endlich in seiner Schuld stünde.

Das wäre sogar die anstrengende Reise wert. Boteen lehnte sich auf seinem Sitz zurück. Er wollte nicht in der Kutsche einschlafen. Er fühlte sich in diesem Vehikel schon unbehaglich genug. Die Domestiken, die die Kutsche vorbereitet hatten, hatten Boteen erzählt, das Gefährt habe früher zum Tabernakel gehört. Sie versicherten Boteen, sie hätten es von allen gegen die Fey gerichteten Zaubersprüchen gesäubert, aber Boteen hatte die Kutsche sicherheitshalber noch einmal Gereinigt, bevor er sie bestieg. Genaugenommen hatte er sie mit drei Bannsprüchen belegt: einer Reinigung von allen schädlichen Einflüssen; einem Abwehrbann, damit trotz allem verbleibende schädliche Einflüsse ihm nichts anhaben konnten; und einem Hexenspruch, so daß Einflüsse, die dennoch versuchten, ihm zu schaden, sich zu seinem Vorteil wandelten.

So viele Schutzzauber auf einmal hatte Boteen nie zuvor ausgesprochen, aber er hatte auch noch nie einem Fahrzeug derartig mißtraut. Deshalb hatte er schon vor Beginn der Reise beträchtliche Energie aufgewendet.

Die Kutsche war groß und schwarz. Weitere Insassen hätten

bequem darin Platz gefunden. Auf den mit Samt überzogenen Sitzen waren immer noch die Umrisse der kleinen Schwerter zu erkennen, mit denen man sie einst bestickt hatte. Auch die Außenseite der Kutsche war an allen Ecken mit Schwertern verziert gewesen. Die Domestiken hatten sie entfernt, aber mit wie vielen Zaubersprüchen sie das Gefährt auch belegten, die Umrisse der kleinen Schwerter blieben geisterhaft sichtbar.

Während der ersten Stunden der Reise hatte Boteen die Schwerter angestarrt und versucht, ihre Bedeutung zu ergründen. Auch in anderen Ländern hatte er religiöse Symbole gesehen, aber niemals solche. Schwerter. Symbole des Todes.

Er kam nicht dahinter.

Er starrte auf die Schwerter, bis er es nicht länger aushielt. Schließlich befahl er der Feylampe, sich auszulöschen.

Seither saß er im Dunkeln.

Sonst hatte er nichts zu tun. Er wußte, daß sie auf dem richtigen Weg waren. Er hatte den Zaubermeister in den Blutklippen aufgespürt, aber es nicht für nötig gehalten, sich exakt an dessen Spur zu halten. Die Spur war voller Umwege. Sie kreuzte mehrere Grenzen, ging mehrmals die gleiche Strecke wieder zurück und war zweimal völlig verschwunden. Das war Boteen schon in Jahn aufgefallen. Er hatte keine Lust, seine ganze Truppe im Kreis herumzuführen. Wie Rugad richtig bemerkte, war Zeit der wichtigste Faktor.

Zeit. Und der Junge, den sie suchten.

Boteen wußte noch nicht genau, was er mit dem anderen Zaubermeister anfangen sollte. Der Haß des Mannes auf die Fey war ein echtes Problem. Boteen bezweifelte, daß er mit dem Mann verhandeln konnte.

Er würde den Zaubermeister wohl töten müssen, was wahrhaftig jammerschade war. Die Fey hätten so viel von ihm lernen können.

Aber da war ja noch der andere. Vielleicht war der vernünftiger. Boteen war nicht in der Stimmung, sich lange mit Höflichkeiten aufzuhalten.

Er ließ sich tiefer in seinen Sitz zurücksinken und legte die Füße hoch. Als der Samt sich leicht verschob, überlief ihn eine Gänsehaut. Er fing schon an, sich Zaubersprüche einzubilden, wo keine waren, aber es war immer besser, wachsam zu sein.

Rugad hatte ihn wiederholt davor gewarnt, die Inselbewohner zu unterschätzen.

Boteen würde auf der Hut sein. Er würde davon ausgehen, daß der andere Zaubermeister ein mächtiger Mann war, selbst wenn er keine Ausbildung besaß. Boteen hoffte nur, daß die Überraschung ihm einen Vorteil verschaffte. Danach würde es ein Kampf unter Gleichen sein.

Oder Fast-Gleichen.

Erfahrung in der Schlacht zählte immer.

Jedenfalls wenn es hart auf hart kam.

3

Seit der zweiten Invasion der Fey war Luke nicht mehr nach Anbruch der Dunkelheit draußen gewesen. Heute nacht aber schlich er so leise wie möglich durch sein eigenes Maisfeld.

Er hatte gehört, daß die Fey eines der Gehöfte südlich von seinem Hof zu ihrem Stützpunkt gemacht hatten. Am liebsten hätte er den Wahrheitsgehalt dieses Gerüchtes am hellichten Tage überprüft, aber ihm war keine gute Entschuldigung für einen Besuch eingefallen. Ohnehin war er kein überzeugender Lügner, und er wollte nicht riskieren, daß die Fey mißtrauisch wurden.

Sie sollten sich lieber weiterhin in Sicherheit wiegen. Die Anzeichen dafür waren Luke nicht entgangen.

Die Wachen, die in den letzten zwei Wochen die umliegenden Höfe zweimal am Tag kontrolliert hatten, kreuzten jetzt seltener auf. Zwar kamen sie noch täglich, aber nur einmal statt zwei- oder dreimal. Lukes Nachbarn hatten dasselbe beobachtet.

Luke hockte sich zwischen die Maispflanzen und traf die letzten Vorbereitungen. Es gab noch viel zu tun. Er mußte ein Ziel aussuchen und dann ein paar Männer um sich scharen, die dieses Ziel angriffen. Er hatte auch schon eine Idee, wie ihm das gelingen könnte.

Nur eines mußte er unbedingt vermeiden: daß die Fey einen Überfall befürchteten und sich darauf vorbereiteten. Seine Chancen waren um so größer, je mehr er sie überraschte.

Das schloß jegliche Treffen und geheime Verabredungen aus und erlaubte nur die notwendigsten Erklärungen dessen, was er vorhatte. Luke fühlte sich wieder wie damals als Junge bei jenem Angriff, bei dem er und sein Vater von den Fey gefangengenommen worden waren. Damals hatte man zwar seinen Vater in den Plan eingeweiht, Luke aber nicht. Er war noch ein halbwüchsiger Knabe gewesen, der so lange gebettelt hatte, bis er mitdurfte.

Seither war kein Tag vergangen, an dem Lukes Vater seine Nachgiebigkeit nicht bereut hätte. Wäre Luke seinerzeit zu Hause geblieben, wäre ihrer beider Leben anders verlaufen.

Dann müßte Luke jetzt nicht in einem Maisfeld hocken und seine blasse Haut mit Erde beschmieren.

So dunkle Erde wie auf dem Land seines Vaters hatte Luke noch nie gesehen. Die Idee war ihm am Nachmittag gekommen, als Jonas Töchter ihm bei der Feldarbeit geholfen hatten. Die beiden waren tüchtige Arbeiterinnen und unterstützten Luke in allem, außer natürlich bei seinen Aktivitäten gegen die Fey.

Dafür konnte Luke Jona gar nicht genug danken. Aber er konnte immerhin dafür sorgen, daß sein Vorhaben Erfolg haben würde.

Luke war zu folgendem Schluß gekommen: Er mußte den Truppen der Fey einen so entscheidenden Schlag versetzen, daß sie sich nicht mehr davon erholten. Wenn ihm das gelang, hoffte er, daß es sich in anderen Garnisonen der Fey herumsprach und die Fey wieder lernten, die Inselbewohner zu fürchten.

Einen Vorteil hatten die Inselbewohner: Obwohl der Schwarze König ihr Land mit Tausenden von Soldaten überfallen hatte, waren sie den Fey immer noch zahlenmäßig überlegen. Jetzt kam es darauf an, alle Inselbewohner gleichzeitig zum Aufstand zu bewegen.

Das würde nicht über Nacht gelingen. Vielleicht gelang es noch nicht einmal, solange Luke lebte – er erwartete mit ziemlicher Sicherheit, im Widerstandskampf gegen die Fey umzukommen –, aber gelingen würde es. Und Luke war derjenige, der den Aufstand auslösen mußte.

Denn Luke verfügte über besondere Informationen.

Er wußte, daß Gabe lebte, selbst wenn Nicholas tot sein sollte. In Gabes Adern floß das Blut des Roca. Vielleicht kannte Gabe sich nicht mit der Überlieferung der Insel aus, aber er konnte lernen. Und Lukes Vater konnte ihn unterrichten. Gabe war zwar ein Halbfey, aber Coulter liebte ihn. Coulter würde niemanden lieben, der nur darauf aus war, das Imperium der Fey zu vergrößern. Im schlimmsten Falle konnte Gabe das Fey-Reich und die Blaue Insel vereinen.

Im besten Falle den Schwarzen König vertreiben.

Lukes Aufgabe bestand lediglich darin, dafür zu sorgen, daß Gabe auch die Gelegenheit bekam, seinen Urgroßvater zu vertreiben. Er mußte die Fey dazu bewegen, die Blaue Insel freiwillig wieder zu verlassen. Nur wenige Leute konnten das bewerkstelligen.

Einer von ihnen war Luke.

Er hatte zwar nicht selbst bei den Fey gelebt, aber sein Vater war lange ihr Gefangener gewesen. Adrian hatte oft erzählt, daß der größte Schwachpunkt der Fey ihre felsenfeste Überzeugung von der eigenen Unbesiegbarkeit war.

Auf diese Weise hatten die Inselbewohner schon der ersten Invasion Einhalt geboten. Die Fey hatten sich bereits viele andere Länder mit nur einem kleinen Truppenaufgebot und durch bloße Einschüchterung unterworfen. Die Bewohner der Blauen Insel dagegen hatten ihrerseits die Fey eingeschüchtert, indem sie Angst und Schrecken verbreiteten und ihr Weihwasser als Waffe benutzten, obwohl nicht einmal jeder Inselbewohner über Weihwasser verfügte.

Das Weihwasser hatte seine Wirkung inzwischen leider verloren.

Angst und Schrecken dagegen nicht.

Heute nacht würde Luke damit beginnen.

Allein.

Er schmierte sich noch eine letzte Handvoll lehmiger Erde in das blonde Haar und auf seine Kleider, dann ließ er es gut sein. Wenn jemand nach ihm Ausschau hielt, würde er ihn trotzdem noch sehen können.

Er mußte allerdings eigens Ausschau halten.

Mit langsamem Schritt verließ Luke das Maisfeld. Es befand sich am südlichen Rand der Ländereien seines Vaters. Der Hof, den die Fey vermutlich besetzt hielten, war nicht allzuweit entfernt, wenn Luke die Straßen mied und quer über die Felder ging. Sein Problem war, daß er die Ernte nicht beschädigen durfte. Zu viele verärgerte Bauern könnten die Fey für die Schuldigen halten und sich bei ihnen darüber beschweren. Dann würden die Fey sofort Verdacht schöpfen.

Der Himmel war mondlos. Über Luke blinkten die Sterne, aber ihr Licht war schwach. Das war gut so. Er hätte sich keine bessere Nacht aussuchen können.

Luke überquerte ein brachliegendes Feld, das das Land seines Vaters von dem des nächsten Nachbarn trennte, und bemerkte, daß jemand die Erde umgegraben hatte. Dieses Feld war uneben und steinig und der Boden schon seit langer Zeit ausgelaugt. Lukes Vater und der Nachbar hatten in den letzten Jahren überlegt, wie man das Feld wieder fruchtbar machen könnte. Entweder hatten die Fey andere Pläne damit, oder sie kümmerten sich nicht darum.

Normalerweise duldeten die Fey keine brachliegenden Felder.

Luke sah im Geiste die folgenden Jahre vor sich: Die Fey würden von den Inselbewohnern verlangen, immer mehr zu produzieren. Die Erträge würden von der Blauen Insel aus verschifft oder Schiffen beigeladen werden, die auf dem Weg nach Leutia an der Blauen Insel vorbeifuhren. Der Anteil der

Inselbewohner an ihren eigenen Ernten würde immer weiter schrumpfen, bis schließlich die ersten von ihnen verhungerten. Dann erst würden die Fey bemerken, daß sie ihre eigenen Arbeitskräfte schwächten, und ihr Regiment ein wenig lokkern. Dieses Wechselspiel würde so lange andauern, bis sich kein einziger Inselbewohner mehr daran erinnern konnte, gelebt zu haben, ohne daß die Fey jede seiner Handlungen kontrollierten.

Luke wußte selbst nicht, warum er das alles so deutlich vor sich sah. Vielleicht wegen seines Vaters. Vielleicht lag es aber auch an den Geschichten, die Fledderer über die Bevölkerung anderer von den Fey eroberter Länder erzählt hatte.

Oder Luke steigerte sich in seine eigene Angst hinein.

Jetzt hatte er das Bauernhaus erreicht. Alles war still. Niemand regte sich, und alle Fenster waren dunkel. Luke hatte bis zum Einbruch der Nacht gewartet, damit ihn niemand sah. Jetzt war es spät genug. Hoffentlich nicht zu spät, so daß er vor Sonnenaufgang zurück sein konnte.

Er ging hinter dem Haus am Brunnen vorbei, bis er auf das angrenzende Feld gelangte. Dieser Nachbar hatte Gras gesät, obwohl die Heuballen vom vorigen Jahr noch auf dem Feld verrotteten. König Nicholas' Politik war nicht immer zum Vorteil der Bauern gewesen, und viele hatten darunter gelitten, als der Handel mit Nye abgerissen war. Lukes Nachbar hatte gehofft, sein Heu an die Stallungen in Jahn verkaufen zu können, aber es war ihm offenbar nicht gelungen.

Luke hatte gehört, daß die Fey Jahn dem Erdboden gleichgemacht hatten.

Er konnte es nicht glauben. Es gelang ihm einfach nicht, sich diese stolze Stadt als Trümmerwüste vorzustellen. Aber er wußte, daß die Fey zu so etwas fähig waren. Fledderer hatte einmal erwähnt, daß die Fey alle Städte als Unruheherde betrachteten, die man besser niederbrannte, wobei sie allerdings die Außenbezirke verschonten, in denen sich keine Männer zusammenrotten und Widerstand leisten konnten.

Die Fey wußten wirklich ziemlich wenig.

Vorsichtig ging Luke um die Heuballen herum. Sie rochen beißend scharf, und unter dem Heugeruch stank es nach Fäulnis. Der Geruch kitzelte Luke in der Nase und reizte ihn zum Niesen. Er preßte sich die Hand auf den Mund, um das Niesen zurückzuhalten, aber es war zwecklos. Es gelang Luke zwar, es mit der Hand zu dämpfen, aber das Geräusch schien in der stillen Nacht förmlich zu explodieren.

Luke duckte sich hinter den Heuballen. Nichts rührte sich. Im Haus blieb es dunkel und auf der nahe gelegenen Straße totenstill. Vielleicht hatte niemand ihn gehört.

Zischend stieß er den Atem aus. Wieder packte ihn der Niesreiz, und er entfernte sich hastig von dem Heuballen. Der starke Geruch war das Problem. Wenn Luke weit genug wegging, mußte er auch nicht mehr niesen.

In der Dunkelheit sah das Feld unermeßlich groß aus. Wie kleine Berge ragten die Ballen vor dem schwarzen Nachthimmel auf. Lukes Herz pochte heftig. Was sollte er sagen, wenn die Fey ihn entdeckten? Daß er das Heu seines Nachbarn stehlen wollte? Ihm die Ernte verderben? Daß er einfach nicht schlafen konnte?

Keine dieser Ausreden würden die Fey ihm abnehmen.

Er an ihrer Stelle übrigens auch nicht.

Er durfte sich eben nicht erwischen lassen.

Jetzt überquerte er einen kleinen Entwässerungsgraben, der das Land seines Nachbarn von dem Gehöft trennte, das die Fey beschlagnahmt hatten. Dessen Besitzer, Antoni, hatte eine Reihe kleiner Bäume als Grenze zwischen den Feldern gepflanzt. Inzwischen waren die Bäume buschig und viel größer als Luke. Er benutzte sie als Sichtschutz und achtete darauf, keine Zweige zu bewegen.

Luke hatte keine Ahnung, über welche Zauberkräfte diese Fey hier verfügten.

Er schlich an den Bäumen entlang, bis das Haus in Sichtweite kam. Hier brannte Licht, Feywachen standen links und rechts vor jeder Tür. Den verräterischen Erdring und die schwebenden Lichter, die auf ein geheimes Versteck der Fey hinwiesen – jenen Ort, den die Fey »Schattenland« nannten –, konnte Luke allerdings nirgends entdecken. Luke war erst ein einziges Mal in einem Schattenland gewesen. Es war, als stekke man in einer Kiste, die in der Luft schwebte. Im Inneren der Kiste war alles unveränderlich grau.

Sein Vater hatte jahrelang dort leben müssen.

Luke wollte nie mehr in einer solchen Kiste gefangen sein.

In jenem Schattenland hatte man damals Ort, den dritten Gefangenen, zu Tode gefoltert.

Luke schauderte. Er hielt sich im Schutz der Bäume und zwang sich nachzudenken.

Er kam darauf an, die Fey zu überraschen und ihr Selbstvertrauen nachhaltig zu erschüttern.

Weder er noch seine Freunde verfügten über Zauberkräfte. Außerdem durfte er nicht riskieren, daß einer von ihnen in Gefangenschaft geriet. Ein offener Angriff mußte fehlschlagen. Auf so etwas waren die Fey gefaßt.

Luke mußte listig vorgehen.

Er mußte sich zuerst umsehen.

Außer den Wachen und den anderen Fey im Haus waren keine weiteren zu sehen. Offenbar hatten sie ihre Truppen woanders zusammengezogen. Dieses Gehöft war nur ein Vorposten, eine Garnison, um die Bauern in Schach zu halten.

Das Haus war genauso anfällig für bestimmte Gefahren wie alle Bauernhäuser: Feuer, Überschwemmung, Seuchen. Es war durchaus möglich, die Fey zu töten. Aber dies alles mußte ohne einen direkten Angriff vollbracht werden.

Luke riß sich zusammen. Er mußte das Gelände genauer erkunden. Eine Kleinigkeit konnte ausreichen, um die Fey zu beunruhigen, vielleicht sogar wirkungsvoller als etwas Auffälliges.

Aber Luke mußte das Richtige finden. Einen Wachposten anzugreifen oder ihn zu entwaffnen war nichts Unvorhergesehenes. Es mußte etwas sein, das die Fey völlig verwirrte und ihnen klarmachte, daß der Angreifer die Art und Weise ihres Vorgehens begriffen hatte.

Ein perfekter Schlag.

Hier hinter den Bäumen würde Luke nichts Geeignetes finden.

Er schlich geduckt bis zum Rand der Brache. Noch nie in seinem ganzen Leben hatte er sich so schutzlos gefühlt. Selbst die Dunkelheit schien hier weniger undurchdringlich. Luke konnte deutlich den Lehmboden, das Haus selbst mit seinen hell erleuchteten Fenstern und die Wachen sehen.

Die Wachen. Was für Waffen trugen sie?

Welche Art von Zauber beherrschten sie?

Spürten auch sie seine Anwesenheit?

Fledderer hatte nie Fey mit derartigen Fähigkeiten erwähnt, aber Fledderer erzählte auch nicht alles über die Fey. Auch Adrian, Lukes Vater, hatte nie von dergleichen berichtet. Er hatte gemeint, daß die Fey für gewöhnlich magische Konstruktionen zu ihrem Schutz errichteten: zum Beispiel den verzauberten Torkreis eines Schattenlandes oder das Schattenland selbst.

Die Fey gerieten kaum jemals in Situationen, in denen sie Wachen benötigten. Der Anführer einer Truppe war meistens ein Visionär, der Schattenländer errichten konnte. Aber der Schwarze König war mit zu vielen Soldaten auf der Blauen Insel eingefallen, um für sie alle Schattenländer zu errichten. Luke bezweifelte, daß kleineren Einheiten wie den Posten, die ländliche Gegenden kontrollierten, überhaupt Visionäre zur Verfügung standen.

So viele Visionäre konnte es nicht geben.

Auch Fledderer hatte behauptet, Visionäre seien selten.

Sehr selten.

Luke schluckte und überquerte den hinteren Teil des Feldes, bis er sich dem Haus wieder näherte. Er hatte sein ganzes Leben auf dem Land verbracht. Er wußte, wie man von einem Gehöft zum anderen gelangte, ohne allzuviel Lärm zu machen. Er war froh, daß Antoni kein Vieh hielt, denn Tiere wurden leicht unruhig. Außerdem hoffte er, daß sich unter den Fey keine Tierreiter befanden, die ihn wittern konnten.

Hinter dem Haus standen zwei hohe, als Windschutz dienende Bäume. Auch auf der Vorderseite hatte Antoni Bäume gepflanzt, allerdings niedrigere. Vielleicht konnte sich Luke die Bäume zunutze machen. Aber wie? Auf einen von ihnen klettern und von dort aus die Pläne der Fey belauschen? Fey pflegten ihre Pläne nicht in Gruppen zu diskutieren. Etwas von einem Ast herunterwerfen, um die Fey im Haus aufzuscheuchen? Von einem Baum aus angreifen?

Keine dieser Ideen überzeugte Luke.

Er blieb hinter dem ersten Baum stehen und befühlte die rauhe Rinde. Sein Herz pochte wie wild. Er hatte noch nie Fey ausspioniert. Genaugenommen war er ihnen nur ein einziges Mal, vor zwanzig Jahren, so nahe gekommen und hatte sie angegriffen.

Jener Angriff hatte mit Lukes Gefangennahme geendet.

Luke grub die Nägel in die Rinde.

Er durfte nicht länger darüber nachdenken. Es lenkte ihn bloß ab.

Er mußte sich etwas einfallen lassen.

Südlich der Bäume lag die Scheune. Auch vor ihrer Tür stand ein Wachposten. Schliefen Soldaten in der Scheune? Im

Haus selbst schienen alle wach zu sein. Was konnte der Fey sonst noch bewachen? Ein Waffenlager? Infanteristen besaßen Waffen, aber sie trugen sie für gewöhnlich bei sich. Andere Arten von Fey waren *selbst* Waffen.

Gefangene? Befanden sich Gefangene in der Scheune? Gefangene, wie Lukes Vater einst einer gewesen war?

Lukes Herz klopfte noch schneller. Er hatte nicht gehört, daß in dieser Gegend jemand verschwunden war. Sogar Antoni und seine Familie bewirtschafteten noch einen anderen Hof. Soweit Luke wußte, hatten die Fey niemanden getötet oder gefangengenommen.

Andererseits war Luke nichts über das Schicksal seines Vaters, Coulters und Fledderers bekannt. Hatten die Fey sie wieder gefangen genommen? Nach den Geschichten, die man sich erzählte, hatte Luke angenommen, sie seien entkommen. Vor zwei Wochen hatten sie sich sogar gegen einen ganzen Trupp Infanterie verteidigt. Irgendwie war es Coulter gelungen, die Soldaten aufzuhalten, und dann war er mit seinen Gefährten geflohen.

Luke hatte angenommen, daß sie in Sicherheit waren.

Aber wenn die Fey sie doch wieder eingeholt hatten? Würden sie ihre Gefangenen wirklich hierher bringen?

Oder gab es noch andere Gefangene?

Warum sollten die Fey so lange nach der Invasion noch Gefangene machen?

Um sie zur Arbeit zu zwingen? Um an ihnen Experimente durchzuführen wie damals an Ort? Um sie in Waffen zu verwandeln, wie sie es mit Luke gemacht hatten?

Mit einem Schlag verwandelte sich Lukes Angst in heftigen Zorn. Die Fey hatten kein Recht, sich an Unschuldigen zu vergreifen.

Gefangene zu befreien war genau die Art von Überraschung, die Luke vorschwebte.

Aber es würde nicht einfach sein.

Bevor Luke einen Plan aushecken konnte, mußte er feststellen, ob sich in der Scheune tatsächlich Gefangene befanden. Er mußte um jeden Preis vermeiden, daß eine kleine, unerfahrene Truppe von Bauern dem Schwarzen König direkt in die Arme lief.

Bevor er eine Entscheidung traf, mußte er sich irgendwie an dem Wachposten vorbeischleichen und einen Blick in die Scheune werfen.

Hinter dem Rücken des Postens einen Blick in die Scheune zu werfen war nicht der schwierigste Teil der Aufgabe; so etwas hatte Luke als Kind oft getan. Das Problem bestand darin, das offene, von Wachen umstellte Gelände um das Haus herum ungesehen zu überqueren.

Aber er konnte es tun.

Er wußte, daß er es konnte.

4

Adrian wanderte heftig zitternd bergauf. Seine Augen hatten sich immer noch nicht an die Dunkelheit gewöhnt. Er folgte einfach Coulters schwarzer Silhouette.

Ständig warf Adrian Blicke über die Schulter zurück, um zu sehen, ob die Männer sie verfolgten. Dabei hielt er das selbst für unwahrscheinlich. Coulter hatte ihnen hart genug zugesetzt. Aber Adrian vertraute den Männern nicht. Obwohl er das hätte tun sollen.

Es war seltsam, aber er hätte ihnen vertrauen sollen.

Die Felsen waren glatt. Der Pfad, wenn es überhaupt einer war, sehr schmal. Auch Coulter schritt so rasch aus, als sei ihnen jemand auf den Fersen.

»Coulter«, keuchte Adrian. »Ich kann nicht gut genug sehen, um mit dir Schritt zu halten.«

»Tut mir leid«, entschuldigte sich Coulter und verlangsamte sofort sein Tempo. Adrian schloß dicht genug zu ihm auf, um Coulters Körperwärme zu spüren und den leichten Schwefelgeruch wahrzunehmen, der die Feuerbälle begleitet hatte.

»Dort unten habe ich mir Sorgen um dich gemacht«, platzte Adrian heraus und runzelte sofort die Stirn. Die Worte waren ihm entschlüpft, bevor er Zeit gehabt hatte nachzudenken. Aber jetzt, wo er es schon ausgesprochen hatte, hatte er das Gefühl, ebensogut weiterreden zu können. »So etwas habe ich dich noch nie tun sehen.«

Coulter zuckte die Achseln. Adrian sah, wie sich seine Schultern vor dem dunklen Himmel bewegten. Schwarz vor Schwarz. Wahrhaftig ein bemerkenswerter Anblick.

»Was wolltest du damit erreichen?« fragte Adrian.

»Ich wollte versuchen, ihn auf unsere Seite zu ziehen.«

Adrian war plötzlich kalt. So etwas war nicht Coulters Art. Er war sein Leben lang ein Einzelgänger gewesen. Adrian selbst hatte Monate gebraucht, um mit Coulter warm zu werden, und Jahre, bis Coulter ihm vertraute. Und selbst jetzt war Adrian nicht sicher, wie nahe Coulter sich ihm fühlte. Sie redeten zwar miteinander, und Adrian betrachtete sich in vielem als Coulters Vater, aber nicht in allem.

Es war Coulter, der immer eine gewisse Distanz aufrecht hielt, nicht Adrian.

»Gabe hätte das niemals gutgeheißen«, gab Adrian zu bedenken. »Du weißt doch, was dieser Mann getan hat.«

Insgeheim war Adrian sich allerdings nicht sicher, ob er die Tat des Mannes wirklich verurteilte. Jewel war zwar die Gemahlin König Nicholas' gewesen, aber sie war genauso bösartig wie alle Fey. Was Adrian betraf, sogar noch heimtückischer. Sie hatte ihn eingesperrt, Ort der Folter ausgeliefert und seinen Sohn Luke als Waffe benutzt.

»Gabe hätte genauso gehandelt«, behauptete Coulter mit angespannter Stimme, als habe Adrians Vorwurf ihn verletzt. Er ging um einen Felsbrocken herum und streckte Adrian dann die Hand hin, um ihm zu helfen. Adrian ergriff sie. »Im Kampf gegen seinen Urgroßvater braucht er jede Unterstützung.«

Coulters Hand war nicht heiß, wie Adrian erwartet hatte, sondern kühl. Coulters magische Kräfte verblüfften Adrian stets aufs neue.

»Im Kampf gegen seinen Urgroßvater?« Adrian war verwirrt. Natürlich würde der ehemalige Rocaan gegen die Fey kämpfen. Das war keine Frage. Aber für diesen Mann war auch Gabe ein Fey. »Weißt du wirklich, wer das war?«

»Ja«, erwiderte Coulter. Der Felsblock lag hinter ihnen, und Coulter ließ Adrians Hand wieder los. »Er ist der andere.«

»Der andere?« Die Falten auf Adrians Stirn vertieften sich. Dann erinnerte er sich an die Unterhaltung. Sie schien unendlich lange zurückzuliegen, obwohl seither weniger als ein Monat vergangen war. In jener Nacht war Gabe auf dem Hof aufgetaucht, und Coulter hatte sein Kommen gefühlt.

Aber Coulter hatte noch etwas anderes gefühlt. Er hatte auf den Erdboden gestarrt, und dann hatte er etwas Seltsames gesagt:

»Statt wir beide sind hier drei.«

»Natürlich sind hier drei«, hatte Luke sich eingemischt. »Du, ich und ...«

»Pssst«, war Coulter Adrian zuvorgekommen. »Es liegt alles an der Energie. Sie ist wie Verbindungen oder Spuren. Auch die Energie hält Dinge zusammen. Ich spüre es, so wie ihr das Sonnenlicht spürt.«

Adrians Griff um Lukes Schulter wurde fester. »Drei was?«

»Ich kann die Insel fühlen«, murmelte Coulter. »Ich bin immer dagewesen und jemand, der so ist wie ich.«

»Wer?« fragte Adrian gespannt.

Coulter zuckte die Achseln. Seine Schultern hoben und senkten sich vor dem Nachthimmel. »Ich weiß es nicht. Er ist weit, weit weg.«

»Und jetzt gibt es noch einen Dritten?« fragte Luke.

Coulter nickte. »Im Süden. Wo der Irrlichtfänger herkommt.«

»Und was hat das alles zu bedeuten?« wollte Luke wissen.

Adrian wußte es. Das war es, worüber die Fey dauernd redeten, woran sie die ganze Zeit dachten. Endlich war Verstärkung gekommen und hatte irgendwie die Berge im Süden eingenommen.

Mit Hilfe eines Zauberers.

Wie hatte Rugad die Zauberer immer genannt?

Die mächtigsten der Fey.

»Ist der ehemalige Rocaan denn ein Zaubermeister?« fragte Adrian.

Coulter blieb so plötzlich stehen, daß Adrian fast mit ihm zusammengestoßen wäre.

»Dieser Mann ist der ehemalige Rocaan?«

»Ja«, bestätigte Adrian.

»Woher willst du das wissen? Du warst doch nie sonderlich religiös.«

»Ich habe ihn nicht wiedererkannt«, gab Adrian zu. »Aber einer der Männer hat ihn mit ›Heiliger Herr‹ angesprochen, und die alte Frau hat ihn ›Matthias‹ genannt. Der Ehrentitel des Rocaan lautet Heiliger Herr, und der Name des Einundfünfzigsten Rocaan, der damals abgedankt hat, war Matthias. Wo könnte er sich besser verstecken als hier?«

»Außerdem haßt er die Fey«, setzte Coulter leise hinzu.

»In der Tat«, erwiderte Adrian. »Und zwar so sehr, daß er Gabes Mutter getötet hat.«

»Ich hätte es wissen müssen.« Coulter zitterte. Sie standen jetzt Schulter an Schulter, und Adrian spürte, wie Coulters Schaudern auch ihn erfaßte.

»Wie denn?« beschwichtigte Adrian. »Er hat den Tabernakel schon verlassen, bevor du auf unseren Hof gekommen bist. Wann hättest du ihn jemals zu Gesicht bekommen sollen?«

Davor hatte Coulter im Schattenland gelebt. Adrian war einer der wenigen Inselbewohner gewesen, die Coulter damals gekannt hatte.

»Als ich ... Gabe gerettet habe«, antwortete Coulter, und mit diesem kurzen Satz verschwieg er so vieles. Er hatte Gabe nicht einfach nur gerettet. Er hatte ihn wiederhergestellt, einen Bund mit ihm geschlossen und dafür gesorgt, daß er am Leben blieb. »Da habe ich ihn gesehen. Gabe sah, was mit seiner Mutter passierte. Ich sah den Mann, der Gift auf ihren Kopf schüttete.«

Gift. Der Ausdruck, den die Fey benutzten. Coulter hatte viel von den Fey übernommen. Fast seine gesamte Weltanschauung.

»Aber der untere Teil seines Gesichts war doch verbunden«, wandte Adrian ein. »Wie hättest du ihn da erkennen sollen?«

»Er war verbunden, weil Leen ihn angegriffen hat«, erklärte Coulter.

Da erinnerte sich Adrian plötzlich wieder. Leen hatte erzählt, sie habe den Inselbewohner getötet, der Gabes Mutter auf dem Gewissen hatte.

Daß er noch lebte, hatten sie nicht geahnt. Adrian fragte sich, wie das möglich war. Was war auf jener Brücke geschehen?

Es war jene Nacht gewesen, in der Coulter behauptet hatte, er spüre die Anwesenheit eines dritten Zaubermeisters. Coulter hatte gewußt, daß der Rocaan nicht tot war, aber er hatte nicht gewußt, daß der Rocaan dieser dritte Zaubermeister war.

Jetzt zitterte Adrian ebenfalls. »Du hast gesagt, er sei genau wie du«, wiederholte er stockend. Er mußte sichergehen, daß er Coulter richtig verstanden hatte.

»Stimmt.«

»Ist er ein Zaubermeister?« fragte Adrian.

»Das ist ein Feywort«, wich Coulter aus.

»Aber er ist einer, nicht wahr?«

Coulter nickte. »Ich dachte, wir könnten ihn für unsere Zwecke einspannen. Zwei Zaubermeister gegen den einen des Schwarzen Königs. Das wäre perfekt.«

»Also hast du ihn dazu gebracht, uns zu treffen?«

»Nein«, sagte Coulter. »Er ist einfach aufgetaucht.«

Adrian fröstelte heftiger. »Einfach aufgetaucht?« wiederholte er.

»Ja«, bestätigte Coulter. Dann legte er seine Stirn an die von Adrian. Es war nur eine winzige Berührung, aber sie verriet Adrian, daß Coulter Trost suchte. »Er hat behauptet, er sei auf der Suche nach den Fey. Er sucht Gabe.«

»Aber er wußte nicht, wer Gabe ist«, erinnerte ihn Adrian. »Nicht einmal, als du seinen Namen erwähnt hast.«

Coulter hob abrupt den Kopf. Der tröstliche Druck und die Wärme verschwanden wieder. »Du hast recht«, bestätigte Coulter. »Das wußte er nicht.«

»Aber er wußte, daß sich Fey in der Gegend aufhalten. Hat er davon gehört?«

»Er kann ihre Spuren sehen, genau wie ich. Das war es, was ich an dem Abend auf dem Hof getan habe, als Gabe zu uns kam. Erinnerst du dich? Ich habe nach neuen Spuren Ausschau gehalten.«

Coulters Stimme klang rauh.

»Ich erinnere mich«, erwiderte Adrian. Wieder drehte er sich kurz um. Inzwischen hatten sich seine Augen auf die Dunkelheit eingestellt. Die Umrisse der Schatten waren jetzt schärfer, aber es war immer noch nicht hell genug, um wirklich gut zu sehen. Einen Verfolger würde Adrian erst bemerken, wenn derjenige schon dicht hinter ihnen war.

»Wir müssen weiter«, drängte Coulter und sprach damit aus, was auch Adrian gerade dachte. »Wir müssen schneller sein als sie.«

»Sie werden uns folgen«, meinte Adrian.

»Und wir werden darauf vorbereitet sein«, gab Coulter zurück.

»Kannst du sie aufhalten?« fragte Adrian. Er wollte nicht, daß die Verfolger Gabe oder Leen zu nahe kamen. Die Art, wie die Männer über die »Langen« oder die Fey geredet hatten, hatte ihm gar nicht gefallen.

»Zunächst einmal, ja«, erwiderte Coulter.

Er seufzte tief und ging weiter, diesmal langsam genug, daß Adrian mit ihm Schritt halten konnte. Adrian drehte sich wieder um. Niemand war hinter ihnen.

Jedenfalls niemand, den er sehen konnte.

»Wie weit ist es noch?«

»Nicht mehr weit«, beschwichtigte ihn Coulter.

Adrian war froh darüber. Er war erschöpft. Nach der harten Arbeit im Steinbruch und der Anspannung während der Auseinandersetzung mit den Männern wußte er nicht, wie lange er noch ohne Essen und Schlaf weiterlaufen konnte. Er lernte zwar allmählich, ohne beides auszukommen, aber er war kein junger Mann mehr. Seine Reserven waren nicht mehr das, was sie einmal gewesen waren.

Er dachte an das, was Coulter ihm eben erzählt hatte, und bekam eine Gänsehaut. Der Rocaan, der ehemalige Rocaan, besaß dieselben Fähigkeiten wie Coulter. Hieß das, daß alle Rocaans derartige Fähigkeiten besaßen? Und wenn es so war, warum hatten sie sich ihrer nicht schon früher bedient?

Was hatte der Rocaan zu Coulter gesagt?

Du versuchst, mich zu etwas zu machen, was ich nicht bin.

Und Coulter hatte erwidert: *Aber geklappt hat es trotzdem.*

Es hatte geklappt.

Adrian stolperte über einen Stein, fing sich wieder und ging weiter.

»Was hast du gemacht, als ich kam?« fragte er. »Warum hast du ihn angegriffen?«

Coulter blieb nicht stehen. »Seine Freunde waren hinter mir her.«

»Aber es klang, als wolltest du ihn zwingen, etwas Bestimmtes zu tun.«

»Das wollte ich auch.« Coulter sprach jetzt leiser. »Ich habe ihn gezwungen, seine Magie zu benutzen.«

»Warum?« wunderte sich Adrian.

»Weil ich dachte, dann würde er mit uns zusammenarbeiten. Er sollte wissen, was er alles kann.«

Adrians Nackenhaare sträubten sich. »Du meinst, vorher wußte er es nicht?«

»Nein«, bestätigte Coulter. »Ich bin sicher, daß er gewisse Dinge getan hat, aber nicht bewußt.«

»Und du hast es ihm bewußtgemacht.«

Coulter kletterte über einen Felsbrocken. Dann wanderte sein Blick an der Felswand hoch, als sei ihr Weg dort vorgezeichnet.

»Coulter?« beharrte Adrian. »Hast du ihm seine Magie bewußtgemacht?«

»Ich habe keine Ahnung, wie er sie so lange verdrängen konnte«, gab Coulter zurück. Aber er sah Adrian dabei nicht an.

Auch Adrian kletterte über den Felsbrocken. An den Seiten war der Stein kühl, aber auf der Oberfläche noch warm von der Sonne.

»Aber so war es, nicht wahr?« fragte Adrian, als er auf der anderen Seite des Felsens angekommen war. »Er wußte nicht, was alles in seiner Macht steht.«

»Nein«, bestätigte Coulter. »Das wußte er nicht.«

»Und du hast es ihm gezeigt.« Adrian stieß die Luft aus. Was sollte er davon halten? Matthias hatte Jewel getötet. Er verfolgte alle Fey mit seinem Haß.

Also hatte er es auch auf Gabe abgesehen.

»Ich habe es ihm gezeigt«, wiederholte Coulter. Dann blieb er stehen, hob die Hand an die Stirn und schüttelte einmal kurz den Kopf. »Aber ich hätte noch etwas Schlimmeres tun können.«

»Etwas Schlimmeres?« wiederholte Adrian verwirrt.

»Ja.«

»Was könnte schlimmer sein, als den Umgang mit einer Magie zu lernen, von der man nicht einmal wußte, daß man über sie verfügt?« fragte Adrian.

Coulter ließ die Hand sinken. Seine Augen glitzerten in der Dunkelheit. »Zu lernen, diese Magie zu kontrollieren.«

5

Allmählich verglommen auch die letzten Feuerkugeln, aber sie warfen immer noch ein unheimliches Licht auf den Berg. Die Steinsäulen sahen aus wie von Menschenhand erschaffen und das flache Felssims darüber wie ein Dach. Denl und Jakib gingen in das Gebilde hinein, um es zu erforschen, aber Matthias blieb draußen. Er setzte sich auf einen Felsen, stützte den Kopf in die Hand und wartete darauf, daß der Schmerz nachließ. Pausho und die andere Frau beobachteten ihn fast ängstlich.

Als wagten sie ohne Matthias' Erlaubnis nicht zu gehen.

»Sollen wir hinterhergehen?« erkundigte sich Tri. Er meinte diesen Jungen und seinen Freund. Sie waren weiter oben auf der Suche nach ihren Feyfreunden zwischen den Felsen verschwunden.

Matthias nickte, aber er rührte sich nicht. Er war noch nicht so weit. Er wußte nicht, was sie als nächstes tun sollten.

Ein Irrtum war ausgeschlossen: Er selbst hatte jene unsichtbare Trennwand erschaffen. Er bezweifelte auch nicht, daß er so etwas schon früher getan hatte. Genau wie er in jener Nacht, in der er beinahe ertrunken wäre, das Seil aus Blut geformt hatte, um sich daran aus dem Fluß zu ziehen.

Kein Zweifel, daß Flammen zwischen seinen Fingern gezüngelt hatten. Flammen, die er selbst erschaffen hatte.

Er hielt eine Hand hoch. Sie sah aus wie immer. Die Finger waren lang und biegsam, ihre Form vertraut. Nichts an ihnen deutete auf ungeahnte Kräfte hin.

Aber so war es.

Er besaß Magie.

Genau wie die Fey.

Großer Gott, wie ihm der Kopf weh tat! Er hob langsam den Blick und sah zu Pausho hinüber.

»Erzähl es mir«, befahl er und beschloß, sich ihre Furcht zunutze zu machen. »Erzähl mir alles, was du weißt.«

»Das ist zuviel«, wehrte sie ab.

Matthias zwang sich zu lächeln, obwohl die Bewegung unangenehm an den Wunden in seinem Gesicht spannte. »Das macht nichts.«

»Es würde die ganze Nacht dauern.«

»Das sind alles nur Ausflüchte. Du willst gar nicht, daß ich alles weiß, nicht wahr?« fragte Matthias. »Dann würdest du deine Macht einbüßen.«

Pausho verschränkte die Arme vor der Brust. Sie war alt, aber sie strahlte Stärke aus. »Der Berg hat dich zurückgewiesen. Damit muß ich leben. Aber das bedeutet noch lange nicht, daß ich dir alles sagen muß.«

»Wie viele Kinder hast du im Laufe der Jahre hier heraufgebracht?«

»Nicht viele«, erwiderte sie leise.

»Nicht viele im Vergleich wozu?« mischte sich Tri ein. Er hatte sich neben Matthias aufgebaut. Im fahlorangenen Licht der verglimmenden Feuerbälle sah Tri noch blasser aus als sonst. Was hatte er selbst als Weiser auf dem Gewissen? Hatte auch er ein Neugeborenes auf dem Berg ausgesetzt?

»Im Vergleich zu früher.« Pausho schürzte die Lippen, als wolle sie noch mehr sagen, könne es aber nicht.

»Früher?« fragte Matthias.

Sie nickte.

»Wann früher?«

»Nachdem der Roca es befohlen hatte«, erklärte sie.

Matthias drehte ihr abrupt den Rücken zu. Woran er auch immer geglaubt hatte, ob er die Existenz Gottes oder deren Fehlen gespürt hatte, die Tiefe seines eigenen Glaubens oder dessen Mangel, er hatte immer noch Respekt vor der Religion.

Pausho ganz offensichtlich nicht.

Der Roca, mit dem Matthias sich in seinen Studien so ausführlich beschäftigt hatte, hätte niemals so etwas befohlen.

»Den Tod Unschuldiger zu rechtfertigen scheint dir ziemlich leichtzufallen«, bemerkte er.

»Der Roca war ein Gottgefälliger«, sagte Pausho hinter ihm. Ihre Stimme klang unverändert kräftig. Als glaube sie jedes Wort, das sie sagte.

»Willst du wirklich behaupten, daß es eine religiöse Handlung ist, Säuglinge im Gebirge auszusetzen?«

Pausho antwortete nicht. Matthias drehte sich um. Sie beobachtete ihn. Ihr Gesichtsausdruck kam ihm irgendwie bekannt vor: Der alte Danite, der ihn die Geschriebenen und Ungeschriebenen Worte gelehrt hatte, pflegte ihn so anzublikken, wenn er etwas ganz offensichtlich nicht begriffen hatte.

Pausho glaubte tatsächlich an das, was sie tat.

Mord als religiöse Handlung.

Es war abscheulich.

Willst du damit sagen, daß du meine Frau absichtlich getötet hast? hatte Nicholas Matthias bei ihrer letzten Begegnung gefragt.

Nein, hatte Matthias erwidert. *Es war Gottes Wille.*

Gottes Wille.

Matthias schüttelte so heftig den Kopf, als wolle er seine eigenen Worte abschütteln. In den letzten fünfzehn Jahren hatte er sich nichts zuschulden kommen lassen, und ob es falsch gewesen war, Jewel zu töten, wußte er nicht genau.

Aber was war mit Burden?

Burden zu töten war eindeutig keine religiöse Handlung gewesen. Matthias hatte das Weihwasser einem Wehrlosen entgegengeschleudert, einem hilflosen Mann hinter Gittern, der Matthias nicht einmal berühren konnte.

Einem Fey.

Der aber vielleicht genug Zauberkraft besaß, um ihn trotz der Gitterstäbe zwischen ihnen anzugreifen.

Wenn du an Gott glaubtest, hatte Nicholas gesagt, *würdest du ihn nicht als Vorwand für einen Mord mißbrauchen.*

Vorwand für einen Mord.

Mord.

Wieder preßte Matthias die Hand auf die Stirn. Sein Kopf schmerzte so heftig, als müßte er gleich explodieren.

»Wann hat der Roca das gesagt?« fuhr er Pausho an. »Wann hat er die Bewohner von Constantia angewiesen, ihre eigenen Kinder zu töten? Erst unmittelbar vor seiner Aufnahme hat er die Herrschaft zwischen seinen Söhnen aufgeteilt. Wie hätte er in so kurzer Zeit etwas so Abartiges befehlen können? Und wie bringt es jemand fertig, einem solchen Befehl Folge zu leisten?«

»Du als Rocaan kennst dich so schlecht in der Geschichte deiner eigenen Religion aus?« gab Pausho seine Frage zurück.

Sie grinste ihn an, als sei er verrückt. Matthias blinzelte, so unerträglich waren sein Kopfschmerzen. Jeder Pulsschlag hämmerte in seinen Schläfen.

»Ich kenne alle Lehren des Tabernakels«, verteidigte er sich, »und nicht nur die. Ich habe mich ausführlich mit den alten Legenden beschäftigt.«

»Nur die echten Worte hast du nie zu Gesicht bekommen.«

Matthias runzelte die Stirn. »Sie wurden bei einem der Religionskriege zerstört.«

Pausho schüttelte verneinend den Kopf. »Sie befanden sich die ganze Zeit hier in Constantia.«

»Ja, sie existieren noch immer«, bestätigte Tri. Er stand unverändert nah neben Matthias und hatte die Unterhaltung bis jetzt schweigend verfolgt. Als müßte er Matthias beschützen. Als brauche Matthias Schutz.

»Hast du sie denn gesehen?« fragte Matthias erstaunt.

»Als Weiser hätte ich das Privileg gehabt, sie zu lesen. Aber ich bin nie dazu gekommen.«

Matthias schluckte. Das orangefarbene Licht der Feuerbälle verblaßte. Der Rauch verzog sich allmählich. Der Wind hatte aufgefrischt.

»Du hast die Gelegenheit ungenutzt gelassen, ein so wichtiges historisches Dokument zu studieren?«

Tri zuckte die Achseln. Matthias blickte ihn ungläubig an. Konnte Tri womöglich überhaupt nicht lesen?

Wie dem auch sein mochte: Für Matthias zählte jetzt nur, daß er seine verwirrten Gefühle ordnen, seine unerträglichen Kopfschmerzen loswerden und die Verfolgung der Fremden aufnehmen mußte.

»Die Worte, die du studiert hast, sind unvollständig«, beharrte Pausho. »Hier in Constantia besitzen wir die vollständige Fassung. Der Roca wurde Aufgenommen. Aber nach zwanzig Jahren ist er zurückgekehrt.«

Jetzt mußte Matthias aber doch lachen. Sie hatte ihn die ganze Zeit an der Nase herumgeführt.

Pausho rührte sich nicht. Sie sah wieder aus wie jener alte Danite. Und noch wie jemand anders: Matthias' Geschichtslehrer an der Religionsschule, auf die ihn der Tabernakel geschickt hatte.

Die Schule, in der Matthias Nicholas' Vater, Alexander, begegnet war. Die Schule war dem Tabernakel angegliedert, und Alexander und Matthias waren Freunde geworden.

Gute Freunde.

Auch Alexander hatten die Fey auf dem Gewissen.

»Der Roca ist zurückgekehrt«, wiederholte Pausho.

»Ein Toter kann nicht zurückkehren«, widersprach Matthias.

»Der Roca schon. Er kehrte zum Ort seiner Geburt zurück und unterrichtete die Bewohner von Constantia. Damals hat er auch die Worte niedergeschrieben.«

Obwohl die Luft von den Feuern noch warm war, überlief es Matthias kalt. Diese Frage hatte ihn während seiner ganzen Studien nicht losgelassen. Er hatte sich immer gefragt, wer eigentlich die Worte niedergeschrieben hatte.

Und warum.

»Du lügst«, flüsterte er. »Du lügst, um mich zu verwirren. Du lügst, weil du mich immer gehaßt hast.«

»Ich hasse dich nicht, Matthias«, versicherte Pausho. »Ich glaube, daß du einfach böse bist. Das ist eben deine Natur. Schuld daran ist die Magie, die der Junge in dir wachrufen wollte. Sie zerfrißt dich innerlich. Du bist ein Wrack.«

»Aber du hast selbst zugegeben, daß auch der Roca solche Fähigkeiten besaß. Dann müßte auch der Roca böse sein«, folgerte Matthias.

»Der Roca war von Gott gesandt«, sagte Pausho.

»Aber du hast doch vorhin gesagt, daß ich dieselben Fähigkeiten besitze.« Matthias verstand Pausho nicht. Oder lag es an seinen Kopfschmerzen? »Wenn das so ist, dann bin auch ich von Gott gesandt.«

»Da war der Roca«, leierte Pausho in eintönigem Singsang herunter. Offenbar hatte sie dies schon viele Male erzählt, aber wem, das wußte Matthias nicht. »Da waren die Soldaten des Feindes. Und als diese fort waren, war da der Innere Feind. Er behauptete, von Gott gesandt zu sein, aber das war eine Lüge. Er mißbrauchte die Kraft Gottes für seine bösen Zwecke. Du stammst von diesem Inneren Feind ab, Matthias.«

»Woher willst du das wissen?« fragte Matthias.

»Weil du lang bist«, flüsterte Pausho.

Matthias' Kopfschmerzen wurden stärker. Er preßte die Hände an die Schläfen. Auf diese Auseinandersetzung war er nicht vorbereitet. Er war nicht in der Lage, über das nachzudenken, was Pausho sagte.

Was der Junge gesagt hatte.

Matthias wandte sich ab, krümmte die rechte Hand und stellte sich kleine Flammen vor, die zwischen seinen Fingern züngelten.

Als hätte jemand eine Kerze angezündet, loderte an seiner Daumenspitze eine kleine Flamme auf. Matthias preßte die gewölbte Hand dicht an die Brust und berührte den Daumen mit der Spitze des Zeigefingers.

Die Flamme sprang über.

Genau wie Matthias vermutet hatte.

Dann sprang sie vom Zeigefinger zum Mittelfinger, vom Mittelfinger zum Ringfinger, vom Ringfinger zum kleinen Finger.

Matthias erstickte die Flamme mit der anderen Hand.

Niemand sonst hier konnte so etwas.

Niemand wußte, daß Matthias sich Flammen vorgestellt hatte.

Pausho fürchtete sich vor Magie.

Der Junge ... Coulter ... war schon lange weg.

Matthias' Mund war wie ausgedörrt. Er bekam kaum Luft. Die Kopfschmerzen wurden von Minute zu Minute schlimmer.

»Heiliger Herr?« Denl stand vor ihm wie aus dem Boden gewachsen. Matthias hatte ihn nicht kommen sehen. »Alles in Ordnung mit dir?«

»Ja, ja«, brachte Matthias hervor.

»Hab schon geglaubt, ich hätt Flammen auf deiner Hand gesehn.«

Matthias schluckte mühsam. »Eine Täuschung. Ich glaubte

dasselbe zu sehen, aber dann habe ich gemerkt, daß es nur eine Täuschung war.«

Denl lächelte zurück. »Da drin ham wir nix gefunden. Aber 's scheint, als hätten sie dort ihr Lager aufgeschlagen.«

Jetzt schlenderte auch Jakib langsam näher. Sein Gesicht hatte einen merkwürdigen Ausdruck. Hatte er etwas gesehen?

Und wenn er etwas gesehen hatte, hatte er es begriffen?

»Gehn wir jetzt den Berg rauf oder soll'n wir bis zum Morgen warten?«

Die Langen. Der Junge. Die Fey.

Es gab so viel zu bedenken.

So viel hatte sich in den letzten Stunden verändert.

Und doch war alles beim alten. Wenn der Junge wirklich recht hatte ... aber wie konnte er recht haben? Wie konnte er unrecht haben? ... dann hatte Matthias diese Fähigkeiten schon die ganze Zeit über besessen.

Die ganze Zeit.

Schon in jener Nacht, in der der Fey Matthias' Gesicht bedeckt und ihm Alpträume geschickt hatte. In jener Nacht im Tabernakel, in der Matthias beinahe gestorben wäre, jener Nacht, in der man Burden gefangen hatte. Vom Zauberspruch des Fey war Matthias aufgewacht und hatte sich von dem Bann befreit.

Burden hatte es nicht fassen können.

Nur Menschen, die Magie besitzen, können sich vom Bann eines Traumreiters befreien, hatte er gestammelt.

Nur Menschen, die Magie besitzen.

»Heiliger Herr?«

»Ich habe dir doch verboten, mich so zu nennen«, erwiderte Matthias, ohne nachzudenken. Der Tadel kam ihm automatisch über die Lippen. Er leugnete, daß er der Rocaan war, obwohl er dieses Amt einst verkörpert hatte. Warum tat er das?

Weil er jemanden getötet hatte?

Weil es ihm an Glauben mangelte?

Oder weil man ihn sein Leben lang »Dämonenbrut« genannt hatte und er als Inselbewohner erzogen worden war zu dem Glauben, daß Dämonen Gott nicht dienen konnten?

Vielleicht konnten sie es ja doch.

Pausho hatte behauptet, der Roca habe dieselben Fähigkeiten besessen.

Matthias drehte sich nach der Alten um. Er fühlte sich seltsam losgelöst von allem, als sei der Kopfschmerz das einzig Lebendige an seinem Körper.

»Was ist dort oben?« fragte er.

Pausho runzelte verwirrte die Stirn.

Dann zeigte sie auf den Pfad, auf dem der Junge und sein Freund verschwunden waren. »Was dort oben ist? Sieh doch selbst nach.«

Matthias blickte sich verwirrt um, bevor er begriff. Sie forderte ihn auf, den beiden zu folgen. Das wiederum konnte nur bedeuten, daß dort oben eine Falle lauerte.

Aber während Matthias noch den Berg betrachtete, bemerkte er einen schwachen Schimmer, als habe sich die Dunkelheit in Silber verwandelt. Wie Mondlicht auf einem Fluß.

Wie Nebel vor den Fenstern eines bei Nacht erleuchteten Hauses.

Er fühlte es schwach und schimmernd in seinem Inneren. Dieses Gefühl hatte er sein Leben lang in der Nähe der Berge gehabt, so wie er die Sonne auf seiner Haut fühlte.

Der seltsame Schimmer kam ihm genauso vertraut vor. Matthias wunderte sich nicht darüber. Für ihn war er einfach ein Teil seiner Welt.

Ihn tatsächlich zu sehen verstärkte dieses Gefühl nur noch.

»Was ist das?« sagte er noch einmal, mehr zu sich selbst, als könnte die Antwort nur von ihm selbst kommen.

Dann drehte er sich wieder nach Pausho um. Er hatte schon

eine Menge Feymagie gesehen. Dies hier war etwas anderes. Aber er wußte auch, daß die Fey dort hinaufgegangen waren. Hatten sie mehr gewußt als er?

»Sag mir, was das ist.«

»Sieh selbst nach.«

»Das tue ich auch«, versprach Matthias. »Aber ich will es vorher wissen. Ich will wissen, was mich erwartet, damit sie mir keine Falle stellen.«

»Sie werden dir keine Falle stellen«, versicherte Pausho. »Sie sind viel zu beschäftigt.«

»Womit?«

»Mit den Symbolen.«

Matthias runzelte fragend die Stirn.

Pausho seufzte. »Der Tabernakel hat alles verloren, nicht wahr?« fragte sie. »Das ganze Wissen ist verloren.«

»Ich wüßte nicht, was dort oben auf dem Berg sein sollte«, erwiderte Matthias. »Und ich war einer der größten Gelehrten des Tabernakels.«

Pausho streckte das Kinn vor. »Dort oben ist der heiligste Ort der Insel. Manche behaupten, der Roca sei dort geboren. Andere sagen, er sei dort gestorben. Aber die Weisen wissen, daß er dort oben wiedergeboren wurde. Er kam durch die Höhle zurück und gab uns die Worte.«

»Dort oben ist eine Höhle?«

»Sie ist ein heiliger Ort. Der Geist des Heiligsten erfüllt sie.«

»Von dort soll der Roca gekommen sein?« fragte Denl. »Bist du da sicher?«

»So berichten es die Worte«, versicherte Pausho. »Wenn ihr die Höhle betretet, werdet ihr es verstehen.«

»Aber die Fey ...«

»Wenn die Langen wirklich dort oben sind, dann sind sie beschäftigt«, wiederholte Pausho. »Dort gibt es viel zu sehen. Und zu lernen.«

»Bist du dort gewesen?« erkundigte sich Matthias.

»Einmal«, erwiderte Pausho, aber sie blickte dabei zu Boden. »Ich war noch ein Mädchen.«

Sie schluckte hörbar, und Matthias glaubte schon, sie werde nicht weitersprechen.

»Deshalb wurde ich ja zur Weisen ernannt. Ich wurde in mein Amt eingeführt, als einer der Älteren starb. Weil ich in der Höhle gewesen bin.«

»Und du bist kein zweites Mal dort gewesen?« fragte Tri.

»Ich wollte nicht«, entgegnete Pausho.

»Was ist dort passiert?« bohrte Matthias. »Was hat dich an jenem Ort zur Weisen gemacht?«

Pausho schüttelte erst den Kopf, dann hob sie ihn, wieder ganz die Frau, die Matthias kannte – und haßte. »Ich habe geschworen, niemals darüber zu sprechen.«

»Das ist mir egal«, beharrte Matthias. »Ich will wissen, was ich dort sehen werde.«

»Ich weiß nicht, was du dort sehen wirst«, sagte Pausho. »Aber du warst einst ein Gottgefälliger. Von allen Menschen kannst du am ehesten den heiligsten Ort der Insel sehen.«

»Du hast mich als Dämonenbrut beschimpft«, erinnerte sie Matthias.

»Das bist du auch.« Pausho lächelte. »Ich vermute, dein Besuch wird sehr ungewöhnlich verlaufen.«

»Soll er lieber nich' hingehn?« fragte Jakib besorgt.

»Das fragst du sie?« unterbrach ihn Matthias. »Die Frau, die versucht hat, mich umzubringen, als ich kaum ein paar Stunden alt war?«

Aber Pausho betrachtete über seinen Kopf hinweg den seltsamen Schimmer auf dem Berg. Als sie wieder etwas sagte, klang ihre Stimme, als spräche sie im Traum.

»Ich will niemanden davon abhalten«, sagte sie, »die Hand Gottes zu berühren.«

6

Gott strafte ihn.

Jemand bestrafte ihn, weil seine Weisung fehlgeschlagen war.

Weil er es zugelassen hatte, daß die Fey Sebastian verschleppt hatten.

Weil er dem König nicht rechtzeitig von der Invasion der Fey berichtet hatte.

Die Arme um die Knie geschlungen, kauerte Con in der Nähe des Tunnels unter der Brücke im Dunkeln. Sein Talar war schmutzig, seine Hände immer noch mit ekelhaftem, undefinierbarem Schleim bedeckt, und er stank so sehr, daß er sich selbst kaum noch ertrug. Bei seinem Sturz hatte er sich die Haut aufgeschürft, und dort, wo ihn sein eigenes Schwert gestreift hatte, klaffte eine offene Wunde an seiner Wade.

Er hatte es tatsächlich geschafft, über die Brücke zu gelangen. Jetzt befand er sich auf dem anderen Flußufer, und alles war nur noch schlimmer.

Die Fey hatten alle umgebracht.

Alle, die es geschafft hatten, aus dem Tabernakel zu fliehen.

Die anderen Auds, die Daniten, die Hohen Geistlichen und die Ältesten.

Alle waren tot.

Con war der einzige Überlebende.

Wahrscheinlich nicht mehr lange.

Noch hatten die Fey ihn allerdings weder gehört noch gesehen. Aber er konnte sie von seinem Platz in der Nähe des Höhleneingangs aus beobachten.

Fast ein Dutzend Fey war in dem großen Raum an der Arbeit. Sie waren kleiner als alle anderen Fey, die Con je gesehen hatte, und sie beschäftigten sich mit den Leichen. Erst hatten sie die Toten zu den Wänden gezerrt und sie dort säuberlich aufgestapelt. Dabei hatten sie die Leichen nach bekleideten und nackten getrennt; nach solchen mit viel Fleisch auf den Rippen und solchen, die eher mager waren.

Die Mageren wurden einfach auf einen Haufen geworfen. Con konnte es nicht genau erkennen, aber mit den Leichen auf diesem Haufen gingen die Fey weniger sorgfältig um als mit den übrigen.

Während einige der Fey weiterhin die Toten wegschleppten und sortierten, beugten sich andere über die Leichen auf den verschiedenen Stapeln. Sie rissen ihnen das Fleisch von den Knochen und verstauten es in Lederbeuteln. Ein Fey, kleiner und jünger als die anderen, schien dafür zuständig zu sein, die religiösen Symbole zu entfernen. Er hielt die ziselierten Schwerter an ihren Ketten zwischen Daumen und Zeigefinger, als könnte er sich daran verbrennen.

Vielleicht war es ja so.

Neben den Eingängen standen andere, größere Fey. Sie sahen sich mit gezückten Schwertern nach allen Seiten um. Die Fey neben Cons Tür hatten ihn noch nicht entdeckt und zum Glück auch nicht gehört, wie er sich aus Richtung der Brücke herangeschlichen hatte.

Die Fey in der Höhle sprachen während der Arbeit laut miteinander und stritten sich um besonders wertvolle Exemplare. Eine weibliche Fey trieb sie zu schnellerer Arbeit an. Sie warnte davor, daß die Leichen verwesen könnten, wenn die Männer sich nicht beeilten.

Dann würde der Schwarze König sehr wütend auf sie werden.

Diese Bemerkung hatte Con einen gehörigen Schreck eingejagt. Erst hatte er sogar geglaubt, der Schwarze König sei ganz in der Nähe. Dann aber hatte er begriffen, daß der Schwarze König aus irgendeinem Grund das Fleisch haben oder benutzen wollte, das die kleinen Fey von den Toten schälten.

Von Menschen, mit denen Con am Tag zuvor noch gesprochen hatte.

Hätte Sebastian ihn nicht gewarnt, läge jetzt auch Con tot unter ihnen, nackt oder bekleidet, mit Haut oder abgehäutet.

Er wäre eines gräßlichen Todes gestorben.

Was aber seinen Blick immer wieder fesselte, waren nicht die zahllosen Leichen, nicht die kleinen Fey, die sich an ihnen zu schaffen machten, sondern die Lampen, die von den Fakkelhalterungen baumelten. Erst nach einer ganzen Weile hatte Con gemerkt, daß nicht Flammen das Licht verströmten, sondern kleine, menschenähnliche Gebilde. Einen Augenblick lang hatte er sogar geglaubt, in einem Glaszylinder bewege sich jemand, den er kannte. Aber er war zu weit entfernt, um zu erkennen, wer.

Um hier herauszukommen, mußte er dieses Schlachtfeld irgendwie überqueren und sich an den Feywachen und all den emsigen kleinen Fey vorbeistehlen.

An den Leichen der Menschen, die er einst gekannt hatte.

Con hatte zwar sein Schwert wiedergefunden, aber er glaubte nicht, daß er es mit einer so großen Anzahl Fey aufnehmen konnte. Das eine Mal, als er die Waffe benutzt hatte, war er nur deshalb mit dem Leben davongekommen, weil er mit dem Rücken zur Wand stand und Servis die Fey abgelenkt hatte.

Diesmal aber führte der Weg mitten durch die Armee der Fey, und er hatte keine Rückendeckung.

Keinen Gefährten.

In seinem ganzen Leben war er noch nie so allein gewesen.

Er war nicht einmal mehr sicher, ob Gott noch auf seiner

Seite war. Er hatte in allem versagt. Er hatte Sebastian und alle seine Bekannten verloren.

Der Tabernakel war zerstört.

Der Rocaan war fort.

Die Religion war vernichtet.

Con war ihr letzter Vertreter. Ein einzelner kleiner Aud ohne Ausbildung. Ein unbedeutender Aud, dessen Gott vielleicht böse auf ihn war, weil ihm alles mißlang.

Con senkte den Kopf. Aber er fand kein Gebet in seinem Inneren. Er hätte nur um sein eigenes Leben bitten können, und das war ein selbstsüchtiger Wunsch. In den Geschriebenen und Ungeschriebenen Worten stellte der Roca unmißverständlich klar, daß Gott tatkräftige Menschen bevorzugte, daß die Stärke eines Menschen darin bestand, sich selbst und anderen zu helfen.

Gott selbst half den Menschen nicht gern. Offenbar betrachtete Er es nicht als Seine Aufgabe.

Das alles ging Con durch den Kopf, bevor er betete. Er dachte lange nach. Dann erinnerte er sich an den Heiligsten, dessen Aufgabe es war, die Gebete der Gläubigen Gottes Ohr nahezubringen, und flüsterte:

»Schenk mir Klarheit.«

Das war alles, was ihm einfiel. Er mußte mit klarem Kopf darüber nachdenken, was er als nächstes zu tun hatte. Er hatte schon seit ewiger Zeit nicht mehr geschlafen. Immerhin hatte er etwas gegessen. Gott hatte unter dem Tabernakel für Lebensmittel gesorgt, und Con hatte ein paar Vorräte in seinem Talar verstaut. Er wollte zwar lieber nicht über den Schmutz nachdenken, der die Nahrungsmittel bedeckte, aber in seinem Zustand diente Essen nicht nur der Lebenserhaltung. Es bedeutete Schlaf. Es war das einzige, was ihn bei Verstand hielt.

Die kleinen Fey waren ebenso groß wie er selbst, vielleicht sogar noch ein wenig kleiner.

Derartig kleinen Fey war Con wirklich noch nie begegnet.

Er kroch näher an den Eingang heran und kniff die Augen zusammen. Ihre Haut war dunkel, die Ohren spitz und die Augenbrauen geschwungen.

Es waren eindeutig Fey, aber so klein wie Inselbewohner.

Außerdem waren sie sehr schmutzig.

Der Feyposten hatte sich vom Eingang entfernt. Er stand jetzt neben einem Leichenhaufen und betrachtete ihn gelangweilt. Offenbar rechnete er hier unten nicht mit Eindringlingen.

Aber wie sollte Con an ihm vorbeikommen?

Dann hob der Wachposten einen Talar auf und stellte auf Fey eine Frage. Cons Wortschatz war nicht groß, denn im Tabernakel hatte niemand Fey gesprochen, aber er hatte ein paar Wörter aufgeschnappt, bevor er als Knabe sein Elternhaus verließ.

Er glaubte zu verstehen, daß der Wachposten fragte, was mit der Kleidung geschehen solle.

Ein anderer Fey rief dem Wachposten quer durch die Höhle etwas zu. Der Fey ließ den Talar fallen wie eine heiße Kartoffel.

Con rutschte das Herz in die Hose. Erst jetzt merkte er, daß er insgeheim gehofft hatte, der Fey werde den Talar überziehen. Dann hätte Con so tun können, als sei er einer von ihnen, und wäre schnell vorbeigehuscht.

Jetzt aber war seine Kleidung noch immer höchst verdächtig.

Er streckte eine Hand aus. Im Dämmerlicht war es schwer, überhaupt etwas zu erkennen. Aber von hier aus sah seine Haut so dunkel aus wie die eines Fey.

Auch er war sehr schmutzig.

Wahrscheinlich roch er auch genauso schlecht wie sie, oder sogar noch schlechter.

Er mußte es irgendwie schaffen, wie ein Fey auszusehen.

Er blickte an seinem Talar herunter und zupfte an den Ärmeln und dem weiten Rock. Er könnte den Talar zerreißen und versuchen, ihn so einem Fey-Gewand ähnlicher zu machen. Die kleinen Fey trugen lange Ärmel und Kniebundhosen, die Wachen Lederwesten und die gleichen Hosen. Die Stiefel reichten ihnen bis zum Knie.

Con war barfuß. Er konnte seinen Talar nicht so schürzen, daß er aussah wie eine Kniebundhose. Er konnte ihn nicht umschneidern.

Er mußte passende Kleider stehlen.

Oder abwarten.

Wenn er abwartete, kam er vielleicht niemals mehr ans Tageslicht. Oder sie fingen ihn. Oder Sebastian starb.

Sebastian konnte in jedem Fall sterben.

Cons einzige Chance war, sich unbemerkt vorbeizuschleichen.

Wenn sie ihn dabei erwischten, konnte er sich immer noch mit dem Schwert zur Wehr setzen. Vielleicht war die Macht der Waffe groß genug.

Aber Con glaubte nicht recht daran.

Wenn er sich vorbeischlich und das Schwert versagte, starb er. Wenn er sich den Weg freihieb und sie ihn trotzdem überwältigten, starb er auch. Aber wenn er es schaffte ...

Wenn er es schaffte, stand er gleich vor dem nächsten Problem. Er mußte sich einen Weg durch die Ruinen von Jahn bahnen und Sebastians Freund finden.

In Feykleidung wäre alles leichter. Besonders, wenn Con sich nicht wusch.

Con schluckte mühsam.

Den Wächter zu töten war nicht schwer. Das Schwert würde kurzen Prozeß mit dem Fey machen. Aber die Vorstellung, den übrigen Fey ungeschützt gegenüberzustehen, erschreckte Con so, daß ihm sogar ein bißchen übel wurde.

Er hatte schon vorher Fey mit dieser magischen Waffe getötet. Aber er hatte es nicht gern getan. Es hatte ihm Alpträume verursacht. Er hatte an seiner eigenen Verpflichtung gegenüber Gott gezweifelt. Aber er hatte es auf die Umstände geschoben. Er war in eine Situation hineingeraten, in der er keine andere Wahl gehabt hatte.

Diesmal hatte er eine Wahl.

Diesmal tötete er vorsätzlich.

Con seufzte. Es ging einfach nicht anders. Gott würde ihm bestimmt vergeben. Ein Mann mußte töten, wenn sein eigenes Überleben davon abhing. Wenn er jetzt nicht handelte, würde er in diesen Katakomben zugrunde gehen.

Es kam darauf an, den Wachposten zu überrumpeln, ihn schnell und lautlos zu töten und sich dann an den anderen Fey vorbeizustehlen.

Irgendwie.

Con wischte sich mit der Hand über das Gesicht. Die Höhle war verdammt groß. Sie wimmelte von Fey.

Wenn Con umkam, konnte er Sebastian nicht mehr von Nutzen sein.

Dann war er niemandem mehr von Nutzen.

Con holte tief Luft.

Er mußte den richtigen Moment abwarten. Die Wachen mußten abgelenkt sein. Oder die Zahl der Fey in der Höhle mußte sich verringern.

Vielleicht zogen sie ja bald ab. Sie konnten sich doch nicht stundenlang mit den Leichen aufhalten, oder?

Con beschloß, sich in einen der Seitengänge zu schleichen, die Sackgassen zu sein schienen, und sich dort zusammenzurollen.

Er würde einfach schlafen. Falls die Fey ihn entdeckten, hielten sie ihn vielleicht für tot.

Etwas Besseres fiel ihm nicht ein.

Es war seine einzige Chance.

»Es tut mir leid, Sebastian«, flüsterte er und neigte noch einmal den Kopf. Dann entfernte er sich kriechend von der Höhle und den Fey und schlüpfte in einen Gang, der ins Unbekannte führte.

7

Rugad tastete sich an der Verbindung entlang. Er schwebte durch das Weiß, folgte dem purpurroten Strang und überwand mühelos die weite Entfernung.

Die Verbindung zwischen dem Golem und Arianna, Rugads Urenkelin, war breit und fest. Sie liebten einander.

Rugad hatte nicht gewußt, daß ein Golem zu derartig starken Gefühlen fähig war. Er hatte immer angenommen, diese Geschöpfe fühlten überhaupt nichts.

Jetzt näherte er sich dem anderen Ende der Verbindung. Er spürte die Gegenwart seiner Urenkelin so stark, als befände sie sich mit ihm im gleichen Zimmer. Das Mädchen war lebhaft, gefühlsbetont und klug. Aber sie hatte noch nicht gelernt, ihre Gefühle so weit zu kontrollieren, daß sie ihre Intelligenz gezielter einsetzen konnte.

Sie war jung.

So jung.

Hätte er es gekonnt, hätte Rugad gelächelt.

Er verlangsamte sein Tempo. Bestimmt hatte seine Urenkelin ihr Ende der Verbindung geschützt. Während er sich dem kritischen Punkt näherte, stellte sich Rugad wie immer einen eigenen Körper vor. Dieser Körper glich stets Rugad als jungem Mann: kräftig und voller Spannkraft. Auf den Aufprall gefaßt, streckte Rugad die Hände aus ...

... und stürzte in den ungeschützten Körper des Mädchens. Einen Augenblick lang taumelte er haltlos in ihrem Geist herum, bis ihm wieder einfiel, daß er ja keinen wirklichen Körper besaß und deshalb auch nicht fallen konnte. Dann erstarrte er.

Das Mädchen schrie, es schrie körperlich. Sein ganzer Körper bebte.

Das durfte nicht passieren.

Rugad drängte das innerste Wesen des Mädchens beiseite und stieß es in eine Ecke ihres Geistes. Es war flüssig. Während Rugad es bedrängte, verwandelte es sich erst in eine Katze, dann in ein Pferd, dann in einen Mann, dann in ein Mädchen und dann in ein flaches Stück Fleisch, bevor es wieder zu einem Mädchen wurde. Rugad drückte das Mädchen mit der Kraft seines Geistes gegen ihren eigenen Geist und warf einen Blick durch seine Augen. Es war dunkel. Sie befanden sich im Gebirge, und es war kalt. Der physische Körper des Mädchens war erschöpft und hungrig. Rugad hatte noch nie jemanden gefühlt, der so zerbrechlich war. Er bezweifelte, daß er selbst jemals einen solchen Zustand erlebt hatte.

Aber es war keine innere Zerbrechlichkeit. Ihr innerstes Wesen war stark. Es wehrte sich immer noch in der Ecke, in die Rugad es gestoßen hatte. Es wurde zu einem Vogel, der nach Rugads geistiger Hand hackte. Dann verwandelte es sich in ein Messer und stach nach ihm, aber Rugad befahl seinem Geist, nichts zu spüren. Das Mädchen hatte noch nicht begriffen, was Rugad eigentlich war. Jetzt wurde es wieder zur Frau, biß, kratzte und kämpfte verbissen.

Alles in völligem Schweigen.

Armes Ding. Es begriff nicht, daß Lärm eine der wenigen Waffen war, die ihr in diesem Kampf zur Verfügung standen.

Ein Teil von Rugads Wesen hielt das Mädchen in Schach. Dann streckte er die Hand aus, berührte mit seinem kleinen Finger ihren Geist und ließ ein Stückchen Haut zu Boden fallen. Wieder wehrte sich das Mädchen. Rugad stieß sie heftiger zurück.

Er trat näher an ihre Augen heran und konzentrierte sich auf das, was er sah.

Die Dunkelheit. Das Gebirge.

Die Kälte.

Die alte Frau vor ihm. Die Augen des Mädchens hatten sich längst an die Dunkelheit gewöhnt. Rugad dagegen mußte ein bißchen blinzeln.

Die Alte, wie das Mädchen sie in Gedanken nannte.

Rugad erkannte sie.

Es war die Schamanin, die er seinerzeit seinem Sohn Rugar mitgegeben hatte. Rugad hatte schon vermutet, daß sie noch lebte.

Sie lebte tatsächlich. Es war ihr gelungen, dem Blutbad im Schattenland zu entkommen. Eine Versagerin, die entkommen war.

Jetzt war sie zusammen mit Rugads Urenkelin auf der Flucht.

Rugad fühlte eine Hand auf der Schulter des Mädchens und senkte den Blick. Es war eine Männerhand; nach der Blässe und den kurzen, plumpen Fingern zu schließen, die Hand eines Inselbewohners. Rugad richtete den Blick direkt auf die Person, der die Hand gehörte ...

... und hätte beinahe triumphierend gelächelt.

Der Inselkönig.

Nicholas.

»Was hast du?« erkundigte sich Nicholas besorgt. »Du hast geschrien.«

Rugad kannte das Mädchen nicht gut genug, um zu wissen, was sie normalerweise auf eine solche Frage geantwortet hätte.

Hinter ihm, eingesperrt in ihren eigenen Geist, erstarrte das Mädchen beim Klang der Stimme ihres Vaters.

Dann schrie sie: *Papa! Ich bin hier drin! Ich sitze in der Falle! Papa!*

Aber Rugad kontrollierte ihre Mundbewegungen. Die Worte wurden niemals ausgesprochen.

Er hatte die absolute Kontrolle über ihren Körper. Er ließ sie die Lippen zu einem schwachen Lächeln verziehen, während er Nicholas anblickte.

»Ich bin gestolpert«, murmelte Rugad und hoffte, daß er ihren Tonfall traf. »Ich habe nur einen Schreck bekommen.«

»Bist du sicher, daß du dich nicht verletzt hast?«

»Ganz sicher«, gab Rugad zurück.

Nicholas nahm seine Hand noch immer nicht von ihrer Schulter. »Ich wünschte, wir könnten eine Pause einlegen«, meinte er.

»Ich auch«, stimmte Rugad zu. »Aber wir müssen weitergehen.«

Papa! schrie Arianna wieder. In ihrem Schädel hallte ihre Stimme dröhnend laut wider. Rugad unterdrückte den Impuls, sofort durch ihre Augen zu fliehen, drehte sich zu ihrem innersten Wesen um und brachte es mit Gewalt zum Schweigen.

Die Schamanin war stehengeblieben. Sie blickte Rugad an. Blickte *Arianna* an. Rugad mußte sich daran erinnern, wer er jetzt war. Aber die Schamanin war zu weit weg, um den Gesichtsausdruck des Mädchens zu erkennen.

Auch Rugad blieb stehen. Er reckte den Hals und sah sich nach allen Seiten um.

Berge. Hoch, baumlos, und ein nach Osten führender Pfad. Über ihnen lag Schnee. Leider war es nicht hell genug, um zu erkennen, wohin der Pfad führte.

»Arianna!« rief die Schamanin, und Rugad hörte Mißtrauen in ihrer Stimme.

Die Alte kam zurück und blieb ein paar Schritte vor ihm stehen. Nicholas' Griff um die Schulter des Mädchens wurde fester.

»Ist da vorne etwas?« wandte Nicholas sich an die Schamanin.

Plötzlich fühlte sich der Körper des Mädchens anders an.

Nicht mehr wie Fleisch und Knochen, sondern flüssig, fast wie Wasser. Ein Gefühl, das Rugad völlig neu war.

Er mußte einen Blick auf das Mädchen riskieren.

Es kauerte in einer Ecke seines eigenen Bewußtseins, die imaginären Knie an das imaginäre Kinn gezogen. Arianna schrie nicht mehr. Sie sah ihn nicht einmal an. Sie wirkte jetzt wie die meisten Leute, in deren Verbindungen Rugad eingedrungen war und in deren Geist er sich ausgeruht hatte.

Passiv.

Verstört.

Kampfunfähig.

Verstellte sie sich nur?

Rugad hatte eben erst gesehen, wie kaltblütig das Mädchen unter so ungewöhnlichen Umständen zu kämpfen verstand.

»Irgend etwas *stimmt* hier nicht«, hörte er Nicholas wie aus weiter Ferne.

»Ich glaube, du solltest lieber einen Schritt zurücktreten«, warnte die Schamanin.

Das flüssige Gefühl nahm zu. Der Körper verlor seine festen Konturen.

Zu spät fiel Rugad ein, daß das Mädchen eine Gestaltwandlerin war.

Er hatte noch nie von jemandem gehört, der in den Körper einer Gestaltwandlerin eingedrungen war. Er wußte zwar, daß Doppelgänger andere Fey übernehmen konnten, aber die Zauberkraft des Opfers ging trotzdem nicht auf sie über. Galt das auch für Visionäre?

Mädchen ... begann er, und dann lösten sich seine Füße unter ihm auf. Der Körper verwandelte sich immer stärker. Rugad klammerte sich an ihn, aber nichts daran kam ihm mehr vertraut vor.

Alles war fremd.

Außer dem Mädchen selbst, das immer noch in einer Ecke

ihres Gehirns kauerte. Während Rugad hilflos in dem sich Wandelnden Körper herumstolperte, hob Arianna den Kopf und grinste ihn an.

Er verfluchte sie.

Sie hatte ihn überlistet.

Und das schon zum zweiten Mal.

8

Arianna spürte ihn. Seine Präsenz beherrschte ihr Bewußtsein ganz und gar. Sie war mächtig, fordernd, stark. Er hielt sie durch bloße Gedankenkraft in ihrem eigenen Inneren gefangen und manipulierte ihren Körper, als sei es sein eigener.

Sie versuchte alles. Verwandelte sich in alles, was ihr einfiel, damit er sie freiließ.

Erst als sie sprach, hatte sie gemerkt, daß ihr Körper nicht länger ihr gehörte. Sie Verwandelte sich zwar, aber nur in ihrem Geist. Es war, als täte sie nur als ob. Es berührte ihn gar nicht.

Sie hatte nach ihrem Vater gerufen, aber er hatte sie nicht gehört.

Dann hatte der Mann ... ihr Urgroßvater, der Schwarze König ... mit ihrer Stimme gesprochen.

Ihr Vater war darauf hereingefallen.

Wie er darauf hereinfiel, wenn Arianna sich in einen der Reitknechte oder in Sebastian Verwandelt hatte.

Ihr Vater war viel zu leicht hinters Licht zu führen.

Die Schamanin war klüger. Ihr schien an Ariannas Stimme etwas aufzufallen. Aber Arianna hatte sich ihr trotzdem nicht mitteilen können.

Also hatte sie schließlich zu einem Teil ihres Selbst Zuflucht genommen, zu dem fast niemand Zugang hatte, jedenfalls kein Visionär. Ihr Urgroßvater, der jetzt noch so aufrecht hinter ihren Augen stand, würde sich gleich nicht länger auf den Beinen halten können. Er wußte nicht, wie man sich so fühlen konnte wie sie.

Wie man sich Verwandelte.

Es hatte eine Weile gedauert.

Aber jetzt war Arianna die Verwandlung gelungen, und damit hatte sie ihn völlig überrumpelt. Ihr Körper war nur noch eine Masse Fleisch ohne jede Knochenstruktur, in der Rugad haltlos herumschwamm.

Fast spürte sie ihre eigene Haut, aber sie hatte die Wandlung noch immer unter Kontrolle.

Erst ließ sie sich schrumpfen.

Dann verwandelte sie sich in eine Katze.

Sie beobachtete, wie Rugad wieder festen Boden unter die Füße bekam und die Augen des Tieres fand. Sie wartete ab, bis er hindurchblickte, und dann Wandelte sie sich ein zweites Mal, diesmal, indem sie sich so weit ausdehnte, bis sie ein Pferd war: Ihre Glieder streckten sich, ihr weiches Fell wurde zu einer kurzgeschorenen Decke, die vier Pfoten zu Hufen.

Im Inneren ihres Geistes drehte sich Rugad überrascht nach ihr um und nahm einen festeren Umriß an als zuvor. Bis jetzt war er nur andeutungsweise als Fey zu erkennen gewesen, ein Körper, der sich an ihr vorbeigedrängt und dann seine Konturen verloren hatte, bis auf die Hand, mit der er sie in Schach hielt.

Jetzt war er ein richtiger Fey. Er war jünger als der vorige, mit dichtem Haar, das ihm bis auf die Hüften hing, einer Adlernase und einem typischen Feygesicht, dessen Züge so scharf waren wie mit spitzem Kohlestift nachgezogen.

Nur seine Augen waren noch dieselben. Dunkel und bedrohlich, ohne einen Funken Wärme.

Er packte Arianna bei den Schultern und zog sie an sich. Einen Augenblick lang befürchtete sie, den Zugriff auf den Wandlungsfähigen Teil ihres Selbst verloren zu haben, aber dann erinnerte sie sich wieder, daß sie in ihrem Geist keinen physischen Körper besaß. Ihr Arm reichte so weit, wie sie wollte.

Sie konnte sogar ganz ohne Arme auskommen.

Sie Verwandelte sich abermals, und Rugad fiel hin, als der Körper zu taumeln begann. Diesmal machte Arianna sich so klein, wie sie konnte: Sie wurde zu einer Eidechse, wie die Tierchen, die sie oft im Palastgarten beobachtet hatte. Diese Gestalt würde sie beibehalten, weil sie Rugad damit bestimmt aus der Fassung bringen würde. Die Augen des Reptils sahen auf andere Weise als die eines Säugetiers, und der ganze Körper bewegte sich anders. Arianna hatte seinerzeit zwei Tage gebraucht, bis sie es geschafft hatte, sich in eine Eidechse zu Wandeln.

So viel Zeit hatte Rugad nicht.

Er rappelte sich auf, kam zu ihr zurück und packte sie wieder bei den Schultern.

Hör sofort auf damit, befahl er.

Verschwinde! fauchte Arianna. *Das hier ist mein Körper.*

Jetzt ist es meiner, erwiderte er.

Verschwinde!

Verwandle dich zurück.

Nein, gab Arianna zurück. *Wenn du hierbleiben willst, mußt du tun, was ich will.*

Dann verrate mir, wo du bist. Wo wir sind.

Verschwinde, alter Mann. Ich verrate dir gar nichts. Wenn du dich mir in deinem richtigen Körper näherst, töte ich dich.

Das kannst du nicht, Mädchen. Ich bin Fleisch von deinem Fleisch, Blut von deinem Blut. Wenn du mich tötest, müssen alle sterben.

Das ist nur ein Ammenmärchen, gab sie zurück.

Es ist die Wahrheit, widersprach er. *Die einzige Wahrheit, die du glauben mußt.*

Verschwinde.

Nein.

Arianna fühlte seine Entschlossenheit, als wäre es ihre eigene. Als wären sie auf seltsame, undefinierbare Weise ein und dieselbe Person. Er würde nicht verschwinden, und Arianna glaubte genug an das »Ammenmärchen«, um beunruhigt zu sein.

Rugad kletterte zu den Augen der Eidechse empor und blickte hindurch. Die Welt war in zahllose Facetten aufgelöst, der Felsen vor ihnen war viele Felsen, die Temperatur der Luft beeinflußte die Körpertemperatur des Geschöpfes.

Verwandle dich, befahl Rugad wieder.

Nein, weigerte sich Arianna ebenso entschlossen. *So lange du hier in mir bist, entscheide ich, was wir tun.*

Er trat wieder dicht vor sie hin, aber diesmal wich sie nicht von der Stelle. *Wandle dich zurück.*

Nein. Dann lächelte sie. *Du kannst uns ja Verwandeln, wenn du so versessen darauf bist.*

Er schüttelte den Kopf mit der beeindruckenden Haarpracht. Die Gestalt, die er in ihrem Inneren angenommen hatte, war nicht älter als Arianna selbst. So jung war er schon seit Jahrzehnten nicht mehr gewesen. Ihr Urgroßvater sah fremd und exotisch und doch so vertraut aus.

Ariannas Gesichtsform glich zwar der ihres Vaters, aber sie hatte die Gesichtszüge ihres Urgroßvaters geerbt.

Sie konnte ein Schaudern nicht unterdrücken. Ihr Lächeln erlosch, und sie fragte sich, ob diese Erkenntnis von ihr selbst oder von ihm stammte.

Rugad war wieder hinter ihre Augen getreten. Er hatte nicht versucht, den Wandel zu kontrollieren. Versuchte er statt dessen, Ariannas Geist zu kontrollieren? Aber wenn das so war, warum hatte er sich ihr dann überhaupt zu erkennen gegeben? Warum hatte er sie nicht einfach heimlich manipuliert?

Weil er dazu nicht fähig war. Sonst hätte er es längst getan. So gut kannte Arianna ihn inzwischen schon, auch wenn sie seine Bekanntschaft erst vor kurzer Zeit gemacht hatte. Seine Rücksichtslosigkeit war ihr deswegen so vertraut, weil sie auch ein Anteil ihrer eigenen Persönlichkeit war.

Arianna trat hinter ihren Urgroßvater und versetzte ihm einen Tritt gegen die Wade. Rugad drehte sich um und funkelte sie mit seinen unheimlichen Augen an.

Du Verwandelst uns nicht, weil du es nicht kannst. Wieder lächelte sie.

Er runzelte die Stirn. *Weißt du so wenig, daß du die Methoden der Fey nicht kennst?*

Er wußte, daß sie bei ihrem Vater aufgewachsen war. Er wußte, daß auch ihre Fähigkeiten begrenzt waren.

Aber sie besaß trotzdem mehr Macht, als er ahnte.

Wenn du nicht endlich verschwindest, drohte sie, *zwinge ich dich dazu.*

Große Worte, meine Kleine, gab er zurück. *Ich gehe erst, wenn du mir sagst, wo wir hier sind.*

Arianna schüttelte den Kopf und verschränkte trotzig die Arme vor der Brust. *Verschwinde.*

Nein.

Sie musterte ihn einen Augenblick. *Das hier hast du noch nie bei einem Gestaltwandler gemacht.*

Seine Augen weiteten sich unmerklich, und Arianna spürte seine Überraschung, bevor er sie verbergen konnte. Das bedeutete, daß der Strom der Gefühle in beide Richtungen wanderte. Rugad spürte Ariannas Gefühle und sie seine, auch wenn er das nicht wollte.

Also weißt du auch nicht, was ich alles kann.

Ich weiß es, Kind, gab er zurück. Aus seinem Mund klang das Kosewort der Schamanin seltsam. Rugad meinte es nicht liebevoll. Er liebte niemanden.

Außer ihrer Mutter.

Ihre Mutter hatte er geliebt.

Du hast etwas vergessen, sagte er jetzt. *Ich weiß alles über die Fey.*

Ich bin keine gewöhnliche Fey, konterte Arianna und Verwandelte sich erneut. Diesmal wurde sie von einer Eidechse zu einem Rotkehlchen, fühlte, wie ihr Maul sich zum Schnabel zuspitzte, die Facettenaugen wieder zu binokularen Augen wurden, die Schuppen zu Federn. Sie behielt diese Gestalt nur einen kurzen Moment bei, dann Verwandelte sie sich zurück zur Eidechse, jener Gestalt, die ihren Urgroßvater so herrlich aus der Fassung brachte.

Schon machten sich bei ihrem Körper die ersten Anzeichen von Ermüdung bemerkbar. Arianna hatte von Anfang an keine Reserven gehabt, und jetzt hatte sie noch weniger Kraft. Bald würde sie aus purer Erschöpfung zusammenbrechen.

Diese Erkenntnis dämmerte jetzt auch auf Rugads Gesicht.

Ariannas Lächeln wurde breiter. *Ich werde mich so oft Verwandeln, wie es nötig ist. Also verschwindest du besser gleich.*

Irgendwann wirst du damit aufhören müssen, entgegnete Rugad.

Arianna schüttelte den Kopf. *Ich kann ewig so weitermachen.*

Seine Augen wurden schmal. *Du hast bald keine Kraft mehr.*

Stimmt, gab sie zu, *aber ich werde trotzdem nicht aufhören.*

Dann müssen wir in einer Gestalt verharren, bis deine Kraft zurückkehrt, prophezeite er. *Das ist keine Drohung. Ich habe Zeit.*

Ich bin schon einmal steckengeblieben, erklärte Arianna. *Das ist schon viele Jahre her, und ich glaube, ich weiß inzwischen, wie ich es vermeiden kann.*

Glaubst du?

Arianna zuckte die Achseln. *Es spielt keine Rolle. Ich werde mich so lange Verwandeln, bis ich nicht mehr kann.*

Das bringt dich um, warnte Rugad.

Wenn du hierbleibst, sagte Arianna ruhig und ohne jede Angst, *bringt es uns beide um.*

9

Gabe rollte mit den Augen. Langsam hatte er genug von diesem Spiel. In der Höhle war es kalt. Der Strahl des Brunnens plätscherte gleichmäßig, und Gabe bekam allmählich Hunger. Die Rotkappe und Leen standen mit besorgten Gesichtern neben ihm. Leen hatte immer noch die Hand auf dem Knauf ihres Messers, aber Fledderer hatte seine Waffen nicht angerührt.

Das beunruhigte Gabe am meisten.

Seine Mutter – oder das Ding, das vorgab, seine Mutter zu sein – stand vor ihm und beobachtete ihn, als hinge alles von seiner Antwort ab.

»Die Zukunft aller Fey«, wiederholte Gabe kopfschüttelnd. »Die Zukunft aller Fey. Damit hat man mir schon in der Ohren gelegen, als ich noch ein kleiner Junge war. ›Du bist die Zukunft der Fey, Gabe. Du gehörst zur Familie des Schwarzen Königs. Du bist der Erbe des Schwarzen Throns.‹ Jahr um Jahr sollte ich für die Zukunft der Fey zuständig sein. Mein Großvater hat das bis zu seinem Tod andauernd gesagt. Und danach die Schamanin. Ich solle bloß aufpassen, was ich tue, weil die Zukunft der Fey davon abhängt.«

Er trat einen Schritt auf seine Mutter zu. »Und jetzt zu dir«, fuhr er fort. »Du behauptest also, du seist ein Mysterium. Mysterien kontrollierten Visionen, und Visionen seien Szenen aus der Zukunft, und außerdem erzählst du mir noch, *ich* müßte mich für eine Zukunft entscheiden, du könntest mir aber keinen Rat geben, und ich müßte selbst wählen, was für die Zukunft der Fey das Beste sei.«

»Stimmt«, bestätigte sie leise.

»Wozu taugst du dann?« fragte er höhnisch. »Taugst du überhaupt zu etwas?«

»Warte ab, dann wirst du schon sehen«, gab seine Mutter zurück.

»Ich soll *abwarten*? Ich werde es schon sehen? Ich will aber nicht abwarten.« Gabes Stimme hallte von den Höhlenwänden wider. Die Weihwasserfläschchen bebten, und ihr flüssiger Inhalt warf das seltsame Licht zurück. »Wenn du mir helfen willst, dann tu's. Wenn nicht, laß mich in Frieden.«

Die Frau legte den Kopf zur Seite, als lauschte sie auf etwas, das Gabe nicht hören konnte. Dann schloß sie die Augen und seufzte.

»Nicht der schlechteste Zeitpunkt für diese Aufforderung, mein Sohn«, bemerkte sie und verschwand.

Das hatte Gabe nicht erwartet. Er streckte die Hand nach der Stelle aus, an der sie eben noch gestanden hatte, aber er fühlte nichts. »Mutter?« fragte er. »Mutter?« Er trat einen Schritt vor. »Jewel? Fremdes Wesen? Bitte?«

»Du hast ihr doch gerade gesagt, daß sie weggehen soll«, meinte Fledderer. »Hat sie es getan?«

Gabe beachtete ihn nicht. Er blickte sich suchend in der Höhle um, musterte den Brunnen, vor dem seine Mutter ihm zuerst erschienen war. Sie war weg. Selbst ihre Gegenwart, die er vor ihrem eigentlichen Erscheinen gespürt hatte, war verschwunden.

Gabe stand mit ausgestreckter Hand da und fühlte sich so seltsam losgelöst von allem wie an dem Tag, an dem Coulter ihm das Leben gerettet hatte. Nein, das traf es nicht ganz. Er fühlte sich so wie damals, als er feststellen mußte, daß der Schwarze König alle Bewohner des Schattenlandes umgebracht hatte.

Alle.

Auch Gabes Adoptivmutter.

Gabe setzte sich auf den Boden und überließ sich seinen Gefühlen. Ja, er hatte sie *aufgefordert* zu gehen, aber er hatte es nicht so *gemeint*. Er hatte sich nur über ihre Weigerung geärgert, ihm alles zu erzählen. Und er hatte sich auch ein bißchen gefürchtet. Nur ein kleines bißchen.

Kein Fey war jemals so weit nach Norden vorgedrungen. Jedenfalls kein Fey aus dem Heer seines Großvaters. Gabe bezweifelte auch, daß die Soldaten der Armee seines Urgroßvaters schon hiergewesen waren.

Seine Mutter war eine Visionärin gewesen wie Gabe selbst, nur war ihre Macht nicht so groß wie seine. Auch sie nicht mehr am Leben. Später hatte die Schamanin Gabe vom Tod seiner Mutter, unmittelbar nach der Krönung seines Vaters und während der Geburt seiner Schwester, berichtet.

Die Schamanin hatte ihm davon erzählt, und außerdem hatte Gabe es Gesehen.

Während jener Vision wäre er fast selbst gestorben.

»Na schön«, sagte er. »Du hast mir eins ausgewischt. Jetzt komm zurück.«

Seine Worte erzeugten kein Echo mehr. Die ganze Höhle schien enger zu sein als vorher, als hätten sich die Wände dichter zusammengeschoben. Aber das sah Gabe nicht. Nur seine Ohren registrierten es. Es war, als hätte sich eine Tür plötzlich geschlossen, eine Tür in eine andere Welt.

Sie war fort.

»Du hättest sie eben nicht so herausfordern sollen«, tadelte die Rotkappe. »Mysterien sind launisch.«

»Ich dachte, du kennst dich mit Mysterien nicht aus«, fauchte Gabe. Er war nicht wirklich wütend auf die Rotkappe. Er hätte lieber seine Mutter angebrüllt oder dieses Ding, das sich als seine Mutter bezeichnet hatte. Er wollte sie schlagen, anschreien und sich in ihren Armen ausweinen.

Sie sollte ihm helfen.

Sie sollte ihn trösten.

Er wollte sie zurückhaben.

»Niemand kennt sich wirklich mit Mysterien aus«, verteidigte sich die Rotkappe. »Außer vielleicht Schamanen. Man sagt, sie begegnen den Mysterien, bevor sie ihren Dienst antreten.«

»Die Schamanin ist tot«, murmelte Gabe düster.

Die Rotkappe zuckte die Achseln.

Leen seufzte. Sie ließ das Messer los und schüttelte die Schultern, als seien die Muskeln steif von der ständigen Anspannung. »Ich glaube, diese Erscheinung ist nicht unser größtes Problem. Sie ist weg, und dieser Ort macht mir angst. Ich möchte gehen.«

»Nicht bevor Adrian und Coulter hier sind«, widersprach die Rotkappe.

»Als Gabe geschrien hat, haben die Fläschchen gezittert«, erinnerte Leen. »Ich habe schon mit eigenen Augen gesehen, was diese Fläschchen anrichten können. Kiana ist gestorben, als jemand eins über ihr ausgegossen hat. Wenn diese Dinger zerplatzen, möchte ich nicht hiersein.«

»Sie zerplatzen nicht«, beschwichtigte Gabe.

»Noch nicht«, beharrte Leen. »Dieser Ort ist voll von *ihrem* religiösen Zeug. Es könnte gefährlich sein.«

»Für dich und mich schon«, meinte Fledderer. »Aber Gabe ist zur Hälfte einer von ihnen. Vielleicht schadet es ihm nichts.«

»Du glaubst, deshalb konnte ich sie auch sehen, nicht wahr?« fragte Gabe. »Du glaubst nicht, daß sie ein Mysterium ist. Du hältst sie für ein Geschöpf der Inselreligion.«

»Schon möglich«, gab die Rotkappe zu. »Aber das, was du erzählt hast, klingt irgendwie schon nach einem Mysterium. Ich habe nicht so viel Angst vor diesem Ort wie Leen. Ich glaube, daß wir nichts zu befürchten haben, solange wir uns klug verhalten.«

»Klug?« fragte Leen. »Meinst du damit, daß wir die religiösen Gegenstände nicht anfassen sollen? Und uns vom Brunnen fernhalten?«

Fledderer nickte.

»Wir wissen doch gar nichts über ihre Religion. Sogar dieser Fußboden könnte ein Teil davon sein und uns etwas antun, wenn wir uns bloß hinsetzen.«

»Adrian weiß bestimmt darüber Bescheid«, versicherte die Rotkappe.

Gabe räusperte sich. Er hatte genug von dieser Diskussion. Er zitterte immer noch vor Schreck über das plötzliche Verschwinden seiner Mutter. »Wir haben beschlossen, hier zu warten. Und daran halten wir uns auch. Du kannst ja nach draußen gehen, wenn du willst, Leen.«

»Und mich unter die ganzen Schwerter stellen?« fragte Leen. »O nein, Gabe. Ich traue nichts und niemandem an diesem Ort.«

Sie kreuzte die Arme vor der Brust und baute sich neben Gabe auf wie ein Leibwächter. Gabe wäre gerne etwas beiseite gerutscht, aber er hatte nicht die Kraft dazu. Er wollte bleiben, wo er war, und das Gefühl der Leere ganz auskosten, das das Verschwinden seiner Mutter in ihm hervorgerufen hatte. Ihr Verschwinden bedeutete etwas sehr Wichtiges. Vielleicht hatte sie ihm nur eine Lehre erteilen wollen, nicht mit ihr zu spielen, sie nicht mit Fragen zu behelligen.

Zu Beginn des Gesprächs hatte sie gesagt, sie auszufragen, besser gesagt, ihre Antworten, hätten einen Preis.

Gabe seufzte. Er hatte es satt, ständig für alles einen Preis zu zahlen. Er hatte es satt, die Zukunft der Fey zu sein. Er hatte alles satt. Er war kein richtiger Fey, und er war kein richtiger Inselbewohner. Er wollte nichts mit dem Mann zu schaffen haben, der seine Familie und seine Freunde ermordet hatte, und er wußte nicht, was er mit seinem richtigen Vater anfangen sollte.

Vielleicht sollte er versuchen, ihn zu finden. Vielleicht war ihm seine Mutter deswegen erschienen.

Aber keine seiner Visionen hatte ihm etwas Derartiges angekündigt. Sie hatten ihm immer nur gezeigt, wie er im Palast im Sterben lag.

Er oder Sebastian.

Sebastian war bereits gestorben.

Gabe zuckte zusammen.

Such dir eine Vision aus, hatte die Frau gesagt. Und dann geh in die Richtung, die sie dir weist. Aber woher sollte Gabe wissen, welche Vision die richtige war? Er hatte schon einmal versucht, eine Vision aufzuhalten, und trotzdem war Sebastian gestorben.

Vielleicht sollte er überhaupt keiner Vision folgen. Vielleicht sollte er seinen eigenen Weg gehen. Aber wie sah dieser Weg aus? Seinen Vater suchen, falls der überhaupt noch am Leben war? Die Blaue Insel regieren? Eine Methode finden, den Schwarzen König zu töten, ohne selbst direkt daran beteiligt zu sein, und sich so vor dem Fluch des Schwarzen Throns hüten? Das war genau das, was Fledderer wollte. Wie Gabe ihn kannte, würde er ihm sogar seine Hilfe anbieten.

Oder sollte er sich für den Rest seines Lebens verstecken, sich nur noch um seine eigenen Angelegenheiten kümmern und die Zukunft der Fey den Fey selbst überlassen?

»Komm zurück«, flüsterte er. »Ich verspreche, daß ich dich nicht mehr anschreie. Aber bitte komm zurück.«

10

Nicholas kniete mit ausgebreiteten Armen über seiner Tochter. Zwar näherte sich die Schamanin aus dieser Richtung, aber Nicholas hatte das Gefühl, Arianna beschützen zu müssen. Er mußte sehen, was als nächstes mit ihr passierte.

Er hatte nicht geahnt, daß sie in Gefahr schwebte. Er war so mit den Orten der Macht und dem, was die Schamanin sonst erzählt hatte, beschäftigt gewesen, daß er Arianna aus den Augen gelassen hatte.

Dann hatte sie geschrien, und dieser Schrei war ihm durch Mark und Bein gefahren. Er war zu ihr gerannt und hatte ihre Schulter berührt. Sie hatte ihm mit einer ganz sonderbaren Stimme versichert, daß mit ihr alles in Ordnung sei, und dann hatte sie sich Verwandelt.

Die Schamanin hatte ihm gerade noch rechtzeitig befohlen, die Hand wegzuziehen.

So rasend schnell hatte Nicholas Arianna sich noch nie Verwandeln sehen: Katze, Pferd, Eidechse, Rotkehlchen und dann abermals in eine Eidechse. Hätte er sie nicht beobachtet und hätte sie vorher nicht geschrien, hätte er sie vermutlich aus Versehen zertreten.

»Was soll das?« fragte die Schamanin, aber sie schien keine Antwort zu erwarten. Sie blieb neben Nicholas stehen und starrte auf die Stelle, wo Arianna eben noch gestanden hatte.

»Was geht hier vor?« fragte Nicholas zurück. »Passiert das mit Gestaltwandlern, wenn sie erschöpft sind?«

»Nein«, erwiderte die Schamanin. Sie trat noch näher. »So etwas habe ich noch nie gesehen. Irgend etwas stimmt hier nicht.«

Sie fuhr vor sich mit der Hand durch die Luft und seufzte dann. Nicholas' Herz hämmerte. Die Schamanin sog die Luft ein.

»Du siehst etwas«, stellte Nicholas fest.

»Rugad ist hier«, verkündete die Schamanin.

»Hier?« Nicholas sah sich um. Er konnte den Schwarzen König nirgends entdecken.

»Nein«, korrigierte die Schamanin. »Er ist in Arianna. Er hat eine Verbindung benutzt.«

»Woher weißt du das?«

»Ich erkenne seine Spur in einer ihrer Verbindungen.«

»Löst Rugad diese ständigen Wandlungen aus?«

»Nein«, erwiderte die Schamanin. »Diese Art von Magie steht ihm nicht zu Gebot. Arianna kämpft mit ihm.«

In diesem Augenblick spürte Nicholas einen Luftzug. Ein Vogel flatterte auf und landete auf einem Felsen.

Es war Ari. Sie war wieder ein Rotkehlchen.

Nicholas näherte sich ihr vorsichtig. Die Schamanin folgte ihm. Als Nicholas den Felsen fast erreicht hatte, Wandelte sich Arianna zum siebenten Mal. Wieder zog sich ihr Kopf in die Länge, bevor er schrumpfte, und auch der Schwanz wurde lang und dünn. Vorderbeine wuchsen aus der Brust des Rotkehlchens, und Hinterbeine spreizten sich, alles während Arianna kleiner und kleiner wurde.

Eine Eidechse.

Eine so winzige Eidechse, daß Nicholas sie fast nicht mehr von dem Felsen unterscheiden konnte.

»Arianna!« rief Nicholas und wollte sich vor sie hinhocken.

Aber die Schamanin packte ihn am Arm. Sie zog ihn hoch, legte ihm beide Hände auf die Schultern und drehte ihn zu sich herum. Sie zitterte. Nicholas fühlte es an ihren Händen und Armen.

»Bevor wir unsere Wanderung angetreten haben, hast du

gesagt, daß du der einzige bist, der den Schwarzen König töten kann.«

»Und du hast mir erklärt, es sei mir schon einmal mißlungen, weil es Schwarzes Blut gegen Schwarzes Blut wenden könnte.«

Nicholas' Mund war trocken. So verängstigt und aufgeregt zugleich hatte er die Schamanin noch nie gesehen. Er wußte nicht, worauf sie hinauswollte, und er wollte es auch lieber nicht wissen.

»Wenn wir ihn überwältigen wollen«, fuhr die Schamanin fort, »ist das hier unsere Chance. Jetzt ist er verwundbar. Wir brauchen nur die Eidechse zu töten.«

Nicholas riß sich los. Noch nie hatte er solchen Abscheu vor ihr empfunden.

»Das ist doch Arianna!«

»Ich weiß«, gab die Schamanin zurück.

»Hast du nicht immer behauptet, Domestikenmagie sei friedlich?«

»Das ist sie auch. Ich könnte es nicht tun. Aber du.«

»Ich kann meine Tochter nicht töten, ganz egal, was sich in ihrem Inneren abspielt. Ich kann es nicht. Du hast kein Recht, mich darum zu bitten!«

»Ich habe jedes Recht«, widersprach die Schamanin. »Du hast behauptet, daß du alles tun würdest, um die Blaue Insel zu retten und die Fey zu vertreiben. Jetzt hast du die Möglichkeit dazu.«

»Indem ich Arianna töte?«

»Indem du den Schwarzen König tötest.«

Die Schamanin fixierte Nicholas so eindringlich, als versuchte sie, ihm die Antwort am Gesicht abzulesen. Als erwarte sie allen Ernstes, daß er ihren Vorschlag auch nur eine Sekunde in Betracht zog.

Die Eidechse hatte sich nicht von der Stelle gerührt. Nicholas fragte sich, ob Arianna ihre Auseinandersetzung hören konnte. Oder ob der Schwarze König sie hören konnte.

»Arianna kämpft um ihr Leben, und ich soll sie töten?« Nicholas schüttelte heftig den Kopf. »Sie ist meine Tochter. Ich kann meine Tochter nicht töten.«

»Ein Fey würde es tun«, konterte die Schamanin.

»Ich bin kein Fey«, fauchte Nicholas.

Die Schamanin faltete die Hände vor dem Bauch und stieß die angehaltene Luft aus. »Ich habe schon erwartet, daß du dich weigern würdest. Aber ich mußte es dir anbieten.«

»Anbieten?«

»Ein Leben im Tausch gegen eine sichere Zukunft. Das ist nur logisch.«

»Sie ist meine Tochter«, wiederholte Nicholas. »Du hast mir erklärt, es könnte Schwarzes Blut gegen Schwarzes Blut wenden, wenn ich den Schwarzen König tötete. Meine Tochter zu töten könnte genau dieselben Folgen haben.«

»Nicht, wenn es ein Versehen ist«, meinte die Schamanin.

Sie klang ganz ruhig. Plötzlich war sie Nicholas völlig fremd. Er wußte, daß die Fey ein rücksichtsloser Menschenschlag waren, aber er hatte die Schamanin bis jetzt für eine Ausnahme gehalten. Er hatte ihr sein Leben anvertraut.

Sein Leben und Ariannas Leben.

»Ich werde ihr auf keinen Fall etwas tun«, erklärte Nicholas entschlossen.

Wieder atmete die Schamanin hörbar aus. »Dann gibt es nur noch eine andere Möglichkeit.«

Nicholas betrachtete die Eidechse. Sie saß noch immer ganz still. Arianna saß ganz still. Kämpfte sie gerade mit ihrem Urgroßvater? War sie dabei, zu gewinnen? Nicholas haßte die Feymagie mitsamt ihren Methoden und Geheimnissen.

Er wünschte, Jewel wäre hier, um ihm beizustehen. Nicht die Schamanin.

Jewel.

Arianna war auch ihre Tochter.

Plötzlich spürte er Jewel, als stünde sie direkt neben ihm. Einbildung. Eine grausame Sinnestäuschung.

Während seine Tochter um ihr Leben kämpfte.

»Es gibt noch eine andere Möglichkeit«, wiederholte die Schamanin. »Ich könnte durch deine Verbindung zu Arianna reisen. Ich könnte versuchen, den Schwarzen König aus ihrem Inneren zu vertreiben.«

»Nein.« Nicholas trat einen Schritt zurück und schlang schutzsuchend die Arme um sich. Er wußte nicht, woher die Schamanin von seiner Verbindung zu Arianna wußte, und er wollte es auch lieber nicht wissen. Er wollte nicht, daß die Schamanin die Verbindung auch nur anrührte.

»Du kannst mir vertrauen«, versicherte die Schamanin. »Ich habe euer Vertrauen noch nie enttäuscht.«

»Du hast mir gerade vorgeschlagen, meine eigene Tochter zu töten, um uns aus dieser Zwangslage zu befreien!« erwiderte Nicholas. »Ich kann dich nicht mehr in ihre Nähe lassen.«

»Du hast meinen Vorschlag abgelehnt, Nicholas, und ich kann es nicht an deiner Statt tun«, beschwichtigte ihn die Schamanin. »Ich würde meine Zauberkraft verlieren. Aber ich kann deine Verbindung benutzen, den Schwarzen König finden und zusehen, ob ich ihn hinauswerfen kann.«

»Ohne ihn zu töten.«

Die Schamanin antwortete nicht.

Ihr Schweigen machte Nicholas angst.

»Würdest du ihn töten?« beharrte er.

»Ich könnte es«, erwiderte die Schamanin. »Ich bin nicht von Schwarzem Blut.«

»Aber du würdest deine Zauberkraft dabei einbüßen.«

»Stimmt«, bestätigte sie.

»Während du durch mich mit Arianna Verbunden wärst. Was würde dann geschehen?«

Die Schamanin senkte den Kopf.

»Du würdest bleiben, nicht wahr? Oder weißt du es? Würdest du sterben? Würde Arianna sterben?«

»Niemand hat so etwas jemals ausprobiert, Nicholas«, verteidigte sich die Schamanin.

»Und du willst, daß ich es jetzt ausprobiere?« fragte Nicholas. »Jetzt, nachdem du mir vorgeschlagen hast, meine eigene Tochter zu *töten*?«

»Es könnte sie retten.«

»Sie retten.« Nicholas warf einen Blick auf die Eidechse, die Arianna war. Sie saß noch immer am gleichen Fleck. Nicholas hätte gern nachgesehen, ob sie tot war, aber er wagte es nicht. Noch nicht. »Die Fey retten, meinst du.«

»Nein«, sagte die Schamanin. »Arianna retten. Du begreifst nicht, was gerade mit ihr passiert.«

Nicholas holte tief Luft. Die Schamanin hatte recht. Er begriff es nicht. Und das machte ihn schier verrückt. Eben erst hatte sich Ari pausenlos Verwandelt. Jetzt hatte sie auf einmal damit aufgehört. Hieß das, daß der Schwarze König den Kampf gewonnen hatte? Hieß es, daß Arianna die Kontrolle über sich selbst verloren hatte? Oder hatte sie den Schwarzen König etwa besiegt?

»Was passiert also?« fragte er und brachte es irgendwie fertig, ruhig zu klingen.

»Wenn jemand ungebeten eine Verbindung bereist, will er den anderen oftmals heimlich beobachten. Aber Arianna hat Rugad ertappt. Oder er ist nicht gekommen, um zu beobachten.«

Ihr Ton war unheilverkündend. Nicholas war so daran gewöhnt, der Schamanin zu vertrauen und auf jede Veränderung ihres Tonfalls zu achten, daß er es auch diesmal tat.

Und das, obwohl sie ihm vorgeschlagen hatte, Arianna zu töten.

In diesem Moment wurde ihm klar, daß die Schamanin – die seinerzeit geholfen hatte, Arianna zur Welt zu bringen – gute Gründe für das haben könnte, was sie sagte. Außerdem, gestand er sich ein, war die Schamanin der einzige Mensch, dem er auch nach einem derartig abscheulichen Vorschlag noch zuhören würde.

»Wenn er nicht gekommen ist, um zu beobachten ...«

»Er will sie übernehmen«, erklärte die Schamanin. »Er will sie werden, so gut er kann. Und wir würden es nicht einmal merken. Aber Arianna ist eine Gestaltwandlerin. Sie löst die Wandlungen aus, und sie kontrolliert ihren Körper. Jedenfalls im Augenblick noch.«

Im Augenblick noch.

»Und wenn sie den Kampf verliert, bleibt er für immer in ihr?«

Die Schamanin rührte sich nicht. »Wir haben keine Berichte über derartige Vorfälle. Vielleicht wäre es auch unklug, das zu tun.«

»Oder aber auch besonders klug«, murmelte Nicholas.

Wenn der Schwarze König stürbe – und Gabe aus dem Weg geräumt wäre –, wäre Arianna das Oberhaupt der Schwarzen Familie. Sie war in direkter Erbfolge Thronerbin. Der Schwarze König konnte weiterhin regieren und ihren Körper als Unterpfand benutzen.

»Nein, Nicholas«, erwiderte die Schamanin. »Denn sein eigener Körper wäre dann verwundbar. Und wenn sein Körper stirbt, stirbt auch er.«

»Wenn ich es recht verstehe, ist sein eigener Körper also in Gefahr, weil er ihn verlassen hat.«

»Genau«, bestätigte die Schamanin.

»Wir müssen ihn nur finden ...«

»Er ist bestimmt nicht hier in der Nähe«, meinte die Schamanin. »Für Verbindungen gibt es keine geographischen Beschränkungen. Ich dachte, das hätte ich dir schon einmal erklärt.«

Das hatte sie. Nicholas hatte es damals nur nicht ganz verstanden. »Aber dann brauchen wir Arianna nicht zu töten«, entgegnete er. »Wir müssen bloß Rugad finden.«

»So einfach ist das nicht.«

»Auch nicht schwieriger, als meine Tochter zu töten!« fauchte Nicholas sie an.

Die Schamanin wich einen Schritt zurück. »Ich mußte dir diesen Vorschlag machen«, wiederholte sie.

»Weil er logisch ist?« fragte Nicholas.

»Weil es deine Entscheidung ist, Nicholas, und du alle Möglichkeiten kennen solltest.«

»Aber du hast doch gewußt, daß ich so etwas nicht tun würde.«

In der Dunkelheit konnte Nicholas die Augen der Schamanin nicht erkennen, aber er spürte ihren wie immer mitfühlenden Blick.

»Von allen Nicht-Fey, die ich je getroffen habe, bist du einem Fey am ähnlichsten«, sagte sie. »Ich weiß nicht, wie du dich entscheiden wirst. Aber es ist meine Pflicht, dich auf die Möglichkeit aufmerksam zu machen. Du mußt als politisches Oberhaupt entscheiden, nicht als Vater.«

»Dieses Oberhaupt *ist* aber zufällig ein Vater«, gab Nicholas zurück. »Das kannst du nicht trennen.«

»Das weiß ich jetzt«, bestätigte die Schamanin. »Und ich werde es nie vergessen.« Sie trat zögernd näher und ergriff Nicholas' Arm.

»Das ist es ja gerade«, murmelte sie, »was dich von uns unterscheidet.«

»Du behauptest also, ein Fey würde Arianna töten. Du behauptest allen Ernstes, Jewel hätte an meiner Stelle ihre eigene Tochter getötet.«

»Gesetze entstehen nicht zufällig, Nicholas«, erklärte die Schamanin. »Das Verbot, daß Schwarzes Blut sich gegen Schwarzes Blut wendet, ist notwendig, weil die Fey sonst tatsächlich ihre eigenen Familienmitglieder töten würden, wenn es sein müßte. Selbst diejenigen, die sie lieben.«

Nicholas sah wieder zu der Eidechse hin. Das Tier ... Arianna ... saß immer noch regungslos da. Er kniete neben ihr nieder, berührte sie jedoch nicht.

»Dieses Verbot darfst du nie vergessen«, mahnte die Schamanin. »Du hast eine reinblütige Feytochter aufgezogen.«

»In ihren Adern fließt auch Inselblut.«

»Aber vielleicht nicht genug«, gab die Schamanin zu bedenken.

»Was soll das heißen?«

»Es heißt«, erwiderte die Schamanin leise, »daß du vielleicht eines Tages dein eigenes Leben schützen mußt.«

»Weil Arianna mich sonst töten wird?«

»Wenn sie sich dadurch einen entscheidenden Vorteil verschafft.«

Nicholas schüttelte den Kopf. »Arianna liebt mich.«

»Ich weiß«, erwiderte die Schamanin.

Angesichts ihrer Gelassenheit wallte Zorn in Nicholas auf. »Falls du mir das alles erzählst, damit ich etwas gegen den Schwarzen König unternehme, hast du dich getäuscht.«

»Ich weiß«, wiederholte die Schamanin. »Aber behalte diesen Augenblick in Erinnerung. Vielleicht wirst du deine Entscheidung noch einmal bedauern.«

11

Arianna stand neben ihrem Urgroßvater. Rugad starrte sie wütend an. Draußen, in weiter Ferne, sprachen ihr Vater und die Schamanin miteinander, aber Arianna konnte die Worte nicht verstehen.

Sie versuchte es erst gar nicht.

Ihr Urgroßvater beobachtete sie. Solche Augen wie seine hatte sie noch nie gesehen. Auch kein solches Gesicht: schmal, kantig und überwältigend attraktiv. Auch der viel ältere Mann, dem sie persönlich begegnet war, war eine beeindruckende Erscheinung gewesen, aber seine Anziehungskraft war mit der Zeit verblaßt. Sie war einer Grausamkeit gewichen, die sich tief in seine Züge eingegraben hatte, einer Zähigkeit von Haut und Körper, die von Stärke, Alter und Macht kündete.

Du kannst mich nicht töten, kleines Mädchen, ohne alles zu zerstören.

Arianna lächelte.

Das kann ich sehr wohl, gab sie zurück, *und ich hätte es schon einmal fast getan. Als wir uns das letzte Mal getroffen haben.*

Statt einer Erwiderung drehte sich ihr Urgroßvater plötzlich um, als habe er etwas gehört. Arianna hatte nichts gehört, aber sie fühlte etwas. Eine Gegenwart. Noch eine. Aber eine andere.

Sie beobachtete, wie ihr Urgroßvater zu einigen Türen hinüberschwebte, die Arianna vorher nicht aufgefallen waren. Bevor Rugad sie erreichte, öffneten sich die Türen. Rugad fluchte in einem Dialekt, den Arianna ihr Leben lang gehört, aber nie verstanden hatte.

Ein Junge stürzte durch die Türen. Ein Junge, der eigentlich schon ein Mann war. Der aussah wie Arianna und zugleich wie ihr Urgroßvater. Nur, daß seine Augen hell waren und seine Gesichtsform der ihres Vaters glich.

Gabe.

Aus Ariannas Kehle drang ein Knurren. Sie wollte den Jungen genausowenig hierhaben wie ihren Urgroßvater. Hatten sich die beiden gegen sie verbündet?

Ihr Urgroßvater schien nicht dieser Meinung zu sein. Er stieß den Jungen vor die Brust, aber der schubste zurück. Mit überraschtem Gesicht stolperte Rugad und fiel hin. Der Junge streckte schon die Hand nach ihm aus, hielt dann aber inne und blickte Arianna an.

Seine Augen waren nicht nur hell, sie waren grau. Grau, nicht blau, und sein Gesicht war von tiefen Furchen durchzogen, wie kein junger Mann sie haben sollte.

Sebastian? fragte Arianna, aber nur ein Flüstern kam über ihre Lippen.

Ari. Eine so große Freude hatte Arianna schon lange nicht mehr verspürt. Sebastians Freude. Gerade streckte ihr Bruder die Arme nach ihr aus, als ihr Urgroßvater sich wieder aufrappelte. Er stürzte sich auf Sebastian und wollte ihn in Richtung Tür drängen, aber Sebastian hielt ihm stand. Hier, an diesem Ort, bewegte sich Sebastian auf einmal flink und geschickt. Seine Sprache war nicht mehr stammelnd, seine Bewegungen nicht mehr zögernd. Er schien genau zu wissen, was er zu tun hatte.

Als sei er dafür geboren, an einem Ort wie diesem zu leben.

Hilf mir, Ari, rief er. *Hilf mir, dir zu helfen.*

Arianna rannte auf ihn zu und zerrte von hinten an den Schultern ihres Urgroßvaters. Sebastian stieß ihn im gleichen Augenblick vor die Brust, so daß Rugad taumelte und auf Arianna landete.

Arianna fühlte, wie die Luft aus ihrem Brustkorb entwich, bis sie sich erinnerte, daß sie ja gar keinen hatte. Sie wälzte Rugad von sich herunter, und Sebastian stand über ihm und hielt ihn einen kurzen Moment lang nieder.

Du lebst, stellte Arianna fest. *Wo bist du?*

Bei ihm, antwortete Sebastian. Rugad packte seinen Fuß und zog daran, aber Sebastian blieb unerschütterlich stehen. *Ari, wenn du mich findest, denk daran, daß Con weiß, was zu tun ist.*

Con?

Er hat mich gerettet. Und damit packte Sebastian ihren Urgroßvater und stieß ihn durch die Tür.

Mach sie zu! brüllte Sebastian. Arianna fühlte, wie er davonschwebte. Er hatte sie gerettet. Er hatte gewußt, was getan werden mußte. An diesem Ort war Sebastian klüger und lebendiger als Arianna selbst.

Aber ihr Urgroßvater war verschlagen und sehr mächtig. Wie auch immer Sebastian sich hier drinnen verhielt, er war vielleicht trotzdem nicht in der Lage, Rugad zu überlisten. Arianna spähte durch den Türspalt. Sie konnte die beiden nicht sehen, nur fühlen, wie sie miteinander kämpften.

Das einzige, was sie sehen konnte, war Licht. Vielfarbiges Licht, das sich zu einem Tunnel formte. Diesen Weg mußte Sebastian gekommen sein, und Rugad auch. Dieser Tunnel war ein Teil von Arianna, von dessen Existenz sie bisher keine Ahnung gehabt hatte. Wie hatte ihr Urgroßvater es genannt? Eine Verbindung.

Sie mußte noch andere besitzen. Andere Verbindungen. Durch sie konnten Leute in ihr Inneres eindringen.

Wieso hatte Sebastian das gewußt und sie nicht?

Dann erinnerte Arianna sich an ihre erste Begegnung mit Gabe, der mit leeren Augen neben Sebastian gestanden hatte. Die beiden hatten sich mit Hilfe ihrer Verbindung unterhalten.

Das hatte Arianna aus dem geschlossen, was ihr Sebastian an jenem schrecklichen Tag im Turmzimmer erzählt hatte, an dem die Fey Jahn niederbrannten.

Ich ... bin ... ganz ... allein, hatte Sebastian bekümmert gesagt.

Das stimmt nicht, ich bin doch bei dir, hatte Arianna ihn berichtigt.

Aber ... nicht ... innendrin.

Nicht innendrin.

Gabe und Sebastian hatten von Anfang an etwas gemeinsam gehabt.

Aber dann hatte jemand ihre Verbindung unterbrochen. Sebastian hatte behauptet, einen Augenblick lang habe er sogar vier Gegenwarten in seinem Inneren gefühlt.

Ich ... selbst ... Gabe ... und ... zwei ... andere. Eine ... mächtige ... Gegenwart ... und ... dann ... noch ... der ... Zerschneider.

Eine mächtige Gegenwart. Ihr Urgroßvater?

Und jemand, der die Verbindung durchtrennt hatte. War es das, was Sebastian von ihr wollte? Daß sie die Tür schloß?

Aber wenn sie selbst durch die Tür trat und der Verbindung folgte, fand sie ihren Bruder wieder, den Bruder ihres Herzens, und ihren Urgroßvater noch dazu.

Vielleicht konnte sie Rugad dann ein für allemal das Handwerk legen.

Vielleicht konnte sie ihn überrumpeln und mit Sebastians Hilfe überwältigen.

Ohne den Fluch des Schwarzen Blutes herauszufordern.

Vielleicht.

Es war den Versuch wert.

Arianna trat in den Tunnel aus Licht und hoffte, daß sie die richtige Entscheidung getroffen hatte.

12

Der Golem wußte also, wie man eine Verbindung bereiste und benutzte. Der geistige Griff des Geschöpfs war so kräftig, daß er sich sogar für Rugad wirklich anfühlte. Wie sehr Rugad sich auch wehrte, er schien sich nicht losreißen zu können.

Der Golem hielt Rugads Vorstellungskraft, sein wahres Ich gefangen, und das beunruhigte Rugad.

Zweimal hatten ihn der Golem und das Mädchen jetzt schon überlistet.

Rugad wehrte sich mit aller Kraft, aber der Golem zerrte ihn unerbittlich weiter. Auf halber Strecke merkte Rugad endlich, was das Geschöpf vorhatte. Sie reisten *in* der Verbindung des Golems, nicht an ihr entlang, wie Rugad es zu tun pflegte. Innerhalb der Verbindung hatte der Golem die vollständige Kontrolle.

Das wußte er genau.

Rugad mußte unbedingt an den äußeren Rand der Verbindung gelangen und sich dann irgendwie aus ihr befreien. Aber so etwas hatte er noch nie versucht und hatte auch noch nie davon gehört, daß es jemandem gelungen war.

Falls jemand es schon einmal versucht hatte, hatte er danach vielleicht nicht mehr lange genug gelebt, um anderen davon zu berichten.

Der Golem würde Rugad mit in seinen Körper nehmen, und was dann? Ihn dort einsperren? Das war durchaus denkbar, denn Rugad besaß keine Verbindung zu dem Golem. Und wenn dieser sich dann auch noch körperlich von Rugad entfernte, war Rugad jeder Fluchtweg abgeschnitten.

Was hatte das Geschöpf zu Rugads Urenkelin gesagt?

Ari, wenn du mich findest, denk daran, daß Con weiß, was zu tun ist.

Con?

Er hat mich damals gerettet.

Dieser Con hatte dem Golem also schon einmal das Leben gerettet.

Das mußte damals gewesen sein, als der Golem explodiert war. Con mußte der Name des Schwarzkittels sein, der ihn wieder zusammengesetzt hatte. Con.

Explodiert.

Wenn der Golem mit Rugad in seinem Inneren explodierte und Rugad nicht rechtzeitig durch die Verbindung herausspringen konnte, mußte er sterben.

Rugad fühlte trotzdem keine richtige Angst. Eher Erregung und ein seltsames Hochgefühl. Endlich eine Herausforderung. Ein Verstand, der sich mit dem seinen messen konnte. Wenn sie sich zusammentaten, konnten Rugads Urenkelin und ihr Steinmann ihn besiegen.

Allerdings nur, wenn Rugad es zuließ.

Rugad fühlte, wie er mit rasender Geschwindigkeit durch die Verbindung glitt. Wenn er umdrehte, konnte er zwar in den Körper des Mädchens zurückkehren, aber dort saß er genauso in der Falle. Außerdem wußte die Schamanin offenbar inzwischen Bescheid. Das Mädchen hatte zwar nicht darauf geachtet, was die Schamanin und ihr Vater redeten, aber Rugad hatte alles gehört. Die Schamanin wollte ihn töten, und sie würde es versuchen.

Mit oder ohne die Hilfe dieses rührseligen Narren von einem König. Die Schamanin würde Arianna töten und damit auch Rugad.

Rugad konnte sich in dem Mädchen nicht gut genug verstecken, um die Schamanin zu täuschen. Außerdem konnte er die Magie des Mädchens nicht kontrollieren.

Aber auch wenn er jetzt in den Golem überwechselte und dieser explodierte, bedeutete das für Rugad den sicheren Tod.

Oder aber er saß im Inneren des Geschöpfs in der Falle. Der Golem war aus Stein gemacht. Er bewegte sich langsam und hatte keine echte Macht.

Außer der Macht, die er sich selbst angeeignet hatte. Was für eine Art Macht das war, ahnte Rugad nicht.

Der geistige Arm des Geschöpfs war länger geworden und hielt Rugad zurück, während der Golem wieder seinem eigenen Körper zustrebte. Jetzt fühlte Rugad auch den Sog, mit dem die Seele des Golems in den Körper zurückgezogen wurde. Das Ende der Reise war gekommen.

Rugad mußte eine Entscheidung treffen.

Jetzt.

Eigentlich hatte er nur eine Chance. Eine einzige, bei der er mit dem Leben davonkam.

Nicht einmal das war hundertprozentig sicher.

Den freien Sprung durch die Luft.

Rugad mußte aus der Verbindung in seinen eigenen Körper zurückspringen und sich und sein Bewußtsein, seine Seele, der Luft aussetzen, bevor er in seinen Körper hineinglitt.

Alle Gefahren, die ein solches Wagnis mit sich brachte, schossen durch seinen Geist, während er nachdachte.

Er konnte sein Ziel völlig verfehlen, wenn er zu früh sprang und Kilometer von seinem eigenen Körper entfernt auf dem Boden aufschlug.

Er konnte versehentlich in jemand anderen eindringen, der zu dicht neben seinem eigenen Körper stand, und für immer in dieser Person gefangen bleiben.

Sein eigener Körper konnte ihn abweisen.

So viele Risiken und keine Zeit, sich auch nur auf eines davon vorzubereiten.

Rugad war nicht einmal sicher, ob es ihm gelingen würde, aus dieser Verbindung hier auszubrechen.

Vor allem kam es darauf an, sich körperlich nicht von dem Golem zu trennen. Mochte der Golem ruhig denken, er hätte Rugad in seiner Gewalt. Aber im letzten Moment, direkt bevor er in den Körper des Golems eindrang, würde Rugad aus der Verbindung ausbrechen. An den Ansatzstellen waren Verbindungen immer am schwächsten.

Das würde Rugad sich zunutze machen. Er würde sich durch das Licht der Verbindung bohren, so wie er damals einen Finger in die Verbindung gebohrt hatte.

Er konnte eine Verbindung mit seinem Finger öffnen. Bestimmt konnte er dann auch mit seinem Geist aus einer ausbrechen.

Schließlich wurden Verbindungen von magischen Gehirnen erschaffen und auch nur von magischen Gehirnen benutzt.

Er konnte es schaffen.

Der Sog zerrte noch heftiger an ihm. Rugad fühlte, wie er ins Taumeln geriet. Er gab nach und wurde immer schneller mitgerissen.

Dann verschwand der Golem unmittelbar vor ihm. Rugad fühlte den fremden Körper, fühlte die Kälte des Steins. Er fühlte, wie die steinerne Hülle des Golems ihn umschloß ...

... und stieß sich mit aller Kraft vom Eingang ab.

Das Licht der Verbindung war wie Glas. Rugad prallte zurück. Ein Teil des Golems zog an ihm. Der andere Teil befand sich bereits im Inneren des Körpers. Rugad fühlte, wie der Golem Anstalten traf, sich selbst zu zerstören. Er konnte die Gedanken des Golems lesen, also mußte der Golem auch seine lesen können.

Rugad versuchte, seinen Geist zu verschließen und sich gleichzeitig loszureißen. Er konzentrierte sich auf die Vorstellung, wie er aus der Verbindung ausbrach. Seine Hände – seine imaginären Hände – hämmerten gegen das Glas.

Dann merkte er, daß er bereits ganz in der Nähe seines eigenen Körpers war. Er mußte den richtigen Moment abpassen. Er mußte in den Kopf des Golems schlüpfen, sich aus seinem Griff befreien und das Ohr finden. Dort steckte noch immer sein eigener Finger, und indem er in diesen hineinglitt, konnte er in seinen eigenen Körper zurückkehren.

Wieder gab er dem Zerren des Golems nach. Licht strömte ins Innere des Geschöpfs und erfüllte es mit blendender Helligkeit. Das Bild von der ersten Explosion des Golems blitzte vor Rugads innerem Auge auf.

Die Augen des Golems funkelten, und Licht strömte aus allen Spalten und Rissen in seinem Körper. Einen Augenblick lang sah er aus, als hätte er die Sonne verschluckt.

König Nicholas rappelte sich auf und griff nach dem Golem. Dieser streckte die Hand aus – auch sie leuchtete –, und sein Mund formte Worte, die Rugad nicht verstand.

Rugads Augen waren fast geschlossen. Er fühlte das Schwert in seinem Körper, den Schmerz, den der König ihm zugefügt hatte. Durch die halbgeschlossenen Lider konnte er erkennen, wie Nicholas die Hand des Golems packte. Lichtströme griffen auf Nicholas' Körper über.

Dann wurde das Licht noch heller. Es blendete. Es war zu viel. Nicholas versuchte, den Golem aus dem Licht zu ziehen ...

... und der Golem zerbarst in tausend Stücke.

Von innen fühlte sich das Licht wie ein starker Druck an, als schwelle die Sonne, die der Golem verschluckt hatte, zu solcher Größe an, daß sie gleich platzen würde. Rugad konnte sich kaum mehr bewegen, fühlte sich selbst kaum noch. Er konnte das Ohr des Golems nirgends entdecken.

Der Golem hielt ihn in eiserner Umklammerung. Rugad trat nach ihm und wehrte sich, so heftig er konnte. Das Licht zermalmte ihn fast. Rugad wußte, daß es sich wie beim vorigen Mal einen Weg durch die Risse im Körper des Golems suchte. Beim ersten Mal hatte der Golem die Explosion nicht geplant.

Diesmal schon.

Der Golem hatte einen eigenen Willen.

Hatte Rugad jemals das Gegenteil vermutet, so wußte er spätestens jetzt, daß er im Irrtum gewesen war.

Der Golem hatte einen eigenen Willen, und er wollte Rugad eine Falle stellen.

Aber er wollte ihn nicht töten.

Er verabscheute es zu töten.

Das war seine schwache Stelle. Rugad bahnte sich seinen Weg durch diese Schwäche hindurch, durch das Licht, hinein in das Ohr.

Der Druck wurde immer stärker. Rugad sah zwar seinen Finger, aber er wußte nicht, wie er ihn betreten sollte. So etwas hatte er noch nie gemacht. Der Finger sah riesig aus, ein Fremdkörper in den feingemeißelten Windungen des Steinohres.

Licht umfloß den Finger, an der Fingerspitze vorbei, und schob Rugad zurück. Rugad fühlte sich wie erdrückt. In dieser Gestalt konnte er nicht atmen. Das Licht preßte ihn gegen die Steinwände des Ohres.

Er mußte springen, wie er befürchtet hatte.

Er mußte es versuchen.

Er stemmte einen Fuß gegen das Trommelfell und stieß sich ab.

Das Licht wurde heller ...

Rugad schwebte seinem eigenen Finger entgegen ...

... und der Golem explodierte.

13

Arianna betrat den Tunnel aus Licht. Sie war noch nie an einem solchen Ort gewesen. Er war warm, einladend und so vertraut wie ein häufig getragenes Kleidungsstück. Aber trotzdem fühlte er sich fremd an.

Arianna spürte hier noch immer die Anwesenheit ihres Urgroßvaters. Sie hörte ihn fluchen, während Sebastian ihn wegzerrte.

Sebastian.

Er lebte noch.

Er hatte etwas vor.

So beweglich und tatkräftig hatte Arianna Sebastian noch nie gesehen. So klar und deutlich hatte er noch nie gesprochen. Oh, wie sie ihn vermißt hatte.

Auch diesen Tunnel hatte sie vermißt, obwohl sie noch nie hiergewesen war.

Jedenfalls nicht bewußt.

Trotzdem fühlte sie hier sowohl sich selbst als auch Sebastian. Als hätte der Tunnel in ihren Träumen schon längst existiert, bevor sie ihn jetzt, in wachem Zustand, endlich betrat. Das hier war es, was ihre Herzen vereinte. Dieser Ort strahlte die Zuneigung aus, die sie seit Ariannas Geburt füreinander empfanden.

Hier schlummerten Ariannas Erinnerungen, ihr erster Blick in Sebastians Gesicht. Die Anstrengung, mit der seine Lippen ihren Namen formten. Seine Hand, kühl, hart und tröstlich, die ihre Hand hielt.

Weiter vorn befand sich Rugad, ihr und Sebastians Urgroßvater. Worüber dachte er nach?

Über Flucht.

Arianna raffte sich auf und folgte dem Tunnel. Hinter sich spürte sie ihren sich Verwandelnden Körper. Natürlich. Sie war ja nicht mehr da, um ihre Eidechsengestalt aufrechtzuerhalten. Sie war nicht mehr da, um ihren Körper zu kontrollieren.

Innerlich zerrissen, drehte sie sich um. Würde ihr Körper sich für eine endgültige Gestalt entscheiden oder zwischen vielen Gestalten hin und her springen wie der Körper eines Gestaltwandlerkindes?

Vor sich fühlte sie den Zorn ihres Urgroßvaters, gemischt mit Sebastians Verzweiflung. Auch Sebastian dachte über etwas nach ... etwa darüber, ob er ihren Urgroßvater töten sollte?

Sebastian?

Der sogar über den Tod der Fey in Tränen ausgebrochen war, die versucht hatten, ihn und Arianna umzubringen?

Sebastian?

Die Verwandlung erschütterte die Verbindung.

Ariannas Urgroßvater hatte Angst, nicht wieder in seinen eigenen Körper zurückkehren zu können! Offenbar war es gefährlich, ungeschützt in diesem Tunnel zu bleiben.

Arianna mußte in ihren eigenen Körper zurückkehren und die Verwandlungen wieder unter Kontrolle bekommen. Dann erst konnte sie weiter vordringen und Sebastian helfen. Wenn ihr vorher etwas zustieß, konnte sie nichts ausrichten.

Arianna trat den Rückweg durch die Verbindung an. Hinter ihr baute sich ein seltsamer Druck auf, der ihr bekannt vorkam. Das Licht wurde immer heller. Die feinen Härchen auf ihrem Nacken ... ihrem imaginären Nacken ... sträubten sich. Sie warf einen Blick über die Schulter zurück und sah nichts als gleißende Helligkeit.

Ihr Urgroßvater verfiel nicht in Panik, dazu war er zu klug, jedoch war er beunruhigt. Aber er blieb besonnen und versuchte, einen Weg nach draußen zu finden. Einen Weg nach draußen, bevor ...

Bevor ...

Bevor Sebastian in tausend Stücke zersprang.

Nein! schrie Arianna und rannte zurück zu Sebastian, mitten in das Licht hinein. Erst war sie geblendet, aber dann begriff sie, daß sie hier drinnen alles aushalten konnte. Sie konnte alles überleben, weil sie keinen physischen Körper besaß.

Aber dieses Licht drohte sie zu zermalmen. Es war zu stark.

Das Licht kam immer näher, hielt Arianna zurück, bremste sie. Ganz gleich, wie sehr sie es versuchte, sie kam keinen Schritt voran.

Sebastian! brüllte sie in der Hoffnung, daß er sie hören konnte.

Das Licht war heiß, viel zu heiß für den Tunnel. Es kam von Sebastian. Arianna erkannte es wieder und erinnerte sich. Sie sah jetzt wieder vor sich, wie dasselbe Licht einst aus den Rissen in seiner Haut gesickert war, aus seinen Augen, aus seinem Mund, und sie erinnerte sich auch daran, was als nächstes passiert war.

Er war zersprungen.

Nein! schrie sie wieder.

Er tat es für sie. Er wollte sie vor ihrem Urgroßvater beschützen. Genau wie er erst vor ein paar Wochen ihren Vater beschützt hatte.

Sebastian!

Aber ihre Schreie hallten zu ihr zurück, als sei das gleißende Licht eine feste Wand. Arianna warf sich dagegen, prallte zurück.

Noch einmal warf sie sich dagegen ...

... und das Licht funkelte so gleißend wie Sonnenlicht auf einer Wasseroberfläche, weißer als alles, was Arianna je gesehen hatte. In seiner Mitte erblickte sie Sebastian, die grauen Augen geschlossen, das Gesicht verzerrt, die Fäuste geballt.

Da explodierte das Licht um sie herum und schleuderte sie mit solcher Gewalt wieder in ihren eigenen Körper zurück, daß sie rückwärts an ihren Augen vorbeiflog, vorbei an dem Teil ihres Gehirns, in dem sie mit ihrem Urgroßvater gekämpft hatte, vorbei an den Verbindungen, vorbei an allem anderen in eine so tiefe Dunkelheit hinein, daß sie das Gegenstück zu dem Licht war, das Arianna eben noch geblendet hatte.

Haltlos taumelte sie rückwärts, unfähig, sich zu fangen. Es half ihr nicht, daß sie keinen physischen Körper besaß. Ihr geistiger Körper wurde mit einer Kraft konfrontiert, der sie noch nie begegnet war. Tiefer und tiefer stolperte sie in die Dunkelheit, bis sie gegen eine Wand prallte.

Ein ungeheurer Schmerz flammte in ihr auf, dann sah sie wieder das schwache Abbild Sebastians, mit offenen Augen, lächelnd, bevor das Licht vollständig erlosch.

Con weiß es, sagte Sebastian mit ersterbender Stimme.

Con weiß es.

Con, flüsterte Arianna, und dann wurde es dunkel um sie herum.

14

In der Höhle war es überwältigend still. Das leise Plätschern des Brunnens war das einzige Geräusch. Das Licht war noch heller geworden, obwohl es draußen längst dunkel sein mußte.

Gabe spürte, wie die Kante der Stufe sich in seine Schenkel drückte. Obwohl es in der Höhle angenehm warm war, fühlte sich der Marmor kalt an. Seine Gefährten beobachteten ihn. Leens Körper war steif vor Angst.

Gabe wartete.

Er wartete immer noch darauf, daß seine Mutter wieder auftauchte. Sie durfte ihn jetzt nicht im Stich lassen. Er brauchte sie. Jedenfalls glaubte er das. Er wollte, daß sie da war, wenn Coulter kam. Zusammen konnten Coulter und er herausfinden, wer oder was sie war.

Zusammen konnten Coulter und er das Rätsel lösen.

»Ist sie zurückgekommen?« erkundigte sich Fledderer.

Gabe schüttelte den Kopf. Er fühlte sich so schwach wie seit Tagen nicht mehr. Seit dem Tag, als ihm klargeworden war, daß alle, die er sein Leben lang gekannt hatte, alle, die er liebte, tot waren.

»Vielleicht war sie doch nicht wirklich«, gab Leen zu bedenken. »Vielleicht war sie nur eine Halluzination, und jetzt ist sie zu Ende.«

»Sie kann keine Halluzination gewesen sein. Sie hat mir geantwortet.«

»Woher willst du das wissen?« beharrte Leen. »Hast du schon einmal eine gehabt?«

»Nein«, erwiderte Gabe. »Aber ich hatte Visionen. Und die waren ganz anders.«

Leen seufzte. »Ich wünschte, Coulter käme endlich.«

»Ich auch«, stimmte Gabe zu. »Was hält ihn wohl auf?«

»Adrian muß erst aus dem Steinbruch ins Lager zurückkehren« erklärte die Rotkappe und fuhr sich mit der Hand über das Gesicht. »Die waren ganz schön mißtrauisch. Vielleicht ist etwas passiert.«

Gabes Herz krampfte sich zusammen. Er konnte es nicht verkraften, noch mehr Freunde zu verlieren. »Sollte einer von uns nicht lieber mal nachsehen?«

»Nein«, meinte Fledderer. »Wir warten. Das haben wir so ausgemacht. Und daran sollten wir uns auch halten.«

»Coulter ist allein dort unten«, gab Leen zu bedenken. »Ihr könntet gut auf mich verzichten. Mir gefällt es hier sowieso nicht. Ich könnte gemeinsam mit Coulter auf Adrian warten.«

Aber Gabe wollte nicht, daß sie ging. Er wollte nicht mit Fledderer allein in dieser Höhle bleiben.

Er wollte überhaupt nicht mit der Rotkappe allein sein. Erst vor zwei Wochen hatte Fledderer ihn ernstlich bedroht. Das hatte ihm einen gehörigen Schreck eingejagt. Fledderer hatte Gabe ein Messer an die Kehle gedrückt und versucht, ihn zu töten. Allerdings hatte er für dieses Verhalten eine einleuchtende Erklärung gehabt.

Der Schwarze König ist wegen seiner Enkelkinder gekommen. Was wird er tun, wenn er sie findet? Er wird sie in Abbilder seiner selbst verwandeln. Nur, daß Gabe und seine Schwester den Schwarzen König noch übertreffen werden, weil sie mehr Macht besitzen. Aber sie können diese Macht noch nicht anwenden. Ich kann das Problem ein für allemal lösen. Ich kann diesen Jungen töten. Und wenn ich auch noch das Mädchen zu fassen kriege, hat der Schwarze König überhaupt keinen Grund mehr, sich noch länger hier aufzuhalten.

Gabe runzelte die Stirn. Fledderer hatte ihn wieder losgelassen und ihm anschließend sogar zweimal das Leben gerettet. Als sie dann die Augen des Roca erreicht hatten, hatte die Rotkappe angeboten, Gabe zu lehren, wie er genauso mächtig wie der Schwarze König werden konnte.

Als könnte sich eine Rotkappe damit auskennen.

Ich kann das Problem ein für allemal lösen. Ich kann diesen Jungen töten. Und wenn ich auch noch das Mädchen zu fassen kriege, hat der Schwarze König überhaupt keinen Grund mehr, sich noch länger hier aufzuhalten.

Gabe schlang die Arme um die Knie. »Fledderer«, sagte er langsam, »können Fey anderen Fey Visionen übermitteln?«

Die Rotkappe drehte sich um. »Wie meinst du das?«

»So, wie ich gefragt habe. Können Fey anderen Fey Visionen senden?«

»Die Mysterien schon. Alle Visionen werden von den Mysterien gesandt.«

»Nein«, erwiderte Gabe. »Ich meine lebendige Fey. So wie mein Urgroßvater.«

»Warum?« fragte Leen besorgt und trat näher. »Hast du gerade etwas Gesehen?«

»Natürlich nicht«, knurrte die Rotkappe. »Sieht er etwa aus wie jemand, der gerade eine Vision hatte?«

Gabe stöhnte gereizt. »Fledderer?«

»Nein«, antwortete die Rotkappe schließlich. »Ich glaube nicht, daß Fey einander Visionen senden können. Jedenfalls habe ich noch nie davon gehört. Aber ich weiß natürlich auch nicht alles über Feymagie.« Er zeigte auf die Wände. »Und ich weiß nichts über Orte wie diesen hier. Inselmagie. In dieser Gegend muß die Religion dieser Insel ihren Ursprung haben. Wie kommst du darauf? Glaubst du, deine Mutter wurde dir gesandt?«

Gabe kratzte sich am Nacken. Er wußte selbst nicht, was er glaubte. »Vielleicht«, entgegnete er zögernd. »Vielleicht hat der Schwarze König sie mir vorgegaukelt, damit ich ihr vertraue. Vielleicht ist sie überhaupt kein Mysterium. Vielleicht hat er sie vorgeschickt, damit ich mein Mißtrauen ihm gegenüber aufgebe und ihn endlich akzeptiere.«

Fledderer hockte sich neben ihn und nahm die gleiche Haltung ein. In der kühlen Höhlenluft spürte Gabe die Körperwärme des kleineren Fey. »Vielleicht«, stimmte Fledderer zu. »Aber es wäre nicht besonders typisch für die Methoden des Schwarzen Königs.«

»Woher sollte Rugad denn überhaupt wissen, wo wir stekken?« wandte Leen ein.

»Und wenn er es weiß«, ergänzte die Rotkappe, »warum läßt er uns nicht einfach gefangennehmen?«

»Diese Frage hast du doch schon selbst beantwortet«, erinnerte ihn Gabe. »Du hast gesagt, er ist gekommen, um mich und meine Schwester zu seinen Nachfolgern zu machen. In diesem Falle kann er es sich nicht leisten, uns schlecht zu behandeln.«

Fledderer legte die Stirn auf die Knie. »Das macht keinen Sinn«, widersprach er. »Wenn der Schwarze König versuchen wollte, dich zu zwingen oder sogar zu verführen, zu ihm überzulaufen, und wenn er wüßte, wo wir sind, warum schickt er dann nicht einfach einen Doppelgänger, der aussieht wie jemand, den du liebst? Er könnte es auch selbst versuchen. Er ist ein geschickter Mann und verfügt über gerissene Methoden, aber wenn es nötig ist, kann er sehr direkt sein. Und er arbeitet oft allein. Ein Mann wie er kann nicht allzu vielen Menschen vertrauen.«

Fledderer hob den Kopf wieder, als habe er das Problem damit gründlich durchdacht und sei zu einem Schluß gekommen.

»Nein«, verkündete er. »Der Schwarze König will dich niemand anderem überlassen. Er will dich selbst überzeugen. Du bist sein Blutsverwandter. Er kennt dich nicht. Bestimmt glaubt er, daß du so bist wie er. Daß du schwächere Charaktere dazu zwingen kannst, dir zu folgen.«

Gabe mußte lächeln. Das entsprach überhaupt nicht dem Bild, das er von sich selbst hatte. Sein bisheriges Leben war ganz anders verlaufen.

»Ich bin kein schwacher Charakter!« beschwerte sich Leen.

»In den Augen des Schwarzen Königs schon«, hielt Fledderer dagegen.

Gabe seufzte. Er blickte die Rotkappe an. »Du hast gesagt, du würdest mich lieber töten, als zuzulassen, daß ich dem Schwarzen König in die Hände falle. War das dein Ernst?«

Fledderer warf Gabe einen schrägen Blick zu. Seine Augen waren dunkel, verschlossen und ein bißchen wild. Er verzog den Mund, als wolle er etwas Abfälliges sagen.

»Ich hoffe«, erwiderte er schließlich leise, »daß du vernünftig genug wärst, deinem Leben selbst ein Ende zu setzen.«

»Bei den Mächten«, rief Leen aus. »Gabe ist stark genug. Er kann es mit dem Schwarzen König aufnehmen.«

»Stark genug, um es mit jemandem aufzunehmen, der eine jahrzehntelange Ausbildung hinter sich hat? Der jahrelange Übung darin besitzt, andere zu manipulieren? Ich glaube nicht«, widersprach Fledderer.

»Also würdest du mich tatsächlich töten«, folgerte Gabe aus Fledderers Worten.

»Wenn ich befürchten müßte, daß du sein willenloses Spielzeug wirst? Ja!« bestätigte die Rotkappe. »Das weißt du doch. Warum fängst du schon wieder damit an?«

»Weil ich darüber nachdachte, ob wir Leen nicht doch zu Coulter zurückschicken sollten«, erwiderte Gabe. »Ich habe mir vorgestellt, mit dir allein zu bleiben. Aber ich glaube, das möchte ich lieber doch nicht.«

»Ich meine es ja nicht persönlich«, verteidigte sich die Rotkappe. »Es hat nichts mit dir zu tun. Mehr mit deinem Urgroßvater ...«

Fledderers Worte verhallten, obwohl Gabe wußte, daß die Rotkappe weitersprach. Der Raum begann zu schwanken, und Gabe fühlte sich seltsam schwindlig. Er befand sich wieder im Palast. Er schwebte über dem Fußboden, über einer Gruppe von geschnitzten Stühlen wie denjenigen, die in Sebastians Gemächern standen. Nur, daß dieser Raum hier größer war. Die Balkontüren waren geschlossen. Die Zimmertür ebenfalls.

Sein Urgroßvater stand links neben Sebastian, die Hand auf Sebastians Profil. Licht strömte aus Sebastians Körper. Sebastian lächelte, aber aus seinen Augen flossen Tränen.

»Ari«, flüsterte er.

Dann blickte er hoch. Er streckte die rechte Hand in Richtung Zimmerdecke aus. »Es ist alles in Ordnung«, sagte er, als spräche er direkt zu Gabe.

»Nein«, rief Gabe. Diese Szene hatte er schon einmal gesehen. Genau dieselbe Szene. Und jetzt passierte es wieder. Wie war das möglich?

Das Licht erfüllte das ganze Zimmer. Gabes Urgroßvater fiel rückwärts gegen einen der geschnitzten Stühle und zerbrach ihn. Seine Augen waren offen ...

... und völlig leer.

Das Licht wurde so hell, daß Gabe am liebsten die Augen mit der Hand bedeckt hätte. Es durchflutete den Raum und färbte alles weiß. Sebastian schien in das Licht hineingesogen zu werden, während die Risse in seinem Körper immer breiter wurden.

Gabe streckte die Hand nach ihm aus ...

Sebastian zersprang.

Zum zweiten Mal.

15

Nicholas hockte immer noch vor der Eidechse, die seine Tochter war. Er hielt unschlüssig die Hand über sie, hätte sie gern berührt, ihr irgendwie geholfen. Die Schamanin mußte sich irren. Ariannas Feynatur war stark, das wußte Nicholas, aber sie beherrschte Arianna nicht völlig. Sie mußte auch etwas von Nicholas geerbt haben.

Etwas von Nicholas' Vater.

Von Alexander, der ein so freundlicher Mann gewesen war, daß er sich überwinden mußte, sein Land gegen den Überfall der Fey zu verteidigen.

Aber tief in seinem Inneren wußte Nicholas auch, daß eine solche Entscheidung Arianna keinerlei Überwindung gekostet hätte. Sie war eine echte Kämpfernatur, so wie er selbst und Jewel. Diesen Wesenszug hatte ihre Tochter von ihnen beiden geerbt, und er machte sie so rücksichtslos. Die Schamanin behauptete, in einer Vision Gesehen zu haben, wie Schwarzes Blut gegen Schwarzes Blut kämpfte.

War es das, was sich gerade in dieser winzigen Eidechse abspielte?

In seiner Tochter?

Plötzlich fuhr der Kopf der Eidechse herum, und ihr Schwanz zuckte. Die Zunge fuhr heraus, die Augen rollten in den Höhlen. Dann Verwandelte sie sich. Aus ihrer Flanke wuchs eine Hand und auf der anderen Seite ein Huf. Ihr Rükken krümmte sich, aber der kleine Kopf blieb unverändert.

»Holla!« rief Nicholas erschrocken aus.

Schon stand die Schamanin neben ihm.

Immer noch drehte die Eidechse den Kopf hin und her, während sie heftig mit dem Schwanz peitschte. Nicholas wünschte sich, er könnte ihre Augen besser sehen, aber er war sich nicht sicher, ob er Arianna in ihnen überhaupt noch erkannt hätte.

Die Hand ballte sich zur Faust. Der Huf trommelte auf den Boden. Der Körper der Eidechse wand sich in Krämpfen.

Plötzlich erinnerte sich Nicholas wieder daran, wie man Arianna als Kind keine Sekunde aus den Augen lassen durfte. Sie war so oft in ihren Wandlungen steckengeblieben, daß Nicholas immer befürchtet hatte, sie werde eines Tages daran sterben.

»Was geht hier vor?« fragte er. »Können wir ihr nicht helfen?«

Der Schwanz schrumpfte und verschwand im Inneren des Körpers. Der Huf wuchs weiter und verlängerte sich zu einem Stück Bein. Einem Fey-Bein.

»Halte sie fest«, befahl die Schamanin. »Sie kann die Wandlung nicht kontrollieren.«

Wieder stieg die altbekannte Angst in Nicholas hoch. So etwas hatte er seit Jahren nicht mehr getan. Er berührte die kühle Eidechsenhaut, dachte an seine Tochter und ergriff die Hand, die sich ihm entgegenstreckte.

Es war Ariannas Hand. Nicholas erkannte die langen, schlanken Finger, die einst so gepflegten Nägel. Jetzt waren sie schmutzig und abgebrochen, aber immer noch eindeutig Ariannas Finger.

»Weiter, mein Liebes«, flüsterte er. »Weiter.«

Die Schamanin streichelte Arianna. Teile anderer Gestalten erschienen: eine Feder, die die Schamanin anstupste, bis sie sich unter eine Schuppe zurückzog; Katzenschnurrhaare, an denen die Schamanin behutsam zupfte; ein rissiges, graues Stück Haut, das Nicholas an Sebastian erinnerte und das die Schamanin so lange tätschelte, bis es verschwand.

Nicholas hielt Ariannas Hand. Der Kopf der Eidechse ruckte

vor und zurück, die Zunge schoß aus dem Maul hinaus und wieder hinein. Der Huf verschwand völlig, und das ganze Bein kam zum Vorschein. Ein Mädchenbein, lang, schlank und nackt. Es trat wild in die Luft, und Nicholas hielt es mit der anderen Hand fest. Er hatte ganz vergessen, wie man eine Wandlung unterstützte. Er besaß keine Zauberkraft, um Arianna zu Hilfe zu kommen, aber er konnte derjenigen, die über Zauberkraft verfügte – seiner Tochter – zeigen, welche Körperteile richtig und welche falsch waren.

»Was geht hier vor?« wiederholte Nicholas flüsternd. »Glaubst du, daß der Schwarze König daran schuld ist?«

»Er kann sich Ariannas Zauberkraft nicht bedienen«, verneinte die Schamanin. Nicholas hörte keine Panik in ihrer Stimme, nur eine sonderbare Besorgnis.

»Was ist es dann?« fragte Nicholas. Ein Handgelenk erschien, gefolgt von einem Unterarm, einem Ellenbogen und schließlich einer Schulter. Zwischen Schulter und Bein formte sich Ariannas Leib, aber nur auf der linken Seite. Die rechte Seite blieb klein und eidechsenartig.

»Wenn das so weitergeht, stirbt sie«, warnte die Schamanin. »Über die Ursachen können wir uns später Gedanken machen.«

»Kannst du etwas dagegen tun?«

»Nicht mehr als du. Ich kann Ariannas Zauberkraft ebensowenig beeinflussen wie Rugad.«

»Und wenn sie stirbt, und er ist noch in ihr ...?« Nicholas brachte die Frage nicht zu Ende.

»Dann stirbt auch er.«

So, wie sie es besprochen hatten. Hatte seine Tochter zugehört? Versuchte sie etwa gerade, den Schwarzen König zu töten, indem sie ihr eigenes Leben opferte?

Nicholas fühlte, daß die Schamanin seine Hände mit ihren Händen zu Ariannas Schultern und Rücken dirigierte, damit sie deren Oberfläche, die zur Hälfte aus Haut, zur Hälfte aus Schuppen bestand, berührten. Überall dort, wo seine Finger die Schuppen trafen, verwandelten sie sich in Haut. Die Schamanin sah ihm erst zu, dann tat sie es ihm nach und arbeitete sich bis zu Ariannas Nacken vor.

Vielleicht konnten sie es mit vereinten Kräften schaffen. Nicholas konzentrierte sich ganz auf seine Tochter, seine große Feytochter. Er würde nicht zulassen, daß sie starb. Um keinen Preis der Welt.

Plötzlich fühlte er Hände auf seiner Linken. Nicht die Hände der Schamanin und auch nicht Ariannas. Die Hände gehörten jemand anderem. Nicholas blickte auf. Halb erwartete er, jemanden zu sehen, aber er war auch nicht überrascht, als er niemanden erblickte. Eine derartige Empfindung hatte er zwar noch nie verspürt, aber von Zeit zu Zeit fühlte er die unsichtbare Anwesenheit anderer Menschen um sich. Er hatte diesen Umstand der Tatsache zugeschrieben, daß er schon früh in seinem Leben viele ihm nahestehende Menschen verloren hatte: seinen Vater, seine Frau und jetzt vielleicht auch noch seine Tochter.

Die Hände der Schamanin hatten Arianna inzwischen geholfen, einen Hals auszubilden, aber der Kopf war immer noch zu klein. Die Augen der Eidechse quollen aus den Höhlen.

»Es ist, als wäre sie gar nicht da«, murmelte die Schamanin leise, fast wie zu sich selbst. Nicholas verstand sofort, was sie meinte. Keine Gestaltwandlerin würde sich selbst freiwillig in eine solche Situation bringen. Jedenfalls keine erwachsene Gestaltwandlerin, die in der Lage war, ihre Wandlungen zu kontrollieren. Blieb eine Gestaltwandlerin mit einem Kopf der falschen Größe oder einem zu kleinen Herzen zwischen zwei Wandlungen stecken, konnte sie sterben.

»Komm schon, Kleines«, flüsterte Nicholas. Er hatte Arianna nicht während ihrer ganzen Kindheit wie seinen Augapfel gehütet, damit sie hier, mitten in der Wildnis, starb, obwohl sie ihr ganzes Leben noch vor sich hatte.

»Ari, bitte.«

Die Hände der Schamanin glitten zum Kiefer der Eidechse. Ein Kinn begann sich zu bilden. Ein vollständiges Feykinn, einschließlich Muttermal. Nicholas mußte lächeln. Arianna hatte dieses Muttermal immer gehaßt.

Die Augen der Eidechse schienen fast herauszuspringen. Ihr Körper war völlig steif. Nicholas wußte nicht genau, ob sie noch atmete.

Da schrie die Schamanin unvermittelt auf. Sie drehte sich mit blinden Augen nach Nicholas um. »Nicholas ...«, keuchte sie und fiel schwer über Arianna.

Nicholas wußte nicht, was das zu bedeuten hatte, aber er wußte, daß er keine Zeit hatte, ihr zu helfen. Er mußte zuerst seine Tochter retten.

Er zerrte die Schamanin beiseite und bewegte seine Hände unter Aris Kinn. Er traute sich nicht, die alte Frau anzusehen. Er konzentrierte sich ganz auf Arianna, verwandelte Schuppen in glatte Haut, den Umriß des Eidechsenkopfes in das Gesicht seiner Tochter.

»Bitte«, flüsterte er, und diesmal sprach er nicht mit seiner Tochter, diesmal wandte er sich zum ersten Mal seit vielen Jahren wieder an den Heiligsten, in der Hoffnung, daß seine Stimme an Gottes Ohr drang. »Bitte laß sie nicht sterben. Ich werde alles tun. Bitte.«

Und die ganze Zeit, während er betete, bewegten sich seine Finger, bildete sich Haut, und der noch immer zur Hälfte in der Eidechsenform gefangene Körper seiner Tochter blieb ganz still.

16

Sie bearbeitete Arianna, unterstützte die Wandlung, fühlte den Körper unter ihren Fingern pulsieren und sich verändern. Nicholas war tief besorgt. Die Angst um seine Tochter schien die einzige Angst zu sein, die er kannte, doch er arbeitete nicht gründlich genug. Hoffentlich war auch ihm klar, daß es auf jede Sekunde ankam.

Sie arbeitete weiter, versuchte, nicht über den Auslöser dieses gefährlichen Zustandes nachzudenken, jedenfalls jetzt noch nicht, und fragte sich, ob der Schwarze König Arianna aus ihrem eigenen Körper woandershin verschleppt hatte ... sie vielleicht in seinen eigenen eingesperrt hatte ... als sie plötzlich der seltsame Schwindel überfiel, der eine Vision anzukündigen pflegte.

»Nicholas ...«, stieß sie noch warnend aus ...

... und dann Wandelte sich die Welt. Sie Sah den Palast: Alexanders Gemächer, nur daß es nicht länger Alexanders waren. Die Möbel waren nicht mehr staubig, und die Balkontüren zeugten von kürzlicher Benutzung, auch wenn sie im Moment geschlossen waren. Auf einem der Tische war ein Tablett mit Essen abgestellt.

Mitten im Zimmer stand Rugad, einen Finger im Ohr des Golems. Sebastian.

Das Wesen lebte noch, und sie hatte es nicht gewußt.

Ein Angstschauder lief ihr über den Rücken.

Die Magie in diesem Palast war sehr, sehr mächtig.

Gabe war sehr, sehr mächtig.

Licht strömte aus den Rissen in der Haut des Golems, floß aus seinem Mund, den Augen, den Ohren. Rugads Augen waren glasig und leer. Auch er war nicht wirklich anwesend.

Was spielte sich dort ab? Arianna war nicht bei ihm. Zeigte diese Vision die Zukunft? Aber sie fühlte sich gegenwärtig an. Befanden sich beide, Rugad und Arianna, im Inneren des Golems?

Der Golem stand kurz vor dem Zerbersten.

Obwohl sie keine wirkliche Gestalt besaß, näherte die Schamanin sich Sebastian. Vielleicht konnte sie Rugad und Arianna in seinen lichterfüllten Augen erspähen. Aber als sie dicht vor ihm stand, hob der Golem die freie Hand. Die Schamanin folgte der Richtung der Geste und erblickte einen Schatten an der Zimmerdecke.

Es war noch jemand anwesend.

Jemand, der über die Kraft der Vision verfügte.

Jemand von dieser Insel?

Gabe?

»Kind!« rief sie und wußte selbst nicht, ob sie Gabe oder den Golem meinte.

Oder Arianna, falls sie in Sebastians Innerem gefangen war.

Das Licht wurde noch heller.

Der Golem sagte etwas, das die Schamanin nicht verstand, dann lächelte er. Der Schwarze König taumelte rückwärts und stürzte gegen einen Stuhl, der zerbrach, ein Splittern, das durch das ganze Zimmer hallte. Gleich würden die Wachen hier sein.

Trotzdem war das alles so weit weg ...

Sie konnte nichts tun.

Die Schamanin betrachtete Rugads Gesicht.

Es war leer.

Völlig leer.

Sie drehte sich nach dem Golem um. Sebastian lächelte immer noch, doch über die Risse in seinem Gesicht rannen Tränen. Das Geschöpf wußte genau, was es tat.

Es erkannte die Schamanin, sagte noch etwas Unverständliches ...

... und zersprang.

Steinsplitter spritzten in alle Richtungen. Instinktiv duckte sich die Schamanin ...

Und wieder Wandelte sich die Welt.

Die Schamanin lag vor dem Eingang zur Höhle im Sterben, auf der Brust ein Brandmal. Über ihr ragte eines der Inselschwerter aus dem Felsen. Die Schamanin versuchte, sich aufzusetzen und sich Gabe bemerkbar zu machen. Sie mußte ihm unbedingt sagen, wie man mit dem Ort der Macht umzugehen hatte. Das war ihr einziger Fehler gewesen.

Ihr einziger und zugleich ihr größter.

Die Schamanin dachte an Gabe und wünschte sich, daß ihre Verbindung stärker wäre ...

Die Welt Wandelte sich zum dritten Mal.

Jetzt erblickte die Schamanin Bridge, Jewels Bruder, der im Bankgebäude von Nye in einem Sessel saß und mit seinen Beratern sprach.

»Vielleicht ist er dort gestorben«, sagte Bridge gerade.

Die Schamanin kehrte für einen Augenblick an die Oberfläche ihres Bewußtseins zurück. Sie fühlte, wie ihr Speichel über Lippen und Kinn lief und wie der harte Boden gegen ihre Brust drückte.

Nicholas hockte noch immer neben Arianna und murmelte etwas vor sich hin. Die Schamanin versuchte, sich aufzurichten ...

... und sah Blut. Ströme von Blut, die sich über die ganze Insel ergossen. Die Straßen waren mit Leichen übersät, und Fey liefen im Kreis wie rasende, verwirrte Tiere.

Auf dem Schwarzen Thron saß eine Frau.

Nein, ein Mann.

Eine Frau.

Die Bilder blitzten auf und veränderten sich, und dann veränderte sich noch etwas anderes.

Plötzlich stand alles wieder still.

Zwei Zaubermeister standen am Ort der Macht neben einem Brunnen, waren dabei, die Hände ins Wasser zu tauchen.

Zwei Zaubermeister.

Nur einer würde es überleben.

Über der Schamanin kreisten lachend die Mächte. Sie konnte weder ihre Gesichter noch ihre Körper erkennen. Sie fühlte sie nur, hörte ihr Gelächter. Es war laut, aber nicht so laut wie die Stimme:

Dieser Ort ist nicht für dich bestimmt, sagte sie. *Kehr um.*

Kehr um.

»Ich kann nicht«, stöhnte die Schamanin. »Ich bin jetzt einem anderen zu Treue verpflichtet.«

Du weißt nicht, wem deine Treue zu gelten hat, widersprach die Stimme.

Aber sie wußte es.

Ihre Treue galt jenem Mann, der sich dort drüben über seine Tochter beugte. Jenem Mann, der verzweifelt versuchte, das Leben eines Mädchens zu retten. Ihm und einem seiner Kinder.

Welchem, wußte die Schamanin nicht.

»Helft uns«, bat sie.

Was glaubst du, was wir hier tun? fragte die Stimme spöttisch, als die Vision verblaßte.

VERGELTUNG

17

Rugad segelte durch die Luft. Er fühlte sich so verletzlich wie nie zuvor in seinem Leben. Niemand beschützte ihn, weder seine Leibwächter noch seine Truppen, nicht einmal sein eigener Körper. Er war nur ein Lichtpünktchen, das durch den freien Raum schwebte.

Die Druckwelle zu Beginn der Explosion hatte seinen ganzen Körper erschüttert. Er war hintenüber geschleudert worden und hatte dabei einen Stuhl zerbrochen. Während er fiel, waren seine Augen offen und leer, sein Gesicht ohne jeden Ausdruck. Im nächsten Augenblick würde das Poltern des Stuhls die Wachposten alarmieren. Rugad mußte in seinen Körper zurückkehren, bevor jemand das Zimmer betrat. Sein innerstes Wesen, seine Seele, suchte nach einer warmen, einladenden Herberge. Vielleicht war Rugads eigener Körper zu weit weg.

Oder zu leer.

Er ließ sich im Sturzflug fallen.

Hinter ihm hallte die Explosion des Golems von den Zimmerwänden wider.

Rugad berührte seine eigene Schulter, kroch über sein Gesicht, die zerfurchte Haut, die hohen Wangenknochen, und drängte schließlich gegen ein Auge. All das dauerte nur Sekundenbruchteile und erschien ihm doch endlos. Dabei flogen noch nicht einmal die Splitter des Golems durch die Luft. Anscheinend hatte Rugad jedes Zeitgefühl verloren. Von diesem Phänomen hatte er zwar gehört, aber es noch nie am eigenen Leib erfahren, denn es blieb üblicherweise den Schamanen vorbehalten.

Die Tränenflüssigkeit seines Auges war ein echtes Hindernis. Rugad fühlte sie klebrig unter seinen imaginären Fingern. Die über seinen Kopf hinwegfliegenden Steine spiegelten sich in der Iris. Rugad kroch über die Schläfe und schlüpfte in sein Ohr hinein.

Ganz plötzlich befand er sich wieder in seinem eigenen Körper.

Rücken und Kopf taten ihm weh, die wunde Kehle schmerzte scheußlich. Er blickte durch seine Augen und sah die Steinsplitter auf sich zusausen.

Rasch kauerte er sich wie ein Embryo zusammen und schützte dabei mit den Händen seinen Kopf. Dutzende von Steinen prasselten stechend auf seinen Rücken. Das Gefäß an seiner Hüfte zerbrach, und mit einem Schrei befreite sich seine Stimme aus den Scherben.

Die Steine trommelten wie Hagel auf ihn ein.

Die Balkontüren flogen auf. Die Wachen, die Rugad selbst auf dem Balkon postiert hatte, stürzten ins Zimmer. Auch die Zimmertür öffnete sich, und die übrigen Wachen kamen herein. Sie drängten sich um Rugad, befreiten ihn von den Steinen und halfen ihm auf.

Rugad haßte es, hilflos zu wirken.

Trotz seiner Schmerzen schüttelte er die besorgten Wachen ab. Ein Tropfen Blut floß ihm ins Auge. Offenbar hatte er eine Platzwunde auf der Stirn.

Immer mehr Wachen strömten herein. Rugad hatte insgesamt zwanzig Soldaten vor seinen Gemächern aufgestellt, und anscheinend hatte die Explosion sie alle aufgescheucht.

»Ich nehme an, ihr habt euren Kollegen befohlen, eure Posten einzunehmen«, schnauzte er sie an, obwohl seine Stimme wenig mehr als ein Flüstern war. Seine alte Stimme hatte sich nicht in seiner Kehle niedergelassen. Sie war spurlos verschwunden.

Rugad sprach mit der Krächzstimme, zu der ihm die Heiler verholfen hatten.

Keiner der Wachposten rührte sich.

»Mit mir ist alles in Ordnung«, knurrte Rugad. »Ihr könnt abtreten.«

Zehn Soldaten verließen das Zimmer und kehrten auf ihre Posten zurück. Die übrigen zehn knieten immer noch so dicht neben Rugad, daß er das Gefühl hatte, kaum noch Luft zu bekommen.

Rugad rappelte sich ohne fremde Hilfe auf. Er hatte scheußliche Kopfschmerzen. Staubwolken hingen in der Luft. Überall lagen Steine: auf den Tischen, den Stühlen, dem Boden.

»Wo ist der Junge?« fragte Klinge mit funkelnden Augen.

»Das war kein Junge«, berichtigte Rugad. »Es war ein Golem.«

Klinges Augen wurden zu Schlitzen. »Ihr habt es die ganze Zeit gewußt.«

Rugad nickte.

Klinge lächelte. Rugad mochte sie. Auch wenn die Disziplin ihrer Untergebenen manchmal zu wünschen übrigließ.

»Fegt dieses Geröll zusammen und bringt es weg. Aber werft die Steine nicht alle auf denselben Haufen«, ordnete Rugad an. »Dieses Geschöpf hat sich schon einmal wieder zusammengesetzt. Das darf kein zweites Mal passieren.«

»Zu Befehl«, erwiderte Klinge.

Rugad fuhr sich mit der Hand durch das staubige Haar. Ihm war ein wenig schwindlig, ob von dem Sturz oder vom Blutverlust, wußte er nicht. Außerdem machte ihm die Halswunde, die ihm der Golem, das Mädchen und der Inselkönig zugefügt hatten, immer noch zu schaffen.

Er hatte endgültig genug. Sie hatten ihn jetzt zum zweiten Mal überlistet.

Das mußte ein Ende haben.

»Schick nach meinen Generälen. Wir treffen uns im Audienzzimmer«, wandte sich Rugad an Klinge.

»Brauchst du einen Heiler?«

Die Wunden durften nicht anfangen zu eitern. Rugad wußte nicht, wie gefährlich es war, falls Splitter des Golems hineingeraten waren.

»Ja, schick mir auch einen ins Audienzzimmer.« Damit bahnte sich Rugad einen Weg zwischen den Steinbrocken, machte einen Bogen um den zerbrochenen Stuhl und verließ das Zimmer.

Was seine Stimme betraf, war er machtlos. War sie erst einmal weg, gab es keine Möglichkeit, sie zurückzuholen.

Er konnte nur hoffen, daß kein anderer sich ihrer bemächtigte.

Aber wenn keiner merkte, daß sie fehlte, hatte er nichts zu befürchten.

Die Luft im Korridor war frisch. Außer den Wachen an beiden Enden war der Gang leer.

Rugad war bis jetzt nachsichtig mit den Inselbewohnern gewesen, obwohl sie ihn gezwungen hatten, eine ganze Armee mitsamt seinem Sohn und seiner Enkelin zu opfern. Seine Urenkel kämpften gegen ihn, und damit würde jetzt Schluß sein. Die Zukunft der Fey und des Schwarzen Blutes standen auf dem Spiel.

Rugad mußte etwas dagegen unternehmen, und zwar sofort. Wenn er zu lange zögerte, würde sein Enkel Bridge annehmen, daß etwas nicht in Ordnung war, und versuchen, auf eigene Faust auf die Blaue Insel zu gelangen.

Diese Insel wäre sein sicherer Tod. Bridge war ja kaum in der Lage, Nye zu regieren, obwohl dort seit zwanzig Jahren Frieden herrschte.

Rugad hatte die Dinge zu sehr laufen lassen. Er mußte die Zügel wieder selbst in die Hand nehmen.

Das hatte ihm das Verhalten seiner Urenkelin unmißverständlich klargemacht.

Als er an den Wachsoldaten auf der Treppe vorbeiging, klopfte er einem von ihnen auf die Schulter. »Schick Weißhaar ins Audienzzimmer. Außerdem brauche ich dort sieben Fußsoldaten und einen Lampenanzünder.«

»Aye, Herr«, schnarrte der Soldat, verbeugte sich hastig und rannte vor Rugad die Stufen hinunter.

Rugad folgte ihm langsam. Er widerstand dem Bedürfnis, sich am Geländer festzuhalten, und zwang sich, tief durchzuatmen. Nur eine halbe Sekunde länger, und er wäre zusammen mit dem Golem explodiert und jetzt mit Sicherheit tot.

Oder doch nicht?

Auch der Golem war schließlich während seiner ersten Explosion nicht gestorben.

Vielleicht hatte er sogar die zweite überlebt.

Aber das spielte jetzt keine Rolle mehr. Wenn niemand wußte, wo sich die Steinbrocken befanden, konnte sie auch niemand wieder zusammensetzen.

Zum ersten Mal, seit er in seinen eigenen Körper zurückgekehrt war, lächelte Rugad. Nun gab es nur noch vier Leute auf der Insel, mit denen er sich befassen mußte: die Schamanin, den Inselkönig und seine beiden Urenkel.

Er würde die Schamanin und den König töten, und dann gehörten seine Urenkel endlich ihm, mit Leib und Seele.

18

Geduckt überquerte Luke das offene Feld. Er versuchte, gleichzeitig die Wachen vor dem Haus und neben der Scheune im Auge zu behalten. Wenn er sie nicht sehen konnte, galt dasselbe vielleicht auch umgekehrt.

Das hoffte Luke jedenfalls.

Er achtete darauf, daß sein Gesicht stets im Schatten blieb. Seine Haut war so blaß, daß sie das Licht sogar reflektierte, obwohl er sich mit Erde beschmiert hatte. Zum Glück stand heute nacht kein Mond am Himmel. Luke hatte noch nie eine so stockfinstere Nacht erlebt.

Seine Füße schlurften über den Boden, und sein Atem ging in hastigen Stößen. Er versuchte, so wenig Lärm wie möglich zu machen, und deshalb hallte in seinen Ohren auch das kleinste Geräusch dröhnend laut.

Er hatte nicht vor, sich noch einmal von den Fey schnappen zu lassen.

Nicht noch einmal.

Und auch von niemandem sonst.

Luke würde die Gefangenen in der Scheune befreien – falls sich darin überhaupt Gefangene befanden –, selbst wenn er zuerst die Wachen außer Gefecht setzen mußte.

Er wußte, wie unvorsichtig das war, aber etwas Besseres fiel ihm nicht ein. Die Fey waren unberechenbar und handelten blitzschnell. Bis Luke einen Rettungstrupp zusammenstellen konnte, hatten sie den Gefangenen vielleicht schon etwas Gräßliches angetan.

Luke hatte das Feld jetzt zur Hälfte überquert. Stimmen hallten durch die Dunkelheit. Luke kauerte sich auf den Boden. Aus dieser Position, in der er sich so klein machte wie möglich, ohne sich richtig hinzusetzen und dabei seine Beweglichkeit einzubüßen, musterte er seine Umgebung gründlich. Die Wachposten vor dem Haus unterhielten sich auf Fey.

Die Wachen an der Scheune konnte Luke immer noch nicht sehen.

Er nahm an, daß die Wachen, die er hörte, diejenigen vor dem Haus waren, aber in Nächten wie diesen spielte einem das Gehör manchmal einen Streich. Noch einmal musterte er prüfend jeden Quadratmeter des Feldes. Er wollte diese Sache so schnell wie möglich hinter sich bringen, aber wenn er überstürzt handelte und erwischt wurde, konnte er gar nichts mehr ausrichten.

Es war besser, sich Zeit zu lassen und auf Nummer Sicher zu gehen.

Über seine linke Schulter konnte er den Abschnitt des Feldes überblicken, den er gerade überquert hatte. Nur wenn jemand gezielt danach Ausschau hielt, würde er die von Lukes Füßen geknickten Pflanzen bemerken, sonst nicht.

Luke war mit sich zufrieden. Er hatte nicht vergessen, wie man in einem Feld möglichst wenig Spuren hinterließ. Wer hätte gedacht, daß ihm die Tricks seiner Kindheit einmal so nützlich werden würden?

Noch einmal zwang er sich, die vor ihm liegende Strecke abzuschätzen. Die Wachen vor dem Haus unterhielten sich wie zuvor. Von den Wachen neben der Scheune war immer noch nichts zu sehen. Die Augen auf das vor ihm liegende Feld gerichtet, schlich Luke vorsichtig weiter und warf einen kurzen Blick über die rechte Schulter zurück.

Vor ihm raschelte ein Heuballen. Luke erstarrte. Nicht alle Fey waren groß und schlank. Manche konnten sich in Tiere verwandeln. Andere in winzige Funken im Wind.

Manche waren klein genug, um sich in einem Heuballen zu verstecken.

Lukes Mund wurde trocken.

Er war eine leichte Beute. Ein winziger Fehler reichte aus.

Aber er durfte nicht hinter jedem Geräusch gleich einen Fey vermuten. Dann verlor er nur den Mut.

Was er brauchte, war eine überzeugende Ausrede. Wenn sie ihn ertappten, mußte er ihnen etwas vorschwindeln können. Vielleicht konnte er sich als einer jener Fey ausgeben, die wie Inselbewohner aussahen.

Doppelgänger.

In dieser Dunkelheit konnten die Fey seine Augen nicht erkennen, und Fledderer hatte behauptet, daß nur die Augen einen Doppelgänger verrieten. Luke wußte genug über die Fey, um überzeugend zu bluffen. Und wenn er bluffte, ließen sie ihn vielleicht wieder laufen.

Dieser Gedanke beruhigte ihn. Jetzt hatte er einen Plan für den Notfall.

Noch einmal starrte er auf den Heuballen, aber dieser raschelte nicht mehr. Abgesehen von dem vertrauten Zirpen der Grillen und dem schwachen Rauschen des Getreides in der Brise war das Feld ganz still. Wie zuvor sondierte Luke erst die Strecke, die vor ihm lag, bevor er sich wieder umdrehte.

Nichts.

Nur das Gelächter der Fey vor dem Haus.

Luke holte tief Luft und schlich weiter. Als er an dem Heuballen vorbeikam, musterte er ihn prüfend. Kein Halm war geknickt. Hätte sich ein Fey darin versteckt, wäre Luke bestimmt etwas aufgefallen.

Bis jetzt war alles in Ordnung.

Je näher er der Scheune kam, desto mehr verlor er die Fey vor dem Haus aus dem Blickfeld. Trotzdem hörte er sie noch lachen und reden. Anscheinend fühlten sie sich absolut sicher. Fledderer hatte erzählt, daß die meisten Fey während der Wache schwiegen, außer wenn sie völlig überzeugt waren, daß ihnen keine Gefahr drohte.

Luke grinste.

Die Fey hatten ja keine Ahnung.

Er erreichte den Rand des Feldes.

Die beiden Wachposten vor der Scheune dagegen unterhielten sich nicht. Sie standen mit straff aufrechten Körpern nebeneinander und starrten mit leerem Blick vor sich hin. Hätte Luke es nicht besser gewußt, hätte er gedacht, sie schliefen im Stehen.

Aber er wußte nicht, ob sie schwiegen, weil sie seine Anwesenheit bemerkt hatten, oder weil ihnen nichts anderes übrigblieb. Das Scheunentor war riesig, und sie hätten schreien müssen, um sich zu unterhalten.

Luke grinste wieder.

Fey waren nun einmal keine Bauern. Sonst hätten sie gewußt, daß es ein Dutzend Wege gab, heimlich eine Scheune zu betreten. Menschen und Tiere mußten dazu nicht unbedingt die Vordertür benutzen.

Luke schlich sich zur Seite des Gebäudes. Hier war das Holz in ausgesprochen gutem Zustand, und Luke biß sich nervös auf die Unterlippe. Er hoffte, daß Antoni die Scheune nicht etwa kürzlich instand gesetzt hatte. Dann mußte Luke sich ein anderes Schlupfloch suchen.

An der Rückwand der Scheune fand er endlich, was er suchte: ein verfaultes, schon zur Hälfte herausgebrochenes Brett. Luke fragte sich, ob ein Tier das getan hatte und wenn ja, welches. Diese Art von Scheune bot höchstens Füchsen oder noch kleineren Tieren Unterschlupf. Die Hühnerställe und Gärten befanden sich auf der anderen Seite des Hauses.

Pferde waren eigentlich zu groß, um das Interesse von Raubtieren zu erwecken.

Unter dem verfaulten Brett hatte jemand ein kleines Loch

gebuddelt. Luke konnte sich nur seitlich hindurchzwängen. Er blickte sich ein letztes Mal nach allen Seiten um, und als er nichts Bedenkliches sah, schlüpfte er in das Loch.

Während er hineinglitt, nahm er einen schwachen Hundegeruch wahr. Fellbüschel hatten sich an dem Brett über ihm verfangen und kitzelten ihn an der Nase, als er sich darunter hindurchwand. Seine Schultern paßten problemlos in den Gang, aber während er weiterkroch, schlug sein Bein gegen die Holzwand der Scheune. Es war schwierig, sich zugleich abzustoßen und vorwärtszukriechen.

Endlich im Inneren der Scheune angelangt, setzte sich Luke einen Augenblick hin, um wieder zu Atem zu kommen. Es war stockfinster. Er mußte warten, bis sich seine Augen an die Dunkelheit gewöhnt hatten.

In der Scheune roch es merkwürdig, anders als in den anderen Scheunen, die Luke kannte. Die meisten rochen nach Pferd, wenn der Bauer das Glück hatte, eines zu besitzen, nach Kühen, wenn er Viehzucht betrieb, oder nach Heu und Getreide, wenn er die Scheune als Lagerraum für die Ernte benutzte.

Auch im Inneren der Scheune fiel Luke wieder der schwache Hundegeruch auf, aber er wurde von dem dumpferen Geruch überlagert, der Luke an die ersten Tage der Fey-Invasion erinnerte.

Fäulnis.

Die Scheune roch nach verwesendem Fleisch.

Luke schauderte.

Langsam stand er auf und wünschte sich, besser sehen zu können. Sein Gehör schien noch feiner zu sein als sonst. Jetzt hörte er die Fey vor dem Haus nicht mehr reden, aber immer noch die Grillen und die anderen Geräusche im Feld. In der Scheune selbst war kein Laut zu vernehmen.

Luke spürte die Anwesenheit der Wachen am anderen Ende des Gebäudes.

Hoffentlich spürten nicht auch sie seine Anwesenheit.

Sein Kopf stieß gegen etwas Hartes, und plötzlich war die Scheune lichtdurchflutet. Ein scharfer Schmerz schoß ihm durch den Hinterkopf in die Schläfe. Er preßte eine Hand gegen den Schädel, während er sich taumelnd umdrehte.

In der Höhe seines Kopfes schaukelte eine Feylampe. Sie bestand aus einem Holzgerüst mit Glasscheiben und einem geflochtenen Aufhänger und sah ganz neu aus. Darin ...

Darin befanden sich Antoni, seine Frau und ihre Kinder. Luke hatte gehört, daß man sie zur Arbeit auf einem anderen Hof eingeteilt hatte. Aber als er jetzt darüber nachdachte, fiel ihm ein, daß diese Auskunft von den Fey stammte.

Es waren eindeutig Antoni und seine Familie, auch wenn sie anders aussahen als früher. Sie bestanden aus weißem Licht, das ihre Gesichtszüge trug. Ihre Körper glühten wie kleine Fackeln. Die winzigen Wesen preßten Gesicht und Hände an das Glas und starrten Luke an. Antoni bewegte die Lippen, aber Luke konnte ihn nicht hören.

Luke drehte sich der Magen um. Fledderer hatte ihm auch von den Feylampen erzählt. Er hatte gesagt, das Faszinierendste an ihnen sei, daß die Seelen hinter dem Glas nicht wußten, daß sie tot waren. Sie besaßen keine Körper mehr. Ihre Seelen verströmten so lange Licht, bis sie keine Kraft mehr hatten.

Luke schloß einen Augenblick lang die Augen. Er konnte Antoni und seiner Familie nicht mehr helfen. Sie waren längst tot, sie hatten es nur noch nicht gemerkt.

Er wollte nicht derjenige sein, der es ihnen erklärte.

Außerdem hatte er keine Zeit dazu. Bald würde jemand das Licht bemerken. Luke wußte nicht, wie man die Lampe wieder auslöschen konnte.

Er holte tief Luft, öffnete die Augen und sah sich um. Weil er so sicher gewesen war, Gefangene vorzufinden, schlafend oder in verschiedenen Stadien der Folter, dauerte es einen Moment, bis ihm klar wurde, was er statt dessen erblickte.

Lederbeutel.

Hunderte von Lederbeuteln, die wie Ziegelsteine an Wänden und Pfosten der Scheune aufgestapelt waren. Das Heu war an der Rückwand zu einem Haufen aufgeschüttet. Der Hund war weggelaufen, jedenfalls war er nicht mehr da, und der Boden war buchstäblich mit Lederbeuteln gepflastert, zwischen denen schmale Gehwege ausgespart waren.

Daher kam also der Verwesungsgeruch. Fledderer hatte Luke auch den Zweck dieser Beutel erklärt.

Sie stammten von den Opfern der Fey. Die Fey füllten sie mit der Haut und anderen Leichenteilen, die sie brauchten, um frische Magie zu erzeugen.

Noch mehr Magie.

Wieder stieg Luke die Magensäure in die Kehle, und er mußte kräftig schlucken, um seine letzte Mahlzeit bei sich zu behalten. Bestimmt befanden sich auch Körperteile von Antoni und seiner Familie in der Scheune und dazu die Überreste anderer Bekannter von Luke.

Luke ballte die Fäuste. Jetzt wußte er, was er zu tun hatte. Er mußte diesen grausigen Ort in Brand stecken. Dann konnten die Fey keinen Nutzen mehr aus den Beuteln ziehen.

Es war nicht dasselbe, wie Gefangene zu befreien, aber fast genauso gut.

Vielleicht sogar noch besser.

Vielleicht rettete es noch mehr Menschen das Leben.

Jemand rüttelte an den Vordertüren der Scheune. Die Wachposten hatten das Licht bemerkt. Luke sah sich hastig um. Er hatte das Licht angezündet, indem er dagegengestoßen war. Er mußte den Wachen eine andere Ursache vortäuschen.

Er ergriff eine Heugabel, drehte sie um und lehnte den Stiel gegen die Lampe. Dann legte er den Finger auf die Lippen. Antoni nickte.

Luke lächelte schwach und wünschte sich verzweifelt, mehr für seinen Nachbarn tun zu können. Dann ließ er sich auf den Bauch fallen, robbte zu dem Loch in der Wand und blickte prüfend hindurch.

Die Luft war rein.

Sorgfältig darauf bedacht, keinen Lärm zu machen, kroch er in das Loch.

Er würde über die Felder nach Hause laufen.

Sein Herz hämmerte, aber er war erleichtert. Endlich hatte er einen Plan und eine Aufgabe.

Er würde sie erfüllen.

19

Die Schamanin schlug die Augen auf. Sie lag mit dem Gesicht im Schlamm. Speichel rann ihr über das Kinn und die linke Wange. Sie fühlte sich schwindlig und erschöpft.

Sie hatte Angst.

Sie hatte die Mächte erblickt, vielleicht die Stimme eines Mysteriums gehört und eine ganze Reihe Visionen gehabt. Das einzige, was diese mit ihren früheren Visionen gemeinsam hatten, war der Kampf des Blutes gegen das Blut.

Eine Warnung.

Es war bestimmt eine Warnung.

Sie richtete sich mühsam auf. Nicholas beugte sich noch immer über Arianna, deren Oberkörper inzwischen wieder dem eines jungen Mädchens glich. Nicholas hatte seine Tochter dabei unterstützt, sich zumindest teilweise zu Verwandeln, und beschäftigte sich jetzt mit ihrem Unterkörper.

Den Mächten sei Dank, daß die Schamanin gerade noch rechtzeitig aufgewacht war. Nicholas wußte nicht mehr weiter. Sie mußte ihm helfen.

Die Schamanin fuhr sich mit der Hand über den Mund, um Schmutz und Speichel abzuwischen. Dann klopfte sie die Vorderseite ihres Gewandes ab, stand auf und ging zu Nicholas hinüber.

»Hör nicht auf, sie zu berühren«, sagte sie. »Sonst Verwandelt sie sich vielleicht wieder.«

Nicholas sah auf. Die Schamanin konnte sein Gesicht jetzt deutlicher erkennen als vor den Visionen. Bedeutete das etwa, daß diese schreckliche Nacht endlich ein Ende nahm? Dämmerte es? Die Schamanin konnte es nicht mit Sicherheit sagen. In dieser Höhe gab es keine Vögel, die den Morgen mit ihrem Gesang ankündigten.

Nicholas sah eingefallen und alt aus. Sein Kind zu verlieren würde ihm den letzten Rest Kraft rauben, der ihm noch geblieben war.

Es war die Schamanin selbst gewesen, die ihm diesen Vorschlag gemacht hatte. Das würde Nicholas ihr nie verzeihen, auch wenn es unter den gegebenen Umständen ein vernünftiger Vorschlag gewesen war, so gut kannte die Schamanin ihn inzwischen.

Vielleicht hätte sie schweigen sollen.

»Wann hört das endlich auf?« fragte Nicholas verzweifelt.

»Ich weiß auch nicht«, erwiderte die Schamanin und hockte sich neben ihn.

»Du hattest eine Vision.«

Die Schamanin nickte. »Mehrere.«

»Kam Arianna in einer von ihnen vor?«

»Ich weiß nicht«, antwortete sie wieder.

»Bitte.« Nicholas' Stimme war rauh. »Keine Ausflüchte.«

»Keine Ausflüchte«, bestätigte die Schamanin. »Ich sah eines deiner Kinder. Ich weiß nur nicht, welches.«

Nicholas seufzte leise. Seine Hände massierten Ariannas rechtes Knie. Der Rest des Beines gehörte einem Pferd. Nicholas arbeitete sich bis zum Huf vor.

»Was passiert mit ihr?« fragte er.

Sie mußte es ihm sagen. Die Schamanin legte ihre Hand auf Ariannas Bein. Zusammen konnten sie auch diesem letzten Körperteil wieder Feygestalt verleihen. »Sie ist fort.«

»Fort?« Nicholas' Stimme zitterte.

»Sie hat ihren Körper verlassen. Das ist die einzige Erklärung für ihren Zustand.«

»Hat der Schwarze König sie entführt?«

»Ich weiß nicht.« Das Pferdefell fühlte sich warm an. »Ich glaube nicht. Ich Sah ...«

Sie schloß die Augen. Sie mußte Nicholas von dem Golem erzählen.

Nicholas hatte innegehalten. »Ja?«

»Ich Sah den Schwarzen König und den Golem, deinen Sebastian. Ich glaube, der Golem versuchte, den Schwarzen König zu töten.«

»Sebastian?« Nicholas hob jäh den Kopf. »Ich habe selbst gesehen, wie er starb.«

»Sebastian ist nicht wie du und ich«, erklärte die Schamanin. »Er besteht nicht aus Fleisch und Blut. Er ist aus Stein. Ganz selten schafft es ein Golem, sich wieder zusammenzufügen. Solche Golems führen ein Eigenleben. Das ist Teil der Mysterien, jener Dinge, die wir nicht erklären können. In unserer Geschichte gibt es einige davon.«

»Er hat sich wieder zusammengefügt?« Die Schamanin legte ihre Hände auf Nicholas' Hände und zwang sie, weiter die Stelle zu kneten, an der Ariannas Bein wieder zu dem eines Pferdes geworden war. Immer noch vollzog sich die Wandlung langsam, aber stetig unter Nicholas' Fingern.

»Offenbar«, entgegnete die Schamanin. »Denn Rugad hat Arianna durch Sebastians Verbindung zu ihr gefunden.«

»Der Schwarze König hat Sebastian gefangen?«

»Daraufhin hat Sebastian Rugad in seine steinerne Hülle gelockt und ist wieder zersprungen. Ich weiß nicht, ob es funktioniert hat, Nicholas.« Aber allein der Versuch bewies, daß dieser Golem mehr Intelligenz besaß, als die Schamanin vermutet hatte. Sie war nicht sicher, ob ihr das gefiel.

»Und Arianna? War sie bei ihm?«

»Das konnte ich nicht sehen.« Die Schamanin holte tief Luft. Jetzt kam der schwerste Teil. »Auch ich habe eine Verbindung zu Arianna, aber sie ist zu schwach, um sie zu bereisen. Deine Verbindung ist stärker. Ich würde sie gern benutzen. Ich möchte Arianna finden. Du kannst sie nicht ewig so halten. Ihr Körper wird sich erneut Wandeln, und diesmal wird er steckenbleiben. Er wird sterben und sie mit ihm.«

»Eben wolltest du sie noch töten«, wandte Nicholas ein. Nur seine Finger bewegten sich noch, sonst schien er völlig erstarrt.

»Ich wollte dich nur auf die Möglichkeit aufmerksam machen«, rechtfertigte sich die Schamanin. »Wenn du ein Fey wärst, hättest du dich anders entschieden.«

»So wie du.«

»Es ist nicht meine Entscheidung, Nicholas, sondern deine.«

»Und jetzt soll ich dir das Leben meiner Tochter anvertrauen?«

»Außer mir ist niemand hier.« Die Schamanin verspürte ein seltsames Gefühl der Dringlichkeit. Zum Teil mochte es an ihren Visionen liegen, aber es hatte auch mit Arianna zu tun. Diese ganze Situation war seltsam, aber die Schamanin wußte nicht, inwiefern. Sie mußte Nicholas dazu bringen, zu begreifen.

Unter seinen Fingern hatte ein Knöchel Gestalt angenommen. Jetzt war von Ariannas unkontrollierter Wandlung nur noch ein einzelner Huf übrig.

»Ich möchte auf deiner Verbindung reisen und Arianna suchen«, erklärte die Schamanin, »Aus irgendeinem Grund hat sie ihren eigenen Körper verlassen. Vielleicht ist sie bei ihrem Urgroßvater, aber ich bezweifle es. Dann hätte der Golem bestimmt nicht versucht, Rugad zu töten.«

Nicholas nickte. »Sebastian würde Arianna niemals etwas antun. Es sei denn, seine Persönlichkeit hätte sich verändert. Würde ein ... Zerspringen ... ihn so verändern?«

»Nein«, beruhigte die Schamanin. »Er ist weniger von seinem Körper abhängig als wir.«

»Wenn es stimmt, was du sagst, ist Arianna nicht bei Rugad. Kann sie bei Sebastian gewesen sein?«

Die Schamanin schüttelte den Kopf. »Auch dann wäre er nicht zersprungen. Das hätte auch für sie den sicheren Tod bedeutet. Nein. Ich befürchte, daß Rugad Arianna woanders gefangenhält, irgendwo, wo sie nicht ohne Hilfe fliehen kann. Wenn Rugad tot ist, müssen wir Arianna finden, oder sie sitzt für immer in der Falle.«

»Und wenn er nicht tot ist, wird er zurückkommen, um sie zu suchen.«

»Das kann er nicht«, erwiderte die Schamanin, »jedenfalls nicht ohne die Verbindung eines anderen Menschen. Ohne die kann er nicht zu Arianna gelangen. Arianna war nicht mit vielen Personen Verbunden. Mit dir, mit dem Golem und vielleicht noch durch Blutsbande mit ihrem richtigen Bruder. Mit ihrer Mutter durch eine natürliche Verbindung. Mit mir durch eine sehr alte Verbindung, die am Tag ihrer Geburt entstand. Das ist alles. Mit niemandem sonst. Jewel ist tot, und Gabe und uns beide hat Rugad noch nicht in seiner Gewalt.«

»Und Sebastian lebt nicht mehr.«

»Physisch gesehen nicht«, stimmte die Schamanin zu. »Solange sein Körper nicht wieder zusammengesetzt wird, hat Rugad keine Möglichkeit, Arianna durch ihn zu erreichen.«

»Würde er Sebastian deswegen wieder zusammensetzen?«

»Das glaube ich nicht. Rugad ist schlau. Er weiß, daß er den Golem nicht kontrollieren kann. Das hat sich bereits zweimal unmißverständlich gezeigt. Er hat bestimmt keine Lust, diese Erfahrung noch einmal zu machen.«

Nicholas fuhr mit der Hand über den Huf. Eine Fey-Ferse war erschienen, aber das Vorderteil des Fußes war noch immer ein Pferdehuf.

Er schwieg.

»Du hast mir fast zwei Jahrzehnte lang dein Vertrauen geschenkt, Nicholas. Ich werde es nicht verletzen«, versicherte die Schamanin. Sie war es nicht gewöhnt, um etwas zu bitten. Sie wagte kaum zu hoffen, daß ihre überstürzten Worte Nicholas überzeugen würden.

»Du hast mich schon einmal enttäuscht.«

Die Schamanin lehnte sich auf den Fersen zurück. »Ich habe Arianna das Leben gerettet. Wenn ich an jenem Tag nicht in den Palast gekommen wäre, wäre sie jetzt tot.«

»Aber bei anderen Gelegenheiten hast du dich geweigert, mir zu helfen. Warum solltest du es jetzt tun?«

»Weil die Situation eine andere ist«, erklärte die Schamanin. »Ich würde alles tun, um Rugad loszuwerden. Das solltest du am besten wissen. Aber jetzt ist er fort. Irgendwie hat ihn dein Golem von Arianna entfernt. Sie ist dasselbe Mädchen wie früher« – jedenfalls hoffte die Schamanin das, und sie würde ihre Befürchtungen Nicholas keinesfalls mitteilen – »und wir brauchen sie.«

Sie legte Nicholas die Hand auf den Arm. Er zuckte zusammen, zog aber den Arm nicht weg. »Ich mag dich sehr, Nicholas. Lieber als irgend jemanden sonst, seit ich Schamanin wurde. Aber wenn der Schwarze König dich in irgendeiner Weise gefügig machte, würde ich dich ohne Zögern töten, um ihn auszuschalten.«

»Selbst wenn du dadurch deine Macht verlieren würdest.«

»Selbst dann.«

»Warum suchst du dann nicht einfach nach Arianna? Warum bittest du erst um mein Einverständnis?«

»Weil Arianna von Schwarzem Blut ist«, erklärte die Schamanin, »und weil sie uns alle retten kann. Diese Entscheidung ist nicht so einfach.«

»Ist euch Fey denn jedes Menschenleben nur Mittel zum Zweck?« murmelte Nicholas bitter. Seine Finger hatten eine

Einbuchtung in den Pferdehuf gegraben. Jetzt fehlten nur noch Ariannas Zehen.

Die Schamanin schluckte mühsam. Sie war Nicholas gegenüber immer so ehrlich wie möglich gewesen. Daran mußte sie sich auch jetzt halten.

»Unter entsprechenden Umständen ist jedes Leben Mittel zum Zweck. Sogar unser eigenes«, entgegnete sie leise.

»Und woran erkenne ich diese Umstände?« fragte Nicholas.

»Ich habe dich noch nie belogen.«

»Aber du hast auch nicht alle meine Fragen beantwortet.«

»Ich verspreche, es dir vorher zu sagen, wenn Menschenleben auf dem Spiel stehen.« Damit brach sie ihren Eid. Vollkommene Ehrlichkeit war bei Schamanen nicht üblich. Sie standen den Mysterien zu nahe, um alles preiszugeben, was sie wußten. Aber die Schamanin hatte keine andere Wahl, wenn sie Nicholas' Vertrauen wiedergewinnen wollte.

»Also hängt alles davon ab, ob ich dir vertraue.« Nicholas hielt den Fuß seiner Tochter fest. Die Schamanin konnte nicht sehen, ob der Huf sich vollständig zurückverwandelt hatte. Nicholas' Hand verdeckte ihn.

»Das stimmt«, sagte die Schamanin.

»Kann ich nicht einfach warten?« fragte Nicholas. »Können wir nicht abwarten, ob Arianna von alleine zurückkommt?«

»Das kannst du tun«, stimmte die Schamanin zu. »Vielleicht passiert es nie. Oder im nächsten Augenblick. Wenn du unbedingt noch ein Risiko eingehen willst ...«

»Und du bist wirklich die einzige, die Arianna helfen kann?«

»Nein«, erwiderte die Schamanin. Dies hatte sie ihm eigentlich nicht erzählen wollen, aber sie würde es trotzdem tun. »Jeder, der Visionäre Kraft besitzt, kann ihr helfen. Sowohl Visionäre als auch Zaubermeister können Verbindungen bereisen.«

»Also könnte auch mein Sohn seiner Schwester helfen«, schlußfolgerte Nicholas.

»Wenn du ihm vertraust«, bestätigte die Schamanin.

Nicholas senkte den Kopf. Die Schamanin wußte genau, was er dachte. Nicholas war immer wie ein offenes Buch für sie gewesen. Sie hatte sich oft darüber gewundert, daß eine so starke Bindung zwischen ihnen beiden bestand, obwohl sie so unterschiedlich waren, und sich gefragt, ob Nicholas ihre Gefühle teilte. Sie wußte, daß er sie mochte, aber sie bezweifelte, daß seine Zuneigung für sie so tief war wie ihre für ihn.

Jetzt dachte Nicholas darüber nach, wer seine Tochter retten sollte. Natürlich am besten sein Sohn, aber den hatte er nie kennengelernt, jedenfalls nicht als Erwachsenen. Außerdem war sein Sohn von den Fey erzogen worden. Da war es wohl besser, der Schamanin zu vertrauen, die er wenigstens kannte, als einem Sohn, den er nicht kannte.

Die Schamanin wußte, daß dieser Gedanke Nicholas traurig stimmte, aber sie war nicht gekränkt. Sie hatte es nicht anders erwartet. Der Mann hatte in seinem Leben viele schwere und ungewöhnliche Verluste erlitten. Die Tatsache, daß er seinen eigenen Sohn nicht kannte, war nur einer davon.

»Dann bleibt mir wohl nichts anderes übrig«, seufzte er schließlich, und in seiner Stimme schwang noch mehr Zweifel mit, als die Schamanin befürchtet hatte.

»Ich werde Arianna kein Leid zufügen«, versprach die Schamanin.

»Das will ich dir auch raten.« Nicholas' Stimme klang grimmig. Wehe dem, der seiner Tochter absichtlich etwas antat. Nicholas würde sich ohne zu zögern rächen.

»Während ich es versuche, sind wir alle in der Verbindung gefangen«, erklärte die Schamanin. »Hier ist nicht der richtige Ort dafür. Wenn uns jemand überfällt, sterben wir alle gleichzeitig.«

»Hast du nicht gesagt, daß Eile geboten ist?«

»Schon«, stimmte die Schamanin zu. »Aber wir müssen uns zuerst an einen geschützten Platz begeben. Der Ort der Macht ist nicht mehr weit entfernt. Dort sind wir sicher, und vielleicht stehen mir ja die Mysterien bei, wenn es nötig ist.«

»Hast du nicht vorhin behauptet, mein Sohn sei dort?«

»Ja.«

»Wenn wir schutzlos sind ...«

»Gabe darf Arianna nichts tun«, erklärte die Schamanin. »Wenn einem von uns etwas zustößt, betrifft das auch sie. Das weiß er. Er kennt das Risiko.«

»Und seine Gefährten?«

»Die werden tun, was er sagt.«

»Hoffentlich hast du recht«, seufzte Nicholas. Er schob seine Hände unter Ariannas Achseln. »Nimm du Ariannas Kleider. Wir haben jetzt keine Zeit, sie anzuziehen, aber wir dekken sie damit zu, bis wir den Ort der Macht erreichen.«

»Also bist du einverstanden?« vergewisserte sich die Schamanin noch einmal, während sie Ariannas Hemd, Hose und Umhang, dazu ihre Schuhe und das Bündel aufhob.

»Ich habe anscheinend keine andere Wahl.«

Nicholas beobachtete, wie die Schamanin die Kleider über seine Tochter breitete. Sie spürte sein Mißtrauen nur allzu deutlich.

»Ich werde mein Bestes tun«, versprach sie, »für dich, für Arianna und für die Fey.«

»Das ist es ja, was ich befürchte«, murmelte Nicholas und setzte sich in Bewegung.

20

Der Tunnel, durch den Con kroch, führte bergauf. Con runzelte die Stirn. Er war immer noch erschöpft, aber das quälende Schlafbedürfnis hatte nachgelassen.

Bergauf.

Und auch hinaus?

Von der Tunneldecke hingen kleine, frische Spinnweben. Dieser Tunnel war schon früher benutzt worden, aber nach der Ankunft der Fey offensichtlich nicht mehr.

Hinter sich konnte Con die Fey immer noch bei der Arbeit reden hören. Die kleinen Fey diskutierten darüber, wie sie die Leichen sortieren sollten, und machten sich Sorgen über die fortschreitende Verwesung. Con versuchte wegzuhören.

Je weiter er vorankroch, desto leiser wurden die Stimmen.

Schließlich stützte er sich mit einer Hand an der Wand ab und stand auf. Hier war die Decke höher, und sehen konnte ihn auch niemand. Der Tunnel machte einen scharfen Knick nach links und stieg weiter an. Cons Waden waren so verkrampft, daß er sich an die Wand lehnen mußte, um das Gleichgewicht nicht zu verlieren.

Der Stein war kalt und feucht. Con ging weiter. Seine Schritte hallten von den Tunnelwänden wider, aber ihr Echo klang seltsam gedämpft. Plötzlich wußte Con auch, warum.

Der Tunnel war eine Sackgasse.

Aber die Mauer, die ihm den Weg versperrte, bestand nicht aus demselben Stein wie der Rest des Tunnels, sondern aus Ziegeln. Jemand hatte diesen Abschnitt des Tunnels zugemauert.

Merkwürdig. Seufzend lehnte sich Con gegen die Mauer. Wenigstens konnte er hier ungestört schlafen. Niemand würde ihn suchen. Er konnte sich ausruhen und dann die Fey überraschen. Vielleicht rückten sie sogar in der Zwischenzeit ab, wenn er lange genug schlief.

Wahrscheinlich war diese Hoffnung vergeblich. Aber Con brauchte dringend irgendeine Hoffnung. Ganz egal, welche.

Er ließ sich vor der Ziegelmauer zu Boden sinken. Seine linke Hand berührte ein Stück Stoff, und seine Finger betasteten es unwillkürlich.

Stoff.

Dieser Tunnel war bis zur Ankunft der Fey benutzt worden.

Aber während der Invasion hatte bestimmt niemand Zeit gehabt, ihn zuzumauern. Außerdem fühlte sich der Mörtel alt an.

Schenk mir Klarheit.

Con schluckte. Er konnte kaum glauben, was ihm durch den Kopf schoß.

Dies hier war ein Geheimgang, genau wie der, den Servis und er vor vielen Wochen benutzt hatten, um in den Palast zu gelangen. Genau wie der, durch den Sebastian und er geflohen waren.

Aber dieser Gang hier war nicht allzuweit vom Wasser entfernt. So nah am Wasser befanden sich keine wichtigen Gebäude, jedenfalls nicht in diesem Viertel von Jahn. Auf dem anderen Flußufer hätte Con den Gang für einen Teil des Tabernakels gehalten. Aber das konnte nicht sein.

Dieser Gang führte woandershin.

Wahrscheinlich zu einem ausgebrannten Gebäude, obwohl der Rauchgeruch hier schwächer war. Oder vielleicht lauerten die Fey schon über Cons Kopf.

Schenk mir Klarheit.

Con seufzte. Einen klaren Gedanken hatte er jetzt immerhin gefaßt. Das war sein Ausgangspunkt, um zu handeln.

Con drehte sich um und betastete den Spalt zwischen der

Steinwand und der Ziegelmauer. Mörtel zerbröselte unter seinen Fingern und regnete auf den Steinfußboden. Con kroch noch näher, hoffte, daß die Fey ihn nicht hören würden, und lehnte sich gegen die Mauer, während er arbeitete. Er ging langsam und methodisch vor, und bald waren seine Fingerspitzen wundgescheuert.

Vielleicht konnte man den Gang nur von der anderen Seite betreten. Vielleicht saß er hier in der Falle.

Vielleicht mußte er umkehren und sich den Fey stellen.

Con seufzte, schloß die Augen und murmelte: »Wie es Gott gefällt.«

Er meinte es ganz aufrichtig. *Wie es Gott gefiel.* Con hatte sich redlich bemüht. Er hatte versucht, den König zu warnen. Er hatte versucht, Sebastian zu retten. Er hatte versucht, seine Weisung zu erfüllen.

Es war seine Schuld, daß er gescheitert war, aber er würde trotzdem nicht aufgeben.

Soviel konnte er sich selbst versprechen.

Sich selbst und Gott.

An der Unterkante der Mauer endeten die Ziegel einige Zentimeter über dem Fußboden. Cons Herz schlug schneller. Also hatte er recht gehabt. Es war wirklich ein Geheimgang. Niemand würde eine Wand so dicht an den Fußboden heranmauern und dann ein paar Zentimeter darüber aufhören. Das ergab keinen Sinn.

Es sei denn, die Ziegel gehörten zu einer Tür statt zu einer Mauer.

Con hielt den Atem an und befühlte die rauhe Unterkante der Ziegel. Kleine Mörtelbrocken fielen zu Boden, deren Aufprall man auf der anderen Seite der Ziegelwand bestimmt hören konnte. In der Mitte der Kante spürte Con eine kleine Vertiefung.

Er drückte dagegen.

Mit einem leisen Schleifgeräusch glitt neben ihm ein Stück Wand beiseite. Con stieß die Luft aus, die er unwillkürlich angehalten hatte, und warf einen prüfenden Blick über die Schulter.

Selbst wenn die Fey ihn gehört hatten, würden sie eine Weile brauchen, um ihn zu finden.

Con beugte sich vor.

Vor ihm öffnete sich ein Zimmer. Wenn sich darin Leute aufhielten, hatten sie ihn längst gehört. Es war besser, den Vorteil auszunutzen, den die Überraschung ihm verschaffte, als wegzulaufen.

Con trat aus dem Gang. Erst wollte er versuchen, das Wandstück wieder zu schließen, aber dann hielt er inne. Je schneller er feststellte, wo er sich eigentlich befand, desto besser.

Das Zimmer war klein und roch schwach nach Schweiß. Rechts von Con befand sich ein kleiner, erloschener Kamin. Auf dem Fußboden lag ein Läufer, um den herum mehrere Holzstühle gruppiert waren. Über einigen Stühlen hingen Fey-Lederwesten, und im dahinterliegenden Zimmer lag ein kleiner Haufen Schwerter.

Die Fey benutzten dieses Gebäude als Kaserne.

Con biß sich auf die Unterlippe.

Es gab nur diese zwei Zimmer, und im Moment waren sie jedenfalls leer. Wenn Con sich beeilte, konnte er sich diesen Umstand zunutze machen.

Das vorderste Zimmer hatten die Fey verwüstet, bevor sie sich im Nebenraum niedergelassen hatten. Der Fußboden war mit Stoffresten und Garnrollen übersät. An der Wand lehnten Stickrahmen. Auf einem kleinen Tisch hatte jemand ein Nadelkissen außerhalb der Reichweite nackter Füße gebracht.

Das Zimmer einer Frau. Wahrscheinlich einer jener Frauen,

die Wandbehänge für den Tabernakel und den Palast stickten.

Sie war schon lange fort, tot oder noch Schlimmeres.

Con seufzte.

Er berührte eine der Lederwesten. Unter der Erde war es eine gute Idee gewesen, Feykleidung anzulegen, aber nicht hier.

Wenn er mit so einer Weste durch die Stadt lief, blaß und klein, wie er war, machte er sich höchstens verdächtig.

Aber er konnte seinen eigenen Gestank unmöglich noch länger ertragen. Sein Talar war völlig ruiniert.

In der Hoffnung, etwas zum Anziehen zu finden, kniete er sich vor eine der Kommoden und zog eine Schublade auf. Tatsächlich – Frauenkleidung. Er probierte die nächste Schublade und fand Männerkleidung. Also war die Frau außerdem noch Schneiderin gewesen, wie Con gehofft hatte.

Con nahm einen Wasserkrug von einem der Tische und legte sein Schwert ab. Dann riß er sich den Talar vom Leib und stieß ihn mit dem Fuß in den Geheimgang. Seit Wochen hatte er die Kleider nicht mehr gewechselt. Er behielt nur das ziselierte Silberschwert um den Hals und hoffte, daß er das an einer langen Kette baumelnde Schmuckstück unter einem Hemd verbergen konnte. Es fiel ihm schwer genug, die Tracht der Rocaanisten abzulegen. Con wollte wenigstens ein letztes Symbol seines Glaubens behalten.

Er goß sich Wasser über den Kopf und rieb sich mit einer Lederweste ab. Mochten sie ihn dafür bestrafen. Schließlich hatten sie seine Gefährten ermordet. Ihre Ausrüstung zu ruinieren war das mindeste, was er tun konnte.

Con schrubbte den ganzen Gestank ab und trocknete sich mit weiteren Lederwesten ab. Dann schlüpfte er in ein Leinenhemd und eine Hose, die offensichtlich für einen Edelmann gedacht waren. Schuhe gab es nicht, also ergriff er ein Paar

Feystiefel. Sie waren zu groß. Er stopfte ein paar herumliegende Stoffetzen in die Spitzen.

Die ganze Zeit, während er sich damit beschäftigte, bewegte er sich rasch und behielt die Vordertür im Auge. Er mußte das Zimmer so schnell wie möglich verlassen. Er durfte sich auf keinen Fall erwischen lassen.

Nachdem er vollständig angezogen war, hob er sein Schwert wieder auf. Er vergewisserte sich sorgfältig, daß es auch dasselbe Schwert war, mit dem er gekommen war, und er es nicht etwa mit einem aus dem Waffenlager der Fey verwechselt hatte. Dann zog er noch einmal in Erwägung, die Wand zum Gang wieder zu schließen. Warum auch immer die Frau ihn geheimgehalten hatte, es war nicht mehr nötig. Con warf einen letzten prüfenden Blick in den Gang – offenbar hatten die Fey unter der Erde ihn doch nicht gehört – und ging zur Vordertür. Als er den Hauptraum durchquerte, nahm er etwas Tak und die Reste eines Brotlaibes von einem Wandtisch und stopfte beides in sein Hemd.

Dann öffnete er die Tür. Die Straße war leer, und die Häuser äußerlich unversehrt. Offenbar hatte die furchtbare Feuersbrunst an jenem schrecklichen Tag diesen Teil von Jahn verschont.

Die Straße war leer, aber wie lange noch? Con drückte sich durch den Türspalt und nahm Kurs auf den Fluß. Er mußte die Brücke überqueren.

Er mußte Sebastians Freund finden.

Ein letztes Mal blieb Con stehen und betrachtete den ebenfalls unversehrten Palast. Dort drinnen mußte Sebastian jetzt sein, allein und verängstigt. Con könnte versuchen, zu ihm zu gelangen. Allerdings hatte er keine Waffen, und obwohl er nicht mehr aussah wie ein Aud – ein Umstand, der ihn so tief beunruhigte, daß er versuchte, ihn zu verdrängen –, war er vielleicht immer noch als solcher zu erkennen. Seine Füße schmerzten in den zu großen Stiefeln. Seit er vor vielen Jahren in den Dienst des Tabernakels getreten war, hatte er keine Schuhe mehr getragen.

Con schüttelte den Kopf. Es nützte niemandem, wenn er bei einem Rettungsversuch umkam. Es war besser, Sebastians Freund zu Hilfe zu holen.

Sebastian hatte geschätzt, daß Con mindestens einen Tag brauchen würde, um das Versteck seines Freundes zu erreichen. Con hoffte, daß Sebastians Anweisungen zutrafen und die Fey ihn nicht vorher entdeckten und anhielten.

Schenk mir Klarheit, wiederholte er.

Wenn er einen klaren Kopf behielt, fiel ihm sicher ein Vorwand ein, warum er sich auf der Straße aufhielt. Mit klarem Kopf konnte er sich irgendwie herausreden.

Plötzlich fiel ihm ein, was er vergessen hatte. Er umklammerte das kleine, ziselierte Schwert.

Vielen Dank, daß Du mir bis jetzt geholfen hast, setzte er hinzu. Dann holte er tief Luft und rannte in Richtung Fluß.

21

Arianna kauerte in der Dunkelheit. An einem Ort wie diesem war sie noch nie gewesen. Er hatte keine festen Wände, obwohl sie gegen eine Wand geprallt war; keinen richtigen Fußboden, obwohl sie auf etwas stand; und überhaupt kein Licht.

Erst nach einer Weile erinnerte sie sich daran, daß auch sie selbst ja keinen Körper besaß.

Dabei war ihr Körper für sie unentbehrlich. Seine Fähigkeit, sich zu Wandeln, machte sie erst zu der Person, die sie war. Jetzt war sie dieser Fähigkeit beraubt, allein, ohne die gewohnte Möglichkeit, ihre Gestalt ihrer Umgebung anzupassen.

Sie wußte nicht einmal genau, in welcher Umgebung sie sich eigentlich befand.

Etwas war geschehen. Sebastian – der wider Erwarten noch lebte – war erneut zersprungen, und die Explosion hatte Arianna nach hinten geschleudert. Sebastian hatte es für sie getan. Er hatte es schon geplant, als er gekommen war, um den Schwarzen König zu holen.

Wenn er schon einmal zersprungen und wieder zurückgekommen war, konnte es ihm auch ein zweites Mal gelingen.

Er lebte noch.

Oder etwa nicht?

Dann war da noch der Schwarze König. Arianna bekam eine Gänsehaut. Die Empfindung war so deutlich, daß sie ihre imaginären Arme anfaßte, um festzustellen, ob sie plötzlich wirklich geworden waren. Der Schwarze König war in ihr Inneres eingedrungen, hatte ihren Geist berührt und versucht, sie unter seine Kontrolle zu bekommen.

Aber mit Hilfe ihrer ständigen Wandlungen und Sebastians klugem Einfall war es ihnen gemeinsam gelungen, den Schwarzen König zu vertreiben.

Vielleicht sogar, ihn zu töten.

Wieder überlief Arianna eine Gänsehaut. War es deswegen so dunkel? Weil sie beide den Schwarzen König getötet hatten?

Weil Schwarzes Blut sich an Schwarzem Blut vergriffen hatte? Arianna hatte sowohl der Schamanin als auch ihrem Urgroßvater erklärt, sie glaube nicht an dieses alte Ammenmärchen. Aber jetzt, wo sie allein war, verlassener als je zuvor in ihrem Leben, fing sie an, daran zu zweifeln. Hatte sie diesen Zustand etwa selbst ausgelöst?

Sie zwang sich, stillzusitzen und ruhig zu atmen. Zu atmen fühlte sich seltsam an, wenn man wußte, daß man es nicht zu tun brauchte. Hier gab es keine Luft, jedenfalls konnte Arianna keine spüren. Auch keine richtige Temperatur. Weder heiß noch kalt. Wenn es sein mußte, konnte sie schwitzen oder vor Kälte zittern, aber beides unterlag der Kontrolle ihres Geistes und hatte mit ihrem wirklichen Körper nichts zu tun.

Oder der Kontrolle ihres Selbst. Vielleicht war das der passendere Ausdruck.

Sie mußte nachdenken. Erst war sie durch den Tunnel gegangen ... das war wirklich gewesen ..., und dann hatte die Wucht der Explosion sie zurückgeschleudert. Sie war rückwärts durch ihren eigenen Körper geschossen, vorbei an ihren Augen und Ohren und mitten in diese Dunkelheit hinein.

Vielleicht hatte sie unrecht. Vielleicht war auch diese Dunkelheit ein Teil von ihr.

Aber wo genau befand sie sich? Und wie war sie bloß hierhergeraten?

Wenn sie sich Temperaturen vorstellen konnte, konnte sie vielleicht auch durch bloße Willenskraft Licht erzeugen.

Mit vor Anstrengung gerunzelter Stirn konzentrierte sie sich auf Sonnenlicht, aber die Dunkelheit blieb unverändert. Arianna versuchte, ein imaginäres Licht zu entzünden, aber auch dieser Versuch scheiterte.

Sie unterdrückte ihre Enttäuschung und dachte weiter nach.

Temperaturen lösten ein Befinden aus. Ihr imaginärer Körper konnte sich durch Gedankenkraft verändern. Aber Licht enthüllte die Außenwelt, die ihrer Willenskraft nicht unterlag.

Licht zu erzeugen stand nicht in ihrer Macht.

Arianna seufzte. Sie mußte sich von der Vorstellung lösen, daß auch sie Gesetzen unterworfen war. Es war wie bei einer Verwandlung. Die meisten Menschen behielten ihr Leben lang denselben Körper. Sie hatten zwei Arme, zwei Beine, einen Kopf und einen Leib. Arianna hatte schon Flügel und überhaupt keine Arme gehabt, oder vier Beine, sogar einen Schwanz. Sie konnte in anderen Begriffen denken als jemand mit einem normalen Körper.

Das würde ihr jetzt zugute kommen.

Sie würde ihre Füße in der Dunkelheit zurücklassen. Dann würde sie ihren Leib ausdehnen und den Hals so weit recken, bis sie Licht sah. Dazu brauchte sie diesen Ort nicht zu verlassen, konnte aber trotzdem überallhin gelangen, wohin sie wollte. Sie konnte einen Ausweg aus dieser Dunkelheit suchen.

Ganz egal, wie lange es dauerte.

Wieder seufzte sie.

Wenn sie erst einmal draußen war, konnte sie sich mit den Gefühlen beschäftigen, die ihr Urgroßvater in ihr ausgelöst hatte. Sie spürte seine Anwesenheit immer noch, obwohl sie wußte, daß er längst fort war. Sebastians Anwesenheit genauso. Irgendwie hatten die beiden bei ihr eine verwundbare Stelle entdeckt, von deren Existenz sie selbst nichts gewußt hatte.

Ihr Urgroßvater hatte sich diese verwundbare Stelle zunutze gemacht, um Arianna zu kontrollieren. Wäre sie eine echte Fey oder eine echte Inselbewohnerin, wäre ihm das auch gelungen. Dann hätte er Arianna in einem Winkel ihres eigenen Körpers eingesperrt, und sie hätte nur noch zusehen können, wie jemand anders über diesen Körper bestimmte.

Aber ihr Urgroßvater hatte es nicht geschafft. Zu guter Letzt hatte Arianna ihm die Kontrolle wieder entrissen, und Sebastian hatte ihn vertrieben.

Sebastian.

Sobald sie in ihren eigenen Körper zurückkehrte, mußte Arianna ihn suchen. Sie hatte nicht gewußt, daß er noch am Leben war. Sonst hätte sie ihn niemals im Palast zurückgelassen.

Der Schwarze König mußte die letzten zwei Wochen damit verbracht haben, Sebastian wieder zusammenzusetzen. Und nachdem es ihm gelungen war, hatte er Sebastian benutzt, um Arianna zu finden. Aber Sebastian hatte nicht zugelassen, daß der Schwarze König das Spiel gewann.

Sebastian hatte sie gerettet.

Wieder einmal.

Oh, wie sie ihn vermißte!

Wie sie ihren Vater vermißte ... und sogar die Schamanin.

Wenn sie erst einmal hier herausfand, würde sie netter zu ihnen sein. Erst jetzt bemerkte sie, wie sehr sie sie alle brauchte.

Falls sie jemals hier herausfand.

Sie ballte die imaginären Fäuste. Es war höchste Zeit. Wenn es ihr nicht bald gelang, einen Weg nach draußen zu finden, konnte sie für den Rest ihres Lebens hier hocken und grübeln.

Aber jetzt mußte sie herausfinden, wie sie sich befreien konnte.

Sie stellte sich die Dunkelheit als Schlamm vor und drückte

einen Fuß hinein. Der Fuß blieb stecken. Arianna lächelte triumphierend. Genau das hatte sie erreichen wollen. Dann warf sie sich in die Dunkelheit wie ein Fisch ins Wasser. Sie begann zu schwimmen und fühlte, wie sich ihr Bein streckte, während der Fuß festsaß.

Sie hatte keine Ahnung, zu welcher Länge sie ihr Bein dehnen konnte.

Sie wußte nur, daß sie es versuchen mußte.

Sie schwamm geradeaus, geriet dann aber ins Taumeln, als etwas wie ein Seil an ihrem Bein riß. Das Bein ließ sich nicht weiter strecken, und sie war immer noch von tiefster Dunkelheit umgeben. Panik ergriff sie, und sie zwang sich, sich wieder zu beruhigen.

Gerade hatte sie über ihre Grenzen nachgedacht.

Was hatte Solanda ihr immer wieder eingeprägt?

Die einzigen Grenzen, an die du gebunden bist, existieren in deinem Kopf.

Das stimmte im wirklichen Leben nicht immer, aber hier mochte es zutreffen. Vielleicht kamen jedesmal, wenn sie über ihre Grenzen nachdachte, neue Grenzen dazu.

Das hatte sie nicht gewollt.

Aber wie konnte sie die Grenzen wieder wegdenken?

Sie zerrte an ihrem Bein.

Es blieb bis zum Äußersten angespannt.

Erstaunlich, daß es nicht weh tat.

Schmerz durchflutete sie.

Fluchend paddelte sie in die Richtung zurück, aus der sie gekommen war. Als sie ihren Fuß erreicht hatte, machte sie halt und massierte das Bein. Allmählich ließ der Schmerz nach.

Sie selbst hatte das verursacht. Sie hatte diesen Schmerz mit einem einzigen Gedanken ausgelöst, und dieser Gedanke hatte sie gebremst. Sie hatte ihre eigene Flucht verhindert.

Sie wußte das, aber sie hatte keine Ahnung, wie sie es ändern sollte.

Sie mußte es schaffen, ihre negativen Gedanken zu unterdrücken.

Sie mußte ihren eigenen Geist unter Kontrolle bekommen.

So etwas hatte sie noch nie versucht.

Allerdings hatte sie ihren physischen Körper vollkommen unter Kontrolle. Das war auch nicht einfach gewesen, aber sie hatte es geschafft.

Sie befreite ihren Fuß aus dem Schlamm, der die Dunkelheit war. Dann grub sie den anderen Fuß in dieselbe Stelle und fühlte, wie die Dunkelheit an ihren Zehen saugte.

Diesmal würde sie so weit schwimmen, wie es nötig war. Dieses Bein konnte sie unendlich in die Länge dehnen, wenn es sein mußte. Und die Dehnung würde sich außerdem noch angenehm anfühlen.

Jedenfalls hoffte Arianna das.

Sie stieß sich von der Dunkelheit ab und paddelte geradeaus.

Diesmal würde sie erst anhalten, wenn sie Licht gefunden hatte.

Licht und den Weg nach draußen.

22

Immer wieder drehte Adrian sich nervös um, während er den Pfad entlangtrottete. Der Himmel färbte sich heller. Die Morgendämmerung kam keine Sekunde zu früh. Hoffentlich nahm diese furchtbare Nacht endlich ein Ende.

Adrian versuchte, nicht über das nachzudenken, was Coulter ihm erzählt hatte. Coulter war fest davon überzeugt, daß erst er Matthias gelehrt hatte, seine Fähigkeiten gezielt zu benutzen, Fähigkeiten, von denen Adrian nicht geahnt hatte, daß Matthias sie überhaupt besaß.

Jetzt wußte Matthias, wo Gabe sich aufhielt.

Adrian konnte keinen Pfad mehr erkennen. Aber Coulter schritt so zielsicher aus, als wüßte er genau, wohin sie gehen mußten. Adrian sah nur große, rote, mit einer dünnen Schicht Pulverschnee bedeckte Felsen.

Je höher sie stiegen, desto kälter wurde es. Adrian fühlte sich seltsam benommen. Zum Teil war sicher die Erschöpfung daran schuld. Seit vierundzwanzig Stunden hatte er kein Auge zugetan, aber eine Menge durchgemacht. Außerdem hatte er schreckliche Angst gehabt, erst vor Coulter und dann wegen Coulters Neuigkeiten.

Matthias ... hier!

Mit denselben Fähigkeiten wie Coulter, nur ohne dessen Erfahrung.

Adrian konnte sich das immer noch nicht richtig vorstellen.

Er war selbst dabei gewesen, als Coulter durch Beobachten der Fey gelernt hatte, seine Fähigkeiten einzusetzen. Wie mußte es sich anfühlen, solche Fähigkeiten zu besitzen und nicht zu wissen, warum?

Hatte Matthias damals auch Jewel mit Hilfe dieser Fähigkeiten getötet? Vielleicht hatte das Weihwasser dabei gar keine Rolle gespielt, wie alle immer behaupteten. Vielleicht hatte es mehr mit Matthias selbst zu tun.

Adrian schauderte es. Hoffentlich hatte Gabe einen guten Vorsprung. Adrian glaubte zwar nicht, daß der Einundfünfzigste Rocaan sie schon überholt hatte, aber jetzt, wo er das Ausmaß von Matthias' Fähigkeiten kannte, war er sich nicht mehr so sicher.

Sie mußten Gabe, Fledderer und Leen so schnell wie möglich vor ihm warnen. Der Mann hatte schon andere Fey auf dem Gewissen und schreckte offensichtlich vor nichts zurück. Wahrscheinlich hatte er es besonders auf Leen abgesehen, weil sie ihn in Jahn so schwer verletzt hatte. Außerdem haßte er ganz bestimmt König Nicholas' Mischlingskinder.

Adrians Magen verkrampfte sich. Die Situation war nicht einfacher geworden. Unbewußt hatte er immer gehofft, wenn sie erst diesen entlegenen Teil der Blauen Insel erreicht hätten, könnten sie sich endlich ein wenig ausruhen. Danach sah es nun ganz und gar nicht aus.

Eher schien alles immer schlimmer zu werden.

Jetzt erst bemerkte Adrian, daß Coulter ihn eine Art Treppe hinaufführte. Ihre Stufen waren alt und ausgetreten, aber Adrian bezweifelte, daß sie in letzter Zeit benutzt worden waren. Erdrutsche hatten kleine und große Felsbrocken auf den Stufen hinterlassen. Adrian war dankbar, daß er im bleichen Morgenlicht wenigstens erkennen konnte, wohin er seine Füße setzte.

Im Dunkeln hätte er sich vielleicht verletzt.

Coulter stieg so mühelos über die Felsen, als seien sie gar nicht vorhanden. Adrian dagegen mußte sich anstrengen. Seine Hände waren von der Arbeit im Steinbruch so wund, daß er sich kaum festhalten konnte. Er überlegte, ob er Coulter um

Hilfe bitten sollte, aber er tat es nicht. Solange er Coulter vor sich sah, spielte sein eigenes Wohlbefinden keine Rolle.

Es war wichtiger, Gabe zu Hilfe zu eilen, ob Gabe darauf nun Wert legte oder nicht.

Inzwischen hatte Adrian die ersten Ausläufer der Schneedecke erreicht. Die Felsen waren hier noch glatter, aber die kühle Luft strich wohltuend über Adrians erhitztes Gesicht. Während des Kampfs mit den Feuerbällen war Adrian ganz heiß geworden, und er erholte sich erst jetzt allmählich.

Coulter hatte die oberste Stufe erreicht und blieb auf einmal reglos auf einer flachen Plattform stehen, als sähe er etwas, das ihn am Weitergehen hinderte.

Adrians Mund wurde trocken.

Ohne auf die rutschige Oberfläche oder seine wunden Hände zu achten, kletterte er über die letzten Felsen. Als er den letzten Brocken erklomm, drehte Coulter sich um, packte Adrians Handgelenk und zog ihn zu sich auf die Plattform.

Diese bestand aus mehreren flachen Steinplatten, die genau wie die Stufen ganz offensichtlich von Menschenhand zusammengefügt waren.

»Stimmt etwas nicht?« fragte Adrian.

Coulter zeigte nach vorn.

Adrian folgte seinem Finger mit dem Blick.

In der Felswand öffnete sich eine Höhle, deren Eingang auf den ersten Blick genauso abgerundet war wie der aller Höhlen. Trotzdem wirkte auch er wie von Menschenhand geschaffen. Bei genauerem Hinsehen erkannte Adrian einige schärfere, vom Zahn der Zeit nicht abgeschliffene Kanten.

Irgend jemand hatte sich die Mühe gemacht, diese Öffnung aus dem Berg zu schlagen.

Doch nicht das hatte Coulters Aufmerksamkeit erregt.

Es waren die Schwerter.

Sie waren in den Stein gemeißelt. Zwei von ihnen staken

mit der Spitze nach unten im ebenen Felsgestein. Zwei weitere ragten aus dem Eingang der Höhle, die Knäufe in der Luft. Sie sahen aus wie die Waffen von Riesen, die hier zurückgelassen worden waren und auf die Rückkehr ihrer Besitzer warteten.

Aber Adrian erkannte die Verzierungen auf den Knäufen sofort wieder. Die Ornamente waren ihm seit seiner Kindheit vertraut.

Das waren keine gewöhnlichen Waffen.

Diese Schwerter gehörten den Rocaanisten.

Coulters Finger wies höher hinauf.

Direkt über dem Höhleneingang befand sich ein fünftes Schwert. Auch seine Spitze zeigte zu Boden, und auch dieses Schwert schien fest mit dem Felsen verbunden zu sein. Es erinnerte Adrian an das Schwert in der Hauptkapelle des Tabernakels, in der man den Tag der Aufnahme des Roca feierte. Adrian hatte diesen Gottesdienst als Kind einige Male besucht, als Erwachsener nicht mehr. Er haßte den Anblick des von der Decke schwebenden Schwertes, als könnte die Hand Gottes die Waffe jeden Augenblick ergreifen, um einen Unseligen zu töten, dem es an wahrem Glauben mangelte.

»Was ist das für ein Ort?« fragte Coulter.

»Ich weiß nicht«, erwiderte Adrian. Er hatte noch nie davon gehört. Nicht, daß er besonders religiös war, aber er hatte gedacht, alle heiligen Orte der Insel zu kennen. »Wie hast du ihn gefunden?«

»Er hat die Dunkelheit zurückgeworfen«, erklärte Coulter.

Adrian fragte nicht weiter. Offenbar hatte Coulter die Höhle mittels der Kraft der Vision erblickt, die Adrian fehlte. Die magische Kraft der Vision.

»Ist Gabe etwa dort drinnen?«

»Wenn ja, hat er entschieden mehr Mut als ich«, gab Coulter zurück.

Plötzlich fröstelte es Adrian. »Du glaubst doch nicht, daß er getötet wurde, als er hineingegangen ist?«

»Ich weiß nicht, was ich glaube«, entgegnete Coulter. »Ich kann die Gegenwart dieses Ortes fühlen, und so etwas habe ich noch nie gefühlt. Die Gegenwart von Menschen schon. Aber noch nie die eines Ortes.«

Adrian hatte längst gelernt aufzuhorchen, wenn Coulter diese Art von rätselhaften Bemerkungen fallenließ.

»Was für Menschen können so etwas fühlen?«

»Die meisten Fey«, antwortete Coulter. »Dieser Rocaan ... Matthias heißt er, ja? ... kann es auch. Er versucht nur, es zu verdrängen. Aber dieser Ort hier verströmt dieses Gefühl förmlich, wie eine Flußmündung das Wasser.«

»Hat sich der Tabernakel auch so angefühlt?« wollte Adrian wissen.

Coulter schüttelte den Kopf. »Auch die Schattenländer nicht, obwohl sie ein schwaches Echo des Gefühls ausstrahlen. Aber dieses Echo rührt von der Erschaffung des Schattenlandes, nicht von seiner Existenz.«

»Also ist das hier ein magischer Ort.«

Coulter lächelte Adrian zu, aber er wirkte abwesend, wie jemand, der sich an einer Unterhaltung beteiligt, während er mit etwas ganz anderem beschäftigt ist. »Es scheint so.«

Adrian schluckte. Magische Orte verursachten ihm immer eine Gänsehaut. Der bloße Gedanke an Magie war ihm unbehaglich. Das alles erinnerte ihn zu sehr an seinen Aufenthalt im Schattenland, als Luke von den Fey Behext, Coulter von ihnen angegriffen und Ort von ihnen zu Tode gefoltert worden war.

Er schüttelte die Erinnerung ab. »Dann sollte ich vielleicht als erster hineingehen«, schlug er vor.

»Nein«, lehnte Coulter ab. »Wir gehen zusammen.«

Adrian legte Coulter die Hand auf den Arm. »Vorher mußt

du mir noch etwas verraten. Kannst du Gabes ... Spur sehen? Sind er und die anderen hier?«

»Sie waren hier«, gab Coulter zurück. »Was in der Höhle mit ihnen passiert ist, weiß ich nicht.«

Adrian nickte. Er fühlte sich immer benommener. Aber er würde die Höhle trotzdem betreten. Er würde dasselbe Risiko auf sich nehmen wie die anderen. Sein Risiko war sogar noch geringer, weil er kein Fey war. Wenn derjenige, der diesen Ort errichtet hatte, etwas mit dem Rocaanismus zu tun hatte, hatte Adrian nichts zu befürchten.

Für einen Fey dagegen konnten die Folgen tödlich sein.

Plötzlich hielt Adrian es nicht länger aus. Er mußte endlich wissen, was aus seinen Freunden geworden war.

Er überquerte die Plattform und näherte sich den Schwertern. Sie waren so perfekt gemeißelt, daß Adrian das Gefühl hatte, er könnte die Klingen in Schwingung versetzen, wenn er sie berührte. Die Knäufe waren schmutzig, aber jemand hatte den Belag teilweise abgeschabt.

Darunter schimmerte ein kleiner Edelstein.

Aus irgendeinem Grund beunruhigte Adrian dieser Anblick, aber er wußte nicht genau, warum. Er hielt kurz inne, um darüber nachzudenken. So viel Zeit mußte sein. An einem Ort wie diesem mußte er jeder Empfindung Aufmerksamkeit schenken.

Nur so konnte er sich schützen.

An dem Edelstein störte ihn dasselbe, was ihn am Tabernakel immer gestört hatte: All dieser Reichtum wurde an Leute verschwendet, die ein Gelübde abgelegt hatten, allein Gott zu dienen.

Adrian ging unter den Schwertern hindurch und blieb wie angewurzelt stehen.

Sanftes weißes Licht überflutete ihn, als wäre er plötzlich ins volle Sonnenlicht getreten. Einen Augenblick lang war er wie geblendet. Sein Rücken war kalt, aber vor ihm war es angenehm warm, die trockene Wärme eines Feuers in einer frostigen Nacht.

Die Wärme und das Licht waren so einladend, daß Adrians Füße sich wie von selbst voranbewegten, aber Adrian blieb sofort stehen, als er es merkte.

Coulter trat zu ihm.

»Hey«, entfuhr es ihm leise.

Adrians Augen gewöhnten sich rasch und mühelos an die Helligkeit. Ein leichter Schwindel hatte ihn ergriffen. Noch vor einem Augenblick hatte er nur Licht gesehen, im nächsten schon das Innere der Höhle.

Aus dem Fußboden waren Marmorstufen herausgehauen, die in eine unendlich scheinende Tiefe führten. Die Wände waren mit Schwertern in verschiedenen Größen und Formen bedeckt. Sie waren älter als alle Schwerter, die Adrian je gesehen hatte, dabei stammte das Schwert seiner Familie sogar noch aus der Zeit vor dem Bauernaufstand. Aber anders als das Schwert seiner Familie glänzten diese hier in dem seltsamen Licht wie frisch poliert.

Irgendwo rieselte Wasser. Adrian hörte das Rauschen, als stünde er dicht vor einem Wasserfall oder einem gurgelnden Fluß. Aber den Ursprung des Geräusches konnte er nirgends erblicken.

Coulter packte ihn am Arm und zeigte auf die Wände. Unter den Schwertern befanden sich Steinsimse, auf denen Kelche standen. Silberne Kelche. Darunter wiederum hingen gestickte Wandteppiche, die weitere Öffnungen zu verdecken schienen.

Die Höhle wirkte unermeßlich groß.

Adrian betrat die oberste Stufe der Marmortreppe und wäre fast ausgerutscht. Hier gab es weder Staub noch lose Steine. Die Höhle war so sauber, als würde sie regelmäßig gefegt.

Erst nach mehreren Stufen sah Adrian das untere Ende der Treppe. Die letzte Stufe ging in einen Marmorfußboden über. Überall standen verzierte Sockel, die das Licht so stark zurückwarfen, daß Adrian die Ornamente von seinem Standort aus kaum erkennen konnte.

An der dunkleren Rückwand der Höhle, falls sie überhaupt irgendwo zu Ende war, erhob sich ein aus weißem Stein gehauener Tisch.

Direkt vor dem Tisch teilte sich der Raum, und ein Brunnen spie Wasser in eine Rinne. Sein Strahl war hoch und prächtig, und das Wasser roch so frisch und sauber wie das eines Bergbaches.

»Gabe«, flüsterte Coulter neben Adrian, und Adrian hörte, daß ihm ein Stein vom Herzen fiel.

Gabe saß am Fuß der Treppe, Fledderer hockte neben ihm und Leen vor den beiden. Adrian runzelte verwirrt die Stirn und fragte sich, warum er die drei nicht gleich gesehen hatte.

Gabe blickte auf. Sein Gesicht trug einen wachsamen, seltsam verletzten Ausdruck.

»Coulter!« rief Leen und rannte ihnen die Stufen hinauf entgegen. Sofort änderte sich Gabes Gesichtsausdruck. Sein Gesicht wurde weich, und Adrian bemerkte, daß auch er erleichtert war.

»Das wurde aber auch Zeit«, knurrte Fledderer, und selbst seine Adrian so vertraute Stimme verriet Freude. Dabei war der kleine Fey nicht so leicht zu erschüttern.

»Es hat etwas länger gedauert, bis ich den Steinbruch verlassen konnte«, entschuldigte sich Adrian.

»Außerdem hatten wir während des Aufstiegs ein kleines Problem«, ergänzte Coulter. Leen warf sich in seine Arme und drückte ihn an sich. Coulter blickte mit vor Überraschung hochgezogenen Augenbrauen über ihre Schulter. Leen hatte noch nie besondere Zuneigung zu ihm gezeigt. Eher war sie ihm gegenüber mißtrauisch gewesen, weil sie befürchtete, daß er Gabe in irgendeiner Weise Schaden zufügen könnte.

Jetzt ließ sie Coulter los und trat einen Schritt zurück, als sei ihr dieser Gedanke im gleichen Augenblick gekommen. »Entschuldige«, murmelte sie und strich verlegen über ihre Uniform. »Dieser Ort ist wirklich gruselig.«

Sogar Adrian fand die Höhle unheimlich, und er konnte sich vorstellen, wie sie auf einen Fey wirken mußte, der sich plötzlich umgeben von den Symbolen einer fremden Religion fand, die Fey auf grausame Weise tötete.

War das so freundlich plätschernde Wasser etwa Weihwasser?

Adrian hoffte, daß seine Freunde soviel Verstand besessen hatten, es nicht anzurühren.

»Wir haben uns schon Sorgen um euch gemacht«, meinte Fledderer, der sich nicht von der Stelle gerührt hatte.

Coulter stand noch immer stocksteif da, als hätte Leens Umarmung ihn verbrannt. Adrian unterdrückte ein Grinsen. Der Junge war leicht aus der Fassung zu bringen.

»Wir sind ein paar alten Freunden von euch begegnet«, fuhr Adrian fort. »Vielleicht sind sie auch auf dem Weg hierher.«

»Freunde von uns?« fragte Gabe. Sein Gesicht hatte wieder den wachsamen Ausdruck angenommen. Etwas mußte in dieser Höhle vorgefallen sein. Etwas, das sie alle zutiefst verstört hatte.

Adrian holte tief Luft. Er wollte Coulter unbedingt zuvorkommen. Wenn Coulter zugab, daß er zu Matthias' Macht beigetragen hatte, würde Gabe ihm niemals verzeihen.

Coulter öffnete den Mund, aber Adrian legte ihm die Hand auf den Arm.

»Wir haben den Einundfünfzigsten Rocaan getroffen«, sagte er. »Matthias.«

Verwirrte Blicke.

»Den Mann«, setzte Adrian leise und behutsam hinzu, »der deine Mutter umgebracht hat, Gabe.«

Gabe stöhnte auf und verbarg das Gesicht in den Händen.

»Das ist unmöglich«, widersprach Leen. »Ich habe ihn getötet. Ich habe zwei dutzendmal auf ihn eingestochen und ihn so tief unter Wasser gedrückt, daß er verblutet sein muß, wenn er nicht ertrunken ist.«

»Er ist am Leben«, wiederholte Adrian. »Sein Gesicht ist verbunden. Offenbar hat ihn jemand gerettet.«

»Oder er hat sich selbst gerettet.« Coulters Stimme klang verbittert. »Er ist kein gewöhnlicher Inselbewohner.«

»Das wissen die Mächte«, ergänzte Fledderer.

»Nein«, erwiderte Coulter. Adrian drückte seinen Arm fester, aber Coulter sprach weiter. »Er ist wie ich.«

Gabe hob den Kopf. »Wie meinst du das?«

»Er besitzt dieselben Fähigkeiten«, erklärte Adrian. »Er besitzt Zauberkraft. Coulter glaubt, daß ihm diese Zauberkraft schon mehr als einmal das Leben gerettet hat.«

»Stich zwei dutzendmal auf mich ein und wirf mich in den tiefsten Fluß, und ich komme lebendig wieder zum Vorschein«, sagte Coulter. »Ich kenne mehrere Zaubersprüche, um wieder aus dem Wasser zu kommen. Vielleicht würde ich Hilfe brauchen, aber ich könnte meinen Tod um Stunden, sogar Tage hinauszögern.«

»Und Matthias ist ganz offensichtlich jemand zu Hilfe geeilt«, ergänzte Adrian. »Jemand hat ihn verbunden, und er ist mit mehreren Gefährten unterwegs.«

Leen schüttelte stirnrunzelnd den Kopf. »Ich kann das einfach nicht glauben. Ich habe ihn ganz bestimmt umgebracht.«

»Das wünschte ich auch«, seufzte Fledderer. »Aber so ist es eben nicht. Die Frage ist bloß, wie ist er hierhergekommen?«

»Das ist nicht die Frage«, widersprach Adrian. »Die Frage ist, wie lange wird er brauchen, um diese Höhle zu finden?«

»Vielleicht kennt er sie ja schon.« Leen deutete auf die Wände. Die Kelche schimmerten. »Du hast doch gesagt, er sei einst der religiöse Führer der Insel gewesen. Dieser Ort ist bestimmt eines ihrer Heiligtümer.«

»Vielleicht«, murmelte Gabe.

Adrian warf ihm einen überraschten Blick zu. Die Höhle war eindeutig ein religiöser Ort. Wie konnte Gabe daran zweifeln?

»Matthias hat behauptet, er folge der Spur zweier Fey«, erläuterte Coulter. »Er wußte, daß Gabe und Leen im Dorf waren, und ist ihnen mit Hilfe seiner Fähigkeiten als Zaubermeister gefolgt. Er wußte nur nicht, wozu er noch alles fähig ist ...«

»Aber Coulter hat es herausgefunden«, unterbrach ihn Adrian. Er wollte nicht, daß Coulter Gabe mehr als das Allernötigste erzählte.

»Warum sollte er den Spuren von Fey folgen?« wunderte sich Fledderer.

»Um sie zu töten«, erwiderte Gabe leise. »So wie er meine Mutter getötet hat.«

»Das fürchte ich auch«, stimmte Adrian zu. »Wir müssen uns entscheiden. Es ist fast Abend. Vielleicht schaffen wir den Abstieg rechtzeitig ...«

»Zurück in diese Stadt?« sagte Gabe. »Nein danke. Die Einwohner waren nicht besonders entzückt, unsere Bekanntschaft zu machen.«

»Oder wir gehen in unserer eigenen Spur zurück und verlassen diese Berge, indem wir um die Stelle einen Bogen machen, an der wir dem Einundfünfzigsten Rocaan begegnet sind ...«

»Schon besser«, kommentierte Fledderer.

»Wir könnten uns auch hier in der Höhle verschanzen.« Adrian sah sich um. Die Schwerter beruhigten ihn, aber die Kelche und das rieselnde Wasser machten ihn nervös. Wenn es wirklich Weihwasser war, brauchten Gabe, Leen oder Fledderer nur versehentlich rückwärts in den Brunnen zu stolpern, und schon war es aus mit ihnen.

Ein Spritzer konnte genügen.

»Wir bleiben hier«, entschied Gabe.

»Vielleicht sind wir hier trotzdem nicht sicher«, gab Adrian zu bedenken. »Vielleicht sind alle diese Symbole des Rocaanismus eine an euch gerichtete Warnung. Wenn sie für euch genauso gefährlich sind wie das Weihwasser, reicht eine einzige Unvorsichtigkeit.«

»Außerdem könnte sich Matthias diesen Ort zunutze machen«, setzte Leen hinzu. »Vielleicht besitzt die Höhle eine religiöse Zauberkraft, die wir nicht kennen.«

Adrian blickte sie an. Ihre Augen waren Schlitze, die Lippen zusammengepreßt. Sie ballte die Fäuste, und ihre rechte Hand schwebte über dem Knauf ihres Schwertes. Ganz offensichtlich hatte sie große Angst. Adrian kannte ihre Wut, er hatte miterlebt, daß sie sogar ihre eigenen Landsleute angegriffen hatte, aber so kannte er sie nicht.

»Ich glaube nicht, daß die Zauberkraft dieser Höhle etwas mit Religion zu tun hat«, meinte Gabe.

»Hast du keine Augen im Kopf, Junge?« knurrte Fledderer.

»Vorhin warst du noch anderer Meinung«, fauchte Gabe.

»Das habe ich nie gesagt«, widersprach Fledderer.

»Was ist passiert?« kam Coulter Adrian zuvor. Etwas war in dieser Höhle vorgefallen, etwas, das Leen völlig verstört hatte und Gabe und Fledderer dazu brachte, sich zu streiten.

»Gabe glaubt, er habe seine Mutter gesehen«, erklärte Fledderer mit leisem Schnauben.

»Niche?« fragte Coulter ungläubig.

Gabe schüttelte den Kopf.

»Deine richtige Mutter?« Coulter klang atemlos.

»Sie hat gesagt, sie sei ein Mysterium. Manche Fey vergehen nicht, wenn sie sterben. Sie werden Geister«, erklärte Gabe.

»Das glaube ich einfach nicht«, mischte sich Fledderer ein. »Und ich halte es auch für unwahrscheinlich, daß ein Mysterium verraten würde, daß es eines ist, oder? Dann wäre es kein Mysterium.«

»Aber vorhin hast du es auch geglaubt«, beharrte Gabe.

»Ich habe dir einfach nur zugehört. Dann habe ich darüber nachgedacht. Was könnte ihnen Besseres einfallen, um dich noch tiefer in die Höhle zu locken? Wer weiß, was für eine tödliche Falle hinter dem Brunnen da lauert.«

Adrian hatte von den Mysterien gehört. Die Fey nannten sie oft in einem Atemzug mit den sogenannten Mächten. Sie sprachen voller Scheu und Ehrfurcht von ihnen, genau wie die Inselbewohner von Gott, dem Roca und dem Heiligsten.

»Hat sie das denn versucht?« fragte Adrian. »Dich hinter den Brunnen zu locken?«

»Nein«, erwiderte Gabe.

»Sie wollte allein mit ihm sprechen«, ergänzte Leen.

»Hast du sie auch gesehen?« erkundigte sich Coulter.

»Nein«, antwortete Gabe statt Leen. »Sie hat gesagt, sie sei nur für drei Menschen sichtbar: für die Person, die sie am meisten geliebt hat, diejenige, die sie am meisten haßte, und eine dritte Person ihrer Wahl. Als dritten hat sie mich gewählt.«

»Warum sollte sie dir ausgerechnet hier erscheinen?« wunderte sich Adrian. »Sie ist schon so lange tot. Warum ist sie nicht früher gekommen?«

»Sie hat behauptet, sie sei schon früher gekommen, aber immer unsichtbar. Sie ist nur in dieser Höhle sichtbar. Nirgendwo sonst.«

»Ist sie noch hier?« fragte Coulter.

»Nein«, murmelte Gabe und wich ihren Blicken aus.

»Gabe hat ihr befohlen zu verschwinden.«

»Immerhin scheint sie zuzuhören«, kommentierte Adrian.

»Das ist nicht lustig«, knurrte Gabe.

Er klang wie ein gekränktes Kind. Wenn dieses Mysterium wirklich Jewel war, linderte das vielleicht Gabes seelische Verletzungen. Aber Adrian schien es eher, als kenne etwas in dieser Höhle Gabes wunde Punkte ganz genau und versuchte, dieses Wissen auszunutzen.

Das war ganz untypisch für den Rocaanismus. Der Rocaanismus predigte Unabhängigkeit. Er lehrte seine Anhänger, zwar an den Roca zu glauben, den Heiligsten aber erst um Hilfe zu bitten, wenn alle anderen Möglichkeiten versagt hatten. Allerdings mochte es Bereiche der Religion geben, die Adrian nicht kannte, und andere, die er nicht verstand. Er hatte nie begriffen, warum Weihwasser auf die Fey eine tödliche Wirkung hatte und warum ein gerechter Gott es überhaupt zuließ, daß ein Werkzeug seiner Religion todbringend war.

Das wichtigste Symbol der Religion war das Schwert. Als Junge hatte Adrian sich darüber nicht weiter gewundert, aber als Erwachsener war es ihm merkwürdig vorgekommen. Warum sollte man einen Gegenstand verehren, der dazu bestimmt war, andere zu töten oder zu verstümmeln? Was war das für eine Religion?

»Ich will hierbleiben«, sagte Gabe in die Stille hinein.

»Das ist unvernünftig, Junge«, schnaubte Fledderer.

»Es ist sogar sehr vernünftig«, widersprach Gabe. »Wenn wir zurück in die Stadt gehen, werden sie versuchen, Leen und mich zu töten. Gehen wir auf unserer eigenen Fährte zurück, riskieren wir einen Zusammenstoß mit den Leuten, die anscheinend in den Bergen nach uns suchen. Aber wenn wir hierbleiben, brauchen wir nur einen einzigen Eingang zu verteidigen und haben jede Menge Waffen zur Verfügung.«

»Wir wissen nicht, ob wir sie berühren dürfen«, wandte Adrian ein.

»Du darfst es. Und Coulter auch.«

»Was ist, wenn Fledderer recht hat?« mischte sich Coulter ein. »Wenn diese Frau gar kein Mysterium ist? Wenn sie eine Erscheinung ist, die einzig und allein zu dem Zweck erschaffen wurde, Gabe in den hinteren Teil der Höhle zu locken und zu töten?«

»Das lasse ich nicht zu«, beschwichtigte Gabe.

»Vielleicht kannst du gar nicht anders«, fuhr Fledderer fort. »Manche Arten von Zauberkraft gaukeln dir vor, du würdest das Beste für dich tun, während du dir in Wirklichkeit schadest.«

»Dieses Risiko muß ich eben eingehen«, erwiderte Gabe.

»Wir alle müssen das Risiko eingehen«, stimmte Adrian zu. »Du bist der Erbe des Schwarzen Throns. Wir dürfen dich jetzt nicht verlieren.«

»Und schon gar nicht an den Schwarzen Thron«, setzte Leen hinzu.

»Was auch immer das bedeuten mag«, seufzte Gabe. »Vielleicht zerbrechen wir uns ganz umsonst den Kopf. Wir wissen ja nicht einmal, ob der Rocaan tatsächlich auf dem Weg hierher ist.«

»O ja, der ist auf dem Weg«, sagte Coulter grimmig. Er drehte sich nach dem Eingang der Höhle um. »Früher oder später wird er hier sein.«

»Wir tun so, als sei der Kerl allmächtig«, knurrte Leen. »Ist er aber nicht. Ich hätte ihn beinahe getötet.«

»Außerdem hat er nicht sehr viele Begleiter«, meinte Adrian. »Ich habe außer ihm nur fünf Personen gezählt, und ich bin nicht sicher, ob zwei von ihnen wirklich dazugehörten.«

Er dachte einen Augenblick nach. Gabe hatte sich nicht von seinem Sitzplatz gerührt. Leen verschränkte die Arme vor der Brust. Fledderer hatte sich auf seiner Stufe umgedreht, damit er sie alle besser sehen konnte. Coulter war vor Leen so weit zurückgewichen, daß er ganz dicht vor Adrian stand.

»Sechs gegen fünf oder vielleicht sogar nur vier gegen fünf«, zählte Leen. »Das ist gar nicht so schlecht.«

»Besonders, wo du ihn schon einmal besiegt hast«, erinnerte Adrian.

»Es bricht aus ihm heraus«, bemerkte Coulter. Es klang wie eine Warnung.

»Was soll das denn wieder heißen?« fragte Gabe.

»Er war sich lange über seine eigenen Fähigkeiten nicht im klaren. Er hat versucht, seine Zauberkraft zu unterdrücken. Jetzt quillt sie über, und er hat große Reserven, das ist immer so. Das macht ihn noch mächtiger.«

»Hast du Angst vor ihm?« fragte Gabe. Er war Coulter gegenüber noch immer kühl, als hoffte er, Coulter bei einem Fehler zu ertappen.

»Ich bin nur vorsichtig«, gab Coulter zurück. »Dies ist kein gewöhnlicher Kampf. Daß er ein Zaubermeister ist wie ich, muß nicht bedeuten, daß er dieselben Fähigkeiten besitzt. Außerdem ist er älter als ich.«

»Dafür hast du mehr Übung«, meinte Adrian.

»Aber ich bin nicht so verzweifelt«, konterte Coulter.

»Er haßt die Fey«, warf Leen ein. »Das war nicht zu übersehen.«

»Das scheint typisch für diese Gegend zu sein«, bemerkte Coulter bitter.

»Nicht die Fey«, widersprach Adrian. »Die Langen.«

»Matthias ist selbst groß«, bemerkte Coulter.

»Dann sind die Befürchtungen der Einwohner vielleicht verständlich«, meinte Gabe.

»Vielleicht«, stimmte Fledderer zu, aber er klang nicht besonders überzeugt.

»Wir haben mehr Waffen als sie«, mischte sich Adrian ein, um wieder auf ihr ursprüngliches Thema zurückzukommen. »Außerdem sind einige von uns erfahrene Krieger. Während der ersten Invasion sind die Fey nicht so weit nach Norden vorgedrungen, und ich glaube auch nicht, daß diese Gegend damals in den Bauernaufstand verwickelt war. Hier gibt es keine Berufssoldaten, und das Kriegshandwerk hat keine Tradition. Das verschafft uns einen zusätzlichen Vorteil.«

»Sind wir auf eine Belagerung eingerichtet?« fragte Fledderer.

»Mit nur sechs Leuten kann man keine Belagerung durchführen«, wandte Leen ein.

»Matthias ist euch jedenfalls nicht sofort gefolgt, oder?« gab Fledderer zu bedenken. »Vielleicht holt er Verstärkung.«

»Vielleicht fürchtet er sich aber auch selber vor diesem Ort«, meinte Coulter. »Ich habe das Pulsieren der Magie schon aus der Entfernung gespürt. Wenn ich das kann, kann er es auch. Und er ist nicht so an Magie gewöhnt wie ich.«

Adrian fror plötzlich. Was hatte es mit dieser Höhle auf sich?

»Wir könnten uns diesen Umstand zunutze machen«, schlug Gabe vor.

»Wie meinst du das?« fragte Fledderer. »Zunutze machen?«

»Seine Angst vor der Magie, vor diesem Ort. Wenn er nicht weiß, was ihn in dieser Höhle erwartet, könnten wir sie noch ein bißchen unheimlicher machen, als sie ohnehin schon ist.« Gabe stand auf. »Wir könnten seine eigene Angst als Waffe gegen ihn benutzen.«

Coulters Mund verzog sich zu einem Grinsen. »Du meinst, dann traut er sich gar nicht erst hinein.«

»Genau.« Gabe grinste zurück, ertappte sich dabei und wurde wieder ernst.

Coulter schien die Zurückweisung nicht zu bemerken.

»Wir könnten uns etwas einfallen lassen. Wir könnten ihm ordentlich Angst einjagen, bis er freiwillig wieder verschwindet.«

»Keine schlechte Idee«, stimmte Adrian zu. »Ich möchte den Rückweg durchs Gebirge nicht früher antreten als nötig.«

»Vielleicht bleibt uns trotzdem nichts anderes übrig«, meinte Leen. »So schnell gibt der Kerl nicht auf. Sonst hätte er schon vor Wochen ins Gras gebissen.«

»Was willst du damit sagen?« fragte Coulter.

»Ich will sagen«, erklärte Leen, »daß er, wenn wir ihn verscheuchen, vielleicht erst recht mit Verstärkung zurückkommt. Vielleicht gibt er einfach niemals auf.«

»Er hat den Tabernakel verlassen«, sagte Adrian. Er blickte Gabe an. »Ich habe zwei Gerüchte gehört. Das erste lautete, dein Vater habe sich mit ihm getroffen und ihn getötet, um deine Mutter zu rächen. Das zweite besagt, daß dein Vater *gedroht* hat, ihn zu töten, und er die Flucht ergriffen hat.«

»Bestimmt hat er die Flucht ergriffen«, knurrte Gabe.

»Oder dein Vater hat versucht, ihn zu töten, und ist gescheitert, so wie ich«, warf Leen ein.

»Der Punkt ist, daß er nie mehr nach Jahn zurückgekehrt ist«, erklärte Adrian.

»Aber wir sind ihm doch selbst dort begegnet«, wandte Gabe ein.

»Das war zwanzig Jahre später.«

»Zwanzig Jahre«, murmelte Fledderer. »Ist es nicht merkwürdig, daß dieser Mann ausgerechnet auftaucht, wenn die Fey die Insel zum zweiten Mal überfallen?«

»Das liegt an seiner Zauberkraft«, erwiderte Coulter.

»Dann führt ihn dieselbe Zauberkraft vielleicht auch hierher«, gab Leen zu bedenken.

»Oder sie überzeugt ihn davon, daß es besser ist, sich von dieser Höhle fernzuhalten«, warf Adrian ein.

»Vielleicht sollten wir einfach kurzen Prozeß mit ihm machen«, knurrte Fledderer.

»Das ist nicht so einfach«, seufzte Leen.

»Für dich vielleicht nicht. Aber Coulter kann es schaffen.«

Adrian musterte Coulter. In den mörderischen letzten Wochen war etwas in Coulter zerbrochen, war eine Wunde aufgerissen, die noch nicht wieder verheilt war.

»Wenn es sein muß, töte ich ihn«, sagte Coulter.

»Ich hoffe, es kommt gar nicht erst soweit«, beschwichtigte Adrian.

»Ich schon«, bemerkte Gabe vom Fußboden aus.

Alle drehten sich überrascht nach ihm um. Gabe, derjenige von ihnen, der die meisten Probleme mit der Rolle des Anführers zu haben schien. Der freundliche, friedliebende Gabe.

Der zuckte nur die Schultern. »Manchmal müssen Menschen für das Böse, das sie getan haben, bezahlen«, erklärte er. »Matthias hat meine Mutter ermordet und damit jede Hoffnung zunichte gemacht, den Krieg zu vermeiden, in dem wir uns jetzt befinden. Seine Tat hat Hunderte, ja Tausende von Menschenleben gekostet. Du brauchst keine Skrupel zu haben, ihn zu töten, Coulter. Wenn du nicht willst, tue ich es.«

In so düsterer Stimmung hatte Adrian Gabe erst einmal erlebt. Das war in jener Nacht gewesen, in der sie sich zum ersten Mal begegnet waren, jener Nacht, in der Gabe erfahren hatte, was der Schwarze König seinen Adoptiveltern und Freunden angetan hatte.

Trotzdem beunruhigte Adrian diese Verbitterung. Es war, als existierte in Gabe eine noch unberührte Quelle, eine Kraft, die, wie Coulter es ausdrückte, aus ihm herausbrach und sie alle ins Verderben stürzen konnte.

Oder sie vielleicht auch rettete.

Adrian wußte es nicht. Aber er war sicher, daß sie es bald genug herausfinden würden.

23

Im Audienzzimmer war nichts mehr von dem Prunk des Herrscherhauses der Blauen Insel zu sehen. Verschwunden war das Familienwappen, verschwunden der protzige, häßliche Thron, die Rüstungen und Waffen, die ehedem die Wände geschmückt hatten.

Verschwunden war auch der Blutfleck von Rugads beinahe tödlicher Wunde.

Statt dessen hatte man den Raum in das Arbeitszimmer eines Feldherrn verwandelt. Ein langer Tisch aus dem Speisesaal stand genau in der Mitte. Karten der Blauen Insel, einige davon aus dem geheimen Kriegszimmer im Obergeschoß, andere in Zusammenarbeit von Irrlichtfängern, Vogelreitern und Domestiken angefertigt, bedeckten die Wände. Die von Rugads Truppen bereits besetzten Gebiete waren farbig gekennzeichnet.

Die einzigen Landstriche, die noch erobert werden mußten, waren die Berge im Osten, Norden und Nordwesten der Insel.

Die Berge.

Seine Urenkelin hielt sich in den Bergen auf.

Bis jetzt hatte Rugad seine Truppen auf die am dichtesten bevölkerten Gegenden konzentriert. Diese waren inzwischen fest in seiner Hand. Jetzt konnte er es sich leisten, Truppen in die Berge zu schicken, die sich mit den Aufständischen befassen, die Dörfer auskundschaften und nach, so es sie gab, verborgenen Schätzen suchen sollten.

Rugad legte die Hände auf den Rücken. Natürlich würde er nach Nye um Verstärkung schicken müssen. Er mußte sorgfältig überlegen, wie er den Befehl abfaßte. Er wollte um jeden

Preis vermeiden, daß sein Enkel Bridge dachte, der Schwarze König sei nicht in der Lage, die Blaue Insel zu erobern.

Bridge sollte lieber glauben, daß Rugad sich darauf vorbereitete, nach Leutia, dem nächsten Kontinent, weiterzuziehen. Rugad hatte Bridge für diesen Fall instruiert und sogar die Soldaten für eine zweite Invasionsstreitmacht ausgewählt, bevor er aufgebrochen war. Bridge konnte zwar ein paar Änderungen innerhalb der Infanterie vornehmen, aber über die oberen Ränge hatte er keine Befehlsgewalt. Rugad mußte unbedingt verhindern, daß sein nicht mit übermäßigen Geisteskräften gesegneter Enkel die zweite Streitmacht schwächte.

Wäre Bridge doch nur ein so heller Kopf wie seine Schwester Jewel. Dann hätte Rugad den Überfall auf die Blaue Insel gemeinsam mit ihm unternommen.

Die Tür des Audienzzimmers öffnete sich, und sieben Fußsoldaten betraten den Raum. Ihre Uniformen waren sauber. Man sah auf den ersten Blick, daß die Fey seit Wochen nicht gekämpft hatten. Ihre Hände hingen untätig herab, und sie krümmten die Finger mit dem zusätzlichen Fingernägeln. Vier Frauen und drei Männer, alle Rugad treu ergeben.

Sie nickten ihm zu, und er nickte zurück. Keiner von ihnen blickte ihn lange genug an, um die Schnittwunden in seinem Gesicht oder die Risse in seiner Kleidung zu bemerken. Falls doch, waren sie zu gut ausgebildet, um sich etwas anmerken zu lassen.

Rugad deutete mit dem Kinn auf den hinteren Teil des Zimmers. Die Fußsoldaten erklommen das Podest und stellten sich in einer Reihe an der Wand entlang auf.

Rugad fuhr fort, die Karten zu studieren. Die Horchposten hinter den Fußsoldaten waren mit vertrauenswürdigen Wachen besetzt. Rugad würde sie nicht brauchen. Seine Leute waren hervorragend geschult, und keiner würde es wagen, sich mit ihm anzulegen.

Besonders nicht heute nachmittag.

Die Tür öffnete sich ein zweites Mal, und einige von Rugads Generälen traten ein. Zuerst Onha, Hauptmännin der Tierreiter, die nach dem erfolgreichen Angriff auf den Tabernakel befördert worden war. Sie hatte eine lange Nase und kurzes, struppiges Haar. Ihre Augen lagen etwas zu eng beieinander, und ihr Gang war steifbeinig. Ihre zweite Gestalt war die einer großen Bulldogge, und sie hatte einige Eigenarten dieses Tieres übernommen.

Ihr folgte Schlächter, der die Fußsoldaten befehligte. Er war schon früh in diese verantwortungsvolle Position aufgestiegen. Wie Rugads Enkel trug er einen L'Nacin-Namen, aber anders als diese verstand er eine Menge von Kriegsführung. Rugad hatte ihn als sehr jungen Mann gegen Ende der Unterwerfung von Nye befördert. Wie bei den anderen Fußsoldaten hingen seine Arme mit den gewölbten Händen seitlich herab. Er war ebenso groß wie Rugad und hatte heruntergezogene Mundwinkel und dunkle, funkelnde Augen.

Der dritte und letzte General war Kendrad, Anführerin der Infanterie. Sie war die älteste und hochrangigste Kriegerin, die Rugad auf diese Unternehmung mitgenommen hatte. Nur ein paar Jahre jünger als Rugad, hatte Kendrad an seiner Seite in der Schlacht von Hiere ihren ersten Mann getötet. Sie kommandierte seit Jahren fast alle Truppeneinheiten mit fester Hand. Rugad hatte erst überlegt, ob er sie in Nye zurücklassen sollte, um Bridge auf die Finger zu sehen, aber er war seit seiner Jugend nicht mehr ohne Kendrad in den Kampf gezogen und mochte nicht mehr auf sie verzichten.

Sie sah immer noch erstaunlich jung aus. Ihr Körper war durchtrainiert und muskulös, das Gesicht faltenlos. Das einzige Zeichen ihres fortgeschrittenen Alters waren die silbernen Strähnen in ihrem ansonsten schwarzen Haar.

Kendrad nahm vor der Wand Platz. Die anderen folgten ihrem Beispiel.

Rugad begrüßte sie nicht. Sie hatten sich nach seinen Launen zu richten, und das wußten sie auch. Er würde auf die übrigen warten, bevor er zu sprechen begann.

Die sieben übrigen Generäle trafen einer nach dem anderen in der Reihenfolge ein, in der Rugads Befehl sie erreicht hatte. Unbemerkt von den Fußsoldaten schlüpfte Frad'l ins Zimmer, aber die anderen Generäle erkannten ihn sofort. Frad'l war der Anführer der Spione, und sein Äußeres war ebenso schillernd und wechselhaft wie das seiner Kollegen.

Jetzt trat ein Inselbewohner in der Kleidung eines Kochs und einer kleinen Schürze ein. Ohne ihm prüfend in die Augen zu blicken, wußte Rugad, daß es Dimar, der Anführer der Doppelgänger, war. Rugad hatte so wenige Doppelgänger mitgenommen, daß er eigentlich keinen Hauptmann brauchte, um sie zu befehligen, aber Dimar war einer der besten und hatte Rugad stets begleitet. So wollte Rugad es auch weiterhin halten.

Ein Schatten huschte über die Wand, und die Fußsoldaten auf dem Podest blickten auf, rührten sich aber nicht. Selbst die furchtlosesten Fey fühlten sich in der Gegenwart eines Traumreiters unbehaglich. Black, der Schatten, stand einer Truppe von über hundert Traumreitern vor. Rugad hatte mehr Traumreiter mitgenommen als üblich, denn er wußte, daß sie ihm im Lauf der Zeit noch gute Dienste leisten würden. Sie waren das beste Werkzeug, um eroberte Völker gefügig zu machen oder Aufsässige auf unerwartete – und anscheinend ganz natürliche – Art vom Leben zum Tode zu befördern. Gelegentlich heuerte ein Fey einen Traumreiter gegen Bezahlung an, einen anderen Fey zu töten. Solche Täter waren kaum zu überführen. Wenn doch, wurden sie vor den Schwarzen König gebracht. Achtmal hatte Rugad während seiner Regierungszeit aufgrund eines solchen Verbrechens eine Hinrichtung befohlen.

Fünfmal hatte er das Verschwörerpaar jedoch wieder laufenlassen.

Der Schatten glitt langsam über die Wand und auf den Boden, und dann stand plötzlich ein gewöhnlicher Fey zwischen ihnen. Trotzdem wirkte Black irgendwie dunkler als die anderen. Der Körper eines Traumreiters schluckte Licht und konnte sogar, ohne sich eigens flach zu machen, für ungeschulte Augen als Schatten durchgehen. Black nahm neben Kendrad, die zur Begrüßung seine Hand tätschelte, Platz. Von allen Fey, die Rugad kannte, behandelte nur Kendrad Traumreiter wie normale Menschen.

Die Heilerin Seger kam herein. Als sie Rugads zerschundenes Gesicht sah, riß sie die Augen auf. Er scheuchte sie mit einer ungeduldigen Handbewegung zur Wand. Sie mußte warten, bis er seine Geschäfte wenigstens halbwegs erledigt hatte.

Landre, Hauptmann der Hüter des Zaubers, kam als nächster. Unter der Tür mußte er sich bücken. Er war zwar nicht ganz so groß und hager wie Boteen, aber sie sahen sich beinahe so ähnlich wie Brüder. Landre war kein General im militärischen Sinne, aber Rugad hatte auf früheren Feldzügen gelernt, die Hüter an der Spitze militärischer Bewegungen einzusetzen. Sie machten oft Vorschläge, die das Vorgehen erleichterten.

Landre folgte Ife auf dem Fuße, der für die Truppen zuständige Irrlichtfänger. Rugad hatte erst mit dem Gedanken gespielt, den Irrlichtfänger Feder nach seiner mutigen Entdekkung des Golems zum Anführer zu machen, war aber wieder davon abgekommen. Trotz seiner zimperlichen Art besaß Ife militärischen Verstand. Er flog nicht gern und war weniger in der Schlacht denn als Ratgeber nützlich. Während der Eroberung von Nye hatte er sich einen Flügel verletzt, was ihm offensichtlich immer noch zu schaffen machte. Der Flügel war auf seinem Rücken wie ein kleines, schutzsuchendes Kind zusammengerollt und zwang ihn zu einem gebückten Gang.

Auch Quata, einer der Schiffskapitäne, war Rugads Ruf gefolgt. Für einen zauberkräftigen Fey war er ziemlich klein und untersetzt. Man munkelte, daß einer von Quatas Vorfahren eine Rotkappe gewesen sei. Aber Quata war ein guter Mann und hielt die Seeleute auf Trab. Es war an der Zeit, die Schiffe wieder zu flottzumachen, anstatt sie untätig auf dem Infrin-Meer herumdümpeln zu lassen.

Zu guter Letzt betrat die Hexerin Selia das Audienzzimmer. Für eine Fey war sie schmächtig, aber hochgewachsen und von ungewöhnlicher Schönheit. Sie hatte fast noch nie ein Wort mit Rugad gewechselt und offensichtlich keine Ahnung, warum sie herbeizitiert worden war.

Sie würde es rasch merken.

Sie war die einzige, der Rugad zulächelte. Als sie näher kam, zog er ihr sogar einen Stuhl heran. Selia blickte ihn verwirrt an.

Die anderen beobachteten das Zwischenspiel. Sie wußten, daß etwas Wichtiges bevorstand.

Schließlich trat auch Weißhaar ein und schloß die Tür hinter sich. Rugad fragte sich, ob Weißhaar absichtlich abgewartet hatte, bis alle anderen erschienen waren. Er mußte den Wachsoldaten ausgefragt haben, der ihn herbefohlen hatte. Aber der Soldat hatte ihm offenbar nicht alles erzählt. Tatsächlich schien Weißhaar noch nicht gemerkt zu haben, daß das letzte Mitglied der Versammlung fehlte.

Er wollte sich gerade setzen, als Rugad sagte: »Ich würde es vorziehen, wenn du stehenbleibst.«

Weißhaar fuhr herum. Sein Haar war sorgfältig zum Pferdeschwanz frisiert, und die Narben hoben sich deutlich von seiner Haut ab, die er offenbar mit Öl eingerieben hatte. Er war darauf gefaßt gewesen, daß dies ein entscheidender Augenblick war.

Er hätte blind sein müssen, um es nicht vorherzusehen.

Weißhaar hob leicht den Kopf, damit er Rugad direkt in die Augen sehen konnte.

Er hatte Mut. Das hatte Rugad an ihm immer geschätzt. Es war der falsch verstandene Ehrgeiz des Mannes, den er mißbilligte. Seit Rugads Verwundung hatte sich Weißhaar angewöhnt, Rugad zu bevormunden, und das würde Rugad jetzt im Interesse der Generäle und Selias unter Beweis stellen.

Rugad sprach langsam und mit absichtlich schwacher Stimme. »Du bist mein Adjutant seit ...?«

»Seit dem ersten Feldzug gegen Nye, Herr.«

»Und du hast immer für mich gesprochen, wenn es nötig war, und dich um meine Bedürfnisse und einen reibungslosen Ablauf gekümmert?«

»Ja, Herr.«

»Seit meiner Verwundung aber hast du dir eingebildet, daß meine Macht in Wirklichkeit deine eigene sei. Du hast für den Schwarzen König gesprochen, der selbst dazu nicht in der Lage war, also warst du der Schwarze König. Als Hexer war das für dich ein Kinderspiel. Die Leute rissen sich darum, dir einen Gefallen zu tun, nicht wahr?«

Weißhaars Augen wurden schmal. Er war clever. Er hatte gemerkt, daß diese Versammlung nicht dem Zweck diente, seine Verdienste zu würdigen oder ihn dafür zu belohnen.

»Nicht wahr?« wiederholte Rugad, diesmal so laut er konnte. Seine Stimme war trotzdem nur ein Krächzen, aber es reichte.

»Ich habe nur deine Befehle weitergegeben, Herr«, verteidigte sich Weißhaar. Er stand unverändert aufrecht mit vorgestrecktem Kinn.

»Ach ja?« flüsterte Rugad. »Wirklich?«

Im Zimmer war es unnatürlich still. Wenn sich sonst eine Gruppe dieser Größe versammelte, war immer ein Rascheln, ein gelegentliches Husten, ein schweres Atmen zu hören.

Niemand gab auch nur einen einzigen Laut von sich. Es schien, als hätten sie alle Angst, Rugads Aufmerksamkeit auf sich zu lenken.

Gut.

»Du hast meine Befehle hinter meinem Rücken nicht weniger als fünfundzwanzigmal widerrufen. Ich mußte feststellen, daß du meine Anweisungen mindestens fünfzehnmal nach deinen eigenen Vorstellungen ›ergänzt‹ hast, während wir alle darauf warteten, daß meine Kehle heilte. Du hast den Domestiken erzählt, du seist jetzt die Stimme des Schwarzen Königs, und sie hätten sich entsprechend zu benehmen. Stimmt das?«

Weißhaar schwieg.

»*Stimmt das?*« Rugads Stimme kam einem Brüllen so nahe wie möglich. Die Worte platzten heraus wie ein jäher Hustenanfall. Seger, die Heilerin, machte unwillkürlich einen Schritt auf Rugad zu, schien es sich dann aber anders zu überlegen.

»Ich habe nur getan, was für das Reich das Beste war«, behauptete Weißhaar.

Rugad trat näher. Nur Weißhaars Augen bewegten sich und wurden etwas größer. Obwohl er es gut zu verbergen wußte, hatte Weißhaar Angst. Rugad konnte es riechen.

»Also?« wiederholte Rugad.

»Ja.« Weißhaar schluckte. »Jemand mußte während deiner Genesung für Recht und Ordnung sorgen.«

»*Ich* sorge hier für Recht und Ordnung. Ich war nie zu krank, um Befehle zu erteilen. Daß ich nicht sprechen konnte, bedeutet nicht, daß ich unfähig war zu denken.« Rugad trat noch einen Schritt auf Weißhaar zu. Nun trennten sie nur noch wenige Zentimeter. Weißhaar mußte den Kopf ein bißchen in den Nacken legen, um Rugad noch in die Augen sehen zu können.

»Ich habe nur deine Befehle ausgeführt«, verteidigte sich Weißhaar.

»Und sie nach Belieben ergänzt.«

»Die Zettel ... die schriftlichen Befehle ... waren manchmal nicht ausführlich genug. Die Leute stellten Fragen ...«

»Die du nie an mich weitergegeben hast.«

»Es waren unwichtige Fragen ...«

»Es gibt keine unwichtigen Fragen.«

»Ich bitte um Verzeihung, Herr, aber ...«

»Es gibt keine unwichtigen Fragen«, wiederholte Rugad. Dann lächelte er plötzlich und drehte sich nach seinen Generälen um. Sie verfolgten die Unterhaltung mit aufgerissenen Augen. Rugads Blick streifte Selia. Sie sah aus wie ein in die Enge getriebenes Kaninchen, das so tut, als sei es ein Löwe. Sie saß aufrecht, mit ausdruckslosem Gesicht, aber ihre Augen waren aufgerissen, und ihre Nasenflügel bebten.

»Hast du gehört, wie er mir widerspricht?« fragte Rugad.

Selia schluckte und nickte knapp.

Rugad verschränkte die Hände hinter dem Rücken und umkreiste Weißhaar in weitem Bogen. Als er wieder am Ausgangspunkt angekommen war, ging er von neuem um sein Gegenüber herum und dann wieder, und jedesmal wurde der Kreis enger.

Zuerst versuchte Weißhaar, den Kopf zu drehen und Rugad mit dem Blick zu verfolgen, aber dann mußte er gemerkt haben, wie lächerlich er aussah, und er blickte wieder starr geradeaus. Er preßte die Lippen so fest zusammen, daß sie weiß wurden.

Endlich blieb Rugad stehen, weniger als eine Handbreit von ihm entfernt. »Du hast die Befehlskette absichtlich unterbrochen. Du hast meine Autorität untergraben. Du hast versucht, die Macht des Schwarzen Throns an dich zu reißen. Willst du das leugnen?«

»Ich handelte im Interesse des Fey-Imperiums«, erwiderte Weißhaar. »Ich ...«

»Dann ist es wohl auch im Interesse des Fey-Imperiums«, sagte Rugad leise, »daß jemand, der nicht von Schwarzem Blut ist, auf dem Schwarzen Thron sitzt?«

»Nein«, widersprach Weißhaar. »Das habe ich nicht gemeint. Ich wollte dir nur helfen. Ich habe versucht zu tun, was du wolltest.«

»Habe ich dir zu verstehen gegeben, daß ich das wollte?« beharrte Rugad.

»Nein«, flüsterte Weißhaar und senkte zum ersten Mal den Kopf.

»Was habe ich dir zu Beginn des ersten Feldzuges gesagt, als ich meinen früheren Adjutanten durch dich ersetzte?«

Weißhaar wandte unwillkürlich den Blick ab, als fluche er unterdrückt. Er hatte es vergessen. Rugad wußte das, und jetzt hatte es auch Weißhaar gemerkt. Er hatte die wichtigste Regel außer acht gelassen.

»Was habe ich dir gesagt?« wiederholte Rugad.

»Daß ich von diesem Augenblick aufhören muß, eigenständig zu denken. Daß ich mit jeder Frage, sei sie wichtig oder unwichtig, zu dir kommen soll. Daß ich jeden Zweifel meinerseits mit dir zu besprechen habe. Daß ich dir von jedem Problem, jeder Frage, jeder Unstimmigkeit mit anderen Fey berichten soll.« Weißhaar flüsterte fast. In der Mitte seiner kleinen Rede hatte er die Augen geschlossen, als begriffe er erst jetzt die Tragweite seines Fehlers.

»Und weiter?« fragte Rugad.

»Daß mein Leben, mein Verstand und meine Gesundheit verwirkt sind, wenn ich diese Pflichten vernachlässige.«

»Warum?«

»Weil es nur einen Herrscher des Fey-Imperiums gibt und immer geben wird.« Weißhaar ließ den Kopf so tief sinken, daß sein Kinn auf der Brust ruhte.

»Die Gründe für deine Ungehorsamkeit?« fragte Rugad.

Weißhaar schüttelte matt den Kopf.

»Die Gründe?«

»Ich hatte keine«, flüsterte Weißhaar.

»Also hast du mir ohne Grund zuwidergehandelt«, stellte Rugad fest.

»Ja, Herr.«

»Die Wahrheit ist, daß du meine Anweisungen vergessen hast«, sagte Rugad betont freundlich. Wenn er so sprach, krächzte seine Stimme nicht.

Weißhaar hob den Kopf ein kleines Stück. Er war so einfach zu täuschen wie das Opfer eines Hexers. Also waren sogar die Hexer selbst genauso empfänglich für freundliche Worte wie die übrigen Fey.

»Ja, Herr. Ich habe sie vergessen.«

»Du hast den wichtigsten Befehl vergessen, den ich dir erteilt habe«, betonte Rugad. Er warf einen kurzen Blick über die Schulter. Drei der sieben Fußsoldaten hatten die Hände in die Achselhöhlen geschoben. Sie hatten verstanden, worauf Rugad hinauswollte. Sie wußten, daß Weißhaars Leben vielleicht bald ihnen gehörte.

Rugad beobachtete Weißhaar aus dem Augenwinkel. Der Blick des Hexers folgte Rugads und fiel auf die Fußsoldaten, und sein Gesicht verlor mit einem Schlag die maskenhafte Starre. Darunter kam überwältigende Panik zum Vorschein. Aber Weißhaar bekam seine entgleisten Züge unter Kontrolle, bevor Rugad sich ihm wieder zuwandte.

»Ich hatte erwogen, dich durch die Fußsoldaten töten zu lassen. Aber das wäre eine zu milde Strafe. Die meisten Verräter verdienen den Tod, aber dein Vergehen war zu raffiniert.«

Weißhaar zitterte jetzt.

»Ein raffiniertes Vergehen verdient eine raffinierte Strafe, findest du nicht auch?« fragte Rugad.

Weißhaar schwieg. Auf diese Frage gab es keine Antwort. Er wußte, daß er Rugad auf Gedeih und Verderb ausgeliefert war.

»Ich bin nicht grundsätzlich ein blutrünstiger Mensch«, fuhr Rugad fort. »Ehrlich gesagt, vergieße ich gar nicht gerne Blut, aber es gehört nun mal zu meinen Aufgaben. Ich würde meine Pflicht vernachlässigen, wenn ich in deinem Fall nicht wenigstens ein kleines bißchen Blut vergösse.«

Er lächelte. Weißhaar hielt den Kopf noch immer gesenkt, als könne er auf diese Weise der Bestrafung ausweichen. Vielleicht wollte er aber auch nur Rugads Gesicht nicht sehen.

»Ich habe dir vertraut«, sagte Rugad. »Ich habe dir mehr vertraut als den meisten anderen Menschen. Indem du dieses Vertrauen enttäuscht hast, hast du allen Fey das Leben schwergemacht. Nie wieder werde ich jemandem so vertrauen wie dir. Nie wieder werde ich jemanden so gut behandeln, wie ich dich behandelt habe.«

Rugad schnippte mit den Fingern. Die Fußsoldaten traten vor. Weißhaar duckte sich, als könnte er so seine eigene Haut retten.

»Ihr seid entlassen«, wandte sich Rugad an die Fußsoldaten. »Alle außer dir.«

Er packte Gêlo, der bei Solandas Tod zugegen gewesen war, am Arm. Gêlo hatte ihm damals gute Dienste geleistet und war auch sonst nie davor zurückgeschreckt, einen anderen Fey hinzurichten. Er würde sich auch jetzt bewähren.

»Du bleibst hier«, befahl Rugad.

Weißhaar hob vorsichtig den Kopf.

»Du bist ein Hexer«, wandte sich Rugad wieder an ihn. »Das Werkzeug deiner Magie ist deine Zunge. Sie ist die Waffe, mit der du dir andere gefügig machst. Sie unterwerfen sich der Magie deiner Worte.«

Weißhaars Wangen färbten sich. Er war kein Dummkopf. Er hatte die Anspielung auf Anhieb verstanden.

»Und mit Hilfe dieser Zunge hast du mich auch betrogen«, fuhr Rugad fort. »Dafür und für deine anderen Vergehen sollst du sie verlieren.«

»Nein!« entfuhr es Weißhaar. »Du ...«

Rugad hob die Hand. »Auf einen Visionär haben die Worte eines Hexers keine Wirkung. Willst du, daß man sich deiner letzten Worte als gescheiterte Magie erinnert?«

Er wandte sich wieder an Gêlo. »Mach mit seiner Zunge, was du willst«, sagte er. »Aber beeil dich. Ich habe noch anderes zu tun.«

Gêlo nickte. Er näherte sich Weißhaar, der vor ihm zurückwich.

»Es ist besser für dich, wenn du dich nicht wehrst«, meinte Gêlo, »Meine Fingerspitzen sind Präzisionswerkzeuge, aber selbst Präzisionswerkzeuge können ausrutschen.«

Weißhaar hielt still. Er öffnete den Mund gerade weit genug, daß Gêlo seine Finger hineinstecken konnte. Die Generäle schauten zu, einige voller Interesse, andere nur mit milder Neugier. Seger verschränkte die Arme vor der Brust und wandte sich ab.

Man hörte ein kratzendes Geräusch, dann ein Reißen und Weißhaars Stöhnen. Gêlo zog die gewölbte Hand zurück, aus der Blut auf den polierten Fußboden tropfte.

»Gute Arbeit«, lobte Rugad. »Du kannst gehen.«

Rugad winkte Seger heran. »Von mir aus kannst du die Blutung stillen, aber nicht den Schmerz«, sagte er. »Weder du noch einer deiner Kollegen darf diese Zunge weder jetzt noch später ersetzen. Ist das klar?«

»Ja«, erwiderte Seger mit von Abscheu verzerrter Stimme.

»Bevor du dich um ihn kümmerst«, fuhr Rugad fort, »habe ich ihm noch etwas zu sagen.«

Seger seufzte, aber sie trat einen Schritt zurück.

»Weißhaar«, wandte sich Rugad an ihn. »Du bist nicht länger mein Adjutant. Dein Platz ist nicht länger an meiner Seite. In der Führungsriege der Fey hast du nichts mehr zu suchen. Laß deine Habseligkeiten zurück und geh hinaus in die Welt, wo du dich der Barmherzigkeit Fremder anvertrauen magst.«

Weißhaar hob eine Hand an den Mund, schien sich jedoch eines Besseren zu besinnen. Als er die Finger wieder fortnahm, waren sie blutig.

»Wenn du jemals etwas niederschreibst, werde ich davon erfahren und dich bestrafen. Ebenso, wenn du dich jemals in irgendeiner Form auf meinen Namen oder meine Macht berufst. Wenn du ins Hauptquartier des Schwarzen Throns zurückkehrst, wo immer es sich befindet, wirst du bestraft. Wenn du deine Zunge wiederherstellst, wirst du auch bestraft. Verstanden?«

Weißhaar nickte.

»Gut«, lobte Rugad. »Erinnere dich daran, daß ich angekündigt habe, dich zu bestrafen. Man wird dich nicht töten. Du brauchst meinen Verboten nicht in der Hoffnung zuwiderzuhandeln, daß ich dich dann hinrichten lasse. Das werde ich nicht tun. Die Todesstrafe wurde dir erlassen. Betrachte das als Zeichen meiner Nachsicht.«

Rugad drehte sich nach Seger um. »Nimm ihn mit nach draußen, behandle ihn und laß ihn gehen. Wenn du mit ihm fertig bist, komm zurück. Und vergewissere dich, daß du seinen Gestank gut von dir abgewaschen hast. Ich möchte nie mehr an seine Existenz erinnert werden.«

»Zu Befehl«, erwiderte Seger knapp. Sie legte die Hand leicht auf Weißhaars Arm und führte ihn zur Tür.

Als sich die Tür hinter den beiden schloß, brach Schlächter in Lachen aus. »Was für eine Angst auf diesen stolzen Zügen.«

»Er hat gedacht, du bringst ihn um«, meinte Kendrad.

»Das wäre viel zu gut für ihn gewesen«, sagte Rugad.

»Von der Barmherzigkeit Fremder kann man nicht leben, jedenfalls nicht bei den Fey«, gab Black zu bedenken.

»Weißhaar hat Glück, daß wir uns auf der Blauen Insel befinden«, warf Frad'l ein. »Die Inselbewohner bilden sich eine Menge auf ihre Wohltätigkeit ein. Sie ist Teil ihrer Religion.«

»Der Religion, die wir vernichtet haben«, fügte Onha selbstgefällig hinzu.

Rugad lächelte. Er mochte seine Generäle. Sie verstanden ihn. Sie wußten genausogut wie er, daß Weißhaar am Leben bleiben würde, aber mehr auch nicht. Sein Leben würde nie wieder bequem, sorgenfrei oder behaglich sein.

Rugad drehte sich nach Selia um. Sie lauschte den Kommentaren der anderen immer noch mit dem Blick eines gehetzten Kaninchens. Ihr Rücken war steif und ihr Mund fest geschlossen, als müßte sie sich selbst am Sprechen hindern.

Rugad nickte ihr zu. »Selia«, sagte er leise.

Sie zuckte zusammen und ballte die Fäuste, als ärgere sie sich über ihre eigene Schreckhaftigkeit.

»Ich habe gehört, daß du einen Fußsoldaten mitten im Blutrausch davon überzeugen kannst, sein Opfer wieder laufenzulassen.«

»Das ist mir einmal gelungen«, gab sie zu.

»Ich habe gehört, daß du sogar Rotkappen zum Lachen bringen kannst.«

Selia zuckte die Schultern. »Das ist nicht besonders schwer.«

»Ich habe außerdem gehört, daß du Inselbewohnern vorgaukeln kannst, ein Messerstich sei die Liebkosung einer zärtlichen Frau.«

Endlich verzog ein Lächeln Selias Lippen. »Das war ein Experiment«, erwiderte sie. »Aber es hat funktioniert.«

»Alle erfolgreichen Inhaber des Schwarzen Throns haben einen Hexer an ihrer Seite gehabt, der dafür sorgte, daß bestimmte Dinge reibungslos vonstatten gehen, und der die Augen oder die Stimme des Throns sein kann, wenn es erforderlich ist. Du hast gerade gesehen, was mit einem Hexer passiert, der seine Pflicht vergißt.«

Selia nickte mit aufgerissenen Augen.

»Willst du meine neue Adjutantin werden? Willst du mir gewissenhaft dienen und niemals die Macht des Schwarzen Throns für deine eigenen Zwecke mißbrauchen?«

Selia schluckte so laut, daß sogar Rugad es hörte.

»Ja, Herr«, antwortete sie dann leise.

Rugad lächelte ihr zu. »Gut«, sagte er. »Deine übrigen Aufgaben werde ich dir nach dieser Versammlung erläutern. Bis dahin hör gut zu und beobachte. Und denk daran, was geschieht, wenn du versagst.«

»Ja, Herr«, antwortete Selia wieder.

Es klopfte.

»Herein«, rief Rugad in der Annahme, es sei Seger, die Weißhaars Behandlung abgeschlossen hatte.

Aber es war ein älterer Fey, dessen Körper wie ein Fragezeichen gekrümmt und dessen Haut so runzlig war, daß man seine Augen kaum erkennen konnte.

»Herr«, sagte der Mann. »Ich bin Xet'n. Man sagte mir, du brauchst einen Lampenanzünder.«

»Ach ja«, erwiderte Rugad. Während seiner Beschäftigung mit Weißhaar hatte er seinen eigenen Befehl ganz vergessen. »Ich habe in meinem Zimmer im Obergeschoß einen Golem zerstört. Ich habe Grund zu der Annahme, daß seine Seele sich noch immer dort befindet. Kannst du sie einfangen?«

»Sofern sie die Voraussetzungen noch erfüllt«, entgegnete der Lampenanzünder. »Eine lebendige Seele bleibt für Stunden, ja Tage am gleichen Ort, aber bei einem Golem, Herr, bei einem Golem ist das anders. Wenn der Golem ein Eigenleben besitzt, ist er beweglicher als unsereiner. Dann ist er vielleicht schon fort.«

»Ich verstehe das Problem«, gab Rugad zurück. »Wenn du Erfolg hast, winkt dir eine Belohnung. Wenn du die Seele nicht mehr vorfindest, aber ihre Spur verfolgen kannst, belohne ich dich auch. Wenn die Seele aber fort ist, werde ich das nicht dir anlasten.«

»Wenn ich sie nicht finde«, erklärte der Lampenanzünder, »wird sie nach ihrer Steinhülle oder einem anderen leeren Gefäß suchen. Ich stelle einfach die offene Lampe in das leere Zimmer, und wenn die Seele zurückkehrt, kriecht sie vielleicht hinein. Dann gibst du mir sofort Bescheid, und ich kümmere mich darum, daß wir Nutzen aus ihrer Zauberkraft ziehen.«

»Ausgezeichnet«, stimmte Rugad zu. »Laß dich von einer der Wachen in mein Zimmer bringen.«

Der Lampenanzünder nickte und verließ rückwärts den Raum. Offenbar war er noch nie in der Nähe des Schwarzen Throns gewesen. Rugad hatte bereits befürchtet, daß der Golem nicht an die Stelle gebunden sein würde, an der er zersprungen war. Aber er hoffte auch, daß dieser Golem seine eigenen Fähigkeiten nicht kannte. Nach seiner ersten Explosion war seine Seele hier im Audienzzimmer geblieben. Diesmal würde sie bestimmt in Rugads Zimmer verweilen.

Als der Lampenanzünder die Tür hinter sich geschlossen hatte, wandte sich Rugad wieder nach seinen Generälen um. Sie saßen rings um den großen Tisch und beobachteten ihn gespannt. Manche von ihnen machten sich breit, wie zum Beispiel Onha, der Tierreiter, andere, wie Black, der Traumreiter, benötigten fast keinen Platz. Dimar, der Doppelgänger mit seinem Inselgesicht und der weißen Kochkleidung, wirkte zwischen ihnen völlig fehl am Platze.

Selia umklammerte die Arme ihres Lehnstuhls und bereute offenbar inzwischen die Entscheidung, Rugads Adjutantin zu werden, und Quata, der Schiffskapitän, wirkte über das Vorgefallene etwas verwirrt. Quata hatte schon einmal so verwirrt ausgesehen, als Rugad ihm während der Invasion befohlen hatte, genau wie die übrigen Fey das Gebirge zu erklimmen. Quata hatte nämlich angenommen, er solle bei seinem Schiff bleiben. Bestimmt hatte er sich seit dem Erwerb seines Kapitänspatents nicht mehr so lange ununterbrochen an Land aufgehalten.

»Ich weiß aus sicherer Quelle«, begann Rugad ohne lange Vorrede, »daß der König der Insel mit meiner Urenkelin in die Berge geflohen ist. Ihren genauen Aufenthaltsort kenne ich allerdings nicht, dazu sind meine Informationen nicht ausführlich genug. Das Gebirge im Süden haben wir vollständig unter Kontrolle, dort sind sie mit Sicherheit nicht. Wir hatten schon länger vor, unsere Macht auch in den Bergen im Norden der Insel zu festigen. Jetzt ist der richtige Zeitpunkt dafür gekommen.«

Kendrad und Onha rutschten unruhig auf ihren Stühlen hin und her. Sie sahen deutlich interessierter aus als vorher. Also war ihre Aufmerksamkeit bis jetzt nur gespielt gewesen. Kein Wunder. Sie hatten Rugad oft genug Disziplinarstrafen durchführen sehen. Es war für sie nichts Neues mehr.

»Wir gehen vor wie gewohnt«, fuhr Rugad fort. »Ich lege euch meinen Gesamtplan vor, und dann dürft ihr euch entschuldigen. Ihr entwickelt innerhalb der nächsten Stunde eine detaillierte Strategie und erläutert sie mir anschließend. Noch Fragen?«

Er musterte die ihm zugewandten Gesichter. Sie sahen ihn

aufmerksam, aber nicht fragend an. Noch nicht. Vielleicht überhaupt nicht. Sie waren ein erfahrenes Team.

»Schön«, sagte er. Er ging zu den Karten. »Ich möchte, daß ihr den überwiegenden Teil eurer Leute hier aus dem Landesinneren abzieht. Laßt eine kleine Streitmacht zurück, groß genug, um diese unerfahrenen Inselbewohner einzuschüchtern und glauben zu machen, daß sie für jede Aufsässigkeit streng bestraft werden. Ich möchte, daß ihr eure Truppen dorthin schickt« – er zeigte auf die Felsenwächter –, »dorthin« – seine Hand wanderte zu den ›Augen des Roca‹ unmittelbar nördlich der Hauptstadt – »und dorthin.« Zuletzt klopfte sein Finger auf den Abschnitt der Karte, der die Blutklippen zeigte.

Die um den Tisch versammelten Generäle nickten zustimmend. Landre stützte das Kinn in die Handflächen und beugte sich vor, als studiere er die Karten gründlicher als zuvor.

»Soviel ich verstanden habe, befinden sich entlang dieser Route kleine Städte und Dörfer, die dem Inselkönig bereits eine Menge Ärger gemacht haben.« Rugad warf Dimar einen Blick zu.

Dimar lächelte. Doppelgänger waren wirklich nützlich. Sie hatten Zugang zum Wissen ihrer Wirtskörper. »Die Weisen Führer der Blutklippen haben sich immer geweigert, die Autorität der Religiösen, der Rocaanisten, anzuerkennen. Sie respektieren zwar die *religiöse* Autorität des Königs, nicht aber seine Herrscherposition. Diese religiöse Autorität beruht auf der direkten Abstammung des Königs von dem höchsten religiösen Führer der Insel, dem sogenannten Roca. Es ist merkwürdig, daß der Inselkönig und seine Tochter ausgerechnet in der Nähe der Blutklippen Zuflucht suchen, obwohl man sie dort ablehnt. Die anderen Dörfer leisten dem Thron aus Tradition zum Teil schon seit einem halben Jahrtausend Widerstand. Ich kann es euch noch ausführlicher erklären, wenn ihr wollt.«

»Ich glaube, das reicht fürs erste«, meinte Rugad. »Vielleicht können wir uns die Einstellung der Leute in dieser Gegend zunutze machen. Wenn wir die Bewohner der Blutklippen genau wie die der Sümpfe von Kenniland davon überzeugen können, daß die Fey vorteilhafter für das Wohl der Blauen Insel sind als ihre alte Herrscherfamilie, können wir die Berge vielleicht mit einem Minimum an Blutvergießen einnehmen.«

»Ich habe nichts gegen Blutvergießen«, grinste Schlächter.

»Ich ziehe es vor, diese Insel so weit wie möglich unbeschädigt zu lassen«, erklärte Rugad. »Noch wissen wir nicht, was für Schätze in diesen Bergen zu finden ist. Vielleicht gar keine. Vielleicht gewaltige. Ich halte das Gebirge für sehr vielversprechend. Vielleicht müssen wir uns sogar ein paar unserer Bergarbeiterdomestiken aus Galinas schicken lassen.« Er lehnte sich gegen den Kartentisch. »Aber ich greife vor. Mit der Eroberung des Gebirges verfolgen wir zwei Ziele. Das erste ist, meine Urenkelin zu finden. Das zweite, daß wir uns diese Bergdörfer mit allen Mitteln unterwerfen müssen.«

»Was ist mit dem König der Insel?« lispelte Ife.

»Tötet ihn und bringt mir seine Leiche«, erwiderte Rugad.

»Wird das seine Tochter uns gegenüber nicht feindlich stimmen?«

Rugad zuckte die Achsel. »Mit dem Mädchen befasse ich mich, sobald sie hier ist. Sie hierherzubringen ist der entscheidende Punkt. Wie ihr wißt, ist sie eine Kämpferin und ziemlich gerissen.« Er legte demonstrativ die Hand an die Kehle. Dann lächelte er. »Von einem Mitglied meiner Familie hätte ich auch nichts anderes erwartet.«

Die Generäle lachten unterdrückt.

Landre blieb ernst. Er lehnte sich immer noch in seinem Stuhl zurück, den Blick auf die Karte geheftet. »Ich habe die letzte Woche damit verbracht, Informationen über diese Insel zu sammeln«, sagte er. »Es gibt Anzeichen für wilde Magie. Und das meiste davon scheint unter dem Bergbewohnern zu finden zu sein.«

»Willst du damit sagen, daß sie Widerstand leisten werden?« fragte Rugad.

»Ich weiß es nicht«, antwortete Landre. »Aber es würde mich nicht wundern, wenn sie deshalb so angriffslustig sind, weil sie magische Waffen besitzen. Die erste Invasionsstreitmacht« – er spuckte die Worte angeekelt aus – »mußte sich einer flüssigen Waffe geschlagen geben. An dem Tag, an dem wir diesen Palast hier erobert haben, hat ein junger Schwarzkittel eine ganze Reihe unserer Leute mit einem einzigen Schwert niedergemetzelt.«

»Wir müssen dieses Schwert finden«, ordnete Rugad an.

»Ich habe gehört, daß der Schwarzkittel es von der Wand im Großen Empfangssaal abgenommen hat«, warf Kendrad ein.

»Ich würde mir gerne dieses Schwert oder ähnliche Waffen einmal näher ansehen«, setzte Landre hinzu.

»Wir sehen uns andere Schwerter von dieser Wand genauer an«, entschied Rugad. »Ich entscheide, welche.«

Landre nickte.

»Aber wir sind vom Thema abgekommen. Worauf wolltest du eigentlich hinaus?« fragte Rugad.

»Mir geht es um Folgendes. Keiner der früheren, auf Magie beruhenden Angriffe bediente sich einer uns bekannten Waffe. Was für uns aussehen mag wie ein einfacher Stock, ist vielleicht in Wirklichkeit ein Zauberstab. Seid wachsam.«

Landres Stimme schwankte bei den letzten Worten, als verkünde er ein Urteil.

»Instruiert eure Truppen nach Landres Anweisungen«, stimmte Rugad zu. »Er hat recht. Wir dürfen die Inselbewohner auf keinen Fall unterschätzen.«

Die Generäle nickten. Quata räusperte sich. Rugad blickte ihn an.

»Verstehe ich richtig, Herr, daß die Schiffe, die du auf diese Invasion mitgenommen hast, an der Eroberung des Nordens teilnehmen sollen?« fragte Quata.

»Nein«, erwiderte Rugad. »Ich habe dich aus einem anderen Grund hierhergebeten. Ich möchte dich zurück zu deinen Schiffen schicken.«

Quata stieß zischend die Luft aus. Seine Erleichterung war nicht zu übersehen.

»Ich möchte, daß du ein Schiff auswählst, nicht die *Ycno*, sondern eins der kleineren Schiffe, vielleicht die *Seewolf*, aber entscheide selbst, welches seetüchtiger ist, und damit zurück nach Nye fährst.«

Quata nickte.

»Vorher triffst du dich mit einem der Domestiken. Beladet das Schiff mit Gütern von der Blauen Insel, mit Dingen, die nur hier zu finden sind und die die Nye seit dem Abbruch aller Handelsbeziehungen vor zwanzig Jahren nicht mehr gesehen haben.«

Kendrad grinste. Sie wußte ebensogut wie Rugad, daß die lang entbehrten Waren das Ansehen der Fey unter den Nye gewaltig heben würden. Außerdem rief dieser Schachzug den Nye den Schwarzen König wieder ins Gedächtnis, da er der großzügige Spender dieser Schätze war.

Rugad erwiderte Kendrads Grinsen und fuhr fort: »Außerdem möchte ich, daß du meinem Enkel Bridge folgenden Befehl überbringst: Sag ihm, er soll die zweite Streitmacht und ihre Schiffe zur Blauen Insel schicken. Sie sollen auf dem gleichen Weg wie wir an Land kommen: über das Gebirge.«

Landre lehnte sich wieder zurück. Seine Finger zuckten unruhig; er preßte die Handflächen fest zusammen. Offenbar war er ganz und gar nicht einverstanden.

»Die Botschaft lautet folgendermaßen«, sprach Rugad weiter. »Du erzählst Bridge, daß wir im Begriff sind, nach Leutia aufzubrechen, und Verstärkung benötigen, um diesen neuen Kontinent zu erobern. Ich gebe dir heute abend eine Liste mit den Namen der Leute, die ich in dieser dritten Streitmacht haben will. Bridge soll die Truppe innerhalb von zwei Monaten bereitstellen. Dann werde ich sie abrufen.«

»Sehr wohl, Herr«, erwiderte Quata. »Wann soll ich aufbrechen?«

»Noch heute abend. Zu Pferd. Es ist ein hübsches Stück Weg von hier aus zum Südufer der Insel.«

Quata lächelte. Er hatte diese Strecke schon einmal zurückgelegt und kannte ihre Tücken.

»Wann haben wir vor, nach Leutia aufzubrechen?« mischte sich Landre wieder ein. Die Frage klang fast beiläufig, als interessiere ihn die Antwort nicht besonders. Aber Rugad wußte es besser. Landres Fragen hatten stets einen guten Grund. Aber anders als Weißhaar wußte er seinen Widerspruch angenehm zu verpacken.

»Sobald wir meine Urenkel gefunden haben.«

»Aber es spielt keine Rolle, ob du schon ihr Vertrauen gewonnen hast, bevor wir nach Leutia aufbrechen«, konstatierte Landre.

»Nicht alle von uns gehen nach Leutia«, wich Rugad aus. Er wußte, daß Landre ihn durch seine Bemerkung herausfordern wollte, den Generälen den ganzen Plan zu verraten. Aber darauf fiel Rugad nicht herein. Er würde ihnen nur gerade so viel erzählen, daß sie zu wissen glaubten, was er vorhatte. »Wie schon mein Sohn festgestellt hat, ist die Blaue Insel ein interessanter und faszinierender Ort. Wir dürfen sie nicht unbeaufsichtigt zurücklassen wie, sagen wir, L'Nacin, als wir weiter durch Galinas zogen. Das wußte ich noch nicht, als wir Nye verließen. Manche Erfahrungen macht man erst vor Ort.

Jetzt weiß ich Bescheid. Und deshalb brauchen wir Verstärkung.«

Landre nickte. »Ich würde ein paar zusätzliche Zauberhüter begrüßen, wenn sie in Nye entbehrlich sind«, meinte er. »Einer Herausforderung wie dieser Insel bin ich in meinem ganzen Leben noch nicht begegnet.«

»Ich werde dafür sorgen«, versprach Rugad. Er machte eine Pause. Niemand sonst schien noch etwas sagen zu wollen, also nickte er abschließend. »Ihr könnt jetzt gehen. In einer Stunde treffen wir uns wieder, und ihr legt mir einen ausführlichen Schlachtplan vor.«

Die Generäle erhoben sich und gingen zur Tür. Selia blieb bei Rugad stehen. »Du wolltest mich noch über meine Pflichten unterrichten, Herr.«

Rugad sah an ihren Augen, daß sie sich vor ihm fürchtete. Das war ihm sehr recht, denn dann würde sie nicht wagen, ihn zu hintergehen. Sie würde sich immer an den Tag erinnern, an dem sie zugesehen hatte, wie Weißhaar seine Zunge verlor.

»Gleich«, erwiderte Rugad. »Einen Augenblick noch. Du kannst mit den anderen eine kurze Pause einlegen. Ich habe noch etwas zu erledigen.«

Selia neigte den Kopf und verließ respektvoll das Zimmer. Lächelnd verfolgte Rugad ihren Abgang. Sie würde sich angenehm von Weißhaar, der Rugads Kontrolle entglitten war, unterscheiden.

Nachdem Selia die Tür hinter sich geschlossen hatte, sank Rugad auf einen Stuhl. Er zitterte von der Anstrengung, vor seinen Generälen eine unangreifbare Fassade aufrechtzuerhalten. Die meisten Schnittwunden in seinem Gesicht hatten aufgehört zu bluten, aber nicht alle. Seger beschäftigte sich schon viel zu lange mit Weißhaar. Rugad brauchte sie, und zwar bald. Seit dem Angriff seiner Urenkelin vor einigen Wochen mangelte es ihm an Widerstandskraft. Die Belastung, die

Rugad seinem Körper dadurch zugemutet hatte, daß er ihn erst verlassen hatte, um in seine Urenkelin einzudringen, und ihn dann wieder in Besitz genommen hatte, als er aus dem Golem geflohen war, machte ihn schwach und schwindlig. Dazu kam noch der beträchtliche Blutverlust durch die Stichwunde in der Kehle.

Aber es konnte auch eine Warnung sein. Als er auf die Blaue Insel gekommen war, war Rugad ein rüstiger Mann von zweiundneunzig gewesen. Seine Lebenserwartung betrug gut und gern noch fünfzig Jahre. Aber Krieger starben oft jünger. Manche in der Schlacht, andere aufgrund der Anstrengungen, denen sie ausgesetzt waren.

Seit dem vergangenen Monat fühlte sich Rugad um Jahre gealtert. Er hoffte, daß dieses Gefühl wieder nachlassen würde, sobald seine Gesundheit wiederhergestellt war, aber er mußte sich auch mit dem Gedanken befassen, daß es anders kommen konnte. Er mußte seine Urenkel so schnell wie möglich finden, bevor er nicht mehr genug Kraft hatte, ihnen beizubringen, wie sich ein Anführer des Schwarzen Blutes zu verhalten hatte.

Bevor er es nicht mehr schaffte, sie selbst zu unterrichten.

Oder, wenn es sein mußte, ihren Widerstand zu brechen.

Hoffentlich war das nicht nötig.

Aber es sah mehr und mehr danach aus. Das Mädchen war stark und eigenwillig. Der Golem verdankte seine Persönlichkeit dem Jungen, also war dieser ebenfalls ein starker Charakter. Beide waren nicht als richtige Fey erzogen worden. Sie hatten noch viel zu lernen.

Rugad seufzte. Während seiner ganzen Laufbahn hatte er nur einen einzigen schweren Fehler begangen, und dafür bezahlte er noch heute. Er hatte Jewel mit ihrem Vater auf die Blaue Insel ziehen lassen, und sie war hier gestorben. Hätte

Rugad sie bei sich behalten, müßte er sich jetzt nicht mit derartigen Problemen herumschlagen.

Dann hätte er nicht solche unbändigen Urenkel, und die Zukunft des Fey-Imperiums stünde nicht auf dem Spiel.

Diesen einen Fehler auszubügeln konnte Jahre dauern.

Einen einzigen Fehler.

Rugad seufzte erneut, legte den Kopf in den Nacken und lächelte plötzlich, als ihm ein Gedanke kam.

Wenn ein einziger Fehler ausreichte, um das ganze Fey-Imperium ins Wanken zu bringen, was für ein unbedeutender Fehler mochte dann erforderlich sein, um ein so kleines Reich wie die Blaue Insel zu vernichten?

Nicholas konnten noch immer ein paar entscheidende Fehler unterlaufen. Bis jetzt hatte er zwar erstaunliche Stärke bewiesen und es immer verstanden, die widrigsten Umstände zu seinem Vorteil zu wenden, aber er besaß eine nicht zu unterschätzende Schwachstelle, die Rugad kannte, seit er in Nicholas' Tochter eingedrungen war.

Der Mann liebte seine Kinder über alles. Ihnen würde er sogar sein Land opfern. Und das war, wie jeder Anführer wußte, ein großer Fehler.

Rugad lächelte noch breiter.

Ein Fehler, den Rugad sich zunutze machen würde.

24

Die Arme um den Oberkörper geschlungen, kauerte Gabe am Fuß der Treppe. Er wußte, daß er seine Gefährten durch seine heftige Reaktion schockiert hatte, aber sie verstanden ihn einfach nicht. Manche Menschen verdienten es nicht zu leben. Manche Menschen verursachten so viel Leid, daß sie den Tod verdienten.

So ein Mensch war Matthias.

Der Schwarze König ebenfalls.

Gegen seinen Urgroßvater konnte Gabe nichts unternehmen, weil ihn gewisse Gesetze daran hinderten. Gegen Matthias schon.

Und er würde etwas unternehmen.

Er wollte gerade aufstehen, als sich neben dem Brunnen etwas bewegte.

»Coulter«, rief er den früheren Freund zu sich. Coulter war die einzige andere zaubermächtige Person in dieser Höhle; jedenfalls im Moment. Wenn Gabe etwas sah, sah Coulter es vielleicht auch.

»Was ist?« fragte Coulter. Er stieg die Treppe halb hinunter.

»Hast du etwas gesehen?«

»Nein«, erwiderte Coulter.

Hinter dem Brunnen bewegte es sich immer stärker. Schatten huschten über den Boden, und dann glitt Gabes Mutter hinter dem Becken hervor. Ihr Pferdeschwanz war zerzaust, ihre Augen funkelten wild. Sie wirkte völlig verstört.

»Gabe«, keuchte sie. »Bist du mit deiner Schwester Verbunden?«

»Was?« fragte Gabe erstaunt. Dann merkte er erst, was er

tat. Er antwortete ihr, ohne die anderen wissen zu lassen, daß sie wieder da war.

»Coulter«, wiederholte er. »Siehst du etwas neben dem Brunnen?«

»Nein«, entgegnete Coulter.

Auch die anderen hatten sich jetzt umgedreht. Adrian kniff sogar angestrengt die Augen zusammen.

»Nein«, wiederholte Coulter langsam, »aber ich fühle etwas.« Er sprang die restlichen Stufen hinunter und überquerte den Marmorfußboden.

»Vorsicht mit dem Wasser«, warnte Adrian.

Coulter ignorierte ihn.

Gabes Mutter runzelte die Stirn, als sei Coulter ein lästiges Insekt, dann ging sie um ihn herum. »Gabe«, sagte sie. »Es ist wichtig. Bist du mit deiner Schwester Verbunden?«

»Ich weiß nicht«, erwiderte Gabe. »Ich glaube nicht. Warum?«

»Weil dein Vater sie hierherbringt und sie ohne deine Hilfe verloren ist.«

»Mein Vater kommt hierher?« wunderte sich Gabe.

»Der König?« platzte Adrian heraus und schlug sich sofort, verblüfft über seine eigene Reaktion, mit der Hand auf den Mund.

Coulter hatte kehrtgemacht. Offenbar spürte er die Erscheinung tatsächlich. Er folgte ihr dicht auf den Fersen. Wenn sie jetzt plötzlich stehenblieb, würde er direkt in sie hineinlaufen.

»Hör zu«, sagte Gabes Mutter. Sie blieb so dicht vor Gabe stehen, daß er sie hätte berühren können, ohne den Arm auszustrecken. »Deswegen habe ich dich eben so plötzlich verlassen. Es hatte nichts mit dem zu tun, was du gesagt hast. Ich mußte zu deiner Schwester. Genaugenommen zu deinem Vater. Mein Großvater ...« Sie brach ab, schüttelte den Kopf und seufzte.

»Was hat er getan?« fragte Gabe. Ihre Aufregung war ansteckend.

»Der König?« fragte Adrian.

»Nein«, entgegnete Gabe. »Der Schwarze König.«

»Er versuchte, sich ihren Geist anzueignen, wie er es bei dir gemacht hat«, erklärte seine Mutter. »Nur, daß sie keinen ...«, sie hob den Kopf, drehte sich um und musterte Coulter, »... Zaubermeister zum Freund hat. Alles, was sie hat, ist mein bemitleidenswerter Golem.«

Die letzten Worte klangen verzweifelt. Coulter wandte den Kopf genau in ihre Richtung, aber er schien direkt durch sie hindurchzublicken. Er konnte sie zwar nicht sehen, aber er schien zu wissen, wo sie sich befand.

»Ein Golem?« fragte Gabe. Er verstand ihre Aufregung und Besorgnis immer noch nicht. War sie nicht ein Mysterium? Konnte sie seiner Schwester nicht aus eigener Kraft helfen? Warum brauchte sie ihn dazu?

»Spricht sie von Sebastian?« erkundigte sich Coulter. Er blickte jetzt Gabe an.

Gabe schüttelte den Kopf. »Sebastian ist tot.«

»Sebastian ist ein Golem«, erklärte seine Mutter. »Golems sind nicht lebendig, und deswegen können sie auch nicht sterben. Ich dachte, du bist bei den Fey aufgewachsen, Gabe.«

»Das bin ich auch«, erwiderte er.

»Dann müßtest du das wissen.«

»Man hat mir nicht alles beigebracht«, verteidigte sich Gabe.

Coulter legte ihm die Hand auf den Arm. »Direkt vor dir ist eine große magische Energie. Ist es das, was du als die Gestalt deiner Mutter siehst?«

»Ja«, bestätigte Gabe. »Sie ist es. Ich kann sie anfassen.«

»Für solche Spielchen haben wir jetzt keine Zeit«, mahnte

seine Mutter mit einem Seitenblick auf Coulter. »Ich muß endlich wissen, ob du deiner Schwester helfen kannst.«

Coulter streckte die Hand nach ihr aus. Gabes Mutter trat einen kleinen Schritt zurück, bis sie sich wieder außerhalb seiner Reichweite befand.

»Laß dich von ihm anfassen«, forderte Gabe.

Seine Mutter zog eine Augenbraue hoch, als wüßte Gabe nicht, was er da verlangte, aber sie blieb stehen.

Coulters rechte Hand berührte sie, und sofort sprühten kleine Funken, als würde Stahl an einem Schleifstein gewetzt. Coulter stieß einen Schmerzensschrei aus und umklammerte sein Handgelenk mit der linken Hand.

»Da ist wirklich etwas«, keuchte er.

»Und es ist für ihn nicht ungefährlich«, ergänzte Gabes Mutter. »Ich würde ihm raten, es nicht noch einmal zu versuchen.«

»Willst du ihm drohen?« fragte Gabe.

Adrian war näher getreten, Leen zückte ihren Dolch, und Fledderer hatte sich heimlich die Stufen ein Stück hinaufgeschlichen, als hätte er jetzt, wo die anderen Gabe und Coulter zu Hilfe eilten, eine gute Entschuldigung, seine eigene Haut zu retten.

»Nein«, beschwichtigte Gabes Mutter. »Aber es ist nun mal so, wie ich es dir erklärt habe. Mir sind nur drei Menschen gestattet ...«

»Ich weiß«, fiel Gabe ihr ins Wort. »Ich erinnere mich.«

»Für alle anderen bin ich nicht Jewel, sondern eine herniedergestiegene Macht. Ein Mysterium. Es würde ihm nicht gut bekommen, mich noch einmal anzufassen.«

»War es eine Drohung?« erkundigte sich Adrian leise.

Coulters Fingerspitzen waren gerötet, und er drückte die Hand gegen die Brust.

»Sie behauptet, es läge daran, daß sie in ihrer Fey-Gestalt

nur drei Menschen erscheinen darf, und Coulter gehört nicht dazu.«

»Jede Magie unterliegt gewissen Regeln«, bemerkte die Rotkappe.

»Also glaubst du ihr doch!« fauchte Gabe.

»Ich glaube an die Regeln«, gab Fledderer zurück.

»Irgend etwas ist da vorn«, sagte Coulter. »Es ist keine Sinnestäuschung, und Gabe selbst besitzt nicht genug Zauberkraft, um eine magische Säule wie diese zu errichten. Stimmt's, Fledderer?«

»Soweit ich weiß«, bestätigte die Rotkappe. »Ich weiß natürlich nicht alles über Magie.«

»Aber du weißt mehr als wir«, warf Adrian ein.

»Das ist wohl wahr.« Die Rotkappe klang selbstgefällig.

»Ich lasse nicht zu, daß sie einem von euch etwas antut«, knurrte Leen. »Das kannst du ihr ausrichten.«

»Was hast du vor?« fragte Fledderer. »Sie mit deinem lächerlichen Messer durchbohren? Komm schon, Mädchen. Du weißt genausogut wie ich, daß wirkliche Gegenstände keine Wirkung auf reine Magie haben.«

»Das weiß ich eben nicht«, konterte Leen. »Und wenn das stimmt, dürfte sie auch keine Wirkung auf Coulters Fingerspitzen haben.«

»Die Funken sind dadurch entstanden, daß seine Zauberkraft mit meiner zusammengeprallt ist«, erklärte Gabes Mutter. Gabe übersetzte ihre Worte nicht. Ihr Blick suchte wieder seinen. »Bitte, Gabe. Kannst du deiner Schwester helfen?«

»Ich weiß nicht genau, ob ich ihr überhaupt helfen will«, erwiderte Gabe. Das stimmte. Schließlich hatte seine Schwester ihn angegriffen. Sie hatte sich in einen Vogel verwandelt und versucht, ihm die Augen auszuhacken. Hätte Solanda sie nicht daran gehindert, hätte sie Gabe vielleicht sogar getötet. Und was dann?

»Sie und du, ihr seid unsere einzigen Waffen gegen den Schwarzen König«, erklärte seine Mutter.

»Wozu brauchst du Waffen gegen den Schwarzen König?« fragte Gabe. »Was geht dich das alles überhaupt an?«

»Rugad ist der wahren Macht schon zu nahe«, seufzte seine Mutter. »Er ist ein großer Feldherr und hat einen brillanten militärischen Verstand, aber er ist nicht derjenige, dem die wahre Macht gebührt.«

»Wem dann?« fragte Gabe.

Seine Mutter schüttelte den Kopf. »Einem Menschen, der weiß, welches Leid und welche Qual solche Macht verursachen kann, und der versucht, das zu verhindern. Rugad ist zu machtbesessen.«

»Ist das denn schlecht?«

»Bevor wir auf die Blaue Insel kamen, war es gut für die Fey«, gab seine Mutter zu. »Aber jetzt nicht mehr.«

»Und was für eine Rolle spielt meine Schwester dabei?«

»Du und sie, ihr seid die Erben des Schwarzen Throns. Sie kennt die Insel, Gabe. Du kennst die Fey. Zusammen wärt ihr ein unschlagbares Team, das sowohl die Inselbewohner als auch die Fey akzeptieren würden.«

»Ich dachte, den Fey sind die Inselbewohner gleichgültig. Warum nicht auch dir?«

Ihr Blick wanderte erst zum Brunnen und dann zurück zu ihm. Er schien den ganzen Raum zu umfassen. »Die Ansichten eines Menschen ändern sich eben, wenn er eine höhere Bewußtseinsebene erreicht«, entgegnete sie.

»Du meinst, wenn er stirbt«, berichtigte Gabe.

»Ich bin noch nicht völlig tot, mein Sohn«, sagte sie. »Sonst beträfe mich das alles nicht mehr.«

Gabe schüttelte den Kopf. Er war sich nicht sicher, ob er sie richtig verstanden hatte. »Was bist du dann?«

»Das sind jetzt genug Fragen über mich«, unterbrach sie ihn. »Ich habe dich schon einmal gewarnt. Jetzt will ich endlich wissen, ob du deiner Schwester helfen kannst. Sie wird schon bald hier sein. Und die Schamanin kann deinem Vater nicht mehr beistehen.«

»Warum nicht?«

Seine Mutter biß sich auf die Unterlippe und seufzte. »Was deinen Vater angeht, wird sie die falsche Wahl treffen.«

Coulter hockte sich vor ihren Füßen auf den Boden, wie um ihre Zauberkraft von Grund auf zu studieren.

»Sie wird die falsche Wahl treffen?« fragte Gabe.

»Sie hat sie bereits getroffen«, berichtigte sich seine Mutter, aber es klang unsicher.

»Ich habe keine Verbindung mit meiner Schwester«, sagte Gabe. »Du weißt, daß wir getrennt aufgewachsen sind.«

»Aber du hast sie oft gesehen. Du kennst sie durch Sebastian.«

»Aber nur durch Sebastians Körper, nicht durch meinen eigenen. Ihn und sie verbindet Liebe, sie und mich nur das Blut. Das ist ein entscheidender Unterschied.«

Das Seufzen seiner Mutter hallte von den Höhlenwänden wider. Sogar die anderen schienen es diesmal zu hören. Die Rotkappe hob den Kopf. Adrian hielt lauschend die Hand ans Ohr, und Leen drehte sich mit gezücktem Messer langsam herum wie eine Kriegerin aus früheren Zeiten.

»Hat sie gepfiffen?« fragte Coulter.

»Geseufzt«, erwiderte Gabe kurz angebunden.

Als Coulter sprach, blickte Gabes Mutter ihn an, als sähe sie ihn zum ersten Mal. »Dein Zaubermeister«, sagte sie nachdenklich. »Als er deine Verbindungen geschlossen hat, was hat er da gemacht?«

»Wir haben eine eigene Verbindung«, erklärte Gabe. »Durch die ist er gekommen.«

»Aber wie hat er diese Verbindung zwischen euch geschlossen?«

Was sie alles wußte, verblüffte Gabe mehr als alles, was sie nicht wußte.

»Ich habe sie selbst geschlossen«, erwiderte Gabe.

Coulter beobachtete ihn scharf. »Was ist jetzt los?« fragte er leise.

»Aber ihr habt immer noch einen Bund geschlossen«, stellte Gabes Mutter fest.

»Wir können diesen Bund nicht lösen«, zischte Gabe wütend. Er war wütend auf sie. Wäre sie damals nicht gestorben, wäre der Bund zwischen ihm und Coulter nie zustande gekommen. Dann wäre Sebastian jetzt noch am Leben ...

... aber war er wirklich tot? Gabe wußte überhaupt nicht mehr, was er glauben sollte. Wie konnte Sebastians Körper zerstört sein, er aber trotzdem noch leben? War er wie die Energie in einer Feylampe, die sich verbrauchte und verlosch? Oder war er mehr als das?

»Was spielt das alles für eine Rolle?« fragte Gabe.

Coulter war wieder näher getreten, als wolle er Gabe beschützen. Gabe wich ihm aus. Er brauchte Coulter nicht. Seit jener Nacht, in der Coulter seine Verbindungen geschlossen hatte, wollte er sich nicht mehr von ihm beschützen lassen.

»Es spielt eine Rolle, weil er dir helfen kann, deine Schwester zu retten«, erklärte seine Mutter.

»Ach ja?« spottete Gabe.

»Zusammen mit dir und deinem Vater. Wenn du ihn läßt.«

»Und wenn nicht?«

»Dann ist deine Schwester für immer verloren.« Seine Mutter rang die Hände wie in großer Angst.

»Warum unternimmst du nicht selbst etwas?« fragte Gabe.

»Ich kann nicht«, murmelte seine Mutter.

»Weil ...?«

»Weil ich dich gewählt habe.« Sie faltete die Hände jetzt so fest, daß ihre Knöchel weiß leuchteten. »Ich dachte, du brauchst mich mehr als sie.«

Gabe spürte eine seltsame Befriedigung. Seine Mutter hatte ihn seiner Schwester vorgezogen. Das hatte noch nie jemand getan. Immer war seine Schwester die Beliebtere gewesen, selbst in den Augen der Schamanin. Alle hatten sich immer nur um sie gekümmert und sie verhätschelt. Er dagegen war von beiden Eltern verlassen und vernachlässigt worden, und es war ihnen egal gewesen. Sie hatten ja noch nicht einmal gemerkt, daß man ihn gegen Sebastian ausgetauscht hatte.

»Bitte«, flehte seine Mutter. »Sie kann jeden Augenblick hier sein. Hilf ihr.«

Endlich brauchten sie ihn. Endlich war er einmal wichtiger als seine Schwester, die ihre Kindheit in jenem Palast hatte verbringen dürfen, in dem auch Gabe geboren war. So rätselhaft die Worte seiner Mutter auch waren, sie besänftigten einen Schmerz in Gabes Herzen, von dessen Existenz er bis eben nichts geahnt hatte.

»Also gut«, gab er nach. »Sag mir, was ich tun soll.«

25

Als Seger ins Audienzzimmer zurückkehrte, stand Rugad noch immer über die Karten der Blauen Insel gebeugt. Sie näherte sich ihm in unterwürfiger Haltung und mit gesenktem Kopf. Sie war schon sehr lange seine persönliche Heilerin und zu klug, um ihn ob seiner Entscheidungen zu tadeln, aber Rugad spürte ihre Mißbilligung trotzdem.

Sie war länger als nötig bei Weißhaar geblieben. Rugad würde einen seiner Assistenten beauftragen, herauszufinden, was sie so lange gemacht hatte. Er hoffte, daß sie lediglich die Blutung gestillt und Weißhaar etwas Kraft eingeflößt hatte, damit er den Palast überhaupt verlassen konnte, damit er den Schock überlebte, den sein Körper und sein Geist erlitten hatten.

Rugad hatte keine Lust, sich gleichzeitig an eine neue Heilerin und eine neue Adjutantin zu gewöhnen. Aber wenn es nicht anders ging, würde er auch Seger entlassen. Manchmal bedingte ein Ortswechsel auch einen Wechsel des Personals. Rugad wußte das, aber der Gedanke hatte ihm noch nie gefallen.

»Darf ich mich jetzt um dich kümmern?« fragte Seger.

Rugad nickte. Sie setzte sich ihm gegenüber und betastete seine frischen Wunden. Von der Explosion des Golems hatte Rugad Schnittwunden und Kratzer davongetragen, dazu einige Schrammen von seinem Sturz über den Stuhl und eine äußerst schmerzhafte Prellung der rechten Seite des Brustkorbes.

Seger untersuchte die Schnittwunden und entfernte dabei kleine Steinsplitter, Splitter des Golems. Sie häufte sie auf dem Tisch zu einem kleinen Berg auf. Die Splitter hatten alle ungefähr dieselbe Größe: so groß wie ein Fingernagel und genau so dünn. Rugad wunderte sich, daß er ihr Eindringen nicht gespürt hatte.

Seger half ihm, das Hemd abzustreifen, und behandelte die Schrammen auf seinem Rücken. Über seinem Brustkorb hielt sie inne.

»Du hast dir zwei Rippen gebrochen«, stellte sie fest. »Du solltest dich ins Bett legen.«

»Für so etwas habe ich keine Zeit«, knurrte Rugad.

Seger nickte kurz.

»Ich kann dich nicht für alle Ewigkeit mit Zaubersprüchen behandeln. Irgendwann mußt du dich auch auf die eigenen Heilkräfte deines Körpers verlassen.«

»Sobald ich die ganze Insel unter Kontrolle habe«, versprach Rugad.

Seger erwiderte nichts, aber Rugad spürte wieder ihr Mißfallen.

»Du kannst ebensogut aussprechen, was du denkst«, sagte er mürrisch. »Wenn es etwas mit Weißhaar zu tun hat ...«

»Vorfälle wie den mit Weißhaar zu akzeptieren, habe ich im Lauf der Jahre gelernt«, erwiderte Seger und verlieh auf diese Weise ihrer Mißbilligung Ausdruck, ohne Rugad offen zu kritisieren. »Solche Dinge mußt du tun, um deine Befehlsgewalt zu sichern. Das verstehe ich und führe deine Anweisungen bezüglich der Behandlung der Opfer aus. Manchmal verstoßen sie zwar gegen meinen Heilerinstinkt, aber das hast du mir ja vorausgesagt, als du mich zu deiner persönlichen Ärztin ernannt hast. Vieles, was du tust, verstößt gegen meinen Heilerinstinkt. Daß du weiterhin sprichst, ohne deiner Kehle die Möglichkeit zu geben, vernünftig zu heilen, ist eine Entscheidung, die ich nicht getroffen hätte. Dafür wirst du den Rest deines Lebens bezahlen müssen.«

Mehr, als Seger wußte, dachte Rugad. Seine richtige Stimme war verschwunden. Und anders als bei einer Seele gab es keine Methode, sie zu fangen und zurückzubringen.

»Ich brauche meine Stimme«, erwiderte er.

»Ich weiß«, bestätigte Seger. »Es ist die Entscheidung eines Anführers, nicht die eines Heilers.«

»Warum gibst du mir dann die ganze Zeit zu verstehen, daß dir etwas nicht paßt?«

Seger lächelte ein bißchen. »Glaubst du etwa, ich würde dich nach dem Zwischenfall heute abend tadeln?«

Sie hatte unrecht. Ehrlichkeit hatte Rugad bei seinen Beratern immer akzeptiert. Er zog erst eine Grenze, wenn sie versuchten, die Macht an sich zu reißen. Diese Grenze hatte Weißhaar mehrmals überschritten, seit sie auf der Blauen Insel waren.

»Seger«, lenkte Rugad ein. »Soweit ich weiß, hast du dir niemals etwas zuschulden kommen lassen, es sei denn, du hättest vorhin Weißhaar seine Zunge wiedergegeben.«

Seger blickte von der Behandlung seiner gebrochenen Rippen auf. Ihre Augen waren dunkel und verschlossen, ihre von Falten durchfurchte Haut bleich vor Erschöpfung.

»Ich pflege deinen Befehlen nicht zuwiderzuhandeln«, erklärte sie.

»Dann hast du auch nichts zu befürchten«, gab Rugad zurück.

Seger holte tief Luft.

»Es hat länger gedauert, bis ich zurückgekommen bin.«

»Das ist mir nicht entgangen«, erwiderte Rugad spöttisch.

»Es hatte nichts mit Weißhaar zu tun. Den Blutfluß zu stillen war nicht schwer. Ich habe ihm etwas zusätzliche Kraft eingeflößt, damit er von hier verschwinden und ein paar Tage überleben kann. Ich nahm an, du hättest nichts dagegen.«

»Zumindest will ich nicht, daß er gleich hier stirbt«, knurrte Rugad. »Schließlich wollte ich ihm erst eine Lehre erteilen.«

Seger nickte wieder. Sie murmelte einen kleinen Bindungszauber über seinen Rippen. Noch während sie sprach, verwandelte sich der Schmerz von einem scharfen Ziehen in einen dumpfen Druck. Dann wickelte Seger ein Tuch um Rugads Brustkorb.

»Ich hörte, wie die Wachen miteinander tratschten«, erklärte sie. »Da bin ich stehengeblieben, um zuzuhören.«

Rugad hielt still, während sie seine Schrammen auswusch, obwohl der Schmerz dabei stärker wurde. Er wollte unbedingt hören, was sie zu sagen hatte, aber er wollte sich seine Neugier nicht anmerken lassen.

»Sie sprachen über den Vorfall mit dem Golem.«

Seger hielt den Kopf gesenkt. Ihre Wangen hatten sich zart gefärbt. Rugad hatte sie noch nie erröten sehen. Also beunruhigten sie entweder die Neuigkeiten selbst oder die Entscheidung, Rugad davon zu erzählen.

Trotzdem schien sie keine Angst zu haben, sie war nur vorsichtig.

»Sie glauben, daß die Magie auf dieser Insel genauso stark ist wie Fey-Magie. Sie glauben, daß wir alle hier sterben werden.«

Rugad erschrak. Sein Puls und sein Atem beschleunigten sich. Ein dünner Schweißfilm brach ihm aus allen Poren. Er konnte nicht so tun, als läge es an den Verletzungen.

Seger hob den Kopf. Sie hatte tiefe Schatten unter den Augen, die Rugad vorher nicht aufgefallen waren.

»Wenn der mächtige Schwarze König der Fey zweimal von Inselbewohnern verwundet werden konnte, sind alle Fey in Gefahr, sagen sie.«

Die Männer hatten recht. Sie wußten es nur noch nicht. Sie alle waren in Gefahr, weil die Fey zum ersten Mal, seit Rugad Schwarzer König war, vielleicht zum ersten Mal in seinem Leben, vielleicht sogar zum ersten Mal seit Generationen, den

Glauben an ihre eigene Unbesiegbarkeit verloren hatten. Soldaten, die sich für unbesiegbar hielten, kämpften anders als solche, die Angst hatten.

Rugad öffnete schon den Mund, um nach den Namen der Wachen zu fragen, aber Seger legte ihm ihren kühlen Finger auf die Lippen.

»Es hat keinen Sinn, mich das zu fragen, Rugad«, sagte sie. »Schone deine verletzte Stimme dieses eine Mal. Ich wollte dir die Namen nennen. Ich habe sie mir auf dem Rückweg immer wieder vorgesagt, damit ich sie nicht vergesse. Aber dann bin ich durch die Küche gegangen und habe genau dasselbe gehört. Das Gerücht hat sich bereits ausgebreitet, Rugad. Du kannst kaum noch etwas tun, um ihm Einhalt zu gebieten.«

Rugad schluckte und spürte den plötzlichen Schmerz in der Kehle. Er konnte der Erkenntnis nicht mehr ausweichen. Seine krächzende Stimme, die Schnittwunden auf seiner Stirn, die Schrammen auf seinem Rücken: das alles waren für sein Volk deutliche Zeichen dafür, daß auch er verwundbar war.

Und wenn er verwundbar war, waren sie es auch.

Im stillen verfluchte Rugad seine Urenkel.

Er verfluchte den Golem und den Inselkönig obendrein.

Seger nahm den Finger von Rugads Lippen. »Es tut mir leid, daß ausgerechnet ich es dir sagen muß«, seufzte sie.

»Wenig andere hätten sich die Mühe gemacht«, erwiderte Rugad, »und es ist wichtig für mich, es zu wissen.«

Seger strich Salbe auf seine Schnittwunden. »Die Schrammen sind in ein paar Tagen verheilt«, erklärte sie. »Wegen der gebrochenen Rippen sollte ich dir Schonung verordnen, aber du hältst dich sowieso nicht daran. Schick einfach nach mir, wenn du Probleme mit dem Atmen hast.«

An diese Anweisung erinnerte sich Rugad noch gut von den letzten sechs Gelegenheiten, bei denen er sich die Rippen gebrochen hatte. Aber das war vor Segers Zeit gewesen. Nicht nötig, ihr zu erzählen, daß er so etwas schon öfter durchgemacht hatte.

»Was mir Sorgen macht, sind die Splitter in deinen Wunden«, fuhr Seger fort. »Sie besitzen die Zauberkraft einer anderen Person und könnten dich vergiften. Damit meine ich keine körperliche Vergiftung. Deine eigene Zauberkraft könnte darunter leiden.«

»Wie macht sich das bemerkbar?«

»Gar nicht«, erwiderte Seger. »Erst, wenn es zu spät ist. Laß mich dich täglich untersuchen. Ich werde deine Aura auf Veränderungen untersuchen, und ich habe eine Freundin, eine andere Heilerin, die deine Zauberkraft sehen kann. Falls du ihr vertraust.«

»Wenn sie meinen Leuten nichts davon erzählt.«

Seger lächelte gequält. »Heiler können schweigen, Herr«, sagte sie eine Spur zu förmlich.

Das wußte Rugad. Aber er wußte auch, daß Heiler bei der Behandlung eines so berühmten und wichtigen Patienten, wie er einer war, manchmal der Versuchung, darüber zu sprechen, nicht widerstehen konnten. Er wollte Seger lieber gleich wissen lassen, daß ein solches Ausplaudern nicht ungestraft bleiben würde.

Seger selbst würde so etwas niemals tun. Ihre Freundin vielleicht schon. Und so tief, wie die Moral seiner Truppe schon gesunken war, konnte sich Rugad so etwas auf keinen Fall leisten.

Seger fegte die Splitter in ihre rechte Hand.

»Ich möchte, daß sie beseitigt werden«, ordnete Rugad an. »Ich will ganz sichergehen, daß dieser Golem nicht zurückkommt.«

Seger betrachtete die Splitter. Der Haufen war so groß, daß sie die Finger fast nicht mehr schließen konnte. »Ich würde sie gern aufheben«, sagte sie, »jedenfalls so lange, bis wir wissen, ob du vergiftet bist.«

»Wozu soll das gut sein?« fragte Rugad.

»Dann kann ich die Magie analysieren. Wissen wir, wessen Golem das war?«

»Rugars Leute haben ihn erschaffen.«

Segers Lächeln erlosch. »Das weiß ich, Herr. Aber wem verdankt er seine Lebenskraft?«

»Meinen Urenkeln«, erwiderte Rugad.

»Merkwürdig«, murmelte Seger. »Ich dachte, seine Zauberkraft hätte einen anderen Ursprung.«

»Glaubst du, daß dieser Golem etwas mit den Mysterien zu tun hat?«

»Er hat bereits einmal eine Explosion überlebt, Herr«, erklärte Seger. »Und so, wie man mir seine äußere Erscheinung beschrieben hat, vielleicht noch eine weitere. Nur wenige Golems sind derartig langlebig, und nur wenige werden von einem lebendigen Wesen unterstützt.«

»Ich wünsche, daß er vernichtet wird«, knurrte Rugad.

Seger schloß die Hand über den Splittern. »Er könnte ein Werkzeug der Mächte sein, Rugad«, gab sie zu bedenken.

»Das ist mir egal. Er hat versucht, mich zu töten.«

»Vielleicht hat er geglaubt, daß du ein magisches Gesetz brechen willst«, erwiderte Seger langsam. Sie atmete schwer, als fürchte sie sich, diesen letzten Satz auszusprechen. Rugad hob den Kopf, blickte sie so streng an, wie er nur konnte, und beobachtete, wie sie immer mühsamer Luft holte.

»Glaubst du etwa auch, daß die Fey auf dieser Insel sterben werden?«

»Ich bin eine Heilerin, Herr«, wich Seger aus. »Ich werde alles tun, um das zu verhindern.«

»Du hast meine Frage nicht beantwortet.«

Seger schluckte hörbar. Sie bedeckte die über den Splittern

geschlossene Hand mit der anderen. Die Geste sah seltsam zärtlich aus. Rugad fragte sich, ob er ihr die Splitter wieder wegnehmen sollte.

»Ich glaube, daß es auf dieser Insel eine Magie gibt, wie wir ihr noch nie begegnet sind. Sie ist stärker als jede andere.«

»Stärker als unsere?« fragte Rugad.

»Genauso stark, denke ich«, gab Seger zurück. »Aber das macht uns verwundbar.« Sie lächelte beinahe ängstlich. »Ich bin nicht gern verwundbar, Herr.«

Ich auch nicht, dachte Rugad. Also deshalb fühlte er sich so seltsam. Nicht älter, sondern verwundbar. Die Bewohner dieser Insel hatten ihn bereits zweimal ernsthaft verletzt. Dasselbe Volk, das er eigentlich seinem Imperium hatte unterwerfen wollen.

»Ich auch nicht«, sagte er laut. »Aber wir alle sind aus Fleisch und Blut. Anders als der Golem sind wir alle sterblich. Oder wir verlieren den Verstand und töten uns selbst, so wie die Zaubermeister.«

Rugad schauderte, froh, daß ihm diese Art von Zauberkraft erspart geblieben war.

»Ich fühle mich hier nicht mehr sicher«, murmelte Seger.

Ihre Wortwahl amüsierte Rugad. »Hast du dich denn im Feldzug gegen Nye sicherer gefühlt?«

»Natürlich«, antwortete Seger. »Da wußte ich ja, daß wir siegen würden.«

»Aber du hast dich doch sogar um die Verwundeten gekümmert. Du weißt, wie viele Leute wir verloren haben.«

»Du warst unverletzt«, wandte sie ein.

»Aber mein Sohn nicht«, konterte Rugad.

»Dein Sohn war nicht Schwarzer König. Das ist nicht dasselbe.«

Nein, wahrscheinlich nicht. Und genau da lag auch das Problem. Es gab einige Dinge, die nur er selbst tun konnte.

Nur er hatte die Verbindungen des Golems bereisen können, und er hatte dazu allein sein müssen. Niemand hatte erfahren dürfen, wie verwundbar er in diesem Augenblick gewesen war. Wären die Wachen mit im Zimmer gewesen, hätten sie Rugads Körper vielleicht zu früh von dem des Golems getrennt, und dann wäre Rugad mit Sicherheit während der Explosion gestorben.

Oder hätte herausgefunden, was noch so alles passieren konnte.

»Auf dieser Insel sind wir in der schwächeren Position«, nahm Seger den Faden wieder auf.

Wieder überlief Rugad ein Schauder. Sogar diejenigen Fey, die mit ihm hier im Palast des Inselkönigs wohnten, hatten die falsche Einstellung. »Merkwürdig, daß du das jetzt sagst, wo wir fast das ganze Land erobert haben«, erwiderte er.

»Aber das, weswegen wir gekommen sind, haben wir nicht gefunden.«

»Wir sind wegen der Blauen Insel gekommen«, erklärte Rugad.

»Ich dachte, wegen deiner Urenkel.«

»Auch ihretwegen«, gab Rugad zu. »Aber die Familienangelegenheiten des Schwarzen Throns sind eben nicht immer einfach.« Er lächelte Seger an, obwohl ihm nicht danach zumute war. »Das solltest du wissen.«

Seger nickte knapp, dann zuckte sie die Achseln. »Meine Bemerkung war unpassend.«

»Nein«, beschwichtigte Rugad. »Du hast mir nur deine Sicht der Dinge mitgeteilt. Das ist überhaupt nicht unpassend.«

»Dann will ich dir noch etwas erzählen.« Seger straffte die Schultern, wie um sich auf Rugads Reaktion vorzubereiten. »Weißhaar fand, daß du hier auf der Insel Fehler machst, und gab deiner Verletzung die Schuld. Deshalb hat er deine Befehle in Zweifel gezogen und für dich gesprochen.«

»Willst du etwa behaupten, daß Weißhaar nur die besten Absichten hatte?«

»Ja«, antwortete Seger.

»Also sollte ich die Absichten in Betracht ziehen, wenn mich jemand hintergeht?«

Seger seufzte. »Ich wußte, daß du mich falsch verstehen würdest.«

»Wie soll ich dich denn verstehen, Seger?« fragte Rugad.

»Weißhaar ist nur ein Beispiel für die Unsicherheit deiner Untergebenen, Rugad. Die Angst vor der Magie dieser Insel ist ein zweites. Unsere Leute haben ein Problem, das bis jetzt noch nie aufgetreten ist. Wir vertrauen einander nicht mehr.«

»Wir haben einander doch noch nie vertraut«, wandte Rugad ein. »Zauberhüter kämpfen gegen Gestaltwandler. Gestaltwandler verabscheuen Rotkappen. Rotkappen hassen alle Fey, die über Zauberkraft verfügen. So sind wir nun einmal.«

»Aber bis jetzt haben wir es geschafft, mit diesen Streitigkeiten zu leben«, sagte Seger. »Ich weiß nicht, ob wir das immer noch fertigbringen. Der gemeinsame Glaube an die Überlegenheit unseres Volkes hat uns zusammengehalten. Das scheint nicht mehr zu funktionieren.«

Weil seine Urenkelin ihn niedergestreckt hatte. Weil er eine Zeitlang nicht in der Lage gewesen war, als Anführer aufzutreten. Indem er an Weißhaar ein Exempel statuiert hatte, hatte er versucht, seine alte Position wieder zu festigen. Er durfte es nicht dabei belassen. Er mußte das Selbstvertrauen seines Volkes unbedingt wiederherstellen.

»Dieser Glaube wird wiederkommen«, versicherte er und hoffte, daß Seger sein Schweigen nicht für den Beweis hielt, daß er selbst an seinen Worten zweifelte. Die Blaue Insel war ein gefährlicher Ort, aber sie würde die Fey nicht besiegen.

Nur die Fey selbst konnten die Fey besiegen.

Das mußte Rugad seinem Volk wieder ins Gedächtnis rufen. Er mußte die Fey daran erinnern, daß sie selbst bei der Unterwerfung anderer Völker solche Methoden angewandt hatten wie die, unter denen sie hier auf der Blauen Insel litten.

Seger zuckte zusammen, als es klopfte. Sie verbeugte sich leicht.

»Ich gehe jetzt wohl besser«, meinte sie.

»Danke für deine Aufrichtigkeit«, sagte Rugad.

Seger nickte, nahm ihre Tasche und die Splitter des Golems, die sie aus Rugads Wunden entfernt hatte, und ging zur Tür. Als sie sie öffnete, stand der Lampenanzünder mit an die Brust gepreßten Händen davor.

»Laß ihn herein«, befahl Rugad.

Der Lampenanzünder trat ein. Sein Gesicht war fleckig, die Augen flackerten verstört. Rugad konnte seinen Angstschweiß selbst aus dieser Entfernung riechen.

»Du hast mir etwas zu berichten«, bemerkte Rugad, obwohl er sich aus dem Verhalten des Mannes schon zusammenreimen konnte, was dieser zu sagen hatte.

Der Anzünder schluckte. »Ich habe alle Künste angewandt, über die ich verfüge«, sagte er. »Ich habe das Zimmer im Dunkeln durchsucht. Ich habe Gehext, gebannt und gelockt. Dann habe ich mit Hilfe meiner eigenen Fähigkeiten die Luft nach dem Golem abgesucht, wie du angeordnet hast. Aber er war nicht mehr da.«

Das bestätigte nur Rugads Befürchtungen. Dieser Golem war von Anfang an ein harter Brocken gewesen. Außerdem stand er in einer gewissen Verbindung mit der Schwarzen Familie. Diese Sorte Golems war gemeinhin ziemlich unberechenbar.

»Bist du sicher, daß du im richtigen Zimmer gesucht hast?« fragte er.

Der Lampenanzünder nickte. »Um ganz sicherzugehen, habe ich auch die übrigen Räume in diesem Stockwerk überprüft, die Korridore und Balkone. Ich habe sogar die Wachen gebeten, mir zu zeigen, was sie mit den Steinen gemacht haben.« Er fuhr sich mit der Hand durch das schüttere Haar.

»Es tut mir leid, Herr«, schloß er. »Die Seele des Golems ist fort.«

»Fort«, wiederholte Rugad.

»Jedenfalls konnte ich sie nicht finden«, setzte der Anzünder hinzu. »Und ich hätte sie finden müssen. Ich habe mich aller meiner Künste bedient, und ich bin der ranghöchste Lampenanzünder von uns allen. Meine Fähigkeiten übertreffen die meiner Kollegen. Einmal habe ich in Nye sogar eine ganz bestimmte Seele über ein ganzes Schlachtfeld ins Zelt eines Heilers gelockt. Aber diesen Golem kann ich einfach nicht finden.«

»Woran könnte das deiner Meinung nach liegen?«

Der Lampenanzünder holte tief Luft. »Vielleicht ist schon zu viel Zeit verstrichen.«

»Aber davon bist du nicht überzeugt, was?«

»Nein, Herr.«

»Also?« Rugad konnte die Angst des Lampenanzünders nachvollziehen. Der Mann befürchtete, daß er für sein Versagen bestraft würde, obwohl ihm Rugad das Gegenteil zugesichert hatte. Aber Rugad hatte nicht vor, seine Zeit damit zu verschwenden, Informationen aus dem Mann herauszupressen, wenn es sich nicht lohnte.

»Herr«, begann der Lampenanzünder wieder mit gesenktem Kopf. Sein dünnes Haar bildete einen flaumigen Kranz um seinen Schädel. »Dieser Golem ist stark genug, um dir Schaden zuzufügen. Er besitzt große Macht, und das bedeutet, er verfügt über beträchtliche Zauberkraft.«

»Mehr als du?« fragte Rugad.

»Jemand hat ihm seine Kraft eingeflößt«, erklärte der Lampenanzünder, »und er besitzt nicht nur Fey-Magie. In unserer ganzen Geschichte hat es keinen Golem gegeben, der den Schwarzen König zweimal hintereinander angegriffen hätte.«

Genaugenommen, wollte Rugad einwenden, hatte ihn der Golem nur einmal angegriffen. Das erste Mal hatte das Geschöpf den Mann verteidigt, den es für seinen Vater hielt.

»Der Golem«, sagte er vorsichtig, »ist zersprungen. So etwas tun Golems, wenn sie in Bedrängnis geraten. Könnte es nicht sein, daß der Golem zuwenig Seele hat, um sie einzufangen?«

Der Lampenanzünder schloß die Augen, als wolle er die Antwort lieber für sich behalten. Dann seufzte er und öffnete die Augen wieder. Es war deutlich, daß er Rugads Frage lieber nicht beantworten wollte. Aber ihm blieb keine andere Wahl. Er hatte zuviel Angst, um zu lügen.

»Nein, Herr«, entgegnete er. »Überall im Zimmer waren Spuren seiner Seele. Wenn überhaupt, ist seine Gegenwart stärker als jede andere, der ich je begegnet bin. Außer deiner.«

Diese Antwort überraschte Rugad und ließ ihn erschaudern. Einen solchen Golem hatte er schon früher gesehen: den Golem seines Großvaters, der viele Jahrzehnte alt geworden war. Aus seinen Augen hatte eine Kraft gestrahlt, wie sie sonst nur der Schwarzen Familie zu eigen war, die Magie schien aus allen Rissen seines Körpers zu sprühen, und seine Macht war unübersehbar gewesen.

Unübersehbar und gefährlich.

»Wenn du Spuren gefunden hast, warum bist du ihnen dann nicht gefolgt?« fragte er weiter.

»Die Spuren stammen von seinem Zerspringen, nicht von seiner Flucht«, erläuterte der Lampenanzünder.

Stärker als jede andere. Rugad ballte die rechte Faust und öffnete sie wieder.

»Ich möchte, daß du weiter nach der Seele des Golems suchst«, befahl er. »Beauftrage auch den größten Teil deiner

Leute damit. Mit der Ausbeute der letzten Schlacht sollten sie inzwischen fertig sein.«

Der Anzünder nickte.

»Die Seele muß irgendwo sein«, sagte Rugad, »und wir werden sie finden.«

Der Lampenanzünder öffnete den Mund, als wolle er noch etwas hinzufügen, aber Rugad hatte jetzt endgültig genug. Die Wachen auf den Horchposten waren darauf getrimmt, über Staatsangelegenheiten absolutes Schweigen zu bewahren, aber diesen letzten Teil der Unterhaltung brauchten sie nicht zu hören. Die Angst vor dem Golem würde sie nur alle verrückt machen.

»Ich verstehe, daß es zum Teil meine Schuld ist, daß du es nicht geschafft hast, den Golem einzufangen, weil ich dich nicht sofort in mein Zimmer gerufen habe«, sagte Rugad. »Ich will dir diesen Mißerfolg verzeihen. Du kannst ihn wiedergutmachen, indem du den Golem findest.«

»Aye, Herr«, murmelte der Lampenanzünder.

»Du kannst gehen«, schloß Rugad.

Er blickte dem Mann nicht nach. Der Anzünder war völlig verängstigt, und zwar zu Recht. Die Dinge liefen ganz und gar nicht nach Rugads Wunsch.

Das mußte sich ändern. Er konnte sich nicht erlauben, über Rückschläge nachzugrübeln, wie es seine Leute anscheinend taten. Er mußte sich auf die Erfolge konzentrieren.

Es war an der Zeit, sich die Blaue Insel endgültig zu unterwerfen.

Um welchen Preis auch immer.

26

Über den Bergen dämmerte es schwach. Boteen spähte aus dem Kutschenfenster. Sie nahmen Kurs auf ein Dorf. Es war noch einige Kilometer entfernt, aber Boteen hatte es bereits von einer Hügelkuppe aus gesehen. Es war ein kleines Dorf, dessen Steinhäuser sich an den Fuß der Berge kauerten.

Aber die Berge! Die Berge waren wirklich überwältigend. So hohe Berge hatte Boteen in ganz Galinas nicht gesehen, jedenfalls nicht in dem Teil des Kontinents, den er bereist hatte. Sie waren steil und zerklüftet, mit schneebedeckten, baumlosen Gipfeln. Das Gestein selbst war rot, was, wie Boteen vermutete, zu dem Namen »Blutklippen« geführt hatte.

Seit es heller wurde, fühlte Boteen sich unbehaglich. Er hatte Magenschmerzen, und es summte in seinen Ohren. Die Ursache konnte er nicht ergründen, aber sie schien nicht körperlich zu sein. Je näher sie dem Dorf kamen, desto schlimmer wurde es.

Gleichzeitig fühlte er die Gegenwart des fremden Zaubermeisters immer deutlicher. Kurz vor Anbruch der Morgendämmerung hatte er das Gefühl gehabt, daß eine große Zauberkraft am Werke war, und sogar geglaubt, Feuer vor dem noch dunklen Himmel zu erblicken. Er hatte seinen Reisegefährten davon erzählt, aber keiner von ihnen sah etwas. Das hatte allerdings nichts zu bedeuten. Boteen sah eine Menge mehr als andere Leute, aber das Feuer hatte so echt gewirkt, daß er überzeugt gewesen war, es sei kilometerweit nicht zu übersehen.

Er hatte sich getäuscht.

Außerdem war da noch dieses andere Gefühl, das immer stärker wurde, je näher sie den Blutklippen kamen.

Boteen fühlte einen Drang, ein heftiges Verlangen, den Berg zu besteigen und in sein Herz vorzustoßen. Dieses Verlangen erinnerte ihn an seine Kindheit und die Familie, die er vor vielen Jahrzehnten verlassen hatte. Er hatte das Gefühl, den Berg zu besteigen sei, wie nach Hause zu kommen.

Keiner seiner Reisegefährten teilte diese widersprüchlichen Gefühle. Boteen wußte, was das bedeutete: Es war eine Warnung. Das Wissen, daß er sich einem Ort voller zaubermächtiger Menschen näherte, durchströmte seinen ganzen Körper.

Aber diese Menschen waren nicht von seiner Art, das durfte er nicht vergessen.

Auf keinen Fall.

Er klopfte an die Kutschendecke. Bevor sie losgefahren waren, hatte man ihm erklärt, dies sei das Signal zum Anhalten. Man hatte ihm auch eingeprägt, das Signal nur im Notfall zu benutzen, und das bedeutete in Feyworten, am besten überhaupt nicht.

Trotzdem unternahmen sie diese Reise vor allem seinetwegen. Er hatte das Recht, anzuhalten, ganz gleich aus welchem Grund.

Die Kutsche kam rumpelnd zum Stehen. Stimmen gaben den Befehl auf Fey weiter. Niemand kam zu Boteen herüber, um nachzufragen.

Er hatte es nicht anders erwartet.

Ohne seine Gefährten anzusehen, stieg Boteen aus. Die Kutsche war mitten auf dem lehmigen Weg stehengeblieben. Unter ihm verlief ein Seitenarm des Cardidas, der sich eine tiefe Schlucht in das Gebirge gegraben hatte. Zu beiden Seiten des Weges fiel die Felswand steil ab, tödlich für jeden, der fehltrat, aber längst nicht so steil wie auf dem anderen Flußufer.

Die Irrlichtfänger hatten Boteen versichert, daß der Seitenarm wieder in den Hauptstrom des Cardidas einmündete. Sie waren vorausgeflogen und hatten festgestellt, daß die Kutschen sich der nordöstlichen Küste der Insel näherten. Hier, zwischen den Blutklippen und den noch furchterregenderen Klippen, die »Spangen des Todes« genannt wurden, entsprang der Cardidas. Einer der Irrlichtfänger hatte gemeint, um die Insel von dieser Seite aus zu betreten, bedürfe es eines noch brillanteren militärischen Geistes als Rugads.

Jetzt stiegen auch die Insassen der zweiten Kutsche aus. Die Pferdereiter blickten Boteen fragend an. Die Vogelreiter landeten vor seinen Füßen. Die Irrlichtfänger wuchsen zu ihrer vollen Größe.

Boteen schwieg. Er betrachtete die Berge. Vom silbernen Morgenlicht übergossen, schimmerte der rote Stein wie Blut. Boteen überlief ein Schauder.

Diese Berge hatten Dutzenden von Menschen den Tod gebracht.

Sie waren kein friedlicher Ort, jedenfalls nicht für seinesgleichen.

Boteen beschirmte die Augen mit der Hand. In der Bergflanke gähnte ein Steinbruch, von dem aus ein Netz von Wegen in alle Richtungen führte. Darüber funkelte ein Edelstein.

Ein Edelstein?

Das war unwahrscheinlich. Einen Edelstein hätte Boteen aus dieser Entfernung wohl kaum erkennen können. Es mußte etwas anderes sein.

Zu Hause.

Die Stimme flüsterte in Boteens Kopf. Sie war leise, verführerisch und bezwingend.

Dort oben befand sich der andere Zaubermeister. Nicht direkt bei dem Edelstein, aber ganz in dessen Nähe.

Boteen blinzelte. Von solchen Erscheinungen hatte er schon gehört, aber bei dem Summen in seinen Ohren konnte er sich nur mit Mühe konzentrieren. Es war wie eine Blockade, als hätte jemand Boteen bemerkt und versuchte, sein Kommen zu verhindern.

Irgend etwas ging dort oben vor.

Etwas Wichtiges.

»Wir müssen dort hinauf«, bemerkte er zu niemand Bestimmtem.

»Wohin?« fragte Ay'Le, Rugads Hexerin, und beschattete ebenfalls die Augen mit der Hand. Sie war nicht ganz so groß wie Boteen, aber fast genauso dünn. Die meisten Hexer gelangten erst spät in den Besitz ihrer Zauberkraft, aber bei Ay'Le hatten die anderen Fey es schon früh vermutet. Sie war zu schlank und geschmeidig gewesen, um als magielose Rotkappe zu enden.

Boteen deutete auf den Berg. »Siehst du da oben so etwas Ähnliches wie einen Edelstein?«

Ay'Le kniff angestrengt die Augen zusammen. »Nein«, antwortete sie schließlich.

Unwillkürlich entfuhr Boteen ein Seufzer. Er hatte keine andere Antwort erwartet, aber er war trotzdem enttäuscht. »Summt es in deinen Ohren wie bei einem Schwindelanfall?«

»Nein«, sagte Ay'Le wieder, und diesmal sah sie ihn dabei an. »Wirst du vielleicht krank?« Sie machte Erbok, dem Domestiken, ein Zeichen. Er sprach gerade mit einem der Irrlichtfänger. Als er Ay'Les Wink bemerkte, kam er zu ihnen herüber.

»Mir geht's gut«, wehrte Boteen ab. »Das sind keine körperlichen Symptome.«

»Was für Symptome?« erkundigte sich Erbok.

»Er hört ein Summen, und ihm ist schwindlig«, erklärte Ay'Le. »Sieh zu, was du für ihn tun kannst.«

Sie entfernte sich, und Boteen fragte sich, wie Hexer eigentlich zu ihrem Namen kamen. Er selbst war so unempfindlich für ihre Zauberkünste wie ein Visionär. Und genau wie einen Visionär ärgerten Hexer ihn mehr, als daß sie ihn freuten. Trotzdem konnten sie wahrscheinlich auch nützlich sein. Sie übernahmen das Reden – und wenn nötig auch das Überreden.

»Wie ernst ist es?« fragte Erbok.

»Es hat etwas mit Magie zu tun«, erwiderte Boteen. »Ich habe das schon öfter gehabt.«

Er trat einen Schritt beiseite. »Siehst du das Glühen da oben auf dem Berg?«

»Die Sonne?« fragte Erbok zurück.

»Nein!« fauchte Boteen. »Es sieht aus wie ein Edelstein.«

»Nein«, erwiderte Erbok.

Boteen stöhnte. Warum mußte er ausgerechnet mit Gefährten unterwegs sein, denen es derartig an Zauberkraft mangelte? Warum konnte er nicht mit einem Visionär oder einer Gestaltwandlerin reisen? Mit jemandem, dessen Fähigkeiten wenigstens entfernt an seine eigenen heranreichten.

»Dort oben gibt es Strömungen«, warf eine Irrlichtfängerin ein.

Boteen drehte sich nach der Sprecherin um. Sie war schon älter, für eine Fey ziemlich zierlich und blaß. Diese Blässe rührte von einer gemischten Abstammung vor mehreren Generationen her. So etwas machte Irrlichtfänger manchmal fast so durchsichtig wie ihre Flügel.

Wegen ihrer Färbung und Zerbrechlichkeit wurde diese Irrlichtfängerin Schleier genannt.

»Strömungen?« wiederholte Boteen.

Schleier nickte. »Während wir fliegen, registrieren wir magische Strömungen. In solchen Magiewirbeln haben wir schon einige Leute verloren. Deshalb sind wir bei so etwas immer besonders vorsichtig.«

Ein anderer Irrlichtfänger, der sich Boteen vor der Abreise vorgestellt, dessen Namen er aber inzwischen wieder vergessen hatte, fügte hinzu: »In diesen Bergen haben wir schon eine Menge Ärger gehabt. Die magischen Strömungen sind hier stärker als sonstwo.«

»Irrlichtfänger sind ja so empfindliche Geschöpfe«, spottete eine Möwenreiterin, die eben auf dem Dach der Kutsche gelandet war. »Sie sind so leicht, daß sie seltsame Strömungen erfinden müssen, um zu erklären, warum sie nie den Kurs halten können. Dabei liegt alles nur daran, daß sie fast nichts wiegen.«

Boteen schüttelte den Kopf. »Ich habe genau dasselbe gefühlt. Vielleicht bist du ja zu schwer, um es zu spüren.«

Er ging um die Kutsche herum. Die Pferdereiter hatten ihre Gestalt beibehalten. Die winzigen Fey auf ihren Rücken spähten hinter den Tierhälsen hervor, um die vor ihnen liegende Straße zu betrachten.

»Wo hast du sonst noch Strömungen wahrgenommen?« wandte sich Boteen wieder an Schleier.

»Als wir über die Berge im Süden auf die Insel gekommen sind«, erwiderte sie. »Auch dort gab es starke magische Strömungen, aber nicht so stark wie hier. Die ganze Insel ist voll davon.«

»Hast du jemals außerhalb der Blauen Insel solche Strömungen angetroffen?«

»Im Umkreis von Schattenländern.«

»Unerfahrenen Irrlichtfängern müssen wir erst beibringen, wie man ein Schattenland gefahrlos betritt«, setzte der andere Irrlichtfänger hinzu.

Davon hatte Boteen schon gehört. Als er ein kleiner Junge gewesen war, hatte es einmal einen Skandal gegeben, weil ein Irrlichtfängerkind im Torkreis eines Schattenlandes zerquetscht worden war. Der Visionär, der das Schattenland erschaffen hatte, ein Mitglied der Schwarzen Familie, aber von niedrigem Rang, hatte die Sache als Unfall abgetan. Die Irrlichtfänger hatten die Eltern des Kindes wegen ihrer Nachlässigkeit bestraft, und die übrigen Fey hatten den Aufruhr einfach nur als Zeitverschwendung betrachtet.

»Sonst noch irgendwo?« erkundigte sich Boteen. Er stand jetzt am Rand der Straße, die sich unter ihm den Berg bis zu der Abzweigung des Cardidas hinunterwand. Von hier aus wirkte der Fluß tief und reißend. Wo er gegen die Felsen in seiner Mitte brandete, sprühte weiße Gischt.

»Ich bin sonst keinem begegnet«, meinte Schleier.

»Und hast du noch von anderen Orten gehört?«

»Ich habe mir sagen lassen, daß es in den Eccrasischen Bergen gefährliche magische Strömungen geben soll«, mischte sich der männliche Irrlichtfänger wieder ein.

»Luftströmungen«, schnaubte die Möwenreiterin. »Das liegt bloß an der ungewöhnlichen Höhe der Eccrasischen Berge.«

Boteen wandte sich nach ihr um. »Sind die Eccrasischen Berge so hoch wie diese hier?«

»Ich weiß nicht genau«, gab die Möwenreiterin zurück. »Aber ich glaube schon. Sie gelten als die höchsten im ganzen Imperium der Fey, jedenfalls als wir nach Nye vorgedrungen sind.«

Diese Tatsache war bedeutsam. Anders als die Möwenreiterin glaubte Boteen nicht, daß es sich um Luftströmungen handelte. Wieder schwoll das Summen in seinem Kopf so stark an, daß er kaum noch klar denken konnte.

Blinzelnd musterte er den Berg. Der Edelstein funkelte hell im zunehmenden Sonnenlicht. Die roten Gipfel spiegelten sich im Fluß. Flüssiges Blut, in beständiger Bewegung. Kein Wunder, daß man diesen Bergen den Namen »Blutklippen« gegeben hatte. Der Sonnenaufgang verstärkte ihre Färbung noch.

»Wir müssen dort hinauf«, wiederholte Boteen.

»Auf diesen Straßen können die Kutschen nicht fahren«,

wandte die Möwenreiterin ein. »Sie sind zu schmal, steinig und selten benutzt.«

»Ich jedenfalls muß unbedingt dorthin«, beharrte Boteen.

Vom unteren Ende der Straße ertönte Hufgeklapper.

»He!« rief einer der Pferdereiter überrascht aus.

Boteen und die anderen drehten sich um.

»Wir bekommen Gesellschaft«, stellte die Möwenreiterin fest.

Fünf berittene Inselbewohner trabten über den Bergkamm. Einer der Pferdereiter wieherte, und der Fey auf seinem Rükken sah besorgt aus. Er tätschelte sich selbst mit der kleinen Hand beschwichtigend die Mähne.

Vor Boteens Kutsche machten die Inselbewohner halt. Mit hinter dem Rücken verschränkten Händen kam Boteen zu ihnen herum. Das eben noch ohrenbetäubende Summen verstummte schlagartig.

Anscheinend hatten diese Inselbewohner es ausgelöst. Merkwürdig. Sie sahen überhaupt nicht nach Zauberkraft aus.

Alle fünf waren Männer. Der Vorderste war offenbar ihr Sprecher. Er schien in mittleren Jahren zu stehen, sein langes Haar war zu einem blondstichigen Grau verblichen, seine Augen wäßrig blau. Mit zunehmendem Alter wurden Inselbewohner nicht gerade schöner. Ihre bleiche Haut verriet jeden Kratzer, jedes geplatzte Äderchen, jede Narbe.

Dieser Mann schleppte außerdem noch mindestens vierzig Pfund überflüssiges Körpergewicht mit sich herum, das er unter einem weiten Pullover und einer ausgebeulten Hose zu verbergen versuchte. Seine Stiefel waren alt und ausgetreten, und er umklammerte den Pferderücken fester als nötig mit den Schenkeln. Das hieß entweder, daß er nicht gewöhnt war zu reiten oder es lange nicht mehr getan hatte.

»Lange«, zischte er, als er auf Boteen herunterblickte.

Obwohl er im Sattel thronte, war der Kopf des Mannes

nicht viel höher als der Boteens. Boteen fragte sich, wie groß der Fremde wohl sein würde, wenn sie nebeneinander auf dem Boden stünden. Wahrscheinlich reichte er Boteen nur bis zur Taille.

»Stimmt genau«, erwiderte Boteen. »Wir sind nämlich Fey.«

»Was ihr seid, ist uns egal«, gab der Mann unfreundlich zurück. »Wir sind gekommen, um euch davor zu warnen, euch in der Nähe von Constantia herumzutreiben.«

»Constantia?«

»Unsere Stadt.«

Ay'Le drängte sich durch die übrigen Fey. Sie legte Boteen warnend die Hand auf den Arm, um ihn am Sprechen zu hindern. Wahrscheinlich hatte Rugad sie der Gruppe genau für derartige Gelegenheiten zugeteilt.

»Wir möchten uns gerne vorstellen«, begann sie mit gewinnendem Lächeln. »Wir sind die neuen Herrscher der Blauen Insel. Euer König hat abgedankt. Seine Familie ist geflohen.«

»Die Insel kümmert uns nicht«, erwiderte der Mann. »Uns geht es nur um unseren kleinen Winkel. Und wir wollen keine Langen in dieser Gegend.«

Ay'Le lächelte noch breiter. »Wir wissen nicht, was ihr gegen hochgewachsene Exemplare eures eigenen Volkes habt, wir jedenfalls ...«

»Lang bleibt lang«, knurrte der Mann. »Unser Volk, euer Volk, das nimmt sich nix. Nur auf die Größe kommt es an. Das weißt du so gut wie ich.«

»Weil Körpergröße mit Zauberkraft gleichzusetzen ist?« mischte sich Boteen ein.

Ay'Le warf ihm einen wütenden Blick zu.

»Weil Körpergröße Zauberkraft garantiert«, gab der Mann zurück.

»Dann solltest du dich lieber vor mir in acht nehmen«, konterte Boteen. Ay'Les Griff um seinen Arm wurde fester. Sie wollte ihn offenbar daran erinnern, daß Rugad ihr diesen Auftrag anvertraut hatte. Aber Boteen wußte, daß sich ihr Auftrag in dem Moment geändert hatte, in dem er den Edelstein entdeckt und den Einfluß einer starken Magie gespürt hatte.

Er schüttelte Ay'Les Hand ab und deutete mit dem Kinn auf die Berge. »Was ist dort oben?«

Das Gesicht des Mannes wurde verschlossen. »Wo?«

»Der Edelstein aus Licht da auf dem Berg, ein Stück oberhalb der Baumgrenze.«

Die Männer hinter dem Anführer wurden unruhig. Ihre Pferde scharrten mit den Hufen, wie angesteckt von der Nervosität ihrer Reiter. Also war dort oben tatsächlich etwas. Und diese Inselbewohner wollten nicht, daß Boteen es erfuhr.

Das Gesicht des Sprechers hatte sich tiefrot gefärbt. »In den letzten Tagen ist eine wahre Landplage von Langen über uns hereingebrochen. Wir haben endgültig genug. Die anderen haben wir bereits vertrieben. Wir können nicht dulden, daß ihr über uns herfallt. Geht zurück zu euresgleichen. Richtet ihnen aus, daß ihr hier nicht willkommen seid.«

»Sonst?« fragte Boteen.

»Sonst sind wir gezwungen, euch als Soldaten des Feindes zu betrachten.«

Diese Drohung schien unter Inselbewohnern großes Gewicht zu besitzen. Ihre Absicht verstand Boteen sofort. Aber er fragte sich vergeblich, was sie bedeutete und warum sie mit solchem Nachdruck vorgebracht wurde. Normalerweise waren Drohungen nicht derartig verschlüsselt.

»Ist das dasselbe, wie uns zu töten?« erkundigte er sich.

Der Mann wurde jetzt puterrot. »Ich habe euch gewarnt«, stieß er hervor. Dann schnalzte er seinem Pferd zu. Die Reiter hinter ihm wendeten, und er tat es ihnen nach. Dann galoppierten sie alle in die Richtung zurück, aus der sie gekommen waren.

»Gute Arbeit«, fauchte Ay'Le. »Jetzt hast du sie völlig vor den Kopf gestoßen. Ich hatte die Anweisung, sie so lange zu Behexen, bis sie sich freiwillig ergeben.«

Boteen zuckte die Achseln. »Kannst ihnen ja nachlaufen und es versuchen.«

Ay'Le stieß in der Sprache von Hiere einen Fluch aus, wobei sie die kehlige, stockende Aussprache perfekt nachahmte, dann drehte sie Boteen abrupt den Rücken zu und ging zu ihrer Kutsche zurück.

»Was hat er bloß mit einer ›Landplage von Langen‹ gemeint?« wunderte sich der Pferdereiter neben Boteen.

Boteen erstarrte. Darüber hatte er noch gar nicht nachgedacht. Eine ausgezeichnete Frage. »Wie heißt du?« erkundigte er sich.

»Threem«, antwortete der Fey.

Boteen lächelte. Von Threem hatte er schon gehört. Er hatte sich in den drei Schlachten um Nye ausgezeichnet und war in Soldatenkreisen wohlbekannt. Rugad war auf dieser Expedition kein Risiko eingegangen. Er hatte nur die Besten ausgewählt.

»Die einzigen Langen, die es gibt, sind Fey«, meinte Threem jetzt.

»Nein«, widersprach Boteen. »Auch einige Inselbewohner erreichen eine ungewöhnliche Körpergröße.«

Wie zum Beispiel ein Zaubermeister. Wie der Mann, den er suchte.

»Aber würden sie einen der Ihren als Landplage bezeichnen?«

»Keine Ahnung«, erwiderte Boteen. Er starrte auf die Straße. Dort, wo die Reiter verschwunden waren, erhob sich eine kleine Staubwolke. »Ich bezweifle es.«

»Hinter uns kommt nur noch die Infanterie«, verkündete die Möwenreiterin über ihnen. »Andere Fey habe ich nicht gesehen.«

»Wenn du allein bist, können dir sogar fünf Fey vorkommen wie ein ganzer Haufen. Und jetzt wissen sie, daß wir hier sind. Jemand muß uns schon eine ganze Zeitlang beobachtet haben. Diese Reiter wußten genau, wo sie uns finden«, meinte Boteen. »Dabei besitzen die Inselbewohner, soweit mir bekannt ist, noch nicht einmal die Fähigkeit, mit Hilfe von Zauberkraft zu fliegen.«

»In diesen Bergen eine kurze Botschaft zu verbreiten dürfte nicht schwer sein«, sagte Threem. »Ein Lichtblitz, erzeugt mit Hilfe eines Spiegelglases, kann auf ein Dutzend verschiedene Arten verstanden werden.«

»Gerade, wenn sie sich bereits seit längerem bedroht fühlen, haben sie vielleicht ein solches System ersonnen«, bestätigte Boteen. Die Staubwolke hatte sich wieder gesenkt. »Eine Landplage.« Er reckte sich, blickte an der Felswand empor und betrachtete wieder den Edelstein aus Licht, den nur er sehen konnte. »Rugad hat die Versager vernichtet, und nach allem, was wir wissen, sind nicht einmal die so weit nach Norden und Osten vorgedrungen. Wir können sicher sein, daß wir Rugads erste Leute in dieser Gegend sind, und von Überläufern aus unseren eigenen Reihen haben wir auch nichts gehört.«

Threem schnaubte. »Das würde keiner wagen.«

Da hatte er wahrhaftig recht. Den letzten, der versucht hatte, die Armee der Fey zu verlassen, hatte Rugad zu einem so gräßlichen Tod verurteilt, daß jeder, der dabeigewesen war, nur im Flüsterton darüber sprach und die Geschichte von Generation zu Generation weitergab. Boteen war damals dabeigewesen. Seither hatte er nie mehr auch nur mit dem Gedanken gespielt, Rugads Befehl zuwiderzuhandeln.

»Soweit wir wissen, sind aus der Zeit der ersten Invasion nur noch zwei Fey am Leben«, spann Boteen den Faden weiter.

»Rugads Urenkel«, bestätigte Threem.

Ay'Le war zurückgekommen. Sie war unnatürlich ruhig. »Vielleicht hatten sie noch Gefährten.«

»Die davongekommen sind, weil sie sich nicht im Schattenland aufhielten«, ergänzte Threem.

»Die Urenkelin ist in Jahn, unter den Inselbewohnern, aufgewachsen«, sagte Boteen.

»Aber der Urenkel nicht.« Ay'Les Ruhe war nur gespielt. Boteen spürte, wie aufgeregt sie war. »Wenn wir auch nur einen von ihnen finden ...«

»Freu dich nicht zu früh«, warnte Boteen. »Das lenkt dich nur von der Arbeit ab.«

Ay'Le warf ihm einen wütenden Blick zu. »Du warst es doch, der mich vorhin davon abgehalten hat, meine Arbeit zu tun.«

»Ach, jetzt ist wohl alles meine Schuld«, wehrte sich Boteen.

»Hört auf«, rief Threem. »So kommen wir nicht weiter.«

»Der Mann hat gesagt, sie hätten die anderen Langen vertrieben«, bemerkte die Möwenreiterin. »Ich frage mich, wie lange das her ist.«

»Es kann noch nicht sehr lange zurückliegen«, meinte Boteen. »Sie schienen ziemlich beunruhigt zu sein.«

»Ich werde diese Fey suchen«, verkündete die Möwenreiterin.

»Du wartest gefälligst, bis ich es dir befehle«, schnaubte Boteen.

Die Möwenreiterin schielte vom Kutschendach zu ihm herunter.

»Nicht du bist der Anführer dieser Truppe«, unterbrach

Ay'Le. »Du hast deinen eigenen Auftrag zu erfüllen. Unsere Aufgabenbereiche überschneiden sich nicht.«

»Sie haben sich bereits überschnitten«, gab Boteen zurück, »und weil ich in dieser Truppe am meisten Zauberkraft besitze, übernehme ich jetzt die Führung.« Er betrachtete wieder den Edelstein aus Licht. »Und ich sage, daß wir dort hinaufmüssen.«

»Es ist nicht sicher, daß die Fey, die du suchst, dort oben sind«, gab Ay'Le zu bedenken.

»Und es ist genausowenig sicher, daß sie nicht dort sind«, konterte Boteen. »Wenn sie immer noch in der Nähe sind, müssen sie sich irgendwo in diesem Gebirge verstecken.«

»Woher willst du das wissen?« fragte die Möwenreiterin.

»Das ist ganz einfach«, sagte Schleier, die neben der Kutsche stand und bis jetzt die Unterhaltung schweigend verfolgt hatte. »Wir sind überall in dieser Gegend gewesen und haben außer unseren eigenen Leuten keine anderen Fey auf den Straßen gesehen. Genaugenommen haben wir nirgendwo Fey gesehen, stimmt's?«

»Stimmt«, bestätigte die Möwenreiterin mürrisch.

»Falls sich in den Bergen Inselbewohner aufhalten, die Signale weitergeben, haben wir auch die nicht gesehen«, setzte der andere Irrlichtfänger hinzu.

»Es ist nicht schwer, sich zwischen diesen Felsen zu verstecken«, wandte Boteen ein.

»Aber hier, auf der Straße und am Fluß ist ziemlich offenes Gelände«, hielt Schleier dagegen. »Wenn sie die Schwarzen Erben in den letzten paar Tagen aus ihrem Dorf vertrieben haben, hätten sie uns über den Weg laufen müssen.«

Ay'Le stieß zischend die Luft durch die Zähne. »Wenn die Dorfbewohner die Schwarzen Erben vertrieben haben, müssen sie erstaunliche Fähigkeiten besitzen.«

»Vielleicht«, meinte Boteen. »Aber die Schwarzen Erben sind Visionäre, und das Mädchen ist obendrein Gestaltwandlerin. Bei dieser Art von Zauberkraft handelt es sich nicht um Kriegsmagie. Der Schwarze Thron ist verwundbar, verwundbarer, als uns lieb ist.«

»Warum machst du dich dann nicht an die Arbeit, Zaubermeister?« höhnte Ay'Le.

Boteen warf ihr einen erstaunten Blick zu. »Mit Geschichte kennst du dich wohl nicht sehr gut aus, was, Mädchen?«

Dann machte er einen Schritt von ihr weg.

»Mit Geschichte und den magischen Fähigkeiten anderer Fey«, lachte Threem. Das Lachen drang wie ein leises Wiehern aus seinem Feymund. Sein Pferdekopf bewegte sich dabei nicht.

»Eine kleine Gruppe Fey«, sagte Boteen langsam. »Eigentlich müßte ich sie ausfindig machen können. Ihr müßt mich über den Fluß und auf den Berg dort bringen. Aber vorher möchte ich genauer wissen, was mich dort erwartet. Schleier, ich weiß, daß du das Licht nicht sehen kannst, von dem ich sprach, aber laß mich dir wenigstens beschreiben, wo es sich befindet. Ich möchte wissen, was dort oben ist, bevor wir uns an den Aufstieg machen.«

»Diese Kutschen sind keinesfalls für Bergtouren geeignet«, wandte Threem ein.

Boteen legte ihm die Hand auf die Kruppe. »Wir brauchen keine Kutschen«, sagte er.

»Ein Pferd könnte sich ein Bein brechen«, erwiderte Threem.

»Dann gehst du eben als Fey.«

»Du glaubst zu wissen, was was dort oben ist«, stellte Threem fest.

»Nein«, seufzte Boteen. »Aber da ist etwas. Ich fühle es.«

Der andere Zaubermeister bestimmt auch. Aber das erzählte Boteen den anderen lieber nicht. Sie mußten nicht alles wissen.

»Soll ich nach der Infanterie schicken?« fragte Ay'Le. Obwohl die Frage folgerichtig war, klang sie ein bißchen zu sarkastisch, als wollte Ay'Le jeden wissen lassen, wie verärgert sie über den Verlust ihrer Anführerrolle war.

»Ich denke schon«, antwortete Boteen. »Laßt uns die Straße zu dem kleinen Dorf da besetzen. Rugad hat uns sowieso den Befehl gegeben, es zu erobern. Zuerst demonstrieren wir ihnen, wie stark unsere Truppen sind. Danach kannst du die Dorfbewohner immer noch Behexen, wenn du so wild darauf bist, Ay'Le.«

»Du scheinst meine Arbeit für sehr leicht zu halten«, gab Ay'Le zurück.

»Ich werde deine Arbeit selbst übernehmen, wenn du weiterhin so aufsässig bist«, drohte Boteen.

Ay'Le schloß den Mund und hob trotzig das Kinn.

»Los, Schleier«, befahl Boteen. »Während du die Lage aus der Luft auskundschaftest, kümmern wir uns hier um das Übrige.«

Schleier schrumpfte zu einer kleinen Ausgabe ihrer selbst, bis sie kaum größer als Boteens Daumen war. Dann startete sie und ließ dabei ihren kleinen Funken leuchten, damit Boteen ihrem Kurs über den Fluß mit den Augen folgen konnte.

Der Edelstein lockte immer drängender. Boteen stand einer größeren Kraft gegenüber, als er erwartet hatte.

Einer Kraft, von der er nicht gewußt hatte, daß sie überhaupt existierte.

Schleier verschwand im hereinbrechenden Sonnenlicht.

Boteen hoffte nur, daß sie auch wieder zurückkam.

27

Die Sonne stieg über die Berge, und die Feuer waren erloschen. Nur zarte Rauchfahnen schlängelten sich noch in den blauen Himmel. Die Arme über der Brust verschränkt, lehnte Matthias an einem Felsen. Die Morgenluft war kalt, kälter als die Nacht. Oder kam es ihm nur so vor, weil die Feuer ausgegangen waren?

Tri schlief neben einem anderen Felsen, Denl und Jakib im ehemaligen Lager des brennenden Jungen. Pausho und ihre Gefährtin hatten den Rückweg angetreten, nachdem Matthias versucht hatte, sie noch weiter auszufragen. Pausho hatte ihm einfach nicht zugehört und nach ihrer Prophezeiung bezüglich der Hand Gottes eisern geschwiegen.

Matthias hatte kein Auge zugetan. Er war müde, hungrig und durchgefroren, aber er konnte nicht schlafen. Er war zu sehr mit seinen Gedanken beschäftigt.

Außerdem mußten dort oben tatsächlich Fey sein. Matthias sah, wie ihre Spuren zu jenem seltsamen Schimmer führten.

Zu jenem Ort, den nach Paushos Worten auch der Roca aufgesucht hatte.

Dort war er gestorben.

Dort war er geboren worden.

Dort wurde er *wieder*geboren.

Obwohl Matthias als der größte Gelehrte des Rocaanismus galt, hatte er weder davon etwas gehört noch davon, daß die ursprünglichen Worte noch existierten.

Dabei hatte er seine Studien sogar in dieser Gegend fortgesetzt, nachdem er den Tabernakel verlassen hatte. Er hatte viele alte Berichte aufgestöbert und sich in alte Überlieferungen vertieft, aber er war nie auf den Gedanken gekommen, die

Weisen zu befragen. Die Weisen, die ihn seinerzeit dem sicheren Tod ausgeliefert hatten.

Aus religiösen Gründen, wie sie es nannten.

Auf Befehl des Roca.

Matthias schüttelte den Kopf.

Darüber nachzudenken war auch nicht angenehmer, als sich die Behauptung des Jungen ins Gedächtnis zu rufen.

Du bist genau wie ich.

Oder sich an die kleine Flamme zu erinnern, die von einem seiner Finger auf den anderen übergesprungen war.

Er war genau wie der Junge und genau wie der Roca.

Nur, daß die Kraft des Roca von Gott stammte und Matthias' Kraft vom Bösen, jedenfalls nach Paushos Ansicht.

Matthias hatte sie nicht gefragt, wie sie darauf kam.

Dämonenbrut. Vielleicht war er ja wirklich Dämonenbrut. Pausho hatte gesagt, er werde es bald herausfinden.

Wenn er dem Lockruf des hellen Schimmers folgte.

An den Ort, an dem der Roca wiedergeboren worden war.

Er blickte die Felswand hinauf. Der Schimmer war immer noch da, hell und silbrig im zunehmenden Morgenlicht. Matthias fühlte, wie der Schimmer ihn zu sich rief, wie er seine Gedanken völlig beherrschte.

Er warf einen Blick zurück auf Constantia, drunten am Fuße des Berges. Dort wartete Marly. Sie hatte Denl und Jakib das Versprechen abgenommen, Matthias heil wieder nach Hause zu bringen. Trotz seiner Körpergröße und seines entstellten Gesichts war er ihr nicht gleichgültig.

Vielleicht würde sie ihn eines Tages sogar lieben.

Sollte er nicht lieber den Berg wieder hinabsteigen, in sein kleines Haus zurückkehren und versuchen, die unausweichliche Invasion der Fey lebend zu überstehen? Dann könnte er mit Marly und der ehemaligen Diebesbande zusammenwohnen und vielleicht ein ganz normales Leben führen.

Abgesehen von den Flammen, die auf seinen Fingerspitzen tanzten.

Matthias seufzte.

Es gab kein Zurück. Jetzt nicht mehr. Schon immer hatte der Berg ihn gerufen, aber Matthias hatte es auf sein Erbe geschoben, auf die Tatsache, daß er als Säugling die Grausamkeit des Berges überlebt hatte. Er hatte nie erwogen, den Berg tatsächlich zu besteigen.

Erst als er die Spuren der Fey sah und wußte, daß er keine andere Wahl hatte.

Daran hatte sich nichts geändert. Er konnte nicht mehr umkehren.

Außerdem hatte der Junge ihm etwas gegeben. Er hatte ihm gezeigt, wie er sich seine Fähigkeiten nutzbar machen konnte.

Matthias streckte die rechte Hand aus, wölbte sie und stellte sich einen Feuerball in der Mitte seiner Handfläche vor.

Eine kleine Kugel aus goldenem und orangefarbenem Feuer erschien, deren Farben auf Matthias' blasser Haut spielten.

Matthias schloß die Hand und wünschte sich den Ball fort, und als er die Finger wieder öffnete, war die Handfläche leer. Keine Flammen, keine Brandwunden.

Nicht einmal eine Blase.

Du bist genau wie ich.

Du besitzt große Magie, heiliger Mann.

Große Magie.

Wenn Pausho nun unrecht hatte? Wenn Matthias' Magie doch vom Roca stammte? Das Geschlecht des Roca ließ sich über Nicholas und seine halbblütigen Kinder hinaus zurückverfolgen, aber die Überlieferung berichtete nicht, was aus dem zweiten Sohn des Roca geworden war, dem religiösen Führer der Insel. Hatte auch er Kinder gezeugt? Gehörte Matthias seinem Geschlecht an? Womöglich auch der brennende Junge, dieser Coulter? Im Lauf der Generationen mochte sich die Linie so weit verzweigt haben, daß sie beide verwandt sein konnten, ohne es zu wissen.

Vielleicht hätte Matthias doch auf die anderen hören und schon früher akzeptieren sollen, daß er außergewöhnliche Fähigkeiten besaß.

Vielleicht hatte ihn der Berg nicht ohne Grund am Leben gelassen.

Er fröstelte jetzt nicht mehr, obwohl er am Rücken die Kälte des Felsens sogar durch die Kleidung spürte.

Auch seine Kopfschmerzen hatten nachgelassen.

Der Fünfzigste Rocaan, jener tiefreligiöse Mann, der geglaubt hatte, die leise ruhige Stimme Gottes zu vernehmen, hatte die Fey für die Soldaten des Feindes gehalten. Er glaubte, daß der Rocaan dieselbe Pflicht hatte wie der Roca selbst: die Soldaten des Feindes von der Blauen Insel zu vertreiben.

Aber trotz seiner Überzeugungen war der Fünfzigste Rocaan kein echter Nachfahre des Roca gewesen. Er war nur der zweitgeborene Sohn einfacher Bauern, und obwohl er der Erste der Rocaanisten war, besaß er nicht die Fähigkeiten eines Religionsführers.

Besaß Matthias vielleicht diese Fähigkeiten? Vielleicht waren er und seinesgleichen zu wahren Führern des Rocaanismus ausersehen. Vielleicht waren sie deshalb bei allen Glaubensspaltungen der Vergangenheit aus der Kirche ausgestoßen worden.

War dies das geheime Wissen, das die Weisen so eifersüchtig hüteten? Aber das ergab keinen Sinn. Denn wenn Matthias ein direkter Nachfahre des Roca war, hätten die Weisen alles tun müssen, um sein Leben zu schützen, statt zu versuchen, ihn zu töten.

Oder?

Matthias fühlte sich, als sei er eingeschlafen und in einer völlig veränderten Umgebung wieder aufgewacht. Als junger

Mann war er dem Tabernakel beigetreten, weil dort feste Regeln herrschten. Außerdem garantierte ihm der Tabernakel eine Ausbildung, die Möglichkeit, sich ganz seinen geistigen Interessen zu widmen. Als Matthias dann in die höheren Ränge aufgestiegen war, hatte er festgestellt, daß er eine besondere Begabung besaß. Seine Gelehrsamkeit war außergewöhnlich, geschätzt, unentbehrlich. Er konnte sich ungestört seinen Studien hingeben, während ihm die Regeln des Tabernakels ein geordnetes Leben boten.

Tag für Tag wußte er, wie sein Leben verlaufen würde. Dann stieg er zum Ältesten auf und erreichte damit die höchste Ebene, die er im Tabernakel angestrebt hatte.

Rocaan zu werden war nie sein Wunsch gewesen. Er verabscheute es, Macht zu besitzen, schreckte im Innersten davor zurück.

Weil er Dämonenbrut war? Weil man ihn in dem Glauben erzogen hatte, wertlos zu sein?

Oder weil es ihm tatsächlich an jener Glaubensstärke mangelte, die er an dem Fünfzigsten Rocaan immer bewundert hatte?

Aber der Fünfzigste Rocaan hatte Matthias selbst zu seinem Nachfolger ernannt. Er mußte seine Gründe gehabt haben.

Matthias seufzte. Jetzt richtete sich sein Tagesablauf schon lange nicht mehr nach festen Regeln. Der Tabernakel war ein für allemal zerstört. Matthias hatte keinen festen Platz mehr, und jedesmal, wenn er sich einen suchte, kam etwas dazwischen, was sein Weltbild erschütterte.

Er war kein dummer Mann. Aber er hatte viele Fehler.

Pausho und ihresgleichen glaubten, daß schon seine Geburt ein einziger Fehler war.

Wieder betrachtete er den Schimmer. Er konnte zu ihm hinaufsteigen und sich seiner Zukunft stellen, so unsicher, wie sie seit der Invasion der Fey war, und herausfinden, was er selbst

Dunkles in sich trug. Oder aber er flüchtete sich in Marlys Arme und hoffte, mit dem Leben davonzukommen.

Hoffnung war noch nie seine Stärke gewesen.

Matthias stand auf, klopfte sich den Staub von den Kleidern, ging zu Tri hinüber und rüttelte ihn wach. Tri öffnete verschlafen und verwirrt die Augen.

»Ich muß eingeschlafen sein«, entschuldigte er sich dann. »Wer hätte das nach dieser Nacht für möglich gehalten.«

»Wir steigen höher hinauf«, verkündete Matthias.

Tri nickte. »Das habe ich mir schon gedacht. Du konntest noch nie einem Rätsel widerstehen.«

»Du hältst es für ein Rätsel?«

»Es ist etwas, von dem Pausho weiß, daß du es nicht weißt«, gab Tri zurück.

»Und du?«

Tri schüttelte den Kopf. »Ich war ein schlechter Weiser. Ich habe nie so viel darüber gelernt, wie ich eigentlich sollte und habe mich obendrein noch mit Leuten wie dir abgegeben.«

Matthias gestattete sich zu lächeln, obwohl die Bewegung unangenehm an seinen noch nicht verheilten Wunden spannte. Er klopfte Tri auf die Schulter und ging weiter zu Denl und Jakib. Die beiden kauerten aneinandergelehnt unter dem Steindach. Trotz der unwirtlichen Umgebung war der Ort, den der Junge sich als Unterschlupf ausgesucht hatte, gemütlich.

»Wir steigen höher«, verkündete Matthias.

Denl öffnete so rasch die Augen, als hätte er bloß gedöst. »Soll'n wir uns nich' lieber erst Waffen und so was holen, bevor wir weitergehn?«

Matthias ballte die Fäuste und erinnerte sich an das Gefühl von Feuer auf seiner Haut. »Wir brauchen keine Waffen.«

»Ich hab Marly versprochen, daß du heil zurückkommst«, erinnerte Jakib. Er preßte eine Hand an die Stirn und sah ziemlich erledigt aus.

»Das werde ich auch«, versprach Matthias.

»Was glaubst du denn, was da oben is'?« fragte Denl.

»Die Fey«, antwortete Matthias. Und noch etwas anderes. Etwas, das ihn rief. Das ihn stärker anzog als alles andere.

Wieder musterte er den rätselhaften Schimmer.

Der Tag war noch nicht zu Ende. Es gab noch viel zu entdecken.

Wenn der Berg es zuließ.

Wenn der Berg ihn am Leben ließ.

Zum zweiten Mal.

28

Seine Tochter war schwer.

Nicholas trug Arianna jetzt über der Schulter statt auf den Armen. Ihre schlaffen Arme baumelten auf seinem Rücken, ihr Kinn schlug ihm bei jedem Schritt gegen die Wirbelsäule und ihre Füße gegen seine Beine. Nicholas hatte gar nicht gemerkt, wie groß Arianna geworden war. Das hochgewachsene, schlanke Mädchen besaß ein beträchtliches Gewicht, um so mehr jetzt, wo es wie leblos war. Nicholas hatte fast das Gefühl, eine Tote zu schleppen.

Immerhin atmete Arianna noch selbständig. Solange Nicholas sie berührte, würde sie sich nicht wieder Wandeln, hatte die Schamanin versichert. Solange sie für Nicholas noch Arianna war und nicht etwas anderes.

Trotzdem ertappte Nicholas sich bei dem Wunsch, Arianna hätte ihre Eidechsengestalt beibehalten. Dann könnte er sie auf der flachen Hand tragen und sich außerdem noch auf den Pfad konzentrieren.

Falls man das überhaupt einen Pfad nennen konnte.

Endlich war die Sonne über diesen Teil des Gebirges emporgestiegen. Der Boden war rot, die Felsen waren rot, und Nicholas selbst war mit rotem Staub bedeckt. Trotzdem war die Luft kalt, auf den Gipfeln über Nicholas lag Schnee.

Die Schamanin hütete einen kleinen Wasservorrat, von dem sie Nicholas in regelmäßigen Abständen ein paar Schlukke zuteilte. Dazu kaute er im Gehen kleine Brocken Tak. Vor ihm hastete die alte Frau, ohne darauf zu achten, daß sich ihr langes Gewand in den dürren Pflanzen verfing, die in dieser fremdartigen Umgebung gediehen. Sie trug ihrer beider Gepäck und Ariannas Stiefel. Kurz vor der Schneegrenze hörte der Bewuchs ganz auf. Dort gab es nur noch Felsen, Erde und Spuren von Lawinen.

Lawinen. Darüber wollte Nicholas lieber nicht nachdenken. Schon mehr als einmal war der Boden unter seinen Füßen ins Rutschen geraten. Den einen Arm schlang er um Ariannas Hüfte, mit dem anderen hielt er das Gleichgewicht. Trotzdem wußte er nicht, ob er sich wieder fangen konnte, wenn er plötzlich stolperte.

Was würde dann mit Arianna passieren?

Als sie die Stelle verlassen hatten, an der der Schwarze König Arianna angegriffen hatte, hatte die Schamanin die Führung übernommen und einen steilen Pfad bergauf eingeschlagen. Wenn Nicholas nach unten blickte, konnte er noch einen zweiten Pfad erkennen, der sich um den Berg wand, breiter und öfter benutzt als dieser Pfad. Aber jenen Pfad schien die Schamanin ganz bewußt zu meiden.

Die alte Frau schien ihr Ziel genau zu kennen.

Nicholas hatte sie sich noch nie so flink bewegen gesehen.

Die Sorgen, die ihn bedrückten, seit er aus dem Palast geflohen war, quälten ihn immer stärker. Womöglich raubte ihm Rugad auf diesem Berg seine Tochter.

Wenn Rugads Überfall auf Ariannas Geist – und ein Überfall war es für Nicholas, ganz gleich, wie die Schamanin es erklärte – seine Tochter das Leben kostete, würde dann jenes Unheil hereinbrechen, vor dem man ihn immer gewarnt hatte? Der Fluch des Schwarzen Blutes?

Kannte der Schwarze König dieses Risiko denn nicht? Oder scherte er sich nicht darum?

Oder war dieser Fluch nur wieder etwas, das die Schamanin erfunden hatte, um Nicholas Angst einzujagen?

Während sie wanderten, ging Nicholas in Gedanken jedes Gespräch durch, das er jemals mit der Schamanin geführt hatte. Oft war die alte Frau begriffsstutzig gewesen, hatte sich manchmal sogar absichtlich so gestellt. Sie hatte zwar gelegentlich angedeutet, daß Sebastian nicht Nicholas' richtiger Sohn war, aber von Gabes Existenz hatte sie ihm trotzdem nie erzählt.

Allerdings hatte sie ihm immer beigestanden, wenn er in Gefahr gewesen war.

Aber vielleicht steckte hinter all dem eine ganz andere Absicht?

Vielleicht sogar eine feindliche?

Arbeitete die Schamanin in Wirklichkeit etwa immer noch für das Imperium der Fey?

Auch sie war eine Visionärin und konnte Verbindungen bereisen. Sebastian hatte behauptet, er und Gabe hätten sich die ganze Zeit über ihre Verbindung miteinander verständigt. Verständigte sich die Schamanin auf dieselbe Weise mit dem Schwarzen König?

Aber warum hätte sie Nicholas dann vorschlagen sollen, Rugad zu töten?

Vielleicht handelte es sich um eine List, die in Wirklichkeit Arianna aus dem Weg räumen sollte.

Nicholas schüttelte den Kopf. Das war nicht einleuchtend. Keine dieser Überlegungen war besonders einleuchtend. Warum hätte die Schamanin alles aufs Spiel setzen sollen, um Arianna ans Licht der Welt zu verhelfen, wenn sie vorhatte, das Mädchen später umzubringen? Warum hätte sie Nicholas so viel über die Fey verraten sollen, wenn sie nicht trotz allem auf der Seite der Inselbewohner stand? Und warum sollte sie sich dann selbst als Nicholas' Freundin bezeichnen?

An einer engen Windung des Pfades stolperte Nicholas, fand aber das Gleichgewicht wieder, indem er die freie Hand ausstreckte. Ariannas Körper prallte so heftig gegen seinen Rücken, daß es ihm einen Augenblick lang den Atem verschlug.

Ohnehin kam ihm die Luft hier oben dünner vor. Das Atmen fiel Nicholas immer schwerer, aber er wußte nicht, ob es vielleicht nur an seiner eigenen Erschöpfung lag. Er war nicht an körperliche Anstrengungen gewöhnt, daran, lange Strekken zu laufen oder zu klettern, und schon gar nicht mit einem Mädchen auf dem Rücken, das womöglich größer und schwerer war als er selbst.

Er durfte Arianna jetzt nicht verlieren. Zu diesem Punkt kehrten seine Gedanken immer wieder zurück. Er konnte es nicht ertragen, sie zu verlieren. Er hatte schon alle anderen verloren.

Jewel.

Seinen Vater.

So viele Freunde.

Sogar Sebastian war tot, und sein richtiger Sohn war für Nicholas ein Fremder.

In gewisser Weise hatte er sogar seine Heimat verloren. Die Blaue Insel gehörte ihm nicht mehr. Selbst wenn es ihm gelingen sollte, sie zurückerobern, würde es nie mehr so sein wie früher.

Die Fey hatten überall Spuren hinterlassen, die auch Nicholas nicht mehr auslöschen konnte.

Vor ihm kletterte die Schamanin über einige größere Felsbrocken. Nicholas blieb keuchend stehen.

Jetzt war endgültig kein Pfad mehr zu erkennen. Sie waren allein auf den Instinkt der Schamanin angewiesen.

»Warte!« rief Nicholas.

Das Echo seiner Stimme klang zwischen den Felswänden wider.

Wartet.

wartet

wartet

Die Schamanin blieb stehen.

»Wohin gehen wir?« stieß Nicholas hervor.

Die Schamanin zeigte nach vorn. Auch sie atmete mühsam. Das konnte Nicholas selbst aus dieser Entfernung erkennen. Aber immer noch sah sie zum Äußersten entschlossen, geradezu wild aus, fast wie eine Fremde.

Das weiße Haar kräuselte sich um ihr Gesicht. Die dunklen Augen funkelten in der Sonne. Ihre nußbraune Haut schien noch runzliger zu sein als sonst. Sie war Nicholas stets äußerst würdevoll erschienen, aber jetzt hatte sie ihre übliche Gelassenheit eingebüßt.

Was mochte der Grund dafür sein?

»Gibt es hier keinen richtigen Pfad?« fragte Nicholas weiter.

Die Schamanin fuhr sich mit der Hand durch das zerzauste Haar. »Den Pfad benutzen schon andere, Nicholas. Wir müssen hier hinauf.«

Nicholas betrachtete die Felsen und fragte sich, wie er sie mit Arianna auf dem Rücken überwinden sollte. Allmählich stieß er an die Grenzen seiner Kraft.

»Ist es noch weit?« fragte er.

»Nicht besonders«, gab die Schamanin zurück. »Bitte, Nicholas, wir haben nicht mehr viel Zeit.«

Warum nicht? Wegen Arianna? Oder gab es noch einen anderen Grund?

»Stirbt Arianna, wenn wir nicht bald da sind?«

Die Schamanin drehte sich um, als erwarte sie, jemanden zu sehen. Ihre Stimmen hallten den Berg hinunter. Nicholas fragte sich, ob die Leute auf dem unteren Pfad sie hören konnten.

»Ich brauche Zeit, um ihr zu helfen, Nicholas. Aber erst muß ich dort sein.«

»Das verstehe ich«, erwiderte Nicholas. »Aber ich weiß nicht, ob ich über diese Felsen klettern kann.«

»Du mußt«, beschwor sie ihn. »Aber du hast mich nicht verstanden. Ich muß unbedingt vor den anderen dort sein.«

»Welchen anderen?«

Die Schamanin antwortete nicht, sondern wandte sich einfach ab und kletterte weiter.

Du mußt.

Das bedeutete wohl, daß Arianna nur am Leben blieb, wenn Nicholas den Aufstieg bewältigte. Versuchsweise löste er die Hand von ihrer Hüfte und beugte sich vor. Ihr eigenes Körpergewicht schien sie am Abrutschen zu hindern.

»Komm, Kleines«, flüsterte er. »Wir schaffen es.«

Er kletterte weiter.

29

Boteen wanderte unruhig auf und ab. Schleier blieb länger fort als erwartet. Waren die magischen Strömungen, von denen sie gesprochen hatte, ihr zum Verhängnis geworden? War sie etwa einer Macht begegnet, mit der sie nicht gerechnet hatte?

Boteen hatte nicht die geringste Ahnung.

Er wußte nur, daß der Sirenengesang des eigenartigen Schimmers ihn immer stärker lockte. Er fühlte seinen Sog sogar, wenn er nicht hinsah. Seit die Reiter verschwunden waren, hatte das Summen in seinen Ohren aufgehört; ihm war auch nicht mehr übel, aber das Gefühl, den Berg unbedingt ersteigen zu müssen, wurde mit jedem Augenblick stärker.

Der Wind zauste die Federn der Möwenreiterin. Sie hob versuchsweise die Flügel, ließ sie aber wieder sinken. Die Pferdereiter standen ungewöhnlich geduldig da, wie es gar nicht ihrer Natur entsprach.

Ay'Le schielte aus dem Augenwinkel zu Boteen hinüber. Sie schien zu glauben, daß er es nicht merkte, oder vielleicht war es ihr auch egal. Sie hatte den anderen Möwenreiter nach der Infanterie ausgegeschickt und hatte dann ebenfalls angefangen, auf und ab zu gehen.

Das Warten paßte ihr nicht, und Boteens Entschluß, den Berg zu ersteigen, würde ihr noch viel weniger gefallen.

Aber das kümmerte Boteen wenig. Ay'Le war nur eine drittklassige Hexerin, da mochte Rugad sagen, was er wollte. Sie war mehr an ihrer eigenen Macht interessiert als an ihrer Arbeit.

Ähnliches hatte Boteen schon bei vielen Hexern beobachtet.

Die Sonne stand jetzt hoch genug über den Bergen, um ein warmes Licht auf diesen Abschnitt der Straße zu werfen. Unter ihnen funkelten die Sonnenstrahlen auf dem blutroten Wasser, so daß der Cardidas aussah wie mit Rubinen bedeckt. Etwas Ungeheuerliches schien sich anzubahnen, der bloße Anblick der Berge drückte die Erwartung aus, daß gleich etwas Aufsehenerregendes geschehen würde.

Vielleicht war es ja bereits geschehen.

Die magische Ausstrahlung des Ortes gefiel Boteen. Die meisten Länder, die er auf dem Kontinent Galinas bereist hatte, faszinierten ihn durch ihre Tradition wie jede fremde Kultur. Aber eine solche Herausforderung wie hier hatte er noch nie verspürt, noch nie so sehr das Gefühl gehabt, endlich nach Hause gekommen zu sein.

Bei diesem letzten Gedanken blieb er abrupt stehen.

Nach Hause.

Wie kam er bloß darauf? Er war irgendwo unterwegs geboren worden, als Sohn eines Spions und einer Domestikin, deren Leidenschaft füreinander Boteens Kindheit nicht überdauert hatte. Sie hatten ihn schon in zartem Alter Rugads Hütern übergeben, die ihn wiederum als Testperson für viele ihrer Zaubersprüche benutzt hatten. Auf diese Weise hatte Boteen alles über die Zauberkünste der Fey gelernt – selbst über diejenigen Fähigkeiten, die er selbst nicht besaß, wie zum Beispiel, sich zu Verwandeln –, aber er hatte auch nie einen festen Wohnsitz gehabt. Seit er drei Jahre alt war, war er ein festes Mitglied von Rugads Armee und davor ein Anhängsel des Zigeunerhaushalts seiner Eltern.

Ein eigenes Zuhause hatte er nie besessen.

Woher rührte also dieses seltsame Gefühl?

Boteen wußte die Antwort. Es ging von den Bergen aus und von der Magie, die hier in der Luft lag.

Es rührte von der Wildheit dieses Ortes.

Boteen mußte sich darauf vorbereiten, Rugad in allen Einzelheiten zu schildern, was hier vor sich ging.

»Hol den Schreiber!« befahl er Ay'Le.

Sie runzelte die Stirn, klopfte dann aber an die Tür der anderen Kutsche. Der Schreiber sah aus wie alle seine Kollegen: ein ziemlich fader Zeitgenosse, den die kleinste Abweichung von der täglichen Routine zu beunruhigen schien. Beim Anblick der berittenen Inselbewohner hatte er sich in seiner Kutsche verschanzt und war bis jetzt nicht mehr zum Vorschein gekommen.

Die Kutschentür öffnete sich langsam. Widerstrebend stieg der Schreiber aus.

Vom Alter her hätte er Boteens Vater sein können. Vielleicht war er sogar älter als Rugad. Seine Augen waren groß und tief, der Mund klein und die Ohren so groß wie Hände.

Er verneigte sich vor Boteen, aber der schüttelte den Kopf.

»Vor mir brauchst du dich nicht zu verbeugen, Schreiber«, sagte er.

»Verzeihung, Herr«, erwiderte der Schreiber und machte Anstalten, sich ein zweites Mal zu verbeugen, schien sich dann aber eines Besseren zu besinnen. Offenbar ängstigte ihn die Tatsache, überhaupt angesprochen zu werden, genauso wie die fremdartige Umgebung. Immer wieder warf er hastige Blicke auf die rosafarbene Gischt unter ihnen.

»Du wußtest, daß diese Reise keine Spazierfahrt werden würde, nicht wahr?« fragte Boteen.

Der Schreiber schüttelte den Kopf. »Man hat mir nur mitgeteilt, ich würde gebraucht.«

»Und normalerweise sitzt du in einer Ecke und hörst zu.«

»Ja, Herr«, bestätigte der Schreiber.

Boteen schnaufte. Natürlich. Der Mann war so gut wie wertlos. Aber Rugad mußte einen Grund gehabt haben, ihn mitzuschicken.

»Hättest du mich mit den Inselbewohnern sprechen lassen, hätte er es aufschreiben können«, mischte sich Ay'Le ein.

»Du *hast* mit den Inselbewohnern gesprochen«, erwiderte Boteen scharf.

Der Schreiber beobachtete sie gespannt. Was sollte er Rugad wohl noch alles berichten?

»Du gehörst jetzt mir«, verkündete Boteen. »Diese ganze Unternehmung untersteht ab sofort meinem Kommando, und du wirst alles tun, was ich sage. Ist das klar?«

Der Schreiber nickte kurz.

Beinahe hätte Boteen ihn nach seinem Namen gefragt, aber er erinnerte sich rechtzeitig. Während der Arbeit durfte ein Schreiber seinen Namen nicht verraten. Es war besser, wenn er anonym blieb. Besser für ihn, besser für seine Zauberkraft und besser für diejenigen, die seine Dienste in Anspruch nahmen. Auf diese Weise war nicht der Schreiber allein für eventuelle Fehler verantwortlich, sondern alle Anwesenden.

Wenn man so ängstlich war wie dieser hier, war das sicherlich eine sinnvolle Vorschrift.

»Du wirst mich begleiten und dich bereithalten, Rugad eine Botschaft zu überbringen. Eine ganz besondere Botschaft.«

»Dafür bin ich da«, bestätigte der Schreiber eilfertig. »Für besondere Botschaften.«

»Gut«, lobte Boteen. Er warf einen Blick auf den Berg. Der Schreiber tat es ihm nach und schauderte. Boteen hatte den Eindruck, daß der Mann sich nur selten im Freien aufhielt.

»Kannst du reiten?« erkundigte sich Boteen.

»Nein«, erwiderte der Schreiber.

»Ein Glück«, nuschelte Threem.

»Dann wirst du es eben lernen. Eine Kutsche schafft es nicht rechtzeitig bis nach Jahn.«

»Das heißt, du willst uns diese Bürde aufhalsen!« maulte Threem.

Boteen lächelte. »Vielleicht sogar dir höchstpersönlich, Threem.«

Das Pferd schüttelte den Kopf und wieherte protestierend. Threem tätschelte unwillkürlich den Hals des Tieres beziehungsweise seinen eigenen Hals. Diese Art Zauberkraft erzeugte manchmal ein ziemliches Durcheinander. Boteen schüttelte den Kopf.

Sein eigenes Durcheinander stand ihm noch bevor.

»Darf ich jetzt in meine Kutsche zurück?« erkundigte sich der Schreiber.

»Nein!« fuhr ihn Boteen an. »Ich habe dir doch eben befohlen, bei mir zu bleiben!«

»Aber hier ist doch sonst niemand«, wandte der Schreiber ein.

»Es handelt sich hier um keinen gewöhnlichen Auftrag. Ich werde dich einfach nur als Botenjungen einsetzen, nicht als Berichterstatter einer langen diplomatischen Besprechung.«

»Gewiß kann einer der anderen ... vielleicht die Möwenreiterin ... dir besser als Bote dienen, Herr«, wandte der Schreiber unterwürfig mit gesenktem Kopf ein.

»Nicht in diesem Fall«, verneinte Boteen und wippte vor Ungeduld auf den Zehenspitzen. »Wenn alles so verläuft, wie ich vermute, muß Rugad unbedingt den genauen Wortlaut meiner Botschaft erfahren. Der Möwenreiterin würde er die Federn einzeln ausrupfen. Dir wird er glauben.«

»Wohl wahr«, murmelte die Möwenreiterin vom Kutschendach.

»Ich bin der Anführer dieser Truppe von Pferdereitern«, sagte Threem. »Auf mir kann diese Kreatur auf keinen Fall reiten. Ich schicke einen anderen.«

»Nur, wenn er schneller ist als du«, entgegnete Boteen.

»Dafür sorge ich schon«, versprach Threem.

Boteen verzog die Lippen zu einem flüchtigen Lächeln und

trat an den Rand des Abhangs. Er erwartete nicht, daß ihm der Schreiber dorthin folgte, aber der alte Mann hatte seine Aufgabe offenbar inzwischen begriffen. Er stellte sich neben Boteen, warf einen Blick in die Tiefe auf das rote Wasser und wurde einen Moment lang so bleich, daß Boteen befürchtete, er werde gleich in Ohnmacht fallen.

»Wasserscheu?« fragte Boteen knapp.

»Höhenangst«, flüsterte der Schreiber zurück.

Na wunderbar, dachte Boteen, und das ausgerechnet bei einer Bergwanderung. Aber es hatte keinen Sinn, sich Sorgen zu machen. Der Schreiber mußte auf sich selbst aufpassen.

Über der Wasseroberfläche glitzerte etwas. Boteen kniff die Augen zusammen. Das Glitzern bewegte sich. Es sah aus wie ein Funke. Es kam immer näher.

Schleier.

Boteen hatte die Irrlichtfängerin fast schon aufgegeben.

Sie landete neben ihm auf der Straße und wuchs zu ihrer vollen Größe heran. Einen Augenblick lang schien sie über und über mit Funken bedeckt, Körper und Flügel von innerem Licht erhellt. Dann verblaßte das Glühen, und nur ihr Gesicht war so zart und schön wie immer.

»Boteen«, sagte sie. »Ich muß allein mit dir sprechen.«

Boteen warf einen kurzen Blick auf den Schreiber und fragte sich, ob er den Mann dazubitten sollte, beschloß dann aber, Schleiers Gefühl zu vertrauen.

»Ich nehme an, du möchtest dich gern wieder in deine Kutsche zurückziehen«, wandte er sich an den Mann.

Der Schreiber verbeugte sich hastig und rannte im Laufschritt zu seinem Gefährt. Boteen unterdrückte ein Grinsen. Diese Unternehmung würde sich als größte Herausforderung in der Laufbahn des Schreibers erweisen.

Dann drehte er sich wieder nach Schleier um.

Sie trippelte auf ihren zierlichen Füßen auf der Stelle, während ihre Flügel in der frischen Brise, die vom Fluß aufstieg, flatterten. Als sie merkte, daß er sie beobachtete, bedeutete sie ihm, ihr die Straße hinunter zu einer kleinen Lichtung außer Hörweite der Kutschen zu folgen.

Die Lichtung ragte über den Fluß. Auf drei Seiten sah Boteen das Wasser unter sich tosen. An dieser Stelle schoß der Fluß über scharfkantige Felsen und brauste dabei so laut wie die Meeresbrandung.

»Was hast du entdeckt?« fragte Boteen.

»Den unheimlichsten Ort, den ich je gesehen habe«, antwortete Schleier. »Es ist eine Höhle, mit Stufen aus Marmor und von Menschenhand ausgeschmückt. Sie wird von den heiligen Schwertern der Inselbewohner bewacht, und in ihrem Inneren befinden sich lauter religiöse Gegenstände.«

»Du bist hineingeflogen?«

Schleier nickte.

Boteen durfte nicht vergessen, diese mutige Tat Rugad gegenüber lobend zu erwähnen.

»Aber da ist noch etwas, nicht wahr?« fragte er.

Schleier nickte wieder, und diesmal umspielte ein kleines Lächeln ihre Lippen.

»Was?« Boteen wußte, daß Schleier ihre Überlegenheit genoß, aber darauf konnte er jetzt keine Rücksicht nehmen. Er mußte es wissen.

»In der Höhle befindet sich Rugads Urenkel, zusammen mit ein paar Inselbewohnern und einigen Fey. Sie erwarten jeden Augenblick die Ankunft der Urenkelin und des Inselkönigs.«

Alle auf einem Fleck. Boteens Herz machte einen Satz. Endlich hatte er sie gefunden. Sein Instinkt hatte ihn nicht getrogen.

»An einem religiösen Ort der Inselbewohner?«

»Ich bin nicht ganz sicher, was für eine Art Ort es ist«,

räumte Schleier ein. »Die magischen Strömungen vor dem Höhleneingang sind so stark, daß ich beinahe auf einem der Steinschwerter landen mußte.«

Trotzdem mußte Boteen diesen Ort unbedingt mit eigenen Augen sehen. Er wußte auch, daß er nicht abwarten konnte, bis der Schreiber mit Rugad gesprochen hatte. Diese Neuigkeit war einfach zu großartig.

»Bist du wirklich sicher, daß es die Urenkel des Schwarzen Königs sind?«

»Der Junge auf jeden Fall«, erwiderte Schleier. »Und sie haben darüber geredet, daß die anderen bald kommen.«

Boteen warf ihr einen mißtrauischen Blick zu. Ihre Stimme klang, als hielte sie noch etwas zurück, das sie ihm nicht erzählen wollte.

»Was ist dir in der Höhle zugestoßen?«

»Magische Strömungen«, wich Schleier aus. »Das habe ich dir doch schon erzählt.«

»Und was noch?«

Schleier zwinkerte nervös und wandte das Gesicht ab. Wieder flatterten ihre Flügel, aber diesmal war nicht der Wind daran schuld.

Es waren die Nerven.

»Du mußt es mir erzählen«, beharrte Boteen. Er legte ein bißchen Hexenkunst in die Worte. Das tat er selten. Er pflegte Zaubersprüche sonst nur im Notfall zu benutzen.

»Meine Großmutter«, entfuhr es Schleier. Sofort zuckte sie zusammen, stolperte rückwärts und wäre fast gefallen. Boteen streckte die Hand aus, aber Schleier fand ihr Gleichgewicht von allein wieder und lächelte ihn unsicher an.

»Deine Großmutter?«

»Sie war ...« Schleier verstummte und schüttelte den Kopf.

»Deine Großmutter war Eklta, eine der berühmten Irrlichtfängerboten im Feldzug gegen Nye. Ich habe von ihr gehört«, erklärte Boteen. »Und es tat mir leid zu hören, wie sie gestorben ist.«

Schleier nickte. »Sie war Mitwisserin wichtiger Geheimnisse, deshalb wurde sie umgebracht. So etwas kommt vor. Immerhin habe ich in Nye noch einige Zeit mit ihr verbracht.«

Boteen wußte, daß er Schleier nicht drängen durfte. Sein Magen zog sich vor Ungeduld zusammen. Die Urenkel! Hier, in diesen Bergen mit ihrer wilden Magie!

»Keiner von uns kommt leicht über einen Mord hinweg«, beschwichtigte er und unterdrückte den Impuls, einen mächtigeren Zauberbann als bloße Hexenkunst auszusprechen. Einen, der Schleier zum Reden zwingen würde. »Aber ich verstehe nicht, wie du ausgerechnet jetzt auf deine Großmutter kommst.«

»Ich ...« Schleier schluckte mühsam und schüttelte wieder den Kopf. »Ich wäre beinahe gegen eines dieser Steinschwerter geschleudert worden. Sie sind größer als du, Boteen, und in den Berg gerammt. Ich weiß nicht, ob die Schwerter selbst Inselmagie besitzen, aber die Strömung um sie herum war einfach zu stark. Ich taumelte gegen eines von ihnen, unfähig zu bremsen, als unversehens meine Großmutter neben mir auftauchte. Sie zog mich weg, und plötzlich befand ich mich im Inneren der Höhle. Dort küßte sie mich auf die Wange, erklärte mir, daß sie mich immer lieben und nie vergessen würde, und führte mich die Steinstufen hinunter.«

Boteen seufzte unwillkürlich. »Und dort hast du den Urenkel gesehen.«

Schleier nickte. Sein Mißtrauen war ihr nicht entgangen. »Der Junge sprach mit jemandem, der nicht da war. Bei ihm waren eine saubere Rotkappe und eine Soldatin aus Rugars Infanterie. Sie tuschelten mit einem Inselbewohner und versuchten, ihm die Mysterien zu erklären.«

»Die Mysterien?« wiederholte Boteen erstaunt. Er betrachtete wieder den Diamanten auf der Bergflanke.

Die Mysterien.

Das war unmöglich.

Aber mit einem Mal ergab alles einen Sinn. Plötzlich paßte alles zusammen.

Schleier war buchstäblich über einen der Orte der Macht gestolpert. Hier, mitten auf der Blauen Insel. Und dieser Ort befand sich in der Hand der Inselreligion. Darum waren die Inselbewohner also in der Lage gewesen, die Fey zu besiegen. Sie besaßen dieselben Fähigkeiten wie diese. Sie setzten sie bloß anders ein.

Ein Ort der Macht. Wo die Mysterien lebten und die Mächte regierten. Wo die Zeit selbst außer Kraft gesetzt wurde, wenn ein Mensch nur tief genug ins Innere der Höhle vordrang.

»Bist du dir ganz sicher?« vergewisserte sich Boteen noch einmal.

Schleier nickte. »Die Sache mit meiner Großmutter war mir peinlich. Ich wollte dir nicht davon erzählen. Ich hatte Angst, du würdest mir nicht glauben.«

Ihre Entschuldigungen und Befürchtungen interessierten Boteen nicht. »Mit wem sprach der Urenkel?«

»Ich weiß nicht. Es sah aus, als unterhielte er sich mit der Luft.«

Wieder eine Bestätigung seiner Theorie, wenn man so wollte. »Ich verstehe. Aber mit wem glaubte er zu sprechen?«

»Mit seiner Mutter«, antwortete Schleier.

»Jewel?« fragte Boteen ungläubig.

Schleier zuckte die Achseln. »Ein Name ist nicht gefallen. Überhaupt keine Namen.«

Mysterien. Es hieß, Mysterien könnten sich nicht mehr als drei Menschen offenbaren. Der größten Liebe des Mysteriums zu seinen Lebzeiten, der Person, die es am meisten gehaßt hatte, sowie einer Person seiner freien Wahl.

»Standen deine Großmutter und du euch sehr nahe?« erkundigte sich Boteen.

Schleier nickte. »Ich habe sie über alles geliebt.«

»Und was empfand sie für dich?«

Schleier lächelte. »Ich war die einzige Familie, die sie noch hatte. Sie sagte immer, sie liebe mich bis zum Wahnsinn.«

Boteen nickte bestätigend. Die größte Liebe. Auch das war nicht wirklich ein Beweis, aber fast genauso gut.

»Du mußt sofort zum Schwarzen König fliegen und ihm berichten, was du gesehen hast. Aber erwähne *auf keinen Fall* deine Großmutter. Und auch nicht, was sich sonst noch im Inneren der Höhle befindet. Erzähl ihm einfach, daß sich seine beiden Urenkel in dieser entlegenen Gegend mit dem Inselkönig treffen. Hast du mich verstanden?«

»Soll ich Rugad nicht vor der Gefahr warnen?«

»Richte ihm aus, daß ich der Sache auf den Grund gehen werde. Ich gebe ihm Bescheid, sobald wir mehr wissen. Sag ihm ...« Boteen hielt inne und dachte nach. »Bitte ihn, uns so viele Soldaten, wie er entbehren kann, zu schicken. Sag ihm, daß hier eine fremde Zauberkraft am Werk ist, deren Quelle wir noch nicht entdeckt haben.«

»Soll er selbst kommen?« fragte Schleier.

Boteen schüttelte den Kopf. Er wollte den Schwarzen König noch nicht hierhaben. Er wußte nicht, was dann passieren würde.

»Das muß Rugad selbst entscheiden«, erwiderte er. »Aber es wäre besser, wenn er wartet, bis wir mehr herausgefunden haben. Kannst du ihm das alles erklären, ohne die Höhle zu erwähnen?«

»Natürlich«, versicherte Schleier.

»Dann flieg«, befahl Boteen. »Flieg los. Und kein Wort zu jemandem außer dem Schwarzen König.«

Schleier nickte ihm zu, schrumpfte und erhob sich in die Luft. Ihr Funke glitzerte im Sonnenlicht wie ein winziger, beweglicher Edelstein.

Ein Ort der Macht, die Schwarze Familie und ein zweiter Zaubermeister, und das alles auf einen Schlag.

Boteen lächelte triumphierend.

Endlich hatte sich das Blatt wieder zugunsten der Fey gewendet.

Es gab nur drei Orte der Macht auf der Welt, und soeben hatten sie den zweiten entdeckt.

Rugad würde höchst erfreut sein.

30

Allmählich fühlte sich Matthias wieder kräftiger. Er erklomm den schmalen Pfad, der immer schwerer zu erkennen war. Hinter sich hörte er das unterdrückte Murren Denls und Jakibs. Tri sagte nichts, ächzte aber gelegentlich, als habe er Schmerzen.

Sie hatten gerade ein Geröllfeld hinter sich gebracht und näherten sich einigen flachen Steinstufen, die aussahen, als hätten sie einst zu einer Treppe gehört. Vor Jahrzehnten, vielleicht sogar vor Jahrhunderten, hatte dann eine Lawine den größten Teil der Treppe verschüttet.

Matthias mußte beide Arme zu Seite ausstrecken, während er kletterte, um die Balance nicht zu verlieren, aber das machte ihm nichts aus. Der Drang, den er fühlte, war stärker als je zuvor und trieb ihn zur Eile. Er wußte, daß die Fey vor ihm waren, aber das war nicht der Grund.

Es war der Schimmer selbst, der ihn mit solcher Macht anzog.

Über sich glaubte er andere Stimmen zu hören, bekannte Stimmen. Eine davon klang sogar wie die von Nicholas, obwohl Matthias wußte, daß das unmöglich war. Nicholas würde sich nie so weit von Jahn entfernen und in eine so gefährliche Gegend begeben.

So weit weg von seinen halbblütigen Kindern.

Die Sonnenstrahlen trafen Matthias jetzt mit voller Kraft, aber sie wärmten nicht. Je höher er stieg, desto kälter wurde ihm. Über ihm flackerte der Schimmer, aber er fühlte ihn mehr, als ihn zu sehen. Der Schimmer schien Matthias Kraft zu verleihen, ihn förmlich zu sich hinaufzuziehen. Schon als Kind hatte das Gebirge ihn fasziniert, und während er sich von

Felsen zu Felsen hangelte, fragte er sich, warum er den Berg erst jetzt, nach so vielen Jahren, tatsächlich bestieg

Er hatte sich immer gesträubt, der Anziehungskraft des Berges nachzugeben, denn er hatte seit jeher befürchtet, daß der Ruf des Berges für ihn den Tod bedeutete. Er war hier schon einmal fast gestorben, und er stellte sich immer vor, daß der Berg nur darauf wartete, sein Werk zu vollenden.

Er war nie auf die Idee gekommen, daß der Berg ihn vielleicht nach Hause holen wollte.

Die Stufen waren jetzt frei von Steinen, zwar zerbrochen, aber bequem zu bewältigen.

Matthias beschleunigte sein Tempo.

»Heiliger Herr!« hörte er Denl hinter sich rufen. »Laß uns nich' hier allein.«

Matthias antwortete nicht. Sie würden ihn schon wieder einholen.

Sie wußten ja, wohin er wollte.

Die Stufen führten zu einem Felsplateau, hinter dem der Schimmer pulsierte. Matthias spürte jeden Pulsschlag. Damit verbunden, fühlte er ein merkwürdiges Ziehen, als wären die Schläge genau darauf abgestimmt, ihn voranzutreiben.

Seine Erschöpfung war verflogen.

Er war nicht mehr hungrig.

Sogar die Kopfschmerzen, die ihn nach der Begegnung mit dem brennenden Jungen so gequält hatten, waren wie weggeblasen. »Bitte, Matthias«, rief jetzt auch Tri. »Warte.«

Matthias nahm die letzten Stufen mit einem Satz und zog sich auf das Plateau hinauf. Oben angekommen, blieb er stehen und atmete tief durch.

Hier oben war die Luft dünner. Matthias hatte Mühe zu atmen. Damit hätte er rechnen müssen, aber es überraschte ihn trotzdem. Er hatte sich einzig und allein darauf konzentriert, hier heraufzukommen, auf den Gipfel, zu dem seltsamen Schimmer.

Jetzt war er fast da, wenn er nur erst wieder zu Atem kam.

Wenn er in diesem Tempo weitermachte, würde er sein Ziel nie erreichen. Das wußte er, ganz gleich, wie mächtig ihn der Schimmer lockte.

Er drehte dem Pulsieren den Rücken zu und blickte über den Rand des Gesimses ins Tal hinunter.

Tief unter ihm schlängelte sich der Fluß, wie eine rote Wunde inmitten des grünen Tals. Von seinem weiter entfernten Ufer führten zahlreiche Wege und Straßen nach Constantia. Weiter hinten schmiegten sich die grauen Steinhäuser der Stadt an die Bergflanke.

Aus dieser gottverlassenen Gegend stammte der Roca, und unter dieser unbedeutenden Stadt wurden die Geschriebenen und Ungeschriebenen Worte aufbewahrt, wenn man Pausho und Tri glauben durfte.

Über Matthias hingegen öffnete sich schimmernd die Höhle, in der der Roca wiedergeboren worden war.

Was mochte Matthias dort erwarten? Würde er einer fremden Zauberkraft begegnen?

Er wußte es nicht. Er wußte nur, daß er zuerst die Fey aus der Höhle vertreiben mußte, und daß er dazu allein nicht in der Lage war.

Tri holte ihn als erster ein. Matthias streckte ihm die Hand entgegen und zog ihn zu sich auf das Felsplateau.

Tri keuchte. »Elendes Gekraxel!«

»Stimmt«, erwiderte Matthias. Er beobachtete, wie Denl und Jakib vorsichtig Stufe um Stufe erklommen. Denl blickte sich dauernd um, als hätte er Angst, zu stolpern und den ganzen Berg bis zum Fluß hinabzupurzeln.

»Herrje!« rief Tri überrascht. »Das hier haben Menschen geschaffen!«

Er musterte das Sims. Auch Matthias senkte den Blick und fragte sich, warum er das nicht gleich gemerkt hatte. Die Steinplatten waren mit Mörtel verfugt und vom Alter geglättet, obwohl sich einige von ihnen aus der Verankerung gelöst hatten. Das ganze Sims sah aus wie eine unbeholfene Nachahmung des gefliesten Tabernakelvorplatzes.

Der jetzt sicherlich dem Erdboden gleichgemacht war.

Der Gedanke versetzte Matthias einen leichten Stich.

Er vermißte den Tabernakel. Er würde ihm den Rest seines Lebens nachtrauern. Es spielte keine Rolle, daß er ihn freiwillig verlassen hatte. Wichtig war, daß er auch danach noch existiert, daß er auch ohne Matthias weiterbestanden hatte.

Matthias hatte den Tabernakel so sehr geliebt, daß er ihm sein ganzes Leben geopfert hatte.

Jetzt war er nur noch ein Trümmerhaufen.

Endlich hatten auch Denl und Jakib das Felsgesims erklommen. Schwer atmend standen sie neben Matthias.

»Wir sind fast da«, verkündete dieser. Immer noch spürte er die Verlockung des pulsierenden Schimmers. »Ich gehe zuerst.«

»Glaub nich', daß das schlau wär'«, wandte Jakib ein. »Marly ...«

»Du kannst das Versprechen halten, das du deiner Schwester gegeben hast«, beruhigte ihn Matthias lächelnd. Es gefiel ihm, daß Jakib sich deswegen Sorgen machte. Er freute sich darüber, daß Marly ihre kleine Truppe sogar aus der Ferne fest im Griff hatte.

»Er hat nicht unrecht«, meinte jetzt auch Tri. »Du bist der einzige, der die Geheimnisse noch kennt.«

»Und ich scheine auch der einzige zu sein, der diesen Ort finden kann«, ergänzte Matthias. »Keine Sorge.«

»Die wissen, daß wir kommen«, gab Denl zu bedenken.

»Damit habe ich schon gerechnet«, erwiderte Matthias.

Ebendas war ja einer der Gründe, weswegen er zuerst gehen wollte. Er wollte seine neue Macht erproben, jene Fähigkeiten, die zu benutzen der brennende Junge ihn gelehrt hatte, aber er wollte nicht, daß seine Freunde ihm dabei zusahen.

Er hatte sich immer noch nicht damit abgefunden.

Er konnte immer noch nicht ganz glauben, daß er wirklich Zauberkräfte besaß.

»Isses dort, wo wir hinwoll'n?« fragte Denl und zeigte hinter Matthias.

Langsam und unwillig drehte Matthias sich um. Im Berg gähnte eine Öffnung, so hoch und breit wie der Eingang zum Tabernakel. Rund um die Öffnung waren Schwerter angeordnet.

Rocaanisten-Schwerter.

Matthias' Mund wurde trocken.

Hier konnten die Fey sich unmöglich verstecken. Sie würden es niemals wagen, eine Höhle zu betreten, die von so gewaltigen Schwertern bewacht wurde.

Schwerter dieser Größe hatte Matthias außerhalb des Tabernakels noch nie gesehen. Dort hatte eines mit der Spitze nach unten von der Decke der Sakristei gehangen, und Besucher hatten oft befürchtet, daß es herabfallen und jemanden verletzen könnte. Diese Schwerter hier wirkten nicht so gefährlich, denn sie bestanden aus Stein.

Die untersten beiden ragten aus der Plattform wie Säulen vor dem Eingang eines großen Gebäudes. Sie waren groß und beeindruckend, und Matthias spürte ihre Kraft.

Die Fey-Spuren führten um sie herum ins Innere der Höhle. Auch der brennende Junge mußte hier sein, denn Matthias spürte wieder deutlich seine Gegenwart.

Zwei weitere Schwerter waren zu beiden Seiten des Höhleneinganges liegend in den Fels gebettet, als hätte jemand sie in einem Wutanfall dorthin geschleudert. Ihre Knäufe ragten aus dem Stein. Wären sie nicht so groß gewesen, hätte man sie ergreifen und damit kämpfen können.

Aber sie waren größer als jeder Mensch, der sie hätte benutzen können.

Direkt über dem Eingang schwebte ein fünftes Schwert. Es war mit nach unten gerichteter Spitze aus dem Fels herausgemeißelt, als wollte es jeden durchbohren, der unter ihm hindurchging.

Matthias fragte sich, ob die Fey keine Angst gehabt hatten, die Höhle zu betreten. Hatten sie nicht hochgeblickt und ihr Verhängnis über sich schweben gesehen?

»In der Höhle dort sind sie«, verkündete er.

»Da würd' kein Fey sich reintraun«, widersprach Denl. »Die gehört den Rocaanisten.«

»Trotzdem«, beharrte Matthias.

Tri räusperte sich, klopfte sich den Staub von den Kleidern und trat näher.

»Wenn wir es richtig anstellen, ist die Überraschung auf unserer Seite.«

»Sie sitzen in der Falle«, triumphierte Matthias.

»Wer weiß, wie groß die Höhle is'«, gab Jakib zu bedenken.

»Das spielt keine Rolle«, meinte Matthias. »Ohne Wasser und Essen sitzen sie dort drinnen in der Falle.«

»Vielleicht gibt es in der Höhle ja Wasser«, gab Tri zu bedenken. »Wenn sie wirklich den Rocaanisten gehört, müßte sie Weihwasser enthalten.«

»Weihwasser vergiftet jeden unvorbereiteten Fey«, sagte Matthias.

»Aye«, meinte Denl. »Vielleicht ham sie zuviel Angst, um was davon zu trinken.«

»Um so besser«, gab Matthias zurück. »Ich gehe zuerst hinein, wie ich gesagt habe, und dann rufe ich euch.«

»Wie sollen wir mit nur vier Leuten eine Belagerung durchführen?« wandte Tri ein.

Matthias grinste. »Wenn wir es schlau anstellen, werden sie glauben, daß wir mehr als vier sind.«

Langsam näherte er sich der Höhle und den ersten beiden Schwertern. Es waren eindeutig Rocaanisten-Schwerter. Die eingeritzten, uralten Symbole auf ihren Knäufen mußten noch aus der Zeit des Roca selbst stammen. Seit Jahrhunderten diskutierte man ihre wahre, längst in Vergessenheit geratene Bedeutung. Wie dem auch sei, Matthias hatte das Gefühl, einen alten Freund wiedergetroffen zu haben.

Als er die beiden Schwerter, die waagerecht aus dem Fels ragten, eingehender betrachtete, fiel ihm auf, daß jemand von einem der Knäufe die Schmutzkruste abgeschabt hatte. Inmitten der Verzierungen leuchtete rötlich ein Edelstein.

Matthias' Magen zog sich zusammen. Ein Abschnitt der Worte schoß ihm durch den Kopf, aber er bekam ihn nicht zu fassen. Oder war es eine Passage aus den Geheimnissen? Er konnte sich nicht erinnern, jedenfalls nicht im Moment. Er mußte an zu vieles gleichzeitig denken.

Aber es hatte etwas mit juwelenbesetzten, von gewaltigen Händen gehaltenen Schwertern zu tun.

Die Hand Gottes.

Ihn schauderte.

Was hatte Pausho gesagt?

Ich will niemanden davon abhalten, die Hand Gottes zu berühren.

Matthias stellte sich auf die Zehenspitzen und berührte den Edelstein. Seine Fingerkuppen prickelten.

An diesem Ort gab es so viel zu entdecken, so viel zu begreifen. Und dabei hatte er jetzt überhaupt keine Zeit dazu.

Er mußte sich zuerst mit den Fey befassen.

Denl und Jakib blieben ein gutes Stück hinter Matthias zurück. Tri war ein paar Schritte näher getreten und starrte die Schwerter mit offenem Mund an.

Matthias musterte das Schwert über seinem Kopf. Er hatte sich geirrt. Es war nicht aus dem Fels über der Höhlenöffnung herausgemeißelt, sondern gesondert dort angebracht worden. Die Befestigung bestand aus einem einzigen Silberring, als stünde das Schwert in einer Halterung auf der Erde, statt in der Luft zu schweben.

Spätestens bei diesem Anblick hätten die Fey in Panik verfallen müssen.

Matthias wurde nervös. Die Fey erwarteten ihn. Was hatte er an jenem längst vergangenen Tag gemacht, an dem er Burden getötet hatte? Was hatte er vorhin auf dem Gebirgspfad gemacht? Er hatte vor sich einen Schild erschaffen, einen unsichtbaren Schutzschild.

Konnte er das auch jetzt wiederholen, wo ihn niemand unmittelbar bedrohte?

Matthias holte tief Luft, stellte sich den Schild vor und hoffte, daß er da war.

Mehr konnte er nicht tun.

Ein Licht, so hell wie die Sonne, ergoß sich aus der Öffnung der Höhle. Mit dem Licht kam eine Ruhe über Matthias, die er seit seinen Tagen als Aud, vor vielen Jahrzehnten, nicht mehr verspürt hatte. Er würde auf die Schwelle der Höhle treten, so daß er gerade im Inneren stand, und sehen, was ihn erwartete. Wenn sie ihn angriffen, würde er seine neu erworbenen Fähigkeiten einsetzen, um den Angriff zu erwidern. Wenn sie herauskamen, konnten sich Denl, Jakib und Tri auf sie stürzen.

Allzu viele Fey konnten es nicht sein, nach der Anzahl der Spuren zu schließen.

Matthias trat einen Schritt vor, bis er direkt unter dem riesigen Schwert und in dem Lichtschein stand. Er spähte in die

Höhle, sah Kelche und Marmorstufen und hörte das Plätschern von Wasser, untermalt von Stimmen.

Dann entfuhr einer Männerstimme ein Ausruf der Überraschung, und eine Frau tauchte aus dem Nichts auf. Sie war genauso groß wie Matthias, vielleicht sogar noch größer, und eine Fey. Sie rammte ihre Faust durch seinen Schild, der im gleichen Augenblick sichtbar wurde und zerbrach. Seine Splitter flogen durch die ganze Höhle, segelten durch die Luft und fielen klirrend auf den Marmor.

Die Hand der Frau schloß sich so fest um Matthias' Kehle, daß er keine Luft mehr bekam, und dann zog sie ihn über die Schwelle.

Matthias wehrte sich verzweifelt. Noch nie hatte er mit einem so starken Gegner gekämpft. Die Frau packte seinen rechten Arm mit der freien Hand und hielt ihn fest. Matthias' Gurgel schmerzte unerträglich. Er hatte das Gefühl zu erstikken. Er versuchte sich loszureißen, suchte verzweifelt in seinem Gedächtnis nach einem Zauberspruch, versuchte, sich auf seine magischen Kräfte zu konzentrieren, aber es gelang ihm nicht.

Die Frau schob ihr Gesicht dicht an seines heran, und plötzlich erkannte Matthias sie wieder.

Das war unmöglich.

Bestimmt rang er schon mit dem Tode.

Eine andere Erklärung gab es nicht.

Die Frau lächelte und lockerte ihren Griff ein kleines bißchen.

»Angst, Heiliger Mann?« höhnte sie.

Matthias packte ihr Handgelenk und versuchte, ihre Finger aufzubiegen. Seine letzten Luftreserven schwanden. Schon einmal hatte er diesen schrecklichen Schmerz in der Brust gespürt. Jetzt keuchte er zwar noch, aber die Luft gelangte nicht durch seine Kehle bis in die Lungen.

Ihr Griff war zu fest.

Wie aus Eisen.

»Willst du um Gnade betteln, Heiliger Mann? Dann lasse ich dich sofort los.« Ihr Lächeln wurde breiter. Ihre Hand war warm, ihre Haut glatt. Ihr Scheitel war unversehrt. Sie sah nicht aus wie damals, als sie aus dem Krönungssaal getragen werden mußte, damals, als Brandgeruch aus ihrem Haar aufgestiegen war.

Vor Matthias' Augen tanzten schwarze Flecken. Um Gnade betteln? Eine zweite Chance bekommen? Jene Tat ungeschehen machen, derentwegen ihn Nicholas vor vielen Jahren beinahe umgebracht hätte?

Matthias nickte kurz.

Die Frau lockerte ihren Griff gerade so weit, daß er hastig Luft holen konnte. Matthias hatte das Gefühl, daß Leben in seine Lungen zurückkehrte. Er keuchte ein-, zwei-, dreimal. Die schwarzen Flecken waren verschwunden, aber der Schmerz in seiner Brust war noch da. Er fühlte sich benommen.

»Jewel!« stieß er hervor, obwohl er wußte, wie lächerlich das war. Sie war tot. Er hatte sie umgebracht. Absichtlich, was auch immer er Nicholas gegenüber behauptet hatte. Matthias hatte sie getötet, weil er sie für einen Abkömmling des Bösen hielt, weil sie mit ihrem Blut sein Volk verseucht und die Erbfolge des Roca unterbrochen hatte. Weil ihre Kinder den Thron erben würden, wenn Matthias es nicht verhinderte.

»Gottes Wille« hatte er es genannt.

War es das?

Wie konnte es Gottes Wille sein, wenn er, Matthias, Dämonenbrut war?

Und wenn nicht?

Jewel hielt den Kopf ein bißchen schief und folgte mit ihren braunen Augen jeder seiner Bewegungen. Matthias spürte ihren Atem auf seinem Gesicht. Wie konnte sie am Leben sein? Noch dazu jünger, als er sie in Erinnerung hatte.

»Bringst du's nicht über die Lippen, Heiliger Mann?« spottete sie, aber ihre Finger packten nicht fester zu.

»Jewel«, wiederholte Matthias. »Es tut mir leid. Bitte laß mich los. Ich wußte ja nicht ...«

Ihre Finger krallten sich in seinen Nacken, drückten seinen Adamsapfel ein und brachten ihn zum Würgen. Matthias versuchte zu husten und fühlte einen brennenden Schmerz, als sich seine Halsmuskeln unter ihrem Griff spannten.

»Du bringst es nicht fertig, was, Heiliger Mann?« Ihr Gesicht kam so nahe, daß sich ihre Nasenspitzen fast berührten. »Du bringst es nicht über dich, mich um Verzeihung zu bitten. Ich dachte, nach all diesen Jahren, nachdem du gemerkt hast, was du getan hast, und dir klargeworden ist, wer du eigentlich bist, täte es dir vielleicht leid. Zutiefst leid. Aber da habe ich mich wohl geirrt.«

Matthias zerkratzte ihr das Handgelenk, fuchtelte mit dem Arm, den sie festhielt, und warf sich nach hinten. Sein Kopf dröhnte, und der Schmerz in seiner Brust hatte sich in ein Brennen verwandelt. Es fühlte sich an, als stünde sein ganzer Brustkorb in Flammen, und er konnte nichts dagegen tun.

Auch die schwarzen Flecken waren wieder da und wurden immer größer.

»Es tut mir leid«, formten seine Lippen, aber kein Laut drang aus seiner Kehle.

Jewel verstand ihn trotzdem. »Du hast gesagt: ›Es tut mir leid. Bitte laß mich los.‹ *Mich*, Matthias. *Mich, mich, mich*. Du denkst immer nur an dich. Du hast eine Ehe zerstört, beinahe ein Neugeborenes getötet und durch diese Taten eine ganze Kultur zerstört, Hunderten, vielleicht sogar Tausenden Menschen den Tod gebracht. ›Es tut mir leid‹, sagst du. ›Es tut mir leid. Bitte laß *mich* los.‹«

Diesmal drückte sie ihre Nase gegen seine.

»Ich lasse dich nie mehr los«, flüsterte sie. »Die Mächte haben dich mir versprochen, und jetzt habe ich dich endlich in meiner Gewalt. Nie mehr lasse ich dich los.«

Der Druck ihrer Finger wurde stärker. Vor Schmerz schossen Matthias die Tränen in die Augen. Er wehrte sich noch, aber seine Kraft versiegte. Er fühlte, wie das Leben aus ihm wich.

Ihr besitzt große Magie, heiliger Mann.

Aber diesmal war dieser Satz nur eine Erinnerung, keine Ermutigung. Matthias fand keinen Weg, sich mit Hilfe seiner Zauberkraft zu verteidigen.

Mit letzter Kraft versuchte er, sich zu befreien ...

... aber Jewel rührte sich nicht.

Es war vergeblich.

»Bitte«, wollte er sagen, aber er blieb stumm.

Bitte, dachte er.

Bitte. Hör auf.

Aber sie hörte nicht auf. Ihm wurde endgültig schwarz vor den Augen. Der Schmerz ließ nach, und er stürzte rückwärts in sein eigenes Inneres.

In die Dunkelheit, die auf ihn wartete.

Jetzt konnte sie ihn töten.

Konnte sich an ihm rächen.

Sie hatte es sich verdient.

Das hatte er immer gewußt.

Sie hatte es sich wahrhaftig verdient.

31

Seine Mutter hatte eben noch mit ihm gesprochen. Gerade hatte er sie gefragt, was er tun sollte, um seine Schwester zu retten, als sie plötzlich wie lauschend den Kopf schief legte. Ihr Gesicht nahm einen furchterregenden Ausdruck an, lauernd, zornig und haßerfüllt zugleich, und dann war sie die Stufen hinaufgerannt, so schnell, daß er nicht mit ihr hatte Schritt halten können.

Gabe war ihr, ohne lange zu überlegen, einfach gefolgt, als sei sie vor ihm geflohen. Vielleicht traf aber auch seine Schwester gerade ein. Vielleicht mußte seine Mutter ihr helfen, die Höhle zu finden.

Auch Coulter starrte Jewel hinterher, aber auf seinem Gesicht zeichnete sich keine Verwirrung ab.

Sondern nackte Angst.

»Was ist los?« fragte die Rotkappe.

»Er ist hier«, erwiderte Coulter grimmig.

Gabe warf ihm einen überraschten Blick zu. Er? Bestimmt nicht Gabes Vater. Über ihn würde Coulter sicher nicht in solchem Ton sprechen.

»Der Rocaan?« fragte Adrian.

»Ja«, bestätigte Coulter.

Gabe lief es eiskalt den Rücken herunter. Jener Mann, der von den Toten auferstanden war ... den Leen und er jedenfalls für tot gehalten hatten. Dort draußen.

Während seine Schwester jeden Moment eintreffen konnte.

Seine Schwester. Die Halbfey.

Und seine Mutter war die Treppe hinaufgestürzt und nicht mehr zu sehen.

Plötzlich stieß draußen vor der Höhle eine Männerstimme

einen abgerissenen Schrei aus. Es klang, als habe jemand dem Schreienden überraschend die Kehle zugedrückt.

Gabe hastete die Treppe hinauf. Fledderer streckte die Hand aus, hielt ihn aber nicht zurück. Coulter holte Gabe ein. Auch Leen folgte ihnen mit angespannter Miene.

Adrian und die Rotkappe blieben am Fuß der Treppe zurück. Gabe sah noch, wie Fledderer Adrian ein Schwert aus seinem Waffengürtel reichte, dann kümmerte er sich nicht mehr um die beiden.

Vor der Höhle war es hell. Ohne daß Gabe es gemerkt hatte, war es Morgen geworden.

Seine Mutter stand auf der Schwelle der Höhle, die Hand um die Kehle des Mannes, der sie ermordet hatte. Mit der anderen Hand hielt sie ihn auf Abstand. Sein Gesicht war puterrot, die Augen quollen ihm aus den Höhlen, und seine Lippen bewegten sich tonlos.

»Mein Gott«, flüsterte Leen entsetzt. »Was ist das? Was ist mit ihm los?«

Da erst fiel Gabe wieder ein, daß Leen seine Mutter nicht sehen konnte. Leen sah nur den nach Luft schnappenden Mörder seiner Mutter, der eine Hand in die Luft streckte, die eigentlich das Handgelenk seiner Angreiferin umklammerte.

Wie seltsam das aussehen mußte.

Wie erschreckend.

»Sie tötet ihn«, erklärte Gabe.

»Wer?« fragte jemand hinter ihm. Gabe drehte sich um und erblickte Adrian.

»Meine Mutter«, sagte Gabe.

Adrian spähte mit gezücktem Schwert über Gabes Schulter. Er wirkte nicht aufgeregt, eher verblüfft, besorgt, fast verängstigt.

Gabe trat einen Schritt auf seine Mutter zu, aber Coulter

legte ihm die Hand auf den Arm. »Wenn sie ihn töten will, laß sie«, mahnte er. »Das geht nur die beiden etwas an.«

Gabe wollte seine Mutter nicht daran hindern. Er hatte ihr helfen wollen. Aber als er näher trat, fiel ihm etwas auf: Die Gefährten des Rocaan standen hinter ihm und beobachteten das Geschehen genauso verängstigt wie Leen. Wahrscheinlich nahmen sie an, daß Matthias im Bann einer starken Zauberkraft stand ...

Vielleicht hatten sie ja recht.

Die Lippen des Rocaan bewegten sich, formten Worte. *Bitte*, sagte er in Inselsprache. *Bitte.*

Gabes Mutter schien sich nicht darum zu kümmern. Im Gegenteil – das Ganze schien ihr Spaß zu machen. Plötzlich sackte der Körper des Rocaan zusammen. Gabes Mutter rührte sich nicht. Immer noch umklammerte ihre Hand die Gurgel des Mannes und hielt ihn aufrecht. Sie sah aus wie eine Katze, die mit einem längst toten Vogel spielt. Sie würde den Rocaan nicht eher loslassen, bis der letzte Hauch von Leben aus ihm gewichen war.

Während er sie so beobachtete, wurde sie Gabe immer fremder. So hatte er sich seine Mutter nicht vorgestellt. So etwas hatte er von ihr nicht erwartet. Er hatte immer geglaubt, sie sei eine gute Frau, eine Frau, die keine Grausamkeit kannte.

Wie war er bloß darauf gekommen?

Sie war eine Fey.

Plötzlich wanderte Coulters Blick hinter Jewel und Matthias, als sähe er dort noch etwas anderes.

Adrian war das nicht entgangen. Er trat neben Coulter und fragte leise: »Was ist? Was siehst du?«

»Nichts«, wich Coulter aus.

»Etwas hat sich verändert«, beharrte Adrian. »Ich sehe es an deinem Gesicht.«

Coulter sah Adrian mit ausdruckslosem Blick an. Auch Gabe fühlte etwas. Sosehr er auch versuchte, sich von Coulter fernzuhalten, er konnte den Bund, den sie geschlossen hatten, nicht verleugnen. Die Gefühle wanderten vom einen zum anderen, wie ein aufs Äußerste geschärftes Bewußtsein, ein Wissen, das jedem einzelnen von ihnen sonst verborgen geblieben wäre.

Irgend etwas stimmte hier nicht.

Lag es an Gabes Mutter? War es falsch von ihr, sich zu rächen?

»Was ist?« fragte jetzt auch Gabe.

Coulter blickte ihn wieder an, und Gabe merkte, daß er den Gesichtsausdruck des anderen mißverstanden hatte. Coulters Blick war nicht ausdruckslos, er versuchte nicht, etwas zu verbergen.

Coulter hatte Angst.

»Coulter?« flüsterte Gabe.

»Hier ist noch einer«, flüsterte Coulter zurück. »Der dritte.«

»Der dritte was?« fragte Fledderer.

»Der dritte Zaubermeister«, antwortete Adrian ruhig. »Stimmt's, Coulter?«

Coulter nickte.

»Was ist mit ihm?« fragte Gabe, obwohl er die Antwort bereits ahnte.

»Er ist hier«, sagte Coulter. »Und er weiß auch, daß wir hier sind.«

32

Sie mußte sich beeilen.

Immer wieder drehte sich die Schamanin um. Hinter ihr kämpfte sich Nicholas mit schweißtriefendem Gesicht voran, Arianna wie eine Tote über die Schulter geworfen.

Alles, was ihnen geblieben war, stand auf dem Spiel. Im nächsten Augenblick konnten sie Arianna und den letzten Rest der Macht, die sie noch besaßen, im Kampf gegen den Schwarzen König verlieren.

Wenn sie nicht rechtzeitig dort war.

Hinter der nächsten Anhöhe lag der Ort der Macht, hinter einem großen Felsblock und dann ein Stück bergab. Sie näherten sich ihm von der Seite, nicht von unten.

Zum ersten und einzigen Mal in ihrem Leben wünschte sich die Schamanin, mehr als nur eine Art von Zauberkraft zu besitzen.

Sie wünschte sich, fliegen zu können.

»Hallo«, rief Nicholas, und sie hörte, daß er völlig außer Atem war. »Nicht so schnell!«

Aber sie durfte ihr Tempo nicht verlangsamen. Sie mußte ihr Ziel so schnell wie möglich erreichen.

So schnell wie möglich.

Jetzt.

Sie hastete den schmalen Pfad entlang, obwohl sich ihre Füße zwischen herabgestürzten, halb in der Erde steckenden Steinen verfingen. Die Schamanin ließ die Bündel und Ariannas Stiefel fallen und streckte beide Arme aus, um das Gleichgewicht nicht zu verlieren. Sie keuchte.

Hoffentlich würde Nicholas ihr verzeihen.

Hoffentlich würde er verstehen, was sie vorhatte.

Die Zukunft war jetzt das Allerwichtigste. Die Schamanin mußte unbedingt verhindern, daß Schwarzes Blut gegen Schwarzes Blut kämpfte.

Um das zu erreichen, gab es nur eine Möglichkeit, jedenfalls, wenn sie auf ihre Visionen vertraute.

»Warte!« rief Nicholas wieder hinter ihr, diesmal leiser.

Die Schamanin antwortete nicht. Sie hatte jetzt den höchsten Punkt des Bergkammes erreicht. Unter sich sah sie das Leuchten, das den Ort der Macht kennzeichnete. Vor seinem Eingang standen drei völlig verstört aussehende Inselbewohner.

Sie war zu spät gekommen.

Obwohl sie sich so beeilt hatte.

Plötzlich rutschte die Schamanin aus und konnte nicht mehr bremsen. Trotz des Hagelschauers von Steinen, der ihre Ankunft begleitete, schien niemand sie zu bemerken. Die Steine prasselten auf die Platten des Vorplatzes ... oder auf das, was einmal Platten gewesen waren. Moos wuchs zwischen ihnen, und sie waren gesplittert und zerbrochen.

Dieser Ort der Macht war schon sehr alt, so alt wie jener in den Eccrasischen Bergen.

Er fühlte sich auch genauso an: voller Macht und Magie; voll Gutem und Bösem; zeitlos, seelenlos und doch das Herz aller Dinge.

Es regnete Steine auf die Schamanin.

Sie blickte auf.

Auch Nicholas hatte jetzt den Bergkamm erreicht und die Inselbewohner entdeckt. Einen Arm um Ariannas Beine geschlungen, machte er sich an den Abstieg.

»Warte!« rief er wieder, als er die Schamanin entdeckte.

Die Schamanin schüttelte den Kopf und legte den Rest des

Weges rutschend zurück. Sie kümmerte sich nicht darum, daß ihr das Geröll Knöchel und Hinterteil aufschürfte.

Solche Kleinigkeiten spielten jetzt keine Rolle mehr.

Nichts dergleichen spielte noch eine Rolle.

Die Schamanin hastete über den Vorplatz. Die Inselbewohner fuhren herum. Einer von ihnen hatte ein Messer.

Die Schamanin war unbewaffnet.

Sie hatte nichts, um sich zu verteidigen.

Außer ihrer eigenen Macht.

Sie stieß die Inselbewohner beiseite und rannte zwischen ihnen hindurch. Der Mann mit dem Messer stolperte gegen einen Felsen. Die beiden anderen taumelten zurück, offensichtlich verblüfft, daß eine unbewaffnete Frau es wagte, sie anzugreifen.

Und dann sah ihn die Schamanin.

Den Inselbewohner, den Rocaan, den Mann, der damals zusammen mit der Schamanin Nicholas und Jewel vermählt hatte und der schuld an Jewels gräßlichem Tod war.

Er stand aufrecht, aber sein Gesicht war blau angelaufen. Seine Augen waren geschlossen, und die Zunge hing ihm aus dem Mund.

Dabei legte niemand Hand an ihn, obwohl die Schamanin Fingerabdrücke auf seinem Hals entdeckte.

Er stand im Bann eines Mysteriums.

Eines Mysteriums, das seine ganze Kraft darauf konzentrierte, ihn zu töten.

Der Rocaan selbst hatte offenbar geglaubt, das Mysterium wolle ihn erdrosseln, aber das spielte keine Rolle. Nur auf die Magie kam es an.

Die Magie des Mysteriums, die ihm half, sein Ziel zu verfolgen.

Den gerechten Mord an einem verhaßten Menschen. Ein Recht, das nur wenigen vergönnt war.

In einem solchen Augenblick war alle Macht so sehr auf einem Punkt versammelt, daß es schwer war, den Bann zu brechen.

Das wußte die Schamanin nur zu gut.

Sie fürchtete sich davor.

Sie hatte sich schon lange vor diesem Moment gefürchtet.

Die Aura des Rocaan begann zu verblassen.

Er starb.

Er verdiente wahrhaftig den Tod. All die Menschenleben, die er auf dem Gewissen hatte, all die Zerstörung, die er verschuldete.

Sein Haß auf die Fey.

Er verdiente den Tod.

Trotzdem zögerte die Schamanin keine Sekunde. Sie legte die letzten Meter im Laufschritt zurück, packte den Rocaan bei den Schultern und schleuderte ihn zur Seite. Im gleichen Augenblick hielt sie ihren eigenen Hals an die Stelle, wo eben noch seiner gewesen war.

Dann erkannte sie ihre Gegnerin.

Jewel blickte sie an.

Jewel versuchte loszulassen.

»Nein!« stieß Jewel hervor. »Nicht du! Das ist falsch!«

Sie wollte zurückweichen, aber es war zu spät.

Die Schamanin sah ihre eigene Lebenskraft Jewels Finger färben, sich einen Weg durch Jewels Körper bahnen, zu einem Teil des Mysteriums werden und dann durch den Höhleneingang in den Ort der Macht fließen, wo sie sich zu den anderen körperlosen Seelen gesellte.

Wie lange das dauerte.

»Nein!« rief Jewel wieder, aber diesmal sprach sie nicht mit der Schamanin. Sie wandte sich an den Himmel, an die Mächte. »Das ist nicht fair! Nehmt jemand anderen! Laßt mich einen anderen Preis zahlen!«

Die Schamanin sah die Mächte über sich schweben.

Sie murmelten etwas über Entscheidungen, über Wissen und über Gabe, darüber, wie alles hätte sein sollen.

»Es tut mir leid«, sagte Jewel noch, bevor sie verschwand.

33

Denl hörte sein Messer auf den Boden klirren. Die alte Frau hatte sie alle drei gleichzeitig zur Seite gestoßen, als hätte sie sie überhaupt nicht gesehen.

Erst als sie den Heiligen Herrn in den Klauen der fremden Magie erblickt hatte, war die Alte stehengeblieben. Sie hatte einen Augenblick lang gezögert.

Plötzlich war sie auf den Heiligen Herrn zugestürzt, hatte ihn gepackt, beiseite geschleudert und seinen Platz eingenommen. Auch ihr Gesicht verzerrte sich, aber es spiegelte nicht solche furchtbare Angst wider wie eben noch das des Heiligen Herrn.

Obwohl sie sterben mußte.

Das wußte Denl.

Sie alle wußten es.

Sie hatte mit dem Heiligen Herrn den Platz getauscht.

Eine alte Feyfrau.

Was hatte sie sich bloß dabei gedacht?

Aber darauf kam es nicht an. Sie opferte dem Heiligen Herrn ihr Leben.

Denl hatte gar nicht gewußt, daß auch Fey selbstlos sein konnten. Die Alte mußte einen Grund haben. Einen guten Grund.

Vielleicht war dem Heiligen Herrn ein noch schrecklicheres Schicksal vorbestimmt.

Denl sah zu Jakib und Tri hinüber. Auch sie starrten die Frau an. Jakib lag immer noch auf der Erde. Tri rappelte sich mit verwirrtem Gesicht auf.

Jetzt war es an Denl zu handeln.

Er hielt kurz inne, um sein Messer aufzuheben, nur für den

Fall, daß er es brauchen würde, dann rannte er über das Felsplateau. Sein Atem ging in kurzen Stößen. Beim Fallen hatte er sich die Rippen geprellt.

Er achtete nicht darauf.

Er hatte es eilig.

Neben dem Heiligen Herrn kam er zum Stehen. Der Hals des Mannes war mit Fingerabdrücken übersät. Sein Gesicht war rot, aber er atmete keuchend. Seine Augen waren offen, aber glasig und desorientiert.

Offenbar war ihm gar nicht bewußt, in welcher Gefahr er schwebte.

Denl packte den Heiligen Herrn unter den Achseln und zerrte ihn außer Reichweite der Alten. Die wehrte sich noch immer nicht, obwohl immer mehr rote Fingerabdrücke auf ihrem Hals erschienen. Sie richtete den Blick in die Ferne, als sähe sie dort ihr Schicksal.

Als sei es ihr Schicksal, sich für den Heiligen Herrn zu opfern.

Sie merkte nicht einmal, daß Denl Matthias hinter ihrem Rücken wegschleppte.

Als Denl sich mit seiner Last den Schwertern näherte, kam Tri zu ihm und faßte den Heiligen Herrn bei den Füßen.

»Wir müssen ihn hier wegbringen«, ächzte Denl.

Tri nickte. Jetzt, wo er mit anfaßte, war es plötzlich einfacher, den Heiligen Herrn zu tragen. Matthias' Körper schwang hin und her, während sie dem Rand der Plattform zustrebten.

Jakib kam mühsam auf die Füße. Ein letztes Mal betrachtete er fassungslos die alte Frau, dann folgte er seinen Gefährten.

Die Augen des Heiligen Herrn waren immer noch verschleiert, die Abdrücke auf seinem Hals purpurrot. Er war übel zugerichtet.

Denl trat an den Rand des Plateaus und betrachtete prüfend

den steil abfallenden Pfad. Den Heiligen Herrn auf diese Weise bergab zu tragen würde schwierig sein.

Vielleicht sogar unmöglich.

»Halt«, befahl Denl.

Niemand folgte ihnen. Die alte Frau stand immer noch auf derselben Stelle. Falls sich wirklich noch andere Fey in der Höhle befanden, wie der Heilige Herr vermutet hatte, waren sie jedenfalls nicht herausgekommen.

Denl reckte den Hals und musterte die Umgebung.

Niemand.

Außer einem verwirrt aussehenden Mann am Rand des ausgetretenen Pfades. Er war klein und blond und kam Denl entfernt bekannt vor. Er trug eine Frau über der Schulter. Eine große, schlanke Frau mit dunkler Haut und dunklem Haar.

Eine Fey.

Der Mann blickte zu der alten Frau hinüber und in die Luft hinter ihr, und sein Gesicht wurde kalkweiß, als sähe er ein Gespenst.

Dann wandte er langsam den Kopf, bis sein Blick auf den Heiligen Herrn fiel.

»Nein!« schrie der Mann so laut, daß es zwischen den Felswänden widerhallte.

In seinem Schrei lag so viel Qual, daß Denl erschrak.

Nein!

Der Mann hetzte über den flachen Felspfad, während die Arme der Frau heftig gegen seinen Rücken schlugen.

»Wir müssen uns beeilen«, warnte Denl.

Er würde sich den Heiligen Herrn über die Schulter legen, wie er es bei dem anderen Mann gesehen hatte.

»Gib her!« sagte er. »Ich trag ihn.«

Er drehte den Heiligen Herrn um und hievte ihn sich auf den Rücken. Matthias war schwerer und größer, als Denl erwartet hatte.

»So trag ich ihn das erste Stück. Danach müßt ihr zwei mir helfen«, verkündete Denl. »Tri, du gehst zuerst und guckst, ob die Luft rein ist.«

Der Heilige Herr bewegte sich schwach. Denl packte ihn fester mit einer Hand. »Du rührst dich nich«, sagte er leise. »Ich halt dich. Wir bringen dich hier raus.«

Der Heilige Herr erwiderte nichts, aber sein Körper entspannte sich wieder.

»Jakib«, befahl Denl. »Du gehst als letzter und paßt auf, daß uns niemand folgt.«

Jakib nickte, obwohl es ihn offenbar überraschte, daß Denl ihm Befehle erteilte. Keiner von Denls Gefährten schien sich über den Ernst der Lage im klaren zu sein.

Der Heilige Herr wäre beinahe gestorben.

Er war ihre letzte Verbindung zum Rocaanismus.

Er wußte viele Dinge, die kein anderer wußte. Das hatte er Marly selbst erklärt, und Denl hatte es gehört.

Außerdem war da noch der Vorfall von gestern abend, als der brennende Junge den Heiligen Herrn herausgefordert hatte, seine Fähigkeiten unter Beweis zu stellen.

Hätte der Heilige Herr schon da seine Fähigkeiten gekannt, wären sie vielleicht nie in dieses Schlamassel geraten.

Wenn Denl Matthias erst einmal nach Constantia in Sicherheit gebracht hatte, würde er mit ihm darüber reden.

Vielleicht konnte der Heilige Herr sie alle vor den Fey retten.

Auch wenn er eben an diesem mit religiösen Symbolen vollgestopften Ort fast gestorben wäre.

Irgend etwas hatte ihn beinahe umgebracht.

Waren die Fey daran schuld?

Aber warum hatte die alte Frau dann versucht, den Heiligen Herrn zu retten?

Warum hatte sie seinen Platz eingenommen?

»Schnell!« drängte jetzt auch Tri.

Denl holte tief Luft und trat den Abstieg an. Die Seite tat ihm weh. Für Fragen hatte er jetzt keine Zeit.

Das Leben des Heiligen Herrn lag in seiner Hand.

Er würde alles tun, um ihn zu retten.

34

Nicholas glaubte zu träumen. Eine Feyfrau stand im Eingang einer Höhle, die Hände um Matthias' Kehle gepreßt.

Eine Fey, die aussah wie Arianna ... wie Jewel ... erwürgte Matthias.

Dann rannte die Schamanin so schnell über die Steinplatten, daß sie drei Nicholas unbekannte Inselbewohner umwarf, und riß Matthias weg.

Die Feyfrau ließ entsetzt die Hände sinken, aber die Schamanin krümmte sich trotzdem vor Schmerzen.

Sie schien mit dem Tode zu ringen.

Nicholas kletterte über den letzten Felsen, blieb aber stehen, als er sah, wie die drei Männer Matthias fortschleppten.

»Nein!« schrie er, aber mit Arianna auf dem Rücken konnte er ihnen nicht folgen.

Außerdem durfte er die Schamanin nicht einfach ihrem Schicksal überlassen.

Er lief so schnell über die Steinterrasse, wie er konnte. Arianna prallte gegen seine Schulter, und er packte sie so fest, daß sie bestimmt blaue Flecke davontrug. Er hätte sie gern abgesetzt, aber er wagte es nicht.

Was sollte er tun, wenn sie sich wieder Verwandelte?

Er war allein, allein mit der Schamanin, einer Frau, die Jewel glich, und den drei Männern, die Matthias wegtrugen.

Er mußte Matthias entkommen lassen.

Wieder einmal.

In diesem Augenblick war Matthias unwichtig.

Verglichen mit der Schamanin.

Verglichen mit Arianna.

Verglichen mit der Blauen Insel selbst.

Ohne seine Tochter konnte Nicholas die Insel nicht zurückerobern.

Ohne die Schamanin konnte er seine Tochter nicht wieder zum Leben erwecken.

Er rannte weiter. Das Gesicht der Schamanin lief rot an, und ihr Nacken verfärbte sich, obwohl die Feyfrau, die aussah wie Jewel, ein ganzes Stück zurückgetreten war.

Jetzt verstand Nicholas auch, was die Frau sagte.

»Nein, nicht du!« rief sie. »Das ist falsch!«

Ihre Stimme klang genau wie Jewels.

Sie wich noch weiter zurück und reckte die Fäuste zum Himmel.

»Nein!« rief sie wieder. »Das ist nicht fair! Nehmt jemand anderen! Laßt mich einen anderen Preis zahlen!«

Plötzlich war der Himmel diesig, als hätte jemand einen Schleier vor die Sonne gezogen. Nur noch wenige Schritte trennten Nicholas von der Schamanin. Er war der Feyfrau ... Jewel ... nahe genug, um zu erkennen, ob ihr Gesicht verätzt war.

Ihre Haut war straff und glatt.

Nicholas streckte die freie Hand nach der Frau aus.

Aber sie beugte sich über die Schamanin.

»Es tut mir leid«, murmelte sie und löste sich in Luft auf.

Ein Band, das so hell strahlte wie die Sonne, hatte sich zwischen der Schamanin und der Frau gebildet. Das Ende der Frau verschwand gleichzeitig mit ihr selbst, aber das Band blieb. Es sah aus, als ergösse sich das innerste Wesen der Schamanin ins Nichts.

Die Schamanin fiel auf die Knie.

Nicholas stürzte vor. Mit einer Hand verhinderte er, daß Arianna von seiner Schulter glitt. Mit der anderen half er der Schamanin, sich flach auf den Boden zu legen. Er versuchte, das Band zu fassen, aber es war nicht mehr zu sehen.

»Was kann ich tun?« fragte er.

Die Schamanin schüttelte schwach den Kopf. »Ich habe dir ja angekündigt, daß es dir nicht gefallen würde«, stieß sie hervor.

»Hast du das etwa absichtlich getan?« fragte Nicholas.

Die Schamanin lächelte.

»Wir müssen Hilfe holen.«

»Mir kann niemand mehr helfen, Nicholas. Ich sterbe.«

»Du darfst nicht sterben«, rief Nicholas aus. »Ich brauche dich.«

Dann erst merkte er, wie schrecklich das klang. Wie selbstsüchtig. *Sie* war es schließlich, die im Sterben lag.

»Es muß Hilfe geben. Es muß.«

»Nein, Nicholas«, erwiderte die alte Frau.

»Aber Arianna ...«

»Vielleicht dein Sohn«, hauchte die Schamanin. Ihre Stimme erstarb. Sie hatte kaum noch genug Kraft, die Lippen zu bewegen.

Er durfte sie jetzt nicht verlieren. Sie war seine Helferin, sein Rettungsanker, sein Schlüssel zur Welt der Fey. »Es tut mir leid«, sagte er. »Es tut mir leid, daß ich vorhin wegen Arianna böse auf dich geworden bin.«

»Ich hatte mir schon gedacht, daß du böse werden würdest«, sagte die Schamanin und nahm seine Hand. Ihre Finger drückten die seinen erstaunlich kräftig.

»*Wußtest* du es denn?« fragte Nicholas verwundert. »Das mit Matthias?«

»Ja«, flüsterte die Schamanin.

»Er hat meine Frau umgebracht. Er ist mit schuld an diesem Krieg. Du wußtest, wer er ist, und hast ihm trotzdem das Leben gerettet?«

»Ich weiß, wer er ist«, gab sie zurück, »aber du weißt es nicht.«

»Doch«, widersprach Nicholas. »Er ist es nicht wert, daß du ihm dein Leben opferst.«

»Er ist mein Leben wert und noch ein Dutzend andere dazu«, widersprach die Schamanin. »Ich bin nicht wichtig für die Zukunft der Fey. Aber Matthias kann dem Kampf von Schwarzem Blut gegen Schwarzes Blut Einhalt gebieten.«

»Matthias?« wiederholte Nicholas ungläubig. »Der ist doch nur ein erbärmlicher, haßerfüllter Mann.«

Wieder schüttelte die Schamanin den Kopf. Ihre Lippen färbten sich blau. Ihr Gesicht war totenbleich. Sie schien Blut zu verlieren, aber Nicholas konnte keine Wunde entdecken.

Mit letzter Kraft zog sie ihn näher zu sich heran. »Matthias ist wichtig, Nicholas. Denk daran. Du darfst es nie vergessen. Er ist euer Gott.«

»Was?« fragte Nicholas, der glaubte, sich verhört zu haben.

»Euer Gott«, flüsterte die alte Frau. »Matthias ist euer Gott.«

Damit ließ sie ihn los und hob die Hand an sein Gesicht. Sie strich ihm das Haar aus der Stirn und streichelte flüchtig seine Wange.

»Ich habe dich geliebt«, hauchte sie. »Vielleicht zu sehr ...«

Dann sank ihre Hand herab. Sie lächelte ihn immer noch an, und es dauerte einen Augenblick, ehe er merkte, daß sie tot war.

Mit der freien Hand bettete er ihren Kopf in seinen Schoß. Seine Weisheit, seine Stärke, der einzige Mensch, der seit dem Tag seiner Hochzeit mit Jewel immer für ihn dagewesen war. Die Schamanin war schrecklich mager, und ihr Körper wurde schon kalt.

»Nein«, flüsterte Nicholas. »Nicht auch noch du. Ich schaffe es nicht. Ich schaffe es nicht allein.«

Er vergrub sein Gesicht im weißen, strohigen Haar der alten Frau und wiegte sich vor und zurück, während er seine bewußtlose Tochter und die Leiche seiner letzten – und treuesten – Freundin an sich drückte.

DER WIDERSTAND

35

Erst als Denl ihn absetzte, kam Matthias wieder zu sich. Sie hatten das Lager erreicht, den Ort, an dem der junge Coulter Feuerbälle geworfen hatte. Denl ließ Matthias auf den kühlen Boden gleiten, und Matthias' Hand streifte einen Felsen.

Der Felsen war zugleich warm und kalt, als speichere er die Erinnerung an die Feuer der vergangenen Nacht.

Matthias hatte selbst keine Ahnung, woher er plötzlich wußte, was der Felsen dachte, aber es war die Verblüffung darüber, die ihn endgültig wieder zu sich brachte.

Er war nicht tot.

Er hatte den Angriff überlebt.

Jewel.

Er hob eine Hand an die Kehle. Jewel hatte ihn angegriffen.

Jewel.

Sie war tot. Matthias wußte genau, daß sie tot war. Er hatte sie selbst sterben sehen. Er hatte zugeschaut, wie das Weihwasser in ihr Gehirn sickerte.

Er hatte sie umgebracht.

Dennoch hatte sie vor wenigen Minuten versucht, ihn zu erwürgen. Aber dann war etwas geschehen, Denl hatte ihn fortgebracht, und er war in diesem Lager wieder aufgewacht.

Mit schmerzender Kehle, brennenden Lungen und den schlimmsten Kopfschmerzen seines Lebens.

Aber lebendig.

Er war trotz allem noch am Leben.

»Heiliger Herr«, sagte Denl und schielte auf ihn herunter. »Alles in Ordnung?«

Matthias zwang sich zu lächeln. Überraschenderweise schmerzten die Wunden in seinem Gesicht dabei weniger als vorher. Das lag sicher an den noch stärkeren Schmerzen in seinem Hals.

»Mir geht's gut«, gab er zurück. Seine Stimme war nur ein rauhes Krächzen, aber immer noch seine eigene. Er streckte Denl eine Hand entgegen. »Hilf mir aufstehen.«

Denl ergriff die Hand und zog Matthias auf die Füße. Matthias schwankte ein wenig und hielt sich an einer Steinsäule fest.

»Tut mir ehrlich leid, Heiliger Herr«, entschuldigte sich Denl, »aber ich glaub nich', daß wir Zeit ham, uns hier auszuruhn. Ich hab dich getragen. Tri wollt grade ...«

Matthias konnte sich nicht vorstellen, wie der kleine Denl ihn den Berg hinuntergeschleppt hatte. »Ist schon gut«, beschwichtigte Matthias. »Wir können weitergehen.«

»Verzeihung, Herr, aber vielleicht kriegst du ja wieder 'n Anfall«, gab Denl zu bedenken.

Matthias hob den Kopf. »Du glaubst, ich hatte einen Anfall?« fragte er.

»Aye, Herr. Was hätt es sonst sein soll'n?«

»Andererseits ist dein Hals voller Fingerabdrücke«, mischte sich Tri ein.

Matthias betastete vorsichtig seine Kehle. Sie war geschwollen und schmerzte bei jeder Berührung. Offenbar hatten die drei Männer Jewel nicht gesehen. Sie hatten keine Ahnung, wer ihn angegriffen hatte. War Jewel ein Geist?

Oder die Hand Gottes, wie Pausho behauptete?

Oder noch etwas anderes? Etwas, das die Fey in der Höhle auf ihn gehetzt hatten?

Etwas, das der brennende Junge erschaffen hatte?

»Es war kein Anfall«, sagte Matthias. »Es war Feymagie. Wir sind ihnen zu nahe gekommen.«

Er wollte sich nach dem Berg umdrehen, aber es tat zu weh, den Kopf zu bewegen. Ein heftiger Schmerz schoß ihm durch die Wirbelsäule direkt in den Schädel.

»Aber warum sollte dann ausgerechnet eine Fey dich retten?« gab Tri zu bedenken. Er sah die anderen an. »Das war die Alte doch, nicht wahr? Eine Fey.«

Denl nickte und wich Tris Blick aus.

»Eine Fey hat mich gerettet?« fragte Matthias erstaunt.

»'S war 'ne alte Fey«, bestätigte Denl. »Sie hatte 'ne Wolke von weißem Haar um den Kopf, und sie hat dich weggeschubst und sich an deinen Platz gestellt.«

»Was ist mit ihr passiert?« erkundigte sich Matthias.

»Weiß nich'«, antwortete Denl. »Wir sind nich' dageblieben, um's abzuwarten.«

Geistesabwesend rieb Matthias sich den Hals. Eine alte, weißhaarige Frau. Die Schamanin? Warum sollte gerade sie ihm das Leben retten?

Vielleicht gehörte auch das zur Zauberkraft der Fey.

Vielleicht war es aber auch eine Warnung.

Oder etwas ganz anderes.

Matthias hatte jetzt keine Zeit, darüber nachzudenken.

»Wir wissen, wo sich die Fey aufhalten«, sagte er. »Ich habe sie in der Höhle gesehen, bevor ich angegriffen wurde. Wir müssen unbedingt Pausho informieren. Jetzt kann sie sich ihre Langen holen.«

»Willst du wirklich mit den Weisen gemeinsame Sache machen?« fragte Tri.

Matthias erwiderte seinen Blick. »Diese Höhle ist ein interessanter Ort, Tri. Weißt du, wozu sie dient?«

Tri schüttelte den Kopf.

»Hat man dir in deiner Zeit bei den Weisen nichts darüber erzählt?«

Tri senkte den Blick. Er hatte sich schon mehrfach dafür

entschuldigt, daß er seine Arbeit als Weiser nicht ernst genommen hatte.

»Nun, Pausho scheint sich jedenfalls mit dieser Höhle auszukennen, und sie scheint auch zu wissen, wie man sie unbeschadet betritt. Im Austausch für dieses Wissen werde ich ihr ein paar Lange ausliefern.«

»Wie kommst du plötzlich darauf, daß sie mit dir zusammenarbeiten wird?« fragte Tri.

»Sie wird überrascht sein, daß ich den Berg ein zweites Mal überlebt habe. Aber so ist es. Der Berg hat mich erneut zurückgewiesen. Das kann auch Pausho nicht leugnen. Außerdem braucht sie mich. Diese Höhle ist ab jetzt eine andere, weil die Fey sie entdeckt haben. Pausho braucht meine Hilfe, um Constantia vor ihnen zu schützen.«

»Glaubst du, daß ihr das bewußt ist?« zweifelte Tri.

»Falls nicht, wird sie es bald merken«, gab Matthias zurück. Er lehnte sich gegen den Felsen. Das Sprechen tat weh. Alles tat ihm weh, und er war erschöpft. Er mußte so schnell wie möglich den Abstieg antreten, auch wenn seine Kopfschmerzen noch so stark waren. Wenn er erst wieder in der Stadt war, würde Marly sich um ihn kümmern. Marly würde ihn heilen.

Plötzlich vermißte Matthias sie. So sehr, wie er noch nie jemanden vermißt hatte.

Er mußte sie wiedersehen.

»Glaubst du, die Fey werden uns folgen?« fragte Jakib.

Matthias fuhr sich mit der Hand durch das von der langen, ereignisreichen Nacht völlig verfilzte Haar. Er blinzelte und fühlte das, was zu fühlen er sich immer verboten hatte.

Er fühlte Coulter über sich auf dem Berg. Der Junge schien sich nicht von der Stelle zu rühren.

Aber Matthias fühlte noch jemand anderen, noch einen Menschen, der so war wie Coulter und er selbst ... vielleicht auch nur das Echo eines solchen Menschen ... ganz in der

Nähe. Matthias musterte das Tal. Der andere, der dritte, befand sich auf dem gegenüberliegenden Flußufer. Matthias konnte den Fluß nicht sehen, aber er hörte ihn gurgeln. Auch sonst fiel ihm nichts Ungewöhnliches auf. Er spürte es nur, und er hatte dieses Gefühl bis jetzt nicht zugelassen.

»Heiliger Herr«, beharrte Denl. »Glaubst du, daß die Fey uns verfolgen?«

»Nein«, sagte Matthias voller Überzeugung. Wenn die Fey ihnen hätten folgen wollen, wären sie längst hier und hätten ihn gefangengenommen. Ganz gleich, wie schnell ihn Denl den Berg heruntergetragen hatte, eine Gruppe unbehinderter Verfolger hätte sie mit Leichtigkeit einholen können. »Jetzt kommen sie noch nicht. Aber bald. Tri hat recht: Wir dürfen uns jetzt keine Pause gönnen. Wir müssen so schnell wie möglich zurück nach Constantia.«

»Glaubst du, daß sie die Stadt überfall'n?« erkundigte sich Denl.

Matthias beschirmte die Augen mit der Hand, wobei er darauf achtete, seine Wunden nicht zu berühren. Trotzdem konnte er im Tal nichts Verdächtiges erkennen.

»Ich glaube, daß die Gruppe in der Höhle etwas Besonderes entdeckt hat und erst einmal dort bleiben wird«, erwiderte er. »Aber sie erhalten bald Verstärkung. Dann müssen wir gewappnet sein.«

»Vielleicht sollte ich mir ein paar Leute schnappen und den Kerlen in der Höhle den Garaus machen«, überlegte Tri laut.

»Und dabei riskieren, daß dir dasselbe zustößt wie vorhin mir?« gab Matthias zu bedenken. »Wir wissen nicht, ob es sich nicht um eine Art magischen Riegel handelt, der unerwünschte Besucher aus der Höhle fernhalten soll.«

Diese Überlegung paßte auch zu dem, was Pausho ihm erzählt hatte. Sie hatte selbst nicht genau gewußt, welcher Empfang Matthias in der Höhle erwartete.

»Nein«, fuhr Matthias fort. »Du kommst besser mit mir. Außerdem mußt du mich den Weisen gegenüber unterstützen.«

»Die werden nicht auf mich hören«, meinte Tri.

»Vielleicht doch«, widersprach Matthias. »Wenn sie sehen, daß du mit mir zusammen kommst.«

Er machte sich an den weiteren Abstieg. Er war sich ganz sicher, daß die Fey in der Höhle ihre Verfolgung nicht aufnehmen würden. Was den anderen Mächtigen betraf, dessen Gegenwart er fühlte, hatte er allerdings Bedenken. Dieser andere war schon zu nahe. Aber Matthias war noch nicht bereit, ihm gegenüberzutreten.

Er war für niemanden bereit. Er brauchte dringend Ruhe und Heilung.

Aber vor allem mußte er in Ruhe nachdenken. Bevor er in der magischen Höhle verschwunden war, hatte Coulter ihn auf Fähigkeiten aufmerksam gemacht, von denen Matthias sich niemals hätte träumen lassen, Fähigkeiten, die er lieber nicht besessen hätte. Danach hatte die Erscheinung einer längst toten Frau versucht, ihn umzubringen, und eine andere Frau, ebenfalls eine Fey, hatte ihm das Leben gerettet.

Vielleicht war es aber auch der Berg selbst gewesen, der ihn wieder einmal gerettet hatte. Matthias konnte sich nur auf Denls und Jakibs Aussage verlassen, daß es sich bei der alten Frau um eine Fey gehandelt hatte. Tri hatte noch nie einen Fey gesehen. Vielleicht war die Frau einfach nur ungewöhnlich hochgewachsen gewesen. Alles war so schnell passiert, daß selbst Denl und Jakib nicht hundertprozentig sicher sein konnten.

Zweimal in seinem Leben war Matthias auf dem Berg gewesen. Das erste Mal unfreiwillig, um dort zu sterben. Der Berg hatte ihn zurückgewiesen.

Das zweite Mal freiwillig, um zu töten, aber auch das war

ihm nicht gelungen. Dabei wäre er fast selber umgekommen. Der Berg hatte ihn ein zweites Mal abgelehnt.

Jedesmal, wenn Matthias auf dem Berg gewesen war, war er als anderer Mensch heruntergekommen. Dieses Mal war er körperlich geschwächt und seelisch aufgewühlt, fühlte sich jedoch stärker als je zuvor. Dies war der Ort, wo er hingehörte, der Ort, der ihm seine wahre Bestimmung verlieh.

Matthias mußte nur noch herausfinden, welche Bestimmung das war.

Zu diesem Zweck mußte er den Leuten von Constantia helfen, sich gegen die Fey zu verteidigen.

Ob seine Hilfe nun erwünscht war oder nicht.

36

Er wartete immer noch darauf, daß sie wieder zu Bewußtsein kam. Nicholas drückte die Schamanin an sich und wiegte sie in den Armen. Sie besaß soviel Macht und Weisheit. Sie mußte einfach wieder aufwachen.

Aber sie bewegte sich nicht, auch ihre Brust hob und senkte sich nicht mehr.

Sie war tot.

Sie war tot, und Nicholas begriff nicht, warum.

Matthias sollte ein Gott sein?

Das konnte sie nicht gemeint haben. Vielleicht hatte sie damit sagen wollen, daß Matthias die Geheimnisse kannte, obwohl Nicholas keine Ahnung hatte, woher die Schamanin das wußte.

Vielleicht hatte sie auch bloß gemeint, daß Matthias der letzte lebende Rocaan war.

Aber was spielte das für eine Rolle. Nichts außer dem Leben der Schamanin spielte jetzt noch eine Rolle.

Ihr Leben und das Leben Ariannas. Ohne den Beistand der Schamanin konnte Nicholas seiner Tochter nicht helfen. Er wußte nicht, was er tun sollte. Offenbar waren sie zu spät gekommen.

Er war zu spät gekommen.

Die Schamanin hatte erklärt, daß sie diesen Ort *zuerst* erreichen mußte. Vor Matthias, hatte das wohl heißen sollen.

Es war ihr nicht gelungen.

Sie war tot.

Und jetzt würde auch Arianna sterben.

Nicholas fühlte eine Hand auf seinem Arm. Er blickte hoch und erkannte seine Frau. Seine schöne Frau, die jünger aussah als am Tag ihres Todes. Ihre Stirn war glatt, das Haar zum Pferdeschwanz zurückgebunden und ihre Augen, ihre herrlichen, geschwungenen Augen, voller Tränen.

»Jewel«, flüsterte Nicholas. »Wie ist das möglich?«

Vielleicht war auch er tot. Vielleicht hatte er es bloß noch nicht gemerkt.

Jewel strich ihm zärtlich das Haar aus der Stirn. »Die Schamanin hat es dir doch erklärt«, sagte sie. »Dies ist ein Ort der Macht. Hier kannst du mich sehen.«

Aus irgendeinem Grund leuchtete diese Erklärung Nicholas ein. Seit seiner Kindheit hatte sich sein Weltbild so drastisch verändert: die freundliche Welt, die sich immer gleich blieb, war zu einem Ort geworden, an dem unvorstellbare Zauberkräfte am Werk waren. Warum sollte er jetzt nicht glauben, daß er an diesem Ort seiner längst verstorbenen Frau begegnen konnte?

»Seit Aris Geburt bin ich immer bei dir gewesen«, fuhr Jewel fort. »Ich habe dir so gut ich konnte zur Seite gestanden.«

Nicholas hatte ihre Anwesenheit gespürt. Jedenfalls manchmal. Lieber Gott, er hatte sie gespürt. Beruhten alle diese Phantasien, seine Unfähigkeit, sie zu vergessen, etwa darauf, daß sie noch immer bei ihm war?

Sie kniete sich neben ihn. »Es tut mir leid, Nicholas«, seufzte sie. »Alles ist schiefgegangen.«

Sie sprach von der Schamanin, aber sie berührte die alte Frau nicht. Sie berührte nur ihn.

»Du hast versucht, Matthias zu töten«, stellte Nicholas fest.

»Er war mir versprochen«, erklärte Jewel. »Aber dann ist sie dazwischengegangen.«

»Sie hat gesagt ...«

»Ich habe es gehört.« Jewel seufzte. »Daß das passieren würde, habe ich nicht Gesehen, Nicholas. Ich habe den Mächten nie verraten, welchen Menschen ich am meisten gehaßt habe. Aber sie müssen es trotzdem gewußt haben, nicht wahr? Sie müssen es gewußt haben.«

»Das hilft uns jetzt auch nicht weiter, Jewel«, beschwichtigte Nicholas. »Die Schamanin ist tot. Arianna liegt im Sterben. Ich kann nichts mehr für sie tun. Kannst du ihr helfen?«

»Ja«, antwortete Jewel und nahm die Hand von seinem Arm. Der Verlust ihrer Wärme kam Nicholas wie ein erneuter Abschied für immer vor. »Ich bin gleich zurück.«

Sie stand auf. Nicholas ließ die Schamanin sanft zu Boden gleiten. Ihr Gesicht sah erstaunlich jung aus. Die Falten hatten sich geglättet, und Nicholas konnte erkennen, daß sie so schön wie alle Feyfrauen war. Das war ihm vorher noch nie aufgefallen.

Während er sich bewegte, rutschte Arianna leicht gegen seine Schulter. Nicholas wußte nicht, wohin Jewel verschwunden war. Sollte er ihr folgen?

Er staunte darüber, daß er seiner Frau überhaupt noch vertraute, obwohl er gerade mit angesehen hatte, wie sie die Schamanin getötet hatte.

Aber er hatte genug gesehen, um zu wissen, daß Jewel eigentlich Matthias umbringen wollte und die Schamanin sich freiwillig geopfert hatte.

Die alte Frau hatte ihm ja schon angekündigt, daß sie sich ihren Tod selbst wählen würde.

Unruhig blickte Nicholas sich nach Jewel um, konnte sie aber nirgends entdecken.

Hoffentlich beeilte sie sich. Die Zeit drängte.

Nicholas spürte es.

Sie mußten sofort etwas unternehmen, oder er verlor Arianna.

Schon zweimal in Ariannas Leben war eine solche Situation eingetreten ... daß ihr eigenes Leben auf dem Spiel stand, weil ein anderer gestorben war.

Nicholas war machtlos.

Er schlang den Arm fester um seine Tochter.

»Ich tue, was ich kann, Kleines«, flüsterte er ihr zu.

»Nicholas.« Jewels Stimme jagte ihm einen Schauer über den Rücken. Genauso hatte sie vor so vielen Jahren geklungen. Die Zeit hatte seine Erinnerung nicht verblassen lassen.

Nicholas blickte in die Richtung, aus der die Stimme kam. Jewel stand neben einem hochgewachsenen Fey, den Nicholas noch nie gesehen hatte, obwohl sein Gesicht Nicholas' und Jewels Züge in sich vereinte. Der Junge hatte so strahlend blaue Augen wie Arianna und glatte Haut.

Abgesehen von dieser Haut und den tiefblauen Augen sah er Sebastian zum Verwechseln ähnlich.

Und abgesehen von seinem scharfgeschnittenen, intelligenten Gesicht.

»Nicholas, das ist unser Sohn«, stellte Jewel den jungen Mann mit belegter Stimme vor. »Das ist unser Gabe. Erinnerst du dich an ihn?«

Natürlich erinnerte Nicholas sich. Vor ihm stand das Kind, in das Nicholas alle seine Hoffnungen gesetzt hatte. Nicholas erinnerte sich genau an sein Gesicht, jene lebhaften, ausdrucksvollen Züge, die eines Tages über Nacht verschwunden waren. Ausgetauscht, wie man ihm später erklärte, gegen ein Stück Magie, das eigentlich nur wenige Wochen hätte leben sollen. Statt dessen war aus dem Stück Magie ein Kind geworden, das Nicholas weder um seiner Intelligenz noch um seiner Lebhaftigkeit willen geliebt hatte, sondern wegen seines mitfühlenden Wesens.

»Gabe«, wiederholte Nicholas völlig überwältigt. Der Tod einer Freundin, die Auferstehung seiner Frau und das Wiedersehen mit seinem verlorenen Sohn – alles innerhalb weniger Minuten.

Arianna fest umklammernd, stand Nicholas vorsichtig auf.

»Entschuldige«, sagte er. »Aber bist du wirklich?«

»So wirklich wie ich«, antwortete eine Stimme aus der Höhle. Nicholas drehte sich um. Aus der Höhle trat ein Mann, ein Inselbewohner, der klein, blond und ungefähr so alt wie Gabe war. »Ich bin Coulter.«

Nicholas nickte. Er wußte nicht genau, wie er sich selbst vorstellen sollte. Als König?

»Das gleiche könnte ich dich fragen«, bemerkte sein Sohn, und an seiner Stimme erkannte Nicholas zweifelsfrei, daß er keine zweite Ausführung von Sebastian, sondern eine völlig andere Person war. Gabes Stimme war tief und kräftig, mit Anklängen an Nicholas' eigene Stimme. Trotzdem sprach er mit Feyakzent und betonte wie viele Fey bei manchen Wörtern die falschen Silben.

Also war die Sprache der Insel noch nicht einmal die Muttersprache dieses Thronerben.

»Meine Tochter«, stellte Nicholas weiter vor. »Deine Schwester. Sie liegt im Sterben. Deine Mutter«, er warf einen flüchtigen Blick auf Jewel, »sagt, daß du ihr helfen kannst. Die Schamanin hätte ihr auch geholfen, aber sie ist tot.«

Wieder brach seine Stimme. Es war alles zuviel für ihn. Er war sich dessen nicht bewußt, aber es schnürte ihm die Kehle zu.

Gabe, sein Sohn, blickte erst seine Mutter an, dann wieder Nicholas. »Du kannst sie auch sehen?«

»Natürlich«, bestätigte Nicholas. »Sieht sie denn nicht jeder?«

»Nein«, antwortete Gabe kurz angebunden.

»Wir müssen sie hineintragen«, befahl Coulter und ging voran. Gabe folgte, ohne seinen Vater noch einmal anzusehen. Jewel nickte.

Nicholas hatte keine Wahl. Er ließ die Schamanin halb in und halb vor der Höhle liegen und trat ein. Trotzdem erkundigte er sich: »Können wir nicht auch die Schamanin hineintragen? Wenn das hier wirklich ein Ort der Macht ist, wie sie behauptet hat, dann kann ihr vielleicht geholfen werden.«

»Das übernehme ich.« Noch eine Stimme, und auch sie sprach Inselsprache mit Feyakzent. Ein kleiner Fey huschte an Nicholas vorbei. Nicholas runzelte die Stirn. Er hatte zwar schon gehört, daß es auch kleine Fey gab, aber er hatte noch nie einen aus der Nähe gesehen.

Eine Rotkappe?

Als Gefährte seines Sohnes?

»Nicholas«, mahnte Jewel.

Nicholas ging tiefer in die Höhle hinein. Der Raum war riesig und so hell, daß es fast blendete. Eine Treppe aus Marmor führte in die Tiefe. An ihrem unteren Ende standen ein Inselbewohner und eine Feyfrau. Dahinter plätscherte ein Brunnen, und überall an den Wänden erblickte Nicholas die Symbole des Rocaanismus.

Seine Nackenhaare sträubten sich.

»Ich glaube nicht, daß das hier die richtige Umgebung für Ari ist«, sagte er.

»Unsinn«, erwiderte Jewel.

»Ich bin doch auch hier«, mischte sich Gabe ein. »Und mit mir ist alles in Ordnung.«

Das schien zu stimmen. Solange Arianna nichts Religiöses berührte, würde ihr nichts geschehen, und Nicholas war jetzt nicht in der Verfassung für Spitzfindigkeiten.

Nicholas trug seine Tochter die Treppe hinunter und ließ sie auf den Marmorfußboden gleiten.

Ariannas Gesicht war so grau wie der Stein. In dem seltsamen Licht sah sie aus wie tot.

Coulter beugte sich über sie und strich ihr das Haar aus dem Gesicht. Nicholas fühlte den Drang, den Jungen wegzustoßen.

Coulter blickte mit merkwürdigem Gesichtsausdruck von Arianna auf und starrte Gabe an.

»Sie sieht dir ähnlich«, stellte er fest.

Gabe zuckte die Achseln. »Sie hat versucht, mich umzubringen«, erwiderte er. Seine ausdruckslose Stimme erinnerte Nicholas an sich selbst. Eine gespielte Gleichgültigkeit, hinter der sich Angst verbarg.

»Was jetzt?« fragte Nicholas.

»Gabe wird seiner Schwester helfen«, bestimmte Jewel.

Nicholas' Magen zog sich zusammen. »Wie?«

»Er wird durch deine Verbindung in sie eindringen und sie suchen.«

Nicholas betrachtete seinen unbekannten Sohn, den Jungen, nach dem er sich sehnte, seit er begriffen hatte, was damals passiert war. Sein Mund wurde trocken. »Nein«, sagte er, ohne nachzudenken. »Wir wissen nicht, was mit ihr los ist. Die Schamanin war der Ansicht, daß der Schwarze König an ihrem Zustand schuld ist. Wenn Rugad sich noch immer in Arianna aufhält, könnte er auch Gabe in eine Falle locken. Das ist zu gefährlich, Jewel. Kannst du nicht selbst etwas tun?«

»Nein.« Jewel schüttelte den Kopf.

»Ich habe versprochen, daß ich gehe«, unterbrach Gabe. »Ich kann es.«

»Ich weiß«, seufzte Nicholas. Er hätte seinem Sohn gern alles erklärt, aber dafür hatten sie jetzt keine Zeit. »Aber wir können es uns nicht leisten, auch noch dich zu verlieren, Gabe. Was ist, wenn du nicht mehr zurückkannst?«

Coulter hörte gespannt zu. Er hockte sich auf die Fersen, musterte Nicholas mit schmalen Augen und sagte dann: »Warum tust du es nicht selbst?«

»So etwas können nur Fey«, erwiderte Nicholas.

»Ich bin kein Fey«, widersprach Coulter.

Nicholas runzelte die Stirn. Natürlich war der Junge kein Fey. »Willst du damit sagen, auch du könntest so etwas tun?«

Der Junge sah jedenfalls eindeutig nicht wie ein Fey, sondern wie ein typischer Inselbewohner aus.

Coulter zuckte die Achseln. »Ich glaube schon.«

»Du glaubst es?« wiederholte Nicholas. »Aber du bist ein Inselbewohner.«

»Er ist ein Zaubermeister«, korrigierte Gabe. »Er kann es.«

»Aber er müßte Nicholas' Verbindung benutzen«, gab Jewel zu bedenken.

»Das müßte ich auch«, meinte Gabe.

»Aber ...«

»Es wäre einfacher«, sagte Coulter in die Luft. Nicholas merkte, daß der Junge versuchte, mit Jewel zu sprechen. »Ich sehe die Verbindung ganz deutlich. Ich könnte versuchen, sie zu bereisen.«

»Zaubermeister können so etwas zwar«, gab Jewel zu, »aber sie haben nicht so viel Zeit und Geschick wie Visionäre. Zaubermeister verfügen über fast alle Zauberkünste der Fey, aber gerade weil sie so vielseitig sind, sind die einzelnen Fähigkeiten begrenzter.«

»Sie meint«, übersetzte Nicholas, »daß du nicht so viel Zeit haben würdest wie Gabe.«

»Ich weiß«, entgegnete Coulter. »Aber dafür besitze ich mehr Fähigkeiten als er. Vielleicht finde ich Arianna schneller.«

Vielleicht war Coulter sogar dem Schwarzen König besser gewachsen.

»Du besitzt kein Schwarzes Blut, oder?« erkundigte sich Nicholas sicherheitshalber.

»Er ist doch ein Inselbewohner«, meinte Gabe.

Jewel sah Nicholas an.

Nicholas hielt noch immer schützend eine Hand auf seine Tochter. »Wenn Gabe Arianna findet und der Schwarze König auch dort ist, dann tritt genau das ein, wovor die Schamanin immer gewarnt hat: Schwarzes Blut wendet sich gegen Schwarzes Blut. Wenn wir Coulter schicken, kann das nicht passieren.«

Jewel stieß einen Seufzer aus. Die Glasflaschen an der Wand zitterten leise wie in einer sanften Brise. »Daran habe ich nicht gedacht.«

»Ich habe keine Angst vor dem Schwarzen König«, trumpfte Gabe auf.

»Das solltest du aber«, konterte Nicholas. »Laß Coulter zuerst gehen.«

»Nur, wenn ich ihm folgen darf, falls es zu lange dauert.«

»Das ist zu gefährlich«, warnte jetzt auch Coulter. »Dein Vater hat recht.«

»Dann gehe ich eben ohne eure Hilfe«, beharrte Gabe trotzig.

»Ich dachte immer, du kannst deine Schwester nicht leiden«, stichelte Coulter.

»Ich habe *versprochen*, ihr zu helfen.«

»Sich herumzuzanken hilft ihr jedenfalls nicht weiter«, mischte sich Jewel wieder ein.

Gabe verstummte. Dann sah er Coulter an. »Na schön«, knurrte er. »Aber du unternimmst nichts ohne Ariannas Zustimmung.«

»Wenn ich sie finde«, versprach Coulter.

»Das reicht nicht«, beharrte Gabe.

Ein Schauder überlief Nicholas. Wovor wollte Gabe sie warnen? Aber darüber nachzudenken, war jetzt keine Zeit.

»Fangen wir endlich an«, befahl Nicholas. »Coulter, suche meine Tochter.«

Coulter nickte knapp. Er warf einen letzten Blick auf Gabe,

der beleidigt die Unterlippe vorschob, und verschränkte die Arme vor der Brust.

»Ich weiß nicht, wie es sich anfühlen wird«, wandte er sich an Nicholas. »Ich muß deine Verbindung benutzen. Ich weiß nicht, was das für dich bedeutet, verstehst du?«

Nicholas holte tief Luft. Er war bereit, das Risiko einzugehen. In dieser Höhle entschied sich sein Schicksal. Sein Schicksal und das der Blauen Insel.

Wie die Schamanin gesagt hatte, manchmal mußte man ein Opfer bringen.

»Ja«, erwiderte er. »Ich vertraue darauf, daß du mir meine Tochter zurückbringst.«

»Ich werde währenddessen auf dich aufpassen«, versprach Jewel.

Nicholas lächelte sie an. Das würde sie bestimmt.

Gabe schluckte so laut, daß es von den Höhlenwänden widerhallte. »Ich bilde die Nachhut«, verkündete er. »Wir dürfen nicht meinen Vater und meine Schwester gleichzeitig verlieren.«

Coulter blickte ihn an, als sei er traurig, daß Gabe ihn nicht in die Aufzählung eingeschlossen hatte.

»Oder Coulter«, ergänzte Gabe widerstrebend.

Coulter nickte zufrieden. »Fertig?« fragte er.

»Fertig«, bestätigte Nicholas.

Coulter streckte die Hand aus und berührte Nicholas' direkt über dem Herzen. Es fühlte sich an wie ein Messerstich mitten in die Brust.

Coulters Blick verschwamm, und durch den Schmerz hindurch, der von seinem Herzen mitten in seine Seele schoß, fühlte Nicholas die Anwesenheit des Jungen in seiner Verbindung zu Arianna.

37

An diesem Morgen spürte Rugad jedes einzelne seiner zweiundneunzig Jahre. Er beugte sich vor und zog sich ächzend die Stiefel an. Immer noch taten ihm alle Knochen weh von seinem Sturz bei der Explosion des Golems, und außerdem schmerzte seine Kehle, weil er am vergangenen Tag so viel gesprochen hatte. Jeder Muskel, jede Bewegung erinnerte Rugad daran, wie aufreibend sein Leben war.

Es würde noch aufreibender werden.

Die Blaue Insel hatte seinen Sohn auf dem Gewissen.

Die Insel hatte seine Enkeltochter getötet.

Sie hatte ihm seine Stimme geraubt.

Aber ganz gleich, was noch alles passierte - bald gehörte sie ihm. Die Blaue Insel und seine Urenkel noch dazu, und dann würde er nach Leutia weiterziehen, ganz egal, was für Schmerzen er hatte, wie alt er sich fühlte oder welche weiteren Verletzungen er davontrug.

Rugad würde die Blaue Insel endgültig erobern und sie als Sprungbrett für die Unterwerfung der restlichen Welt benutzen.

Dieser Morgen war der Anfang.

Das hatte Rugad beschlossen, bevor er in seine Gemächer zurückgekehrt war. Wie befohlen, hatten die Wachen das Zimmer gesäubert und den zerbrochenen Stuhl und die Steine entfernt. Sie hatten den Golem aus der Welt geschafft, indem sie einen Teil der Steine in den Fluß geworfen und den Rest überall in den Ruinen von Jahn verteilt hatten.

Niemand konnte diesen Golem je wieder zusammensetzen.

Ein Problem weniger.

Es blieben zwar noch genug Probleme, aber Rugad vertraute darauf, daß er sie ebenso lösen würde wie dieses.

Er stand auf und reckte sich. So wie jetzt hatte er sich sonst nur nach schweren Schlachten gefühlt: am ganzen Körper wund und zerschlagen, dennoch höchst zufrieden über seinen Sieg. Heute allerdings vermißte er die gewohnte Zufriedenheit.

Er war zwar jetzt Herrscher der Insel, aber sie gehörte ihm immer noch nicht richtig.

Die Flucht des Inselkönigs und seiner Kinder, Rugads Urenkel, und die Entdeckung, daß sie den Schwarzen König ernsthaft verletzt hatten, all das hatte Rugads Leute in Panik versetzt.

Dieser Panik mußte Rugad ein für allemal ein Ende bereiten.

Er warf seinen Umhang über und ging zur Tür. Dabei kam er an der leeren Feylampe vorbei und schüttelte ärgerlich den Kopf. Die Seele des Golems sollte längst in der Lampe gefangen sein.

Er öffnete die Tür. Dahinter wartete das Frühstück, das er bestellt hatte. Rugad blieb stehen, trank einen Schluck Wasser und nahm sich ein paar Scheiben Brot. Den Rest ließ er für seine Wachen stehen.

»Ich kann das hier nicht aufessen« sagte er zu dem Posten, der die Zimmertür bewachte. Wie alle von Rugads Wachsoldaten wußte auch dieser, daß er sich die Überreste der Mahlzeiten nehmen durfte. Das gehörte zu den Vergünstigungen der persönlichen Bediensteten des Schwarzen Königs.

Die zweistündige Ruhepause hatte Rugad nur noch müder gemacht. Wenn er ehrlich war, mußte er zugeben, daß ihm die Niederlagen der letzten Zeit schwer zu schaffen machten. Erstaunlich, wie ein paar kleine Rückschläge der richtigen Sorte selbst den stärksten Mann entmutigen konnten, wenn sie einen wunden Punkt berührten.

Rugad hatte sich zu sehr auf Weißhaar und zu wenig auf das eigentliche Problem konzentriert. Die Sache mit Weißhaar war erledigt, Rugad hatte herausgefunden, daß sich der Inselkönig irgendwo in den Bergen im Norden der Insel aufhielt, und der Golem war vernichtet.

Das war immerhin ein Fortschritt.

Jedenfalls wollte Rugad es so sehen.

Jetzt aber mußte er unbedingt die Moral seiner Untergebenen wieder heben.

An diesem Morgen hatte er einige Zeit auf seine äußere Erscheinung verwendet, blankpolierte Stiefel und seinen dunkelsten Umhang angezogen. Das Haar fiel ihm offen ins Gesicht, was ihn jünger aussehen ließ und zugleich die schlimmsten Schrammen verbarg. Außerdem trug Rugad wie früher als junger Mann einen Schal, um seine vernarbte Kehle zu verhüllen.

Sein Anblick sollte die Truppen nicht unnötig an die Tatsache erinnern, daß auch er verwundbar war.

Zwar war er nicht mehr im vollen Besitz seiner Stimme, aber das war im Moment nicht nötig.

Rugad nahm zwei Stufen auf einmal und schlang dabei das Brot herunter. Er nickte jedem Fey zu, an dem er vorbeikam, und alle nickten zurück, erstaunt über die ungewohnte Aufmerksamkeit.

Wenn es nötig war, jedem einzelnen seiner Leute ins Gesicht zu blicken, um ihren Kampfgeist zu heben, würde er das eben tun. Dann würde sich vielleicht nicht in Jahn und dessen unmittelbarer Umgebung das Gerücht verbreiten, der Schwarze König sei zu schwer verletzt, um zu regieren.

Denn das würde die Uneinigkeit nur noch verschlimmern.

Als Rugad den Fuß der Treppe erreicht hatte, erblickte er

vor dem Hauptportal seine neue Adjutantin Selia. Sie stand, die Hände auf den Rücken gelegt, in untadeliger Haltung da. Was nicht recht dazu passen wollte, war, daß sie unablässig Daumen und Zeigefinger nervös aneinanderrieb.

»Selia!« bellte Rugad. Das Wort kam als ziemlich lautes, nasales Krächzen heraus. Ein wellenartiger Schmerz durchfuhr seine Kehle, aber Rugad achtete nicht darauf. Der Schmerz war ein geringer Preis für eine Stimme, die endlich wieder trug.

Selia fuhr herum und nickte, als sie Rugad erkannte.

»Steht meine Kutsche bereit?«

»Ja, Herr«, antwortete sie eilfertig. »Ich habe ein paar zusätzliche Wachen als Begleitschutz angefordert ...«

»Nein«, unterbrach Rugad sie. Er wollte sowenig Wachen mitnehmen wie möglich, und in der Kutsche selbst gar keine haben. Diese ganzen Gerüchte waren nur durch seine Verwundung ausgelöst worden. Jetzt mußte Rugad seinem Volk demonstrieren, daß er sich auf dieser Insel nicht fürchtete und wieder kräftig genug war, um auf sich selbst aufzupassen. »Nur die Spione, wie besprochen, und über mir ein paar Irrlichtfänger.«

»Jawohl, Herr.« Selia verbeugte sich.

Rugad trat näher, legte ihr die Hand unter das Kinn und hob ihr Gesicht dicht vor seines. »Daß ich ohne Leibwächter ausfahre, gefällt dir nicht, was, Selia?«

Selia kaute auf ihrer Unterlippe. Rugad fragte sich, ob sie selbst es merkte.

»Nein, Herr«, gab sie leise zu.

»Vertraust du deinen eigenen Landsleuten nicht? Mit ihnen treffe ich mich doch.«

»Aber was ist mit den Inselbewohnern, Herr? Wenn sie sehen, daß du allein und unbewacht bist ...«

»Du meinst, dann töten sie mich?« fragte Rugad. Daß die

Moral so tief gesunken war, hatte er nicht geahnt. Ein Schwarzer König hatte als absolut unverwundbar zu gelten, nicht als wehleidiger Feigling, um den sich sein eigenes Volk Sorgen machte, sobald er die Nase aus der Tür steckte.

Mit einem solchen Problem hatte sich Rugad noch nie herumschlagen müssen.

Er mußte es schleunigst aus der Welt schaffen.

Am besten fing er gleich damit an.

»Ja, Herr«, erwiderte Selia. »Ich habe Angst, daß sie es versuchen.«

Rugad legte den Kopf in den Nacken, damit er auf sie herunterblicken konnte. Dann grub er den Fingernagel in ihr Kinn.

»Du glaubst wirklich, ich treffe mich mit meinen eigenen Leuten, besichtige die Ruinen einer einstmals stolzen, prächtigen Stadt, die wir dem Erdboden gleichgemacht haben, und dann drängt sich so ein unverschämter Inselbewohner unbemerkt durch Hunderte von Fey und kommt nahe genug an mich heran, um mir etwas anzutun?«

Selia blinzelte unmerklich, aber es entging Rugad nicht. Er merkte genau, wie Zweifel sie beschlich.

»Daran hatte ich nicht gedacht, Herr.«

»Was mir passiert ist«, fuhr Rugad fort, der sich Zeit nahm, Selia zu überzeugen, weil sie als seine Sprecherin schließlich alles, was er sagte, weitergab, »ist ganz normal, wenn unter den Mitgliedern der Schwarzen Familie Zwietracht herrscht. Das kannst du nicht wissen, weil sich die Schwarze Familie zeit deines und auch meines Lebens einig war. An diesem ganzen Streit sind nur die dummen Fehler meines Sohnes schuld, die ich jetzt wieder ausbügeln muß. Kein hergelaufener Inselbewohner kann mir etwas anhaben. Und meine Urenkel werden es nicht wagen, jetzt, wo ihr Vater nicht mehr König ist.«

Rugad lächelte. Selia machte große Augen.

»Niemand kann mir etwas anhaben«, wiederholte Rugad mit Nachdruck.

»Aber in deinem Zimmer«, begann Selia noch einmal, schlug dann aber erschrocken die Hand vor den Mund. Sie lernte bereits, ihre Zunge zu hüten.

Sehr gut.

Sie würde Weißhaars Beispiel nicht vergessen.

Rugad lächelte noch breiter. »Du meinst den Golem. Glaubst du, daß er mir Schaden zugefügt hat?«

»Du hast Verletzungen davongetragen, Herr.« Selia sprach durch die Finger, denn sie war klug genug, eine Unterhaltung zu Ende zu führen, die sie selbst begonnen hatte.

»Aber um unsere Soldaten, die nach der Invasion ihre Pfeilwunden oder Schwerthiebe von den Domestiken behandeln lassen mußten, machst du dir keine Sorgen.«

»Herr?« fragte Selia verwirrt und ließ die Hand sinken.

»Als ich befohlen habe, mich mit diesem Geschöpf allein zu lassen, wußte ich genau, daß es ein Golem war. Es war ein künstlich erzeugtes Wesen, das aussah wie mein Urenkel, und ich befürchtete, daß es Familiengeheimnisse kannte, die niemand außer mir zu wissen braucht. Als ich aus ihm herausgequetscht hatte, was ich wissen wollte, habe ich ihn vernichtet. Er war ein äußerst gefährliches magisches Objekt, das wir auf dieser Insel nicht gebrauchen können.«

Leichte Falten bildeten sich auf Selias Stirn. »Also stammen deine Wunden aus der Schlacht?«

»Ich bin schließlich der Anführer dieser Invasion«, bestätigte Rugad kalt. »Da ist es nur gerecht, daß auch ich einen Teil der Last auf mich nehme.«

»Richtig, Herr«, pflichtete Selia ihm bei. Sie schüttelte leicht den Kopf, wie um ihre Gedanken besser zu ordnen. »Ich werde die zusätzlichen Wachen wegschicken. Es war dumm von mir, überhaupt zu fragen.«

Rugad legte ihr die Hand auf den Arm. »Nein, es war nicht dumm. Ich schätze Fragen, weil sie mir die Möglichkeit geben, sie positiv oder negativ zu beantworten. Weißhaar hat den Fehler gemacht, zu handeln, ohne vorher nachzufragen. Paß auf, daß du es ihm nicht nachmachst.«

»Ich werde mich hüten, Herr.«

»Gut«, lobte Rugad. »Ich habe dich wegen deiner Kunst zu Behexen und deines gesunden Menschenverstandes zu meiner Vertrauten ernannt. Sieh zu, daß ich aus beidem Nutzen ziehe.«

»Ja, Herr«, murmelte Selia.

Rugad nickte ihr ein letztes Mal zu, dann trat er ins Freie.

Es war eine offene Kutsche, wie er befohlen hatte. Sie war schwarz, in der Mitte etwas niedriger und hatte an einer Seite eine Trittstufe. Im hinteren Teil befanden sich zwei gegenüberliegende Sitze und vorne ein dritter, in Rugads Augen überflüssiger, Sitz für den Kutscher. Das Gespann bestand aus zwei Pferdereitern, die Rugad gut kannte. Er würde ihnen selbst Anweisungen erteilen.

Der Anblick der beiden hob seine Stimmung. Es sah aus, als säßen zwei Fey auf den Pferderücken, obwohl von der Seite deutlich zu erkennen war, daß sie keine Beine hatten, sondern ihre Unterkörper direkt aus dem Pferdeleib herauswuchsen. Es waren ein Mann und eine Frau. Aus Ehrerbietung gegenüber dem Schwarzen König trugen sie Uniformjacken, was für Reiter in ihrer Tiergestalt ziemlich unbequem war, wie Rugad wußte. Mit einem kurzen Nicken drückte er ihnen seine Anerkennung dafür aus und bestieg mit Hilfe des kleinen Tritts das Fahrzeug.

Alle Abzeichen des Herrscherhauses der Insel waren entfernt worden. Auf den Seitenteilen der Kutsche erkannte man trotzdem noch schwach die Umrisse von Schwertern. Die Sitzkissen waren offenbar in aller Eile durch schwarze Samtkissen ersetzt worden, die zur Erhöhung der Bequemlichkeit mit einem Domestikenzauber belegt waren.

Rugad setzte sich, schnalzte leise mit der Zunge und überließ das Weitere den Pferdereitern. Das hier war sozusagen Selias Aufnahmeprüfung. War sie auch nur ein kleines bißchen von seinen Instruktionen abgewichen, würde Rugad es sofort merken.

Aber offenbar hatte sie sich daran gehalten. Die Reiter zogen die Kutsche in weitem Bogen um den Palast herum. Trotz der frühen Stunde waren die Straßen voller Fey. Sie salutierten, grüßten oder deuteten knappe Verbeugungen an. Bei zeremoniellen Anlässen pflegten Fey weder zu applaudieren noch zu jubeln, wie es in so vielen anderen Kulturen üblich war. Lediglich in der Schlacht stießen sie Kampfschreie aus. Aber auch das diente eher dem Zweck, den Feind an die Überlegenheit der Fey zu erinnern.

Rugad nickte zurück. Manchmal, wenn die Kutsche langsam genug fuhr, erhob er sich sogar, als wolle er die Umgebung inspizieren.

Auf dem Palastgelände gab es allerdings nichts weiter zu inspizieren. Rugad hatte alles bereits aus seinem Fenster betrachtet, und wußte, daß der Palast nahezu unversehrt war. Die einzigen Schäden hatte König Nicholas' Angriff angerichtet, und die hielten sich in Grenzen: ein paar Beschädigungen der Nebengebäude, unzählige Blutflecken auf dem Vorplatz, die zu entfernen einen Domestiken eine ganze Woche gekostet hatte, und ein arg zertrampeltes Stück Palastgarten.

Aber inmitten der Ruinen der zerstörten Stadt war der Palast eine Insel der Normalität. Auch das hatte Rugad aus dem Fenster gesehen.

Diese Ruinen, daran würde er sein Volk erinnern, waren das Resultat ihrer hervorragenden Arbeit.

Ohne Jahn gab es keine Blaue Insel. Die Hauptstadt war das

Herz des Königreichs, und sie würde schon bald eine zentrale Regierung beherbergen, eine, die sich anders als die vorige ausschließlich nach den Bedürfnissen der Fey richtete.

Das würde Rugad auch den Inselbewohnern unmißverständlich klarmachen, aber er bezweifelte, daß sie sich heute aus ihren Häusern trauen würden.

Als die Kutsche durch das Palasttor rumpelte, erhob sich Rugad. Fey säumten in fünf Reihen die Hauptstraße, um ihn zu begrüßen. Schon früher hatte Rugad nach entscheidenden Siegen Truppenparaden abgenommen, aber damals war genau wie heute das Erscheinen freiwillig gewesen.

Sonst war immer nur ein kleiner Teil seiner Leute aufgetaucht, um ihn zu sehen. Rugad hatte das nichts ausgemacht. Es bedeutete bloß, daß die übrigen zu tun hatten oder sich nach getaner Arbeit ausruhten.

Diesmal dagegen hatte er den Eindruck, daß alle gekommen waren.

Um zu sehen, ob er überhaupt noch am Leben war?

Um zu sehen, ob er wieder gesund war?

Offensichtlich.

Rugad lächelte nicht. Das wäre der Situation nicht angemessen gewesen. Aber er nickte, wenn er vertraute Gesichter erkannte. Die Kutsche fuhr mit ihm langsam zum Fluß und der großen Brücke hinunter. Rugad wollte die Zerstörung des Tabernakels, der Heimat der Schwarzkittel, in Augenschein nehmen und vielleicht sogar ein besonderes Lob aussprechen. Dann würde er von Stadtviertel zu Stadtviertel fahren, die Schäden begutachten und eventuell anordnen, daß auch noch die letzten Gebäude niedergebrannt wurden.

Das alles mußte er durchstehen, um seinem Volk zu beweisen, daß es ihm gutging, auch wenn es ihm schon einmal besser gegangen war.

Aber das brauchten seine Leute nicht zu wissen.

Ihr Selbstvertrauen hatte schon genug gelitten, und seine Verletzungen waren schließlich nicht lebensgefährlich.

Jedenfalls jetzt nicht mehr.

Zweimal hatte ihn die Blaue Insel fast das Leben gekostet, und ein drittes Mal gönnte Rugad ihr das nicht. So betrachtet, gehörte ihm die Insel bereits jetzt, und das würde er seine Leute auch wissen lassen.

Außerdem wollte er sich den Sieg bestätigen lassen, den er bereits errungen hatte.

Ihn sich noch einmal vor Augen rufen.

Das Triumphgefühl noch einmal auskosten.

Die Verletzungen hatten auch von ihm ihren Tribut gefordert, genau wie die Überraschung, überlistet worden zu sein.

Dabei hätte Rugad sich eigentlich darüber freuen sollen. Falls er jemals daran gezweifelt hatte, ob es richtig gewesen war, auf der Blauen Insel einzufallen, waren die beiden Male, bei denen ihn seine Urenkelin und ihr Golem hinters Licht geführt hatten, Beweis genug.

Der Golem hatte Rugad Schwierigkeiten gemacht, aber bei seiner Urenkelin hatte er sein Bestes getan. Er hatte den ersten Schritt unternommen, um sie zu einem wahren Mitglied der Schwarzen Familie zu machen, etwas, wozu er bei der ersten Begegnung mit seinem Urenkel leider keine Zeit gehabt hatte.

Seine Urenkelin würde eine großartige Anführerin werden. Sie besaß das nötige Temperament, die Intelligenz und die Zauberkraft.

Sie würde eine der Besten sein.

Jetzt mußte Rugad nur noch ihren Vater aus dem Weg räumen und das Mädchen zu sich holen.

Mehr war nicht nötig, um die Insel endgültig zu unterwerfen.

Zwei kleine Schritte.

Rugad wußte, daß er es schaffen würde.

38

Ein scheußlicher Schmerz fuhr ihr durchs Bein. Arianna fluchte, als sie sich wieder zu ihrem Fuß hinunterziehen ließ. Sie rieb sich die Wade und wartete darauf, daß der Schmerz endlich nachließ.

Diesmal war sie zwar weiter vorgedrungen, aber immer noch hatte sie sich selbst Einhalt geboten. Ein einziger negativer Gedanke, eine kleine Unaufmerksamkeit, und schon war sie wieder hier, am Ausgangspunkt.

Arianna hatte keine Ahnung, wieviel Zeit inzwischen vergangen war. Es war unverändert dunkel, und sie hatte keine Möglichkeit, die Zeit zu messen.

In dieser Dunkelheit konnte ein Mensch langsam, aber sicher verrückt werden. Kein Laut. Kein Licht. Keine Gerüche. Nichts.

Vollkommen und unwiderruflich verrückt.

Arianna kämpfte gegen die Panik an, die in ihr aufstieg.

Arianna?

Das Echo einer Stimme, die sie noch nie gehört hatte.

Arianna schüttelte den imaginären Kopf. Bestimmt hatte sie selbst die Stimme verursacht. Sie selbst hatte das Geräusch durch ihre Befürchtung ausgelöst, daß sie nie wieder etwas hören würde.

Arianna?

Aber wenn sie schon ein Geräusch erzeugte, dann nicht eher eines wie das Rauschen des Blutes in ihren Adern oder das ihres eigenen Ein- und Ausatmens?

Wenn sie schon eine Stimme erfand, warum dann nicht eine ihr bereits bekannte, statt einer fremden? Diese Stimme war tief, heiser und sehr jugendlich und schien das Versprechen zu enthalten, sich eines Tages in etwas anderes zu verwandeln.

Arianna?

Es klang wirklich, als riefe jemand nach ihr.

War es ihr Urgroßvater? War er zurückgekommen?

Aber seine Stimme kannte sie, und sie klang ganz anders. Außerdem sprach Rugad Inselsprache mit dem Akzent der Fey und der typischen Betonung der Nye. Er beherrschte Ariannas Muttersprache zwar fließend, hatte sie aber von Leuten gelernt, die keine Einheimischen waren. Das war nicht zu überhören, auch wenn Rugad versuchte, es zu überspielen.

Ariannas Bein tat nicht mehr weh. Die Stimme hatte sie von den Schmerzen abgelenkt.

Arianna?

Was konnte es schon schaden, zu antworten, selbst wenn es ihr Urgroßvater war. Vielleicht zeigte er ihr den Weg nach draußen, und dann konnte sie mit ihm kämpfen. Sie hatte es auch schon ohne Sebastians Hilfe geschafft, ihn in die Enge zu treiben. Der Schwarze König war nicht so allmächtig, wie er glaubte.

Sebastian. Wenn sie an ihn dachte, blutete ihr das Herz. Was hatte er getan? Er hatte sich versteckt, ganz allein, und es dann tatsächlich fertiggebracht, sie zu retten. Dort, in Ariannas Innerem, ohne den Steinkörper, der ihn behinderte, war er einfach wundervoll gewesen.

Arianna!

Die Stimme klang jetzt ernstlich beunruhigt, als bekäme es der Sprecher allmählich mit der Angst zu tun. Woran mochte das liegen? Hörte Arianna wirklich etwas außerhalb ihres Selbst? Hatte die Person wegen etwas Angst, was Arianna machte? Wandelte sie sich etwa, ohne es zu merken? Gestaltwandlerkindern pflegte so etwas zu passieren. Vielleicht auch erwachsenen Gestaltwandlern, die die Kontrolle über ihren Körper verloren hatten. Vielleicht hatte Solanda Arianna deshalb immer davor gewarnt, daß Gestaltwandler sterben mußten, wenn sie schwer krank wurden.

Oder war die Stimme doch in ihrem Inneren? Arianna hatte Sebastians Anweisung, die Tür hinter ihm zu schließen, nicht befolgt.

Der Gedanke ließ ihren imaginären Körper erschaudern.

Hallo! rief Arianna. *Ich bin hier! Ich kann nicht raus! Wo bist du?*

Keine Antwort. Arianna seufzte. Also hatte sie die Stimme tatsächlich nur erfunden. Sie mußte ihre Gedanken wieder in den Griff bekommen und einen neuen Anlauf nehmen, den Weg nach draußen zu finden. Das klang so einfach, aber es war alles andere als das. Es war das Schwierigste, was Arianna je versucht hatte.

Arianna? Ruf noch einmal. Hier hinten ist es stockfinster.

Ariannas Herz machte einen Satz. Diesmal hatte sie bestimmt nicht an die Stimme gedacht. Vielleicht gehörte sie doch jemand anderem?

Aber wem?

Hör zu, sagte sie bemüht ruhig. *Vielleicht sollte ich lieber versuchen, dich zu finden.*

Es dauerte eine Weile, bevor die Antwort kam. Der Mann mußte ziemlich weit weg sein.

Nee, gab er zurück. *Ich kann einiges, was du nicht kannst. Es ist besser, wenn ich zu dir komme.*

Gut, erwiderte Arianna. *Soll ich singen oder so was? Lieber nicht. In dieser Gestalt singe ich nicht besonders gut.*

Natürlich konnte sie wieder ihre Rotkehlchengestalt annehmen. Dazu mußte sie sich noch nicht einmal Verwandeln. Sie hatte ja ohnehin keine Kontrolle über ihren Körper mehr. Sie wußte noch nicht einmal genau, in welchem Teil ihres

Körpers sie sich eigentlich befand. Irgendwo im Gehirn, nahm sie an, und selbst da war sie sich nicht ganz sicher.

Mach, was du willst, erwiderte der Mann. *Ich habe mich schon ganz gut an die Dunkelheit gewöhnt, aber ich finde dich leichter, wenn wir uns unterhalten.*

Wer bist du? fragte Arianna.

Seine Antworten erreichten sie jetzt schneller. Sie fühlte, daß jemand sich näherte.

Vielleicht war das nur wieder ein Wunsch?

Ich heiße Coulter.

Coulter, wiederholte Arianna. *Kennen wir uns?*

Jetzt schon, gab er zurück. *Näher als wir können sich zwei Menschen wohl kaum kommen.*

Ich meine, draußen. Sind wir uns schon einmal begegnet?

Nein, erwiderte er.

Wie bist du dann hierhergekommen?

Ich reise auf der Verbindung deines Vaters. Aber wir müssen uns beeilen. Meine Macht ist groß, aber zeitlich begrenzt.

Wo ist die Schamanin? Warum hilft sie mir nicht?

Wieder entstand eine Pause, aber diesmal war nicht die Entfernung daran schuld.

Sie hat dir geholfen, so gut sie konnte. Sie hat dich zu mir gebracht.

Weit hinten erschien ein schwaches Licht, das sich zu bewegen schien.

Trägst du ein Licht? erkundigte sich Arianna.

Ich dachte, so ist es einfacher, erklärte der Mann.

Das Licht beleuchtete graue, gewundene Knäuel, so dick wie Baumstämme. Sie schienen dicht zusammengepreßt zu sein, und wenn Arianna genau hinsah, entdeckte sie in ihren Windungen Blut und andere Flüssigkeiten.

War dies ihr physisches Gehirn? Und wenn ja, wo genau befand sie sich?

Dann bog der Mann um die Ecke.

Arianna hatte einen Fey erwartet.

Statt dessen sah sie etwas Unglaubliches. Einen großen, blonden Inseljungen mit geschwungenen Augen und hohen Wangenknochen. Er hatte spitz zulaufende Ohren und sah unglaublich anziehend aus.

Atemberaubend, falls Arianna geatmet hätte.

Wer bist du? fragte sie. *Bist du ein Halbfey wie ich?*

Ich weiß nicht, gab er zurück. Dann breitete er die Hände aus. Im gleichen Augenblick bewegte sich auch das Licht. Der ganze Körper des Jungen leuchtete. *Ich sehe nicht wirklich so aus. Nur in meinen Gedanken. Du weißt ja, wie das funktioniert. Deine äußere Erscheinung verschwindet, und dein inneres Selbstbild erscheint. Du wirst mich bald genug in Wirklichkeit sehen. Da bin ich allerdings nicht besonders sehenswert.*

Arianna lächelte. *Hier schon.*

Irgend etwas an ihm erinnerte Arianna entfernt an ihren Vater, aber eher so, als trüge der Junge Nicholas' Mantel. Jetzt verstand sie auch, warum er gesagt hatte, daß seine Zeit begrenzt war. Etwas schien an dem Mantel zu ziehen.

Wie weit ist es bis nach draußen?

Es ist wie ein Labyrinth, erklärte der Junge. *Die Entfernung ist zwar nicht groß, aber der Weg lang.*

Wie hast du mich gefunden?

Wir alle hinterlassen schwache Spuren. Deine waren fast unsichtbar. Du mußt sehr schnell hierhergekommen sein.

Ich kann mich kaum erinnern, murmelte Arianna.

Der Junge nickte und streckte ihr die Hand hin. Das war der Augenblick der Wahrheit, der Augenblick, in dem sich herausstellte, ob er wirklich war oder nicht.

So wirklich, wie etwas an diesem Ort eben sein konnte.

Ariannas Fingerspitzen berührten seine. Er war tatsächlich

wirklich. Seine Macht, sein innerstes Wesen durchströmten sie. Ihre imaginäre Haut prickelte. Soviel Zauberkraft auf einmal hatte Arianna noch nie gespürt. Aber da war auch ein dunkler Fleck im Hinterkopf des Jungen, wie etwas, dessen er sich nicht bewußt war.

Trotzdem strahlte er so viel Wärme aus, so viel Licht.

Sie ließ sich von ihm hochziehen.

Dann wollen wir dich mal in deinen Körper zurückbringen, ermunterte er sie und schob seine Hand unter ihren Arm. Arianna blickte an sich herunter. Auch sie leuchtete jetzt. Sein Licht war auf sie übergesprungen und wies ihr den Weg.

Warum hast du nach mir gesucht? erkundigte sie sich.

Ich bin ein Freund deiner Familie, erklärte der Junge. *Zuerst hatte ich ein bißchen Angst, aber jetzt bin ich froh, daß ich es versucht habe.* Er zog sie enger an sich. Er war so warm. Arianna hatte gar nicht gemerkt, wie durchgefroren sie war und wie allein sie sich gefühlt hatte.

Wieviel Angst sie gehabt hatte.

Jetzt hatte sie keine Angst mehr.

Sie kletterten bergauf. Alle paar Schritte bogen sie um eine Ecke. Jetzt verstand Arianna auch, warum sie sich so rettungslos verirrt hatte. Erstaunlich, daß sie überhaupt so weit zurückgefunden hatte.

Schließlich erreichten sie eine Ebene, die Arianna als jene Stelle wiedererkannte, an der sie mit ihrem Urgroßvater gekämpft hatte. Direkt darunter befanden sich ihre wirklichen Augen, und das durch sie einfallende Licht blendete sie.

Vor lauter Erleichterung wäre sie beinahe gegen Coulter getaumelt.

Ist schon gut, beschwichtigte dieser. *Gleich hast du's geschafft.*

Er strich ihr das Haar aus dem Gesicht, und nahm es dann

in beide Hände. Arianna ließ es geschehen. Er fühlte sich so gut und vertraut an. So stark.

Er war ein Stück größer als sie, so daß sie zu ihm aufblicken mußte. Arianna war noch nie einem Mann begegnet, der größer als sie war. Sebastian und sie waren gleich groß gewesen, und ihr richtiger Bruder auch.

Bei dem Gedanken an Gabe überlief es Arianna kalt.

Ihr Bruder und der Schwarze König. Die beiden waren genauso groß wie sie selbst.

Nicht größer. Coulters Blick streifte erst ihre Lippen, dann ihre Augen. Er wollte sie küssen. Arianna gab nach und ließ ihn gewähren. Er beugte sich zu ihr herunter und berührte ihre imaginären Lippen mit seinen. Wieder durchfuhr sie dieses Gefühl ... diese überwältigende Wahrnehmung seines innersten Wesens.

Danke, flüsterte sie, als er sie wieder losließ.

Nicht für den Kuß. Dafür, daß er sie gerettet hatte.

Er schien es zu verstehen.

Er schob ihr zärtlich eine Haarsträhne hinter das Ohr. *Ich habe noch etwas zu erledigen*, erklärte er dann. *Und du mußt mir dabei zusehen, damit du es selber machen kannst, wenn ich fort bin.*

Du gehst? fragte Arianna und fühlte sich plötzlich verloren.

Ich muß gehen. Ich kann nicht lange hierbleiben. Er streichelte ihre Wange. *Dein Urgroßvater ist über eine Verbindung in dich eingedrungen. Bis auf die eine, die ich selbst benutzt habe, kann ich alle deine Verbindungen schließen. Aber diese letzte mußt du selbst schließen.*

Arianna erinnerte sich noch gut daran, wie Sebastians Verbindung zu seinem Bruder geschlossen worden war. Damals hatte Sebastian sich bitterlich beklagt, er sei jetzt ganz allein.

Arianna hatte noch nie eine Verbindung bereist, jedenfalls

nicht mit einem bestimmten Ziel. Aber während der Erforschung einer Verbindung war sie in diesen scheußlichen Zustand geraten. Sie hatte nichts dagegen, daß ihre Verbindungen geschlossen wurden. Es war unwahrscheinlich, daß sie sie vermissen würde.

Coulter mißverstand ihr Schweigen. *Du wirst dich allein fühlen, aber du wirst nicht allein sein. Wenn du willst, schließe ich die Verbindungen so, daß du sie selbst jederzeit wieder öffnen kannst.*

Der Unterton seiner Stimme schien allerdings zu besagen, daß er das für keine besonders gute Idee hielt.

Tu, was du für richtig hältst, sagte sie.

Coulter lächelte, und es war, als bräche die Sonne durch dicke Wolken. Warum fühlte Arianna sich bloß derartig stark zu ihm hingezogen? Weil er sie gerettet hatte? Weil er hier war, in ihrem Geist? Ihr Großvater war ungebeten in sie eingedrungen, und Arianna hatte sich nicht im mindesten zu ihm hingezogen gefühlt. Dann war Sebastian aufgetaucht, und Arianna hatte dieselbe alte Zuneigung für ihn gespürt wie immer. Spiegelte dieser Ort einfach nur bereits bestehende Empfindungen wieder?

Oder auch zukünftige Empfindungen?

Mir bleiben nur noch ein paar Minuten, stellte Coulter fest und wandte sich ab. Er ging zurück zu der Dunkelheit und berührte diese. Die Türen, die Arianna schon früher aufgefallen waren, erschienen wieder. Coulter berührte die erste Tür.

Das hier ist deine Verbindung zu Sebastian, erklärte er. Er hängte ein Schloß an die Tür, drehte den Schlüssel um und hielt ihn hoch. *Willst du ihn haben?*

Plötzlich störte Arianna die Vorstellung, daß jemand anders, den sie kaum kannte und den sie außerhalb ihres Selbst vielleicht nicht wiedererkennen würde, einen wichtigen Teil ihrer Person an sich nahm.

Ja, sagte sie.

Öffne das Schloß bitte erst wieder, wenn dein Urgroßvater tot ist, schärfte Coulter ihr ein, als er ihr den Schlüssel aushändigte. *Du hast keine Ahnung, wie gefährlich er ist.*

O doch, dachte Arianna. Aber sie widersprach nicht.

Coulter trat zu den anderen Türen, manche davon groß, andere klein, manche zu Personen führend, an die Arianna schon ewig nicht mehr gedacht hatte. Die letzte führte zu Solanda.

Coulter seufzte, und seine Augen wurden sehr traurig. *Ob ich diese hier schließe oder nicht, spielt keine Rolle*, bemerkte er. *Wußtest du es?*

Arianna fröstelte. *Was?*

Daß am anderen Ende dieser Verbindung niemand mehr ist?

Nein. Gewußt hatte Arianna das nicht. Aber geahnt.

Diese Verbindung kann niemand mehr bereisen, fuhr Coulter fort. *Wir lassen sie einfach offen.*

Arianna nickte zustimmend und seufzte ebenfalls. So viel war geschehen, so viel hatte sich verändert, daß sie keine Kraft mehr hatte, um Solanda zu trauern.

Coulter trat an die letzte Tür. *Das hier ist die Verbindung zwischen dir und deinem Vater. Auf ihr bin ich gekommen. Ich muß durch diese Tür gehen, um dich zu verlassen. Du mußt sie hinter mir schließen. Unbedingt. Wenn der Schwarze König sich deines Vaters bemächtigt, kann er durch diese Verbindung zu dir gelangen. Jeder mit den Fähigkeiten eines Visionärs oder Zaubermeisters kann das. Gerade jetzt bist du besonders verwundbar. Also schließ hinter mir die Tür.*

Er brauchte es gar nicht extra zu betonen. Arianna erinnerte sich nur zu gut an das scheußliche Gefühl, als ihr Urgroßvater in sie eingedrungen war. Sie würde es wohl nie vergessen.

Mach ich, versprach sie. *Ich schließe sie.*

Coulter lächelte sie an. Er öffnete die Tür und trat hindurch.

Warte! rief Arianna. *Sehen wir uns wieder?*

Sobald du die Augen aufmachst, bin ich da, versicherte Coulter.

Er lächelte sie ein letztes Mal an, warf ihr eine Kußhand zu, trat in das Licht und zog die Tür hinter sich zu. Arianna lehnte sich einen Augenblick lang gegen die geschlossene Tür und dachte über die seltsamen Geschehnisse nach, dann hängte sie ein Schloß davor, drehte den Schlüssel um und befestigte ihn an dem Ring mit den anderen Schlüsseln.

Erstaunlich, wie an diesem Ort Dinge auftauchten, sobald sie nur an sie dachte.

Dann seufzte sie erleichtert und nahm Kurs auf ihre eigene Körpermitte.

Als sie näher kam, hörte sie jemanden weinen.

Ihr war doch gar nicht nach Weinen zumute.

Merkwürdig.

Sie ging auf das Geräusch zu und erblickte nur wenige Handbreit von der Dunkelheit entfernt einen winzigen Säugling. Sie hatte keine Ahnung, warum sie und Coulter das Kind übersehen hatten. Sie kniete nieder und betrachtete es.

Es war ein Fey. Ein reinblütiger kleiner Fey ... ein Junge. Arianna stellte sich eine Decke vor, und schon hatte sie eine in der Hand. Sie wickelte den kleinen Jungen darin ein.

Er konnte nur wenige Stunden alt sein.

Arianna hatte das bestimmte Gefühl, dieses Kind zu kennen, es sogar sehr gut zu kennen.

Sebastian? flüsterte sie.

Aber natürlich antwortete das Kind nicht. Es konnte ja noch nicht sprechen.

Arianna nahm das Kind auf den Arm und strebte weiter ihrer Mitte zu. Dort vereinte sie sich wieder mit ihrem Körper. Sie fühlte, wie ihre Hände – ihre wirklichen Hände – sich bewegten. Sie spürte ihre Beine, ihren Leib, sogar die Umgebung, in der der Wandel stattfand.

Ihr Körper fühlte sich seltsam an, als hätte sie ihn nicht richtig zusammengesetzt, und sie nahm rasch ein paar Verbesserungen vor. Hatte sie sich in der Zwischenzeit Verwandelt?

Dann trat sie hinter ihre Augen und schlug sie auf. Einen Augenblick lang fand sie sich nicht zurecht ... ihr winziges Ich blickte aus zwei riesigen Fenstern ... dann vollzog sie die Wiedervereinigung vollständig und vergaß, wie klein sie in ihrem Inneren war.

Sie war zurückgekehrt.

Sie hob den Blick und sah in das Gesicht ihres Vaters.

In seinen Augen standen Tränen.

»Arianna«, sagte er so voller Liebe, Angst und Erleichterung, daß sie mit ihm fühlte.

Er legte die Arme um sie und drückte sie fest an sich, und Arianna fühlte sich zum ersten Mal seit langer Zeit wieder sicher, wirklich sicher und geborgen.

»Papa«, seufzte sie, und hatte endlich das Gefühl, wieder zu Hause zu sein.

39

Auf der Brücke über den Cardidas ließ Rugad die Pferdereiter anhalten. Das Glitzern der Sonne verzierte das braune Wasser und brachte die ganze Umgebung zum Strahlen. Auf der Brücke selbst standen keine Fey, so daß Rugad sitzenbleiben konnte.

Das tat er auch: Er saß einfach in seiner Kutsche und ließ den Blick über die ganze Stadt schweifen.

Im Süden waren nur Asche und ausgebrannte Gebäude zu sehen. Die Luft roch noch immer schwach nach Rauch. Seine Leute waren emsig bei der Arbeit, bauten einige Häuser wieder auf, entfernten die verbliebenen Leichen und bereiteten den Boden für spätere Landwirtschaft vor. Andere waren damit beschäftigt, die Lagerhäuser am Flußufer zu renovieren. Den Südteil von Jahn hatte Rugad für Felder und die Lagerung der Erträge bestimmt. Wenn er erst den Handel mit Nye wiederbelebt hatte, würde die ganze Gegend erneut zum Leben erwachen.

Die Ruinen des Tabernakels standen noch. Wenn Rugad die Augen zusammenkniff, konnte er das Gebäude beinahe so unversehrt wie früher vor sich sehen: die stolzen Türme, die mit Schwertern bemalten Mauern. Aber wenn er die Augen wieder öffnete, erkannte er, was es wirklich war: ein ausgehöhltes Wrack. Die Türme waren zwar stehengeblieben, aber ihr Inneres war vollständig ausgebrannt. Aus einem Fenster flatterte eine zerrissene Decke; offenbar hatte jemand versucht, mit Hilfe des improvisierten Stricks zu fliehen.

Der ganze Ort kündete von Zerstörung und Tod.

Obwohl das Gelände guter Ackerboden war, hatte Rugad vor, die Ruinen des Tabernakels zu verschonen. Sie sollten die

Inselbewohner immer daran erinnern, was sie einst besessen und verloren hatten und wer es ihnen weggenommen hatte.

Auf diese Weise würde er sie bei der Stange halten.

Nicht, daß gerade irgendwelche Inselbewohner zu sehen gewesen wären. Die Überlebenden waren aufs Land geflohen. Sobald er sie brauchte, würde Rugad sie zurückholen lassen und ihnen klarmachen, daß er nicht der schlechteste Herrscher war. Er hatte bereits andere Gegenden wie die Sümpfe von Kenniland im Süden der Insel davon überzeugt, daß er ein besserer Anführer war als Nicholas und alle anderen Könige, die vor ihm die Blaue Insel regiert hatten.

Nicholas hatte den Süden nie aufgesucht. Er hatte nichts getan, um die Not in dieser Gegend zu lindern. Rugad dagegen hatte unverzüglich etwas unternommen. Er hatte die Sumpfbewohner von seinen Domestiken darin unterweisen lassen, wie man Reis und andere Feldfrüchte anbaute, die auf feuchtem Boden gediehen. Er würde den Süden der Blauen Insel zu einem der fruchtbarsten, reichsten und bedeutendsten Landstriche machen, einfach dadurch, daß er das Richtige anbauen ließ.

Den Bewohnern war die Verbesserung ihrer Lebensbedingungen nicht entgangen.

Rugad drehte sich um.

Hinter ihm beherrschte der Palast das Stadtbild. Imposant und unversehrt erhob er sich im Morgenlicht. In seiner Umgebung waren noch einige andere Gebäude stehengeblieben; genaugenommen waren ganze Stadtviertel noch intakt. Auf Rugads Befehl hatten die Fey die meisten Inselbewohner vertrieben und nutzten die leeren Gebäude jetzt für ihre eigenen Zwecke. Während des Wiederaufbaus würde Rugad diesen Teil von Jahn in die eigentliche Stadt verwandeln, die ausschließlich den Fey vorbehalten war, etwas, das er in all den Jahren seiner Eroberungsfeldzüge noch nie getan hatte.

Er hatte auch nie zuvor eine Stadt wiederaufgebaut. Er hatte immer nur zerstört.

Aber hier bot sich ihm eine gute Gelegenheit. Die Kultur der Blauen Insel mußte sich der Kultur der Fey unterordnen. Das hatte Jewel zur Bedingung gemacht, als sie einen Inselbewohner heiratete. Die beiden Kulturen konnten nicht miteinander verschmelzen. So etwas taten die Fey nie. Also mußte eine Kultur die beherrschende werden. Wenn Rugads Urenkel an der Macht waren, würden sie als Fey regieren.

Dafür würde Rugad sorgen.

Er blickte wieder geradeaus und schnalzte dem Pferdereitergespann zu. Die beiden legten kein schlechtes Tempo vor. Die Brücke war lang und solide gebaut, ein Triumph der Ingenieurskunst, wie er woanders auf der Insel selten zu finden war. Rugad fragte sich, wer wohl den Bau der Brücke befohlen und wer die Arbeit ausgeführt hatte.

Welchem Zweck mochten die Tunnel unter der Straße dienen, die die beiden Flußufer miteinander verbanden?

Kurz vor dem Ende der Brücke verlangsamten die Pferdereiter ihr Tempo. Die Fey hatten sich in drei Reihen aufgestellt, um ihren Anführer zu sehen. Wieder war Rugad von ihrer bloßen Anzahl beeindruckt. Seine Entscheidung war richtig gewesen: Tatsächlich schien sich die gesamte Armee Sorgen über seinen Zustand zu machen. Die Gerüchte mußten völlig außer Kontrolle geraten sein. Rugad würde sich die nächsten paar Tage Zeit nehmen, sie zum Schweigen zu bringen, und danach ein paar Erfolgsmeldungen ausstreuen, um das Gegenteil zu beweisen.

Die Kutschenräder klapperten auf dem Straßenpflaster. Überall nickten und lächelten Fey ihrem König zur Begrüßung zu. Rugad erwiderte so viele Blicke, wie er konnte, betrachtete aber trotzdem die Trümmerwüste, in die er dieses Ufer des Cardidas verwandelt hatte.

Plötzlich huschte ein Funke an ihm vorbei. Da alle Feuer inzwischen erloschen waren, konnte es sich nur um einen Irrlichtfänger handeln. Der Funke kam zurück, landete Rugad gegenüber auf dem Sitz und wuchs zu einer schlanken Frau mit zerbrechlichen Flügeln heran.

Rugad erkannte sie. Es war Schleier. Sie hatte Boteen begleitet.

»Fahrt durch das Tabernakeltor und haltet dort«, befahl Rugad. Dort konnte er in Ruhe mit Schleier reden, während es für seine Leute weiterhin so aussah, als inspiziere er die endgültige Vernichtung der Schwarzkittel.

Die Pferdereiter wendeten, und die Fey vor dem Tor bildeten so bereitwillig eine Gasse, als hätten sie die Kutsche bereits erwartet.

Von nahem sah der Tabernakel noch trostloser aus als von weitem. Nur die dem Fluß zugewandten Außenmauern der Türme standen noch. Die übrigen Wände waren eingestürzt. Über dem ganzen Gelände hing noch immer der Geruch von Blut und Tod, so daß Rugad sich fragte, ob wirklich alle Leichen entfernt worden waren oder ob die Rotkappen sich diesen Ort bis zum Schluß aufgespart hatten.

Die Kutsche hielt an.

»Spannt euch aus und geht zum Tor!« befahl Rugad den Pferdereitern. »Ich muß mit Schleier unter vier Augen sprechen.«

Die Feykörper der Pferdereiter lösten das Geschirr, die Kutsche schwankte, und die beiden trotteten zum Tor.

»Also?« fragte Rugad.

»Boteen läßt dir ausrichten, daß bei uns alles nach Plan verläuft«, begann Schleier, und Rugad verkniff sich ein Grinsen. Natürlich. Boteen wußte genau, was Rugad hören wollte.

Schleier wirkte zwar erschöpft, aber nicht, als käme sie geradewegs aus einer Schlacht.

»Ich soll dir mitteilen, daß im Norden fremde Zauberkräfte am Werk sind. Die ganze Luft ist voll davon, und ich habe mich von einer magischen Strömung die halbe Strecke bis zu dir tragen lassen, sonst wäre ich noch längst nicht da.«

Schleier strich sich eine feuchte Haarsträhne aus dem Gesicht.

Rugad wurde nervös. Er wußte genau, daß Boteen Schleier nicht einen so weiten Flug zugemutet hätte, damit sie ihm von irgendwelchen fremden Zauberkräften berichtete.

»Außerdem soll ich dir erzählen, was ich gesehen habe. Auf Boteens Geheiß habe ich eine große Höhle im Gebirge ausgekundschaftet. In dieser Höhle habe ich deinen Urenkel entdeckt und seine Unterhaltung mit seinen Gefährten belauscht, einer anderen Fey, einer sauberen Rotkappe und zwei Inselbewohnern. Dein Urenkel erwartete jeden Augenblick die Ankunft seiner Schwester und seines Vaters.«

»Du hast nicht abgewartet, bis sie kamen?«

»Nein, Herr. Ich sollte Boteen sofort Bericht erstatten. Danach hat er mich zu dir geschickt.«

Also war Boteen jetzt allein mit Rugads Urenkeln.

»Dann soll ich dir noch ausrichten, daß unsere Truppe die Höhle noch nicht erreicht hat. Sie liegt ziemlich hoch oben. Wir werden einen Tag oder mehr brauchen, um dorthin zu gelangen.«

Rugads Mund wurde trocken. Wenn er genug Vogelreiter auftrieb, um sie an seinen Tragesitz zu spannen, war es nur eine Tagesreise.

»Außerdem hat Boteen mir aufgetragen, dir zu berichten, daß auch die Inselbewohner dieser Gegend über die fremde Zauberkraft verfügen und uns feindlich gesinnt sind. Die Infanterie ist im Anmarsch, aber Boteen bittet um zusätzliche Verstärkung.«

»Ist schon unterwegs«, gab Rugad zurück, dem wieder einfiel, was er befohlen hatte, nachdem er seine Urenkelin ausfindig gemacht hatte. Die Truppen waren bereits auf dem Weg. Er mußte sie nur noch in die richtige Richtung schicken. »Glaubt Boteen, daß meine Urenkel versuchen werden, die Höhle zu verlassen?«

Ein Schatten huschte über Schleiers Gesicht, so flüchtig, daß Rugad ihn fast nicht bemerkt hätte. »Sie werden sich nicht von der Stelle rühren«, versicherte die Irrlichtfängerin.

»Woher willst du das wissen?« fragte Rugad.

Wieder dieser merkwürdige Blick. Eine Mischung aus Furcht, Panik und noch etwas anderem, sanfterem. Eine Erinnerung? Vielleicht sogar eine angenehme?

»Was verschweigst du mir?« herrschte Rugad Schleier an, bevor sie seine Frage beantworten konnte.

»Ich habe dir alles ausgerichtet, was Boteen mir aufgetragen hat«, wich sie aus.

»Aber da ist noch etwas, nicht wahr?« bohrte Rugad weiter.

Schleier nickte.

»Es hat etwas mit dieser besonderen Zauberkraft zu tun, die du erwähnt hast.«

Die Irrlichtfängerin nickte wieder.

»Hat Boteen befohlen, es mir zu erzählen, oder will er etwas vor mir geheimhalten?« donnerte Rugad.

»Keins von beidem«, entgegnete Schleier und biß sich auf die Unterlippe. Sie hatte gemerkt, daß sie versehentlich etwas zugegeben hatte.

»Weiter«, drängte Rugad.

Schleier seufzte. »Er möchte nur ganz sichergehen, bevor er selbst zu dir kommt.«

»Aber es hat mit dieser besonderen Zauberkraft zu tun«, beharrte Rugad. »Es gibt einen ganz bestimmten Grund, warum sich meine Urenkel und ihr Vater gerade an diesem Ort treffen, stimmt's?«

»Boteen vermutet es«, murmelte Schleier.

»Aber er weiß nichts Genaues.«

»Nein«, flüsterte die Irrlichtfängerin.

»Wann hat er dich losgeschickt?«

»Frühmorgens, Herr.«

Sie war so schnell geflogen, wie sie gesagt hatte. Boteen hätte auch den Schreiber oder einen Möwenreiter schicken können. Aber er hatte sich für einen Irrlichtfänger entschieden. Den schnellsten Fey seiner Truppe.

Rugad ließ die Frage im Raum stehen. Er würde schon herausbekommen, was für eine fremde Zauberkraft das war.

Seine beiden Urenkel und ihr Vater ... alle zusammen in einer Höhle im Gebirge.

Ausgezeichnet.

Er nickte Schleier zu. »Du hast deine Sache gut gemacht, mein Kind«, lobte er. »Flieg zurück zum Palast und ruh dich aus. Wenn ich zurückkomme, kannst du mir auf der Karte zeigen, wo sich meine Urenkel befinden.«

»Ja, Herr.« Schleier schrumpfte und flatterte auf, als wäre sie froh, ungeschoren davongekommen zu sein.

Sollte sie ruhig. Rugad würde schon noch herausfinden, was sie ihm verheimlichte.

Aber erst nachdem er den König der Blauen Insel getötet hatte.

Und zwar in aller Öffentlichkeit.

Weil er es gewagt hatte, sein Schwert gegen den Schwarzen König zu erheben.

Danach würde sich Rugad seine Urenkel vorknöpfen, und dann gehörte die Blaue Insel endgültig ihm.

Rugad lächelte.

Der Sieg war zum Greifen nah.

40

Nicholas hielt seine Tochter fest an sich gedrückt. Sie lebte. Es ging ihr gut. Sie hatte ihn angelächelt und glich endlich wieder seiner Arianna.

Er hatte mehr Angst gehabt, sie zu verlieren, als er vor sich selbst hatte zugeben wollen.

Arianna fühlte sich ganz anders an als noch vor wenigen Minuten der leblose Körper der Schamanin oder auch ihr eigener Körper, bevor sie aufgewacht war. Jetzt wand sie sich schon wieder unruhig hin und her, ganz wie immer.

Arianna hatte noch nie stillhalten können.

Es dauerte nur einen Augenblick, bis sie sich aus seinen Armen befreite und sich umsah. Ihr Blick blieb an Gabes Gesicht hängen. Die beiden starrten einander ein paar Sekunden an, dann wandte Arianna sich ab. Ein Gesicht nach dem anderen musterte sie prüfend, ohne daß sie zu finden schien, was sie offenbar suchte.

»Wo ist Coulter?« fragte sie schließlich.

Nicholas wunderte sich. Kurz bevor Arianna aufgewacht war, hatte der Junge die Hand von Nicholas' Herz genommen. Sofort hatte der Schmerz nachgelassen, und Nicholas hatte zugesehen, wie sich die starren Züge seiner Tochter wieder belebten und zu ihrem richtigen Gesicht wurden.

»Hier«, meldete sich der Junge verlegen.

Arianna blickte erst an ihm vorbei, dann wieder zu ihm zurück.

Der Junge zuckte die Achseln. »Hier draußen sehe ich anders aus. Das habe ich dir doch erklärt.«

»Du bist kein Fey«, beschwerte sich Arianna. »Du bist noch nicht einmal ein Halbfey.«

»Nein«, gab Coulter zu.

»Wie hast du das dann gemacht?«

Coulter senkte den Kopf und wurde so rot, daß er Nicholas leid tat. Ein halbwüchsiger Junge in der Gegenwart eines hübschen Mädchens. Sie hatten miteinander gesprochen, bevor Arianna erwacht war. Sie hatte ihn erwartet, aber offensichtlich nicht so.

»Coulter besitzt alle Fähigkeiten eines Fey ohne deren Nachteile«, erklärte Adrian. »Manchmal glaube ich, er hat sie einfach erworben, indem er seine Umgebung beobachtet hat.«

»Ich bin bei den Fey aufgewachsen«, flüsterte Coulter. »Ich wurde als kleines Kind entführt.«

Aber das war nicht die einzige Erklärung. Das wußte sogar Nicholas.

»Du siehst so anders aus«, sagte Arianna. Sie streckte die Hand aus und berührte Coulters errötende Wange.

»Tut mir leid«, murmelte der Junge beschämt.

»Mir nicht.«

Plötzlich war Nicholas hellwach. Es gefiel ihm nicht, daß seine Tochter einen Jungen ... einen Jungen, der fast schon ein Mann war ... so ansah.

Jewel legte ihm beruhigend die Hand auf den Arm. »Ist schon in Ordnung«, wisperte sie. Dann legte sie Nicholas den Finger auf die Lippen. »Arianna kann mich nicht sehen. Also sag nichts. Es würde sie nur durcheinanderbringen.«

Nicholas nickte.

»Laß sie noch einen Augenblick. Ich muß mit dir reden.«

Nicholas strich Arianna über das Haar. Es war von der langen Wanderung und den unkontrollierten Wandlungen zerzaust. »Ich muß einen Augenblick allein sein«, erklärte Nicholas. »Kommst du zurecht?«

»Laß mich nicht allein, Papa«, bat Arianna ängstlich.

»Ich bin gleich dort drüben.« Nicholas deutete auf die Treppe.

Arianna holte tief Luft, nickte und wandte sich dann wieder Gabe zu. »Du bist also mein Bruder«, stellte sie fest, und es klang wie ein Vorwurf.

»Tatsächlich?« spottete Gabe.

»Hättest du mir das rechtzeitig erzählt, hätte ich dich damals nicht beinahe getötet.«

»Du hättest mir nicht geglaubt. Du warst felsenfest davon überzeugt, daß Sebastian dein Bruder ist.«

»Das *ist* er auch«, fauchte Arianna.

Nicholas öffnete den Mund, aber Jewel zog ihn fort. »Misch dich nicht ein«, sagte sie. »Das müssen die beiden miteinander ausmachen.«

Nicholas wandte sich an die Rotkappe. »Paß auf, daß sie nicht aufeinander losgehen, ja?«

»Ich mische mich nicht in die Angelegenheiten der Schwarzen Familie ein.«

Adrian schnaubte und schüttelte den Kopf. »Ich habe ein Auge auf sie«, versprach er.

»Ich werde diesem Gabe kein Haar krümmen«, rief Arianna herüber. »Ich erinnere mich noch zu gut an das letzte Mal.«

»Ich weiß«, erwiderte Nicholas. Aber für seinen Sohn würde er nicht die Hand ins Feuer legen. Die Schamanin hatte gemeint, Gabe erinnere sie an Nicholas' Vater. Bis jetzt konnte Nicholas keinerlei Ähnlichkeit erkennen.

Jewel zog ihn zur Treppe. Dann umarmte sie ihn plötzlich so stürmisch, daß er kaum noch Luft bekam. Nicholas fuhr ihr fest mit der Hand über den Rücken. Er fühlte jeden einzelnen Wirbel. Ihre Haut war glatt, die Muskeln darunter straff. Sie fühlte sich so vertraut an, als hätte er sie nie verloren.

Nicholas zog sie an sich, küßte sie, und sie schmeckte genauso, wie er es in Erinnerung behalten hatte. Er schloß die Augen.

Er wollte sich in ihr verlieren.

Mein Gott, wie furchtbar er sie vermißt hatte.

Jewel schmiegte sich einen Augenblick lang eng an ihn, dann machte sie sich wieder los. Das hatte Nicholas ganz vergessen: Jewel war genauso zappelig wie ihre Tochter. Auch sie hatte nie lange stillgehalten.

Wieder legte sie ihm den Finger auf die Lippen und unterdrückte jede Frage, die er hätte stellen können. Hinter ihm wurde die Stimme seiner Tochter immer lauter.

»... und du hast ihn allein gelassen!«

»Erst wolltest du nicht, daß ich überhaupt etwas mit Sebastian zu tun habe, und jetzt bist du wütend, daß ich gegangen bin?« konterte Gabe. Auch er erhob jetzt die Stimme.

»Eigentlich war alles meine Schuld«, übertönte Coulter die beiden.

Dann verklangen die Stimmen wieder.

»Der Schwarze König weiß, wo du bist«, warnte Jewel. »Zumindest weiß er, wo Gabe ist.«

Endlich nahm sie den Finger von seinem Mund. Nicholas fragte sich immer noch, was sie eigentlich war. Er wußte nur, daß eine Art Feymagie sie ihm zurückgebracht hatte.

»Wie hat er es herausgefunden?« fragte Nicholas. »Hat uns einer von Gabes Gefährten verraten?«

Jewel schüttelte den Kopf. »Kurz bevor du gekommen bist, flog eine Irrlichtfängerin in die Höhle. Da die Soldaten meines Vaters alle tot sind, muß sie zu Rugads Armee gehören. Sobald Rugad erfährt, daß Gabe hier ist, wird er sich unverzüglich auf den Weg machen und versuchen, diese Höhle zu erobern.«

»Weil sie ein Ort der Macht ist.«

»Also hat die Schamanin es dir erzählt«, stellte Jewel fest.

»Ja.« Nicholas blickte die Treppe hoch bis zu jener Stelle, an der die Rotkappe die Leiche der alten Frau hingelegt hatte. Die Tote schien unverändert. Insgeheim hatte Nicholas gehofft, die Zauberkraft dieses Ortes könnte sie doch noch wieder zum Leben erwecken.

Wenigstens hatte Arianna hier Hilfe gefunden.

»Nicholas«, begann Jewel wieder. »Deine einzigen Verbündeten sind ein Inselbewohner und ein magieloser Fey, eine weitere Fey, die erst noch in den Besitz ihrer Zauberkraft gelangen muß, ein Inselbewohner mit den Fähigkeiten eines Zaubermeisters und unsere Kinder.«

Nicholas seufzte. Sie hatte ja recht.

»Deine Untertanen sind geflohen, und Krieger waren sie sowieso nie. Matthias« – Jewel spuckte den Namen voller Abscheu aus – »lebt und wird bald zurück sein. Auch das weißt du.«

Nicholas hatte es vermutet, nicht wirklich gewußt. Er hatte gehofft, daß Matthias' angeborene Feigheit die Oberhand gewinnen würde.

Und doch hatte die Schamanin Matthias das Leben gerettet.

»Du brauchst mich«, sagte Jewel. »Du mußt mir vertrauen.«

Nicholas nickte. Er vertraute ihr ja. Bis zu einem gewissen Grade. Aber in all den Jahren, die er jetzt mit den Fey zusammenlebte, hatte er gelernt, daß die Dinge nicht immer das waren, was sie zu sein schienen. Er war sich einfach nicht sicher, ob Jewel der Schatten seiner Frau war oder etwas anderes, das nur so aussah wie seine Frau.

»Ich weiß nicht, was du bist«, sprach Nicholas es aus.

»Ich bin deine Frau. Laß dir von der Rotkappe erklären, was ein Mysterium ist. Er scheint etwas davon zu verstehen. Gabe kann mich sehen. Du auch. Und Coulter fühlt immerhin meine Gegenwart. Ich bin wirklich.«

»Ich weiß«, beschwichtigte Nicholas. Er senkte den Blick auf seine gespreizten Finger. »Ich habe bloß Angst, daß du ... eine Art gespenstischer Doppelgänger bist, der nur so aussieht wie meine Frau.«

Jewel nahm lächelnd seine Hand. »Nein«, versicherte sie. »Ich werde es dir nachher beweisen. Es gibt Dinge, die nur du und ich wissen. Du kannst mich auf die Probe stellen.« Sie warf einen Blick über die Schulter auf ihre gemeinsamen Kinder. Gabe und Arianna stritten jetzt leiser. Coulter wedelte mit den Händen, wie um ihnen Einhalt zu gebieten. »Aber jetzt müssen wir uns mit einer anderen Angelegenheit befassen.«

»Mit einer Menge anderer Angelegenheiten«, seufzte Nicholas.

»Nein«, sagte Jewel. »Mit einer, die nur dich und mich etwas angeht.«

Nicholas wartete.

Jewel berührte seine Wange. »Mein Großvater ist ein Feldherr. Ein großartiger Feldherr. Auch ich war eine gute Kriegerin, aber ich hatte nie Gelegenheit, das unter Beweis zu stellen. Aber Rugad hat mich erzogen. Ich weiß, wie er denkt. Ich kenne alle Kniffe der größten Feldherren der Welt.«

»Aber du kannst nicht mehr kämpfen«, wandte Nicholas ein. »Du bist hier gefangen.«

»Man kann nicht nur mit dem Schwert kämpfen, Nicholas«, widersprach Jewel. »Das weißt du so gut wie ich.«

Sie hatte recht.

Jewel fuhr fort: »Ich will nicht, daß mein Großvater die Herrschaft über diese Insel an sich reißt. Sie gehört uns und unseren Kindern, Nicholas. Ich werde dir helfen, sie zu behalten.«

Er hatte sie so vermißt. »Ich brauche deine Hilfe«, gab er zu und genoß ihre Berührung.

»Gemeinsam sind wir stärker«, sagte Jewel.

Nicholas lächelte. »Das war schon immer so.«

»... alle Vorteile!« Gabe sprach wieder lauter.

»Hab ich nicht«, rief Arianna. »*Du* wurdest schließlich von den Fey aufgezogen. *Du* kennst alle ihre Tricks.«

»Ich bin in einem Schattenland aufgewachsen. Als ob das ein Vorteil wäre!«

»Unter diesen Umständen vielleicht schon ...«

»Unsere Kinder streiten sich«, flüsterte Jewel.

»Was ist daran so erstaunlich?« fragte Nicholas. »Wir beide haben uns vom ersten Augenblick an gestritten.«

Jewel lachte, und Nicholas mußte mitlachen.

Zum ersten Mal war seine ganze Familie vereint. Zum ersten und vielleicht zum letzten Mal. Die Fey hatten ihm so viel genommen, aber ihm auch unendlich viel gegeben.

Sie hatten ihm eine zweite Chance mit Jewel gewährt.

Sie hatten ihm solche außergewöhnlichen Kinder geschenkt.

Seine Familie wieder zusammengeführt.

Nicholas folgte Jewel zurück zu den anderen. Arianna und Gabe standen sich gegenüber, ihr Profil die weibliche und männliche Ausführung desselben Gesichts. Sie brüllten einander mit solcher Lautstärke an, daß die einzelnen Wörter kaum zu verstehen waren. Coulter versuchte, sie zu unterbrechen, und die Rotkappe hielt sich einfach nur die Ohren zu. Adrian, der Nicholas eben noch versprochen hatte aufzupassen, tat dasselbe.

»Ich glaube nicht, daß wir irgendeinen Kampf gewinnen können, wenn ihr zwei euch an die Gurgel springt«, sagte Nicholas ruhig. Seine Kinder drehten sich überrascht nach ihm um.

Jewel trat beiseite. Gabes Blick folgte ihr.

Nicholas achtete nicht auf sie. »Es gibt viel zu tun«, fuhr er fort. »Aber die Zeit drängt. Hebt euch eure Auseinandersetzung für später auf, wenn wir den Krieg gewonnen haben, in Ordnung?«

»Papa ...«, begann Arianna.

Nicholas hob die Hand und lächelte seine Tochter an. »Du

brauchst jetzt erst einmal Essen und Ruhe, mein Mädchen. Wir anderen werden inzwischen überlegen, wie wir uns hier am besten verschanzen. Ich fürchte, der Schwarze König hat vor, diese Höhle zu erobern. Ich dagegen habe nicht vor, das zuzulassen.«

Nicholas breitete die Arme aus. »Die Fey nennen diese Höhle einen Ort der Macht. Sie haben nach ihm gesucht, seit sie damit begonnen haben, fremde Länder zu überfallen. Ich vermute, daß wir hier einiges finden, das uns nützlich sein kann. Wir müssen uns bloß danach umsehen.«

»Also bleiben wir hier?« fragte Arianna.

Nicholas nickte bestätigend. »Diese Höhle ist der neue Regierungssitz der Blauen Insel. Nicht ganz so gemütlich wie der vorige, aber einen besseren haben wir nicht.«

»Vielleicht ist er gar nicht so übel«, meinte Coulter.

Nicholas blickte den Jungen an. Er mußte sich näher mit ihm befassen. Er konnte ein wichtiger Verbündeter werden. Er besaß große Macht.

»Ja«, bestätigte Nicholas. »Vielleicht.«

Er blickte wieder zum oberen Ende der Treppe. Dort oben lag seine treue Freundin. Sie hatte ihn hierhergeführt. Sie hatte etwas gewußt, aber sie hatte es nicht mehr geschafft, ihm alles darüber zu erzählen. Aber sie hatte ihn unbedingt an diesen Ort bringen wollen.

Wie schade, daß Nicholas ihr erst jetzt völlig vertraute und noch am letzten Tag ihres Lebens an ihr gezweifelt hatte.

»Ich finde, wir haben es hier gar nicht so schlecht«, meinte er.

»Aber glaubst du wirklich, daß wir von dieser Höhle aus den Schwarzen König besiegen können?« fragte Arianna.

»Wenn wir es nicht können«, gab Nicholas zurück, »kann es niemand. An diesem Ort der Macht sind die Erben des Schwarzen Throns, ein Zaubermeister und ein paar ganz schön kluge Köpfe versammelt. Wir haben eine Chance, und wir werden sie nutzen.«

Und, dachte er stillschweigend, er würde den Schwarzen König töten, sobald der günstigste Zeitpunkt gekommen war. Diesmal würde er es richtig machen und seinen Kindern die Zukunft sichern, die sie verdienten.

Nicholas warf einen Blick auf seine Frau, die ihm aufmunternd zulächelte. Dann ging er zu seinen Kindern hinüber und setzte sich zwischen sie. Die beiden waren großartig: hochgewachsen, Fey und mit Zauberkraft ausgestattet. Trotzdem floß auch sein Blut in ihren Adern. Aber Arianna und Gabe waren eigenständige, recht verschiedene Persönlichkeiten. Nicholas spürte, daß sie stark waren.

Er war auf ihre Stärke angewiesen.

Sie alle waren darauf angewiesen.

Aber wenigstens hatten sie jetzt wieder Grund zur Hoffnung.

Sie waren zusammen. Das verlieh ihnen Macht. So wie dieser Ort ihnen Macht verlieh.

In dieser Höhle hatte Nicholas endlich die Waffen gefunden, mit denen er Rugad besiegen konnte.

Abgesehen von seinen Kindern, würde er alles aufs Spiel setzen, um den Schwarzen König daran zu hindern, sich zum Herrscher der Blauen Insel aufzuschwingen.

Nicholas würde alles aufs Spiel setzen, um den Ort der Macht vor dem Schwarzen König zu schützen.

Alles, um den Schwarzen König von seinen Kindern fernzuhalten.

Buchstäblich alles, wenn es sein mußte.

Sogar die Blaue Insel selbst.